Los invitados al jardín

Autores Españoles e Iberoamericanos

ANTONIO GALA

Los invitados al jardín

 Planeta

© Antonio Gala, 2002

© Editorial Planeta, S. A., 2002
Còrsega, 273-279, 08008 Barcelona (España)

Diseño de la sobrecubierta: Compañía de Diseño

Ilustración de la sobrecubierta: © Mel Curtis/PhotoDisc; foto del autor,
© Ana Muller

Primera edición: abril de 2002
Segunda edición: abril de 2002
Tercera edición: mayo de 2002
Cuarta edición: mayo de 2002

Depósito Legal: M. 18.111-2002

ISBN 84-08-04328-5

Composición: Foto Informàtica, S. A.

Impresión y encuadernación: Mateu Cromo Artes Gráficas, S. A.

Printed in Spain - Impreso en España

Nosotros somos los invitados al jardín: de la vida, del amor, de la felicidad, de la alegría... No permaneceremos en él siempre, ni siempre nos parecerá en flor.

Ni siquiera seremos dichosos durante todo el tiempo que lo habitemos. Por nuestra propia culpa, en buena parte.

De eso trata este libro.

A. G.

Incluso con el alma rota, en su búsqueda por el jardín, primero, y luego cada vez más y más lejos de la casa, seguían siendo seres como nosotros: buscaban para encontrar.

BORIS PASTERNAK

UNA BONITA PAREJA

—Dame una coca-cola.

Era un asiduo de la cafetería.

—Si tienes prisa —le advirtió otro—, más vale que te vayas. Yo le pedí un café hace un cuarto de hora. Hoy está en Babia.

El camarero, un muchacho de poco más de veinte años, esbelto, moreno, guapo, miraba no se sabía dónde, ensimismado. De repente, sacó de su cartera una fotografía y permaneció un minuto interminable con los ojos fijos en ella ante el asombro de los clientes. Después lanzó un suspiro, la volvió a guardar y se apeó de su éxtasis.

—¿Habíais pedido algo? —preguntó con voz débil como pidiendo excusas.

El local alardeaba de cafetería de un modo algo petulante. Era sólo una taberna con una cafetera.

Gabriel, antes de servir, pasó un paño húmedo por el mostrador: un grueso tablón ya gastado y bien pulido por el uso. El local se hallaba en una de las calles que ascienden al Castillo.

—Y a tu mujer, ¿cómo le va? —Habló uno de los que esperaban con un tono neutro.

Gabriel no contestó. Se volvió a la cafetera con los dientes apretados. Al coger la taza, se le resbaló y se volcó su oscuro contenido. Le llamaban los ojos.

—¿Quién se interesa aquí por mi mujer?

—Yo —dijo el que pidió la coca-cola.

Gabriel escrutó el rostro y la mirada y la intención de quien había respondido. Se volvió de nuevo a la cafetera.

—Bien, gracias. Va bien...

—Dale recuerdos míos. Como ya no la vemos...

—Dáselos tú cuando puedas —amainó cuanto pudo la voz. Luego rezongó—: Bueno, se los daré. Se los daré.

Nunca debía haber consentido en que se fuera a trabajar allí. Ni por un sueldo mayor ni por nada del mundo. Ahora todo se le volvían insinuaciones.

La mujer, Capilla, de su edad más o menos, formaba con Gabriel una bonita pareja. No estaban casados, pero eso daba igual. Tenían un niño de un año, que vivía con la abuela. La suegra del muchacho era una mujerona de pelo canoso y manos rudas que adoraba al chiquillo.

Tenían también una moto, en la que Capilla iba y regresaba del trabajo. El día en que Gabriel se la quedaba, recogía de madrugada a la muchacha.

Ella curraba, tras haber dejado la cafetería, en un pub que se llamaba Eugenio, como el dueño, y estaba situado en un barrio relativamente reciente, a las afueras. Unas cuantas mesas con butaquitas y una barra con asientos altos. Todo de escay. Detrás de la barra, las estanterías con bebidas y un fregadero de acero inoxidable. Las luces, bajas y de colores. Y una música suave e insinuante como era de esperar. A Gabriel se le antojaba un sitio de ligue, comparado con la autenticidad y el olor un poco bastos de la cafetería. Eugenio's Pub. Desde muy poco tiempo después de irse allí Capilla, empezó Gabriel a perder el sueño. El sueño y otras cosas.

Ya cuando vio al amo, como él lo llamaba con desdén, se le hizo cuesta arriba.

—¿Cuántos años tiene usted? —fue lo primero que le dijo a Eugenio.

—No me llames de usted. Tengo treinta años.

—¿Y por qué no le voy a llamar de usted? Yo tengo menos... Pero lo que quiero saber es para qué necesitas una mujer aquí. Esto es muy chico.

—Para que me ayude. Y para dar alegría al ambiente: unas faldas siempre animan... Y para tener con quien hablar. ¿O es que tengo que convencer a alguien por darle trabajo? Mi familia vive en el centro pero yo voy muy poco por las noches. Aquí cerramos tarde, y a esas horas estoy hecho puré.

—¿Y dónde vive usted?

Gabriel buscaba con los ojos una cama, un rincón, un reservado. Su mujer se había empeñado en trabajar allí. De ese modo sacarían adelante mejor al niño. Ahorrarían un poco. Podrían tener su apartamento. Él no se veía obligado a aguantar las indirectas de la suegra... «Como sea, alguien deberá hacerse cargo del niño.» «Sí, pero sólo durante las tardes.» El niño, que nació a pesar suyo, fue un incordio. Ahora no podrían vivir sin él, lo estaban sacando a flote a trancas y barrancas. Y de pronto Capilla se empestilló en trabajar en otro sitio. Él llevaba en el bar ya unos años. Y a ella le pagarían aquí un buen puñado de pesetas. Más que a él. De aquel trabajo, a Gabriel, todo le rechinaba.

—Pues duermo en las traseras. Esta calle es la última del barrio. El pub tiene dos alturas, y yo no necesito más que una. Por el momento. Ojalá pronto necesite las dos... Y entonces he hecho un par de habitaciones con una escalera de mala muerte y un corredor chiquito que les da entrada independiente.

—Unas habitaciones por detrás —Gabriel pensaba en alta voz—, igual que un club de carretera.

Eugenio se echó a reír.

Eugenio era guapo también, con el pelo castaño y unos ojos azules sombreados por pestañas muy largas. Esbelto y alto, lo mismo que Gabriel.

—¿Cómo se te ocurre semejante disparate? Las habitaciones son para mí y para algún amigo íntimo al que no le apetezca volver a su casa, tarde ya... O que no tenga casa porque no sea de aquí. Hay un cuartito de baño entre las dos.

Igual que un club de carretera, volvió a pensar Gabriel, y giró la cabeza desamparada hacia Capilla. Ella asistía a la conversación en silencio, con las manos entrelazadas bajo su vientre liso de muchacha. No daba la impresión de haber sido ya madre. Los brazos le oprimían los pechos forzándolos a salir, rotundos y valientes, asomados al escote que a Gabriel siempre le parecía quizá un poco excesivo. Gabriel la vio más guapa que nunca. Dorada de pelo, dorada de piel, dorada de ojos... La vio más guapa y menos suya. Sintió como un dogal apretándole la garganta. Tenía ganas de llorar y le amargaba la saliva.

—Vámonos —dijo muy cortante.

—¿Entonces? —Eugenio estaba pendiente de Capilla. La muchacha hizo un gesto con los hombros.

—Ya lo convenceré... Mañana le traigo la contestación.

—Que me llames también de tú —repitió Eugenio sonriéndole.

Lo convenció. Pero desde entonces Gabriel no fue el mismo. Se quedaba alelado en el trabajo. «Estás desconocido», le reprochaba el dueño de la cafetería. «Antes eras un polvorilla y ahora eres un muermo. Y todo por lo mismo.» Porque la gente lo sabía. Se habían dado cuenta desde el principio. Se hacían guiños antes de gastarle una broma. Se daban con el codo cuando se le iba el santo al cielo. Ignoraban el daño que le hacían.

Gabriel aguardaba la hora del cierre con el alma en vilo. Prefería quedarse con la moto e ir a recoger a Capilla. Quizá para sorprenderla in fraganti. «No, no», se decía. Quizá para comprobar que le era rigurosamente fiel.

Cuando llegaba, se dirigía antes que nada a las traseras, para cerciorarse de que las habitaciones estaban vacías y apagadas las luces. Y, una vez cerciorado, le entraba la insoportable comezón de lo que harían, a lo largo de las horas, su mujer y el propietario, y el amo, como él lo llamaba. Durante todo el día... Las miradas, las lentas y vacías horas de la siesta en que la clientela flojeaba... Y se le agitaba la respiración a Gabriel y una extraña náusea le volcaba el estómago y le subía hasta la boca, y le temblaban las piernas como si tuviese miedo o fuera a desmayarse.

Días atrás había empezado a no poder pasar bocado. El olor a grasa y a queso muy curado y a vino del bar, que jamás le produjo rechazo, ahora se le quedaba enganchado en la campanilla y se pasaba percibiéndolo toda la noche, tragándoselo casi. Y agarraba el sueño con dificultad, a pesar de tener, seguro y ofrecido junto al suyo, el cuerpo de Capilla.

Una madrugada la había despertado con sus sollozos.

—¿Qué te pasa, Gabriel?

Ella lo sacudía. Y él, dormido, nadando en una densa pesadilla, continuó sollozando. Un barro sucio, que le manchaba el cuerpo y el alma, lo separaba de ella. Braceaba, braceaba, intentando mantenerse a flote, pero alejándose cada vez más, sin poder evitarlo, de la orilla y de ella. De ella, que sonreía mirando hacia atrás, a otra parte. Y detrás no había nadie, pero él estaba seguro de que era a Eugenio al que miraba.

—No le hables, no lo mires, no lo escuches —le gritaba, al separarse, todas las mañanas.

—Es el dueño del negocio, Gabriel, ¿cómo no voy a hablarle? Qué desquiciado estás.

Sí, estaba desquiciado. Cuando de noche se encontraban, ya a solas, él contemplaba aquel cuerpo dorado y suave, como la piel del melocotón maduro. Lo acariciaba, pero con aquel dogal apretándole la garganta, turbios los ojos, igual que se acaricia, en una despedida, un bien que va a perderse. O como se acaricia con la imaginación un bien que se ha perdido... Y a menudo no podía hacer más. Acariciar sólo, como si unos poderes tenebrosos lo retuvieran y lo empujaran lejos de ella. Y acababa por echarse a llorar sobre aquel vientre, sobre aquellos pechos, sobre aquel sexo que era suyo, suyo, suyo y de nadie más.

Habían desaparecido las lentas tardes libres, en que los dos se paseaban del brazo por las estrechas calles de Jaén, ufanos, sabiendo que la gente volvía la cara a su paso, sin poder evitar una pequeña sonrisa y un placer en los ojos. «Qué pareja tan bonita. Da gusto verlos a los dos juntos.» Y ellos se miraban también, uno al otro, con el rabillo del ojo, gozando también de ese placer y de esa gloria bendita. Una hermosura dada y recibida, recíproca y multiplicada por dos. Qué por dos, por dos mil, porque cada día se encontraban más juntos y más guapos y más felices.

Hasta que llegó el Eugenio's Pub a separarlos.

Saluda a tu mujer... Dale recuerdos a tu mujer... ¿Cuándo os veis tu mujer y tú? ¿A qué horas la deja libre Eugenio?... Eugenio tiene muy buena mano con las hembras. Debe de estar haciendo un estropicio. No creo que quede ilesa ni una mujer del barrio... Ilesa, puede, pero lo que es intacta... ¿No te dice nada tu mujer de las hazañas de su jefe? Pieza que se le pone a tiro, pieza cobrada.

—He decidido que no vayas más al Barrio de la Guita —así lo llamaba la gente, porque los que vivieron primero en él llevaban, a falta de metro, una cuerda para medir las habitaciones, las ventanas o para encajar los muebles.

—Pero ¿por qué? Si me dieras buenas razones...

—Que no quiero, Capilla. Que no puedo. —Se le alebraba la voz—. ¿No te das cuenta de que va a acabar con lo nuestro, y de que está acabando con nosotros?

—Tú estás loco, Gabriel. A ti te dan avenates. Antes no eras así, cariño.

—Antes tú estabas a mi disposición —ella frunció los labios carnosos en un gesto de desagrado—. Quiero decir que estabas conmigo todo el día.

—Claro, eso es: la esclava del Señor... Pues ahora hay veces que cuando me pongo a tu disposición, ni siquiera sabes qué hacer conmigo.

Gabriel calló. Iba a decir «precisamente por eso», pero no lo dijo. Se sintió más herido y más débil que nunca, y se calló.

Veían al niño menos de lo que quisieran. El niño estaba bien cuidado por su abuela, a la que ahora podían darle un dinero extra y pagarle en cierta manera lo que hacía.

Consiguieron librar, juntos, los lunes. Cuando despertaban se llevaban al pequeño a su cuarto y lo sobeteaban, le hacían cosquillas, le daban sonoros besos. O lo sacaban de paseo a la calle a sentarse junto al cochecito en un banco. O a tomar en una acera, al aire limpio, unas cervezas. Los que pasaban se fijaban con interés en aquella pareja tan bien plantada, tan hechos el uno para el otro, y en su retoño que reía sin ton ni son y miraba a su padre y a su madre como si se diera cuenta de lo guapos que eran y como si les agradeciese lo precioso que lo habían hecho a él.

Sin embargo, a medida que pasaban las horas de los lunes, Gabriel iba viniéndose abajo. Reconcomido, sin ganas ya de nada, ni siquiera de hablar, concentrado igual que si hubiese caído un telón de frío y de tiniebla delante de él, aislándolo y llevándoselo.

Fue el segundo martes de octubre. El día había estado neblinoso y antipático. Era el primero de un auténtico otoño. Se echaba de menos el tranquilo y tibio sol de los días anteriores. Un leve escalofrío corría por la ciudad, que le decía con él adiós al verano. La tarde fue hacia la oscuridad con pasos inseguros, y pareció la luz más huidiza que nunca. Un lubricán verdoso arrastró la claridad como un pastor siniestro arrastra su morral.

La cafetería de Gabriel cerró poco después de las doce. La clientela había desfilado perezosamente. El efectivo cambio de estación echó al personal hacia sus casas. Un fresco, ligero y casi húmedo, doblaba despacio las esquinas.

La moto la tenía Gabriel. El día anterior, lunes, en que él había estado particularmente sombrío, quedaron en que recogería a Capilla. A lo mejor, si le daba tiempo, tomaría una copa con ella en el mostrador del pub... Él sabía que no iba a ser así. Se confesaba incapaz de consentir que Eugenio los invitara a una copa. Se sabía incapaz de tomar una copa de lo que fuera al lado de él.

Puso en marcha la moto. La cabeza le daba punzadas, como si la tuviera llena de malos pensamientos que, en efecto, retornaban una vez más. Era incapaz de contener un temblorcillo que le recorría las manos. Procuraba respirar hondo, pero no se le pasaba la sensación de ahogo. Estaba invadido, como un avispero, de aciagos presagios. Le agobiaban unas terribles ansias de echarse a llorar. Le subían por el pecho, quemándole, hasta el cuello, y allí lo estrangulaban. Sentía ganas de chocar con la moto contra una esquina y acabar y acabar de una vez...

Sin saber por qué, no descendió hacia las afueras. Era temprano aún. Fue a casa de su suegra. No llamó. Abrió con su llave el portal y subió hasta la segunda planta. Hizo funcionar la cerradura del piso con mucho cuidado. Junto a la de su habitación, vio la puerta de su suegra entornada. Escuchó su ronquido y un gemidito del niño, que quizá cambiaba de postura. En la garganta sintió aquel dogal oprimiéndole. Se detuvo unos minutos, con la espalda contra la pared, sin saber qué decisión tomar. Miró el reloj... Volvió a mirarlo. No había pasado el tiempo. Cuando por fin se movió sonó una baldosa. Siempre se decía que era necesario ponerle una lechada de yeso para fijarla bien... De pronto supo lo que tenía que hacer. Entró en la alcoba de Capilla y de él. Al fondo del armario estaba lo que, también en el fondo, había ido a buscar. Cogió la escopeta de caza y, al cerrar la puerta con espejo del armario, se vio a sí mismo, de pie, delgado y siniestro, a la luz de la mesilla de noche, amarilla y tenue, con la escopeta en la mano derecha... Pensó en la mili, en lo cansado de la instrucción, en el sol insoportable, en la humedad del cuartel. Pensó en lo poco que había cazado con aquella escopeta. Pensó en un compañero que se pegó un tiro en un brazo. Sin querer. O acaso queriendo para librarse. Para librarse...

Montó en la moto y fue, no muy deprisa, hasta el pub de Eugenio. No quería llegar antes de que cerraran. Algún día, ya sin gente, se demoraban charlando Capilla y Eugenio. Y eso, con sólo imaginarlo le entrecortaba a Gabriel la respiración y veía rojo cuanto miraba a su alrededor.

Fue, como siempre, por la trasera. Le pareció ver luz, muy poca, en una de las habitaciones, la que acostumbraba usar Eugenio. Subió la escalera de maderos adosados al muro. Crujieron dos o tres. A Gabriel empezó a tiritarle la barbilla. Le pareció que estaba haciendo un esfuerzo demasiado grande y que el corazón se le salía por la boca. Se agarró a la baranda, que se estremeció bajo su peso. Llegó al estrecho corredor. Entre tabla y tabla se veía la tierra de abajo a la luz helada de la luna. Unas nubes galopaban ante ella. La temperatura se había dejado caer.

Lo invadió la certeza que venía rondándole desde hacía tres meses. Abrió la puerta del cuarto con tal ímpetu que pensó que se habría abierto aunque estuviese echado un pestillo.

En la cama vio la espalda, las nalgas, las piernas desnudas de Eugenio sobre el cuerpo dorado. Se movía con un ritmo rabioso. Gabriel tuvo una sensación de vértigo y a la vez una sensación de vacío interior, por el que él mismo se hundía. La cabeza de Eugenio giró hacia atrás, amarga, para ver quién entraba. Al hacerlo, descubrió la melena dorada, los redondos hombros... Desaparecieron las piernas y los brazos morenos que lo estrechaban unos segundos antes...

Gabriel se echó la escopeta a la cara. Hizo tres disparos. Saltó la sangre —pensó— como salta en el cine, roja y violenta. Cerró los ojos y volvió a disparar. Los dos cuerpos yacían sobre la cama inmóviles. Las sábanas se teñían de un granate oscuro.

Descendió trastabillando la escalera. No obstante, se encontró más ligero que antes. Como una ráfaga, pasó por su recuerdo el rostro inocente de su hijo. Sonreía. Gabriel sonrió, contagiado, también. Respiraba sin dificultad, como hacía mucho tiempo.

Montó en la moto inconsciente de lo que hacía.

Al pasar ante el pub vio una luz dentro. Frenó y puso un pie en el suelo. Alargó la cabeza. El mundo se volvió boca abajo para él. Sobre el mostrador, encima de un paño, descansaban unos cuantos vasos altos y también boca abajo. Por encima de ellos, Capilla le saludó moviendo una mano con un trapo blanco. Le sonreía. Y sonriendo vino a abrirle la puerta de cristales.

EL SUEÑO
—

No, no era un sueño. Sin embargo, ¿qué otra cosa podría ser si no? Vio, con los ojos cerrados, bajo una luz de mediodía, pero mate y como pintada por Carpaccio, su propio jardín. Los jacarandás, los mioporos y las sifleras de hojas charoladas, el grupo de cipreses, los laureles oscuros, los arriates bordeados de mirtos con las plantas no muy sobresalientes dentro: agapantos, lirios, lantanas, jazmines, damas de noche, heliotropos, manzanos japoneses... Al fondo, el cenador cubierto con ramos de glicina. Le llamaba, sobre todo, la atención aquel resplandor irreal y la inmovilidad absoluta del aire, de las ramas, de la pasmada luz también. Y la inexistencia de olor alguno... Sintió una moderada inquietud. La suficiente para que dejara de contemplar el jardín: idéntico al suyo, pero como de porcelana sumergida en los verdes de un acuario. Sin embargo, antes le dio tiempo a descubrir a su amante, en un banco, sentada. No había error posible. La acariciaba otro hombre. Una mano le estrujó el corazón.

Abrumado, abrió los ojos dentro del sueño. No, no despertó. Siguió soñando, pero le pareció que había abierto los ojos. Antes del falso despertar, desaparecido el jardín evanescente, a la manera de una ilógica continuación, soñó todavía con un complicado tejido que formaban los días de la semana. Imbricados unos en otros, producían efectos benéficos o maléficos, según su inclinación, en una serie de acontecimientos confusos que él, sin embargo, comprendía. Comprendía y se asombraba a la vez de que le resultase sencillo comprenderlos.

Después de un fundido en negro, apareció una alta torre de ceniza, sobre la que una lluvia cálida depositaba gotas brillantes que reflejaban la luz vaga, gris e interior que, lo mismo que un fanal, resguardaba la torre. También entendió él el sentido de la torre y de la lluvia... Fue entonces cuando se desmoronó el montón de ceniza sobre su propio cuerpo. Fue entonces cuando volvió a abrir, sin despertar, los ojos.

Vio la oscuridad del dormitorio. No era uniforme. Se hacía más densa en lo que adivinaba que eran la puerta del estudio frente a la cama, la del cuarto de baño y la del vestidor. También se espesaba la oscuridad en los cuadros. Tras las cortinas de la gran ventana, cuatro líneas más claras, casi azules, delimitaban, a su derecha, una superficie rectangular que le resultó, sin saber por qué, especialmente amable. Aún sentía en el pecho la opresión de la mano y de las ruinas de la torre, ahora olvidadas ya. La saliva se le había cuajado en la boca.

La puerta del estudio se abrió, o se entreabrió, en silencio. Supo que alguien, desde allí, lo observaba. Presintió un peligro. Desorbitó los ojos, o soñó que los desorbitaba, como si eso le permitiera ver en qué consistía tal peligro. Intuyó que un rostro, envuelto en la negrura, retrocedía, mientras un brazo se introdujo en el dormitorio. Algo destacaba sin brillo en su extremo. «Una pistola», se dijo. Supo que iba a ser disparada... Lo fue. Vio el fogonazo. Sintió un dolor muy concreto y agudo. No oyó ningún disparo, pero sintió el dolor. Quiso despertar y no le fue posible. Giró la cabeza y, sin cerrar los ojos, retornó al sueño. Inquieto, ignorando el porqué, cerró por fin los párpados dentro de él. Vio entonces la luz real y vibrante de un veloz amanecer...

A la mañana siguiente se lo encontraron muerto. Diagnosticaron un infarto de miocardio. «No sufrió. No sintió nada», aseguró el doctor. «No se enteró de nada.»

LOS GORDITOS

Constituían una pareja de hecho, inscrita legalmente en no sé qué registro.

Tenían resuelta con reciprocidad la adscripción de sus bienes particulares en caso de separación o de muerte.

Eran dueños comunes de un piso en Madrid y de otro en Benidorm, en una torre construida sobre una colina. Del segundo hablaban con fruición, refiriéndose a él como de un jardín colgante y esplendoroso. El sentido del humor de Ricky, el único capaz de él, no bastaba para disimular del todo su entusiasmo. El piso de Madrid estaba situado en una calle céntrica, pero algo cutre y oscura, con portales y arquitecturas muy semejantes, lo que hacía difícil dar con su casa si no se consultaba el número, lo que era, desde el oscurecer, prácticamente imposible.

La portería se asemejaba a la calle, confusa y lóbrega. Quizá porque yo la conocí siempre de noche. Un mostrador siniestro, debajo del que se hallaba el difícil interruptor que abría la puerta de entrada. Una planta de plástico imitaba a un ficus, y cuatro escalones, en un ángulo incómodo, que llevaban a un pequeño ascensor de muy ligeros ímpetus.

Su piso era el quinto. El constructor había querido sacar de la superficie más partido del que era posible. Es decir, el apartamento consistía en un pasillo estrecho, a cuya derecha daban las habitaciones, que conducía a la sala principal y a la pequeña terraza que se volcaba sobre la calle sombría. Por aquel pasillo Ricky y Richard avanzaban casi de perfil, obligados por sus dimensiones: la del pasillo y las de ellos.

Porque ambos eran rotundamente gordos. Si les llamábamos los gorditos era por usar un desaforado eufemismo o una exagerada lítote.

El que hacía de joven era Ricky: alto, inmenso, nada feo, simpático, de cuarenta y pocos años, aficionado a la informática, no mal pintor de un cuadro cada cinco o seis años, y apasionado gerontófilo.

Richard era, por consiguiente, un hombre muy mayor. En lo físico, recordaba a Juan XXIII, pero con mala leche y mucho más pesado. Su fealdad era compulsiva. De un pueblo de Castilla la más Vieja, era viudo con hijas de la edad de Ricky. Las mujeres, muy parecidas a él, no se sentían capaces de perdonárselo. Supongo que cada día, al mirarse al espejo, exclamaban: «me vengaré», y así lo procuraban. Fue fiel a su mujer y a los curas del lugar hasta el punto y hora en que enviudó. Entonces, según él, descubrió que lo suyo eran los hombres, y actuó en consecuencia. Era calvo, con una calva morena, brillante y agresiva, y muy patente por razón de su estatura. Tenía no sé si un complejo de inferioridad o una inferioridad a secas, que le hacía estar de continuo malhumorado y sobreaviso no sabía de qué. Pensaba que cuanto se decía o se hacía, más o menos en su entorno, se decía o se hacía contra él. Disfrutaba de una nada envidiable manía persecutoria. O sea, no había perdido el pelo de la dehesa, el único que le quedaba, ni la desconfiada cazurrería propia de los aldeanos en Madrid. No se fiaba ni de su sombra, y no reconocía la superioridad de nadie ni de nada. En el fondo, detestaba a los amigos de Ricky, que era el que de veras los tenía.

Formaban la pareja más contradictoria y más inexplicable que he conocido. Ricky era fiel a Richard y, si era preciso, reconocía que lo amaba. Incluso que lo encontraba atractivo y hasta bello. Pasaba por alto todos sus defectos y excesos y todos sus disgustos. Transigía con sus inesperables reacciones, y sólo muy de cuando en cuando salía de la casa dando un portazo. Hasta estimaba halagador que Richard lo controlara, lo celara, oyera por otro teléfono las conversaciones con sus amigos y procurara espantárselos, cosa que con frecuencia conseguía. Y llevaban diez años juntos, por muy mentira que pareciese.

A mí me llevaron unos amigos a su casa una noche. No recuerdo si para cenar o a tomar una copa. Lo primero que oí fue la sirena de una ambulancia, siniestra e implacable. Se repitió cada diez minutos. Detrás de su desgarrador alarido se suspendía todo: la respiración, las conversaciones, las sonrisas. Los ojos se volvían hacia la calle. Y era preciso hacer un cierto esfuerzo para continuar allí.

Encima de la minúscula puerta de entrada —minúscula en comparación con los habitantes— había la silueta de una Virgen del Rocío de cerámica. Estaba torcida, tolerar lo cual es superior a mis fuerzas. De puntillas, traté de ponerla derecha, pero no se movía. Algo más tarde descubrí que todos los adornos de las paredes, los cuadros, los ceniceros y las pequeñas figuras sobre las mesas, un san Juan Bautista antiguo y manco y un viejo san José que había perdido su policromía, todo, todo, todo, estaba pegado irreversiblemente a los muebles y a los muros. Porque como Ricky y Richard, al moverse con cierta libertad, ocasionaban verdaderos seísmos, un día de lucidez, decidieron pegar, por su base o por su dorso, todos los objetos rompibles. Eso daba a la casa un tono de fatal parálisis poco agradable.

A la media hora de llegar, yendo al servicio, equivocado, entré en una pequeña sala donde Ricky cultivaba sus dos grandes y lentas aficiones, acaso disuasorias de otras: la pintura, que ejercitaba con mucha moderación, y la navegación por Internet. Había allí un caballete con un cuadro, también pegado a él. Consistía en unas pequeñas manchas iniciales, en las que ya se adivinaba un bello juego de colores, de loros, cacatúas, periquitos y otros pájaros, como la picaraza. (Aquella noche aprendí ese sinónimo que desconocía de la pega, picaza, marica o urraca.) Ricky podía pasar meses y aun años sin pintar y aun sin mirar el lienzo ya empezado. En diez años sólo había concluido uno, colgado —pegado más bien— en el comedor: un fondo submarino de colores brillantes, osados y agradables, que recordaba a Anglada Camarasa. Su holgazanería, me dijo, le había impedido terminarlo del todo. Resultaba evidente que Ricky no vivía de su pintura.

En cuanto al Internet, jugaba en Bolsa a través de él en el estricto sentido de la palabra jugar. Con gran acierto al parecer. Pero se negaba a invertir y manejar más dinero que el suyo. En lo cual hacía divinamente bien.

Cuando aquella noche di por fin con el servicio de invitados, que se hallaba al lado opuesto de donde lo buscaba, me llamó la atención el bidé. Tenía la tapa abatida, y bajo ella sobresalían unas gruesas cuerdas que ataban apretadamente un envoltorio grande. Se deducía con claridad que, lo que fuera que fuese, había sido sancionado con severidad extrema. Tanto me azuzó la curiosidad que, después de cerciorarme de que el pestillo estaba corrido, levanté la tapa del sanitario y procuré —cosa nada sencilla— deshacer los nudos que se cerraban sobre una fuerte lona de color verde. Cuando lo hube conseguido, encontré dentro lo que no era difícil de imaginar. Se trataba de una báscula digital. La habían condenado a cadena perpetua. Por su-

26

puesto, ningún objeto podía ser menos grato para los habitantes de aquella casa.

Desde la parte que daba a la calle, se escuchaba aún más a menudo el clamor desapacible y pertinaz de una o de varias ambulancias. Eso producía la impresión premonitoria de estar a punto de sufrir un accidente, o de que alguien muy cerca lo acababa de sufrir. El atroz sonido puntuaba y subrayaba cualquier charla y cualquier broma, irguiéndose sobre ellas lo mismo que un *memento mori*.

El comedor-salón abrumaba. Nunca he visto una habitación tan colmada de muebles. No creo que cupiera en ella ni el hilo musical. Quizá podían haber tirado el tabique del fondo, enfrentado a otro con una chimenea en su centro, naturalmente no encendida jamás por nadie. Detrás del primero había, según me dijeron, una especie de cuarto de estar rigurosamente inútil. Con optimismo, pensé que cualquier día, simplemente al pasar tras la mesa de comer, uno de los dos sin darse cuenta, tiraría con el trasero aquel tabique. Era muy probable, y desde luego ellos temían que sucediese. Con aquel tabique o con otro. La prueba es que, si alguien tenía que pasar por detrás de ellos cuando estaban sentados, por mucha distancia que hubiese entre sus asientos y la pared, de una forma instintiva los dos corrían hacia delante su silla: imaginaban que todo el mundo era de su volumen. Un volumen que conseguía apagar o encender todas las luces cuyos interruptores accionaban sin querer con las nalgas o con las caderas. En ese cuarto inválido supe luego que habían alojado a un primo del más joven, un calavera, acompañado de un rotwailer nada mimoso. Vino para una semana, mientras le concluían su piso, y se quedó seis meses. No sin oír a Richard, diez o doce veces al día, refranes como el de «las visitas y la pesca, a los tres días apestan» o «parientes y trastos viejos, pocos y lejos». Refranes ante los que el primo se encogía de hombros, pero que ponían hostil a su rotwailer, que aterraba al mayor.

La terraza era mínima, aunque muy bien aprovechada y cuidada. Tenían petunias, trinitarias, glicinas, diplademias, plantas del incienso, dos manzanos, tres naranjos, un álamo, un sauce, en fin, veinte o treinta macetas, de bonsáis algunas de ellas, pegadas por supuesto al suelo o a unos palés de madera. Cierto que imposibilitaban de todo punto asomarse a la calle, pero también cierto que la calle no merecía la pena. La pared de la terraza era de ladrillos pintados de rojo vivo, con unas amplias llagas entre ellos de un deslumbrante blanco. Supongo que desde allí se veía el cielo casi morado de las noches veraniegas, o el cielo claro y húmedo de las noches de invierno. Y, sobre todo, se oía más que en toda la casa el chirrido aterrador de las ambulancias.

Los gordos hacían, por descontado en común, sucesivas dietas numerosas. Adelgazaban con naturalidad quince o veinte kilos, y después, con la misma naturalidad, los recuperaban. Cuando yo los conocí padecían un régimen feroz, político más que dietético, que nunca supe en lo que consistía, porque se aislaban para cumplirlo. Lo que sí supe es que, cuando se lo saltaban, ingerían una gruesísima —también— pastilla negra y rutilante como una cucaracha bien cuidada. Ni una sola vez de las que cené con ellos por ahí dejaron de tomarse la gran píldora ovalada.

A mí me invitaron a su casa, no lejos de Atocha, en un par de ocasiones. Llegué precedido por el agudo rugir de las ambulancias. Sabían de más que tengo un aparato digestivo repugnante, es decir, nada digestivo, por el que sentían conmiseración, y prometían confeccionarme unos platos a mi medida según ellos. A mi medida, mejor dicho, no. Porque consistían en enormes fuentes de guisos que ellos probaban sin cesar mientras los cocinaban segregando saliva. Tanto, que al comedor salía sólo la mitad de lo previsto. Me juraban y perjuraban que no tenían especias. Yo olía desde lejos la nuez moscada y la pimienta con mis narices vírgenes. Una vez me encontré en el plato un clavo tan grande como los mayores de las ferreterías. Y recuerdo que, la segunda vez que cené allí, me ofrecieron una especie de paté de hongos castellanos completamente viejos, cuyo recuerdo aún me obliga a tomar antiácidos.

En aquel apartamento, fuese invierno o verano, siempre pasé mucho calor. Ignoro cuál fuera la causa. Si salías a la terraza en enero, podías congelarte de hecho; si regresabas al salón, podías morir como hubiesen muerto, sin la divina protección, los jóvenes del horno de Babilonia. Los gorditos te buscaban con servicialidad abanicos: los sacaban de misteriosos cajones repletos de toda clase de cacharros inservibles; apagaban los radiadores; dejaban una ventana abierta... Nada, morías de calor. Y eso me asombraba a mí, que soy muy friolero. Nunca pude imaginar el origen, que debía de ser termodinámico y acaso procedente de sus dueños. Fuese por lo que fuese, aquel piso era un tostadero.

Ante la pareja no cabía otra cosa que pensar que se trataba de un maridaje algo más que desigual y desnivelado. No me refiero al peso, en que por ahí se andarían, sino al carácter, abierto en uno y cerrado en el otro. Y sin embargo los dos eran generosos y trataban de ser simpáticos. Si bien uno lo conseguía sin notársele, y el otro aun notándosele, no lo conseguía. Es algo que suele suceder.

Alguien me había contado que Ricky, el que hacía de joven, era un ser muy natural en estricto sentido, cosa perfectamente verosímil. Por lo visto, una mañana, en el apartamento de Benidorm, en un amplio balcón que daba al mar, se le aproximó una abeja entretenida con las flores. Lo rodeaba, lo contemplaba, se le acercaba en exceso. A él y a los invitados. Ricky no movía ni un dedo, ni por amenaza ni por temor. Simplemente advertía: «Está bien. Anda, ya está bien», como si la conociera desde antes. Hasta que, por fin, hastiado por la perturbación que causaba el insecto a los reunidos, alargó la mano, lo cogió con delicadeza y le dijo: «No seas cargante, debes irte ahora mismo.» Y abrió la mano al otro lado de la barandilla. La abeja voló fuera, batiendo las alas al despedirse, feliz y ligera en la mañana de oro.

La última cena, nunca mejor dicho, que fue, creo, la segunda a la que yo asistí, había transcurrido de manera muy agradable, salvando la intervención ambulatoria. Se sirvió de una manera sobradamente formal para mi gusto. Eran los anfitriones los que nos servían a los tres o cuatro invitados, interrumpiendo por tanto los comentarios y el cachondeo. De otra parte, la mesa del comedor, y el comedor mismo, reducido por aparadores, vitrinas, grandes sillones y una complicada sillería, no daba para semejante despliegue de fuentes, cuberterías, argenterías, bajoplatos y salvamanteles, etc., etc., etc., pero fue, a pesar de todo, muy de agradecer. Salvo las especias, claro.

Luego, tomamos una copa trasladándonos apenas metro y medio. Alrededor de la chimenea, en un tresillo, que, ignoro por qué, habían forrado con unas fundas cuya etiqueta de «No lavar con agua caliente» y el porcentaje de fibra pedí que cortáramos con unas tijeras. Pusieron en la mesa cinco pares, obtenidos de algún cajón de sastre próximo. Ninguna nos sirvió. Alguien arrancó las etiquetas de un tirón bien administrado...

A pesar del calor incondicional, tomábamos nuestras bebidas largas, y las sudamos. Tres comensales fumaron unos porros. Aprovechando los viajes de Richard a la cocina, uno nos ofreció una raya de coca. Ricky fue el primero en aceptarla, y la esnifó con una rapidez y una habilidad insospechables, y mirando hacia el pasillo. Lo que me hizo caer en la cuenta de que la confianza de los dos gordos no era tan absoluta. Se habló de la época gloriosa de los ligues, tan furtivos como perseguidos, en el Madrid del 65 al 70. Ricky debía entonces de estar especializado en cines, porque, en una ausencia de Richard, enunció, por sectores, una larga retahíla. Tan larga se me antojó que dudé de su veracidad, ratificada por algún otro asistente.

—Alrededor de Sol estaba el cine Sol, al lado de Casa Labra, entre la calle Tetuán y Preciados; el Postas y el Carretas y el Duque de Alba y el Montera, en sus calles respectivas; el Pléyel, en Mayor; el Ideal, en Doctor Cortezo, y el cine Madrid, en Carmen... Por Bravo Murillo, y se me olvidará alguno, había el Tetuán, el Europa, el Montijo y el Quevedo...

Lo interrumpió uno de los del porro:

—Y el España, por General Ricardos y Marqués de Vadillo, no te olvides.

—No me olvidaba. Como tampoco del Doré, del California de Andrés Mellado, del Lavapiés, del Pavón, del Embajadores, del Elcano, en una calle paralela a la Ronda de Valencia. Y el Alexandre.

—Ése era un cine más progresista que de ligue.

—Como quieras. Pero el ligue y el progreso siempre han ido muy juntos. Como el Voz, entre Manuel Becerra y Ventas. Y, ya en la Gran Vía, más finos, el Azul y el Rex.

El regreso, desde la cocina, de Richard, interrumpió la enumeración que parecía inagotable y me dejó asombrado.

Pero llegó el momento de despedirnos. Nos colocamos nuestros abrigos, que habían depositado en la gran cama matrimonial de dos por dos. Al verla de lejos, supuse que nuestros amigos se arrojaban a ella como a una piscina, ya que no quedaba en la alcoba espacio vacío alguno para subir a ella de forma imaginable.

Ricky se ofreció a acompañarnos hasta la puerta de la calle. «Por si no saben dónde está el interruptor del portero automático», le susurró al oído a Richard. Descendimos en el pequeño ascensor en dos tandas. «Tiene poca potencia», me hizo saber el anfitrión: «Richard y yo, como comprenderás, lo usamos siempre por separado. Viajamos así como los reyes: en caso de accidente...» Los otros nos estaban esperando ya abajo. Había dispuesto unas rayas sobre el mostrador de la portería. Entonces caí en que Ricky, más que un acompañante educado, era un tolerable drogadicto. Nos reímos todos, y estábamos en éstas cuando se oyó descender el ascensor que previamente habían reclamado. Era Richard que, con la mosca en la oreja, bajaba a inspeccionar el comportamiento de su pareja. Ay, demasiado tarde: el mal ya estaba esnifado.

Nos despedimos muy cariñosamente, proponiéndonos vernos la otra semana o al menos lo antes posible en casa de uno de nosotros. Nos acompañaron, después de accionar el interruptor escondido, hasta la misma puerta.

El coche que nos había llevado estaba cerca. Entramos todos en él. Introdujo el conductor la llave, y la giró.

El ruido que hicieron la puesta en marcha y el coche al arrancar coincidió con otro mucho más estruendoso.

Enseguida supimos que el ascensor no había podido

con los dos gordos. Discutiendo si había Ricky tomado algo de coca o no, se descuidaron y trataron de subir a la vez. Yo pensé que, en el fondo, murieron como habían vivido los diez últimos años: discutiendo y rozándose sus gruesas barrigas, el uno frente al otro.

Pronto, el chirrido de una ambulancia, esta vez con justificación muy próxima, llenó de pavor la noche fría.

EL DESCONOCIDO
—

Descubrí, en aquella bien surtida y poblada fiesta, alguien a quien nadie miraba. Sentado en un rincón, parecía no haber sido invitado. O no existir. Pregunté, a los que creía más íntimos, de quién se trataba. Nadie me dio razón. Transcurría el tiempo y yo estaba más y más intrigado. Decidí descubrirlo por mí mismo.

—Perdone mi atrevimiento. ¿Me puede decir quién es usted?

—Soy el que paga la fiesta —contestó.

—Gracias —repliqué.

Un minuto más tarde había desaparecido.

HUMO Y ESPEJOS

—

Sin motivo aparente, Ondara soltó una risita entre vengativa y nerviosa.

—Qué violencia, ¿no?

Agustín la miró con expresión adusta y tabaleó con los
dedos en la chapa del ascensor.

—Qué cabronada, dirás.

En casi media hora —ya eran las doce pasadas— les había dado tiempo de leer todas las inscripciones palurdas y
eróticas grabadas con clavos o con llaves en aquellas cuatro
paredes. Cada uno por su cuenta, por supuesto. Guardaron de nuevo silencio. Procuraban que no se encontrasen
sus ojos, aunque era algo difícil de evitar todo el tiempo.
Cuando lo hacían, resbalaban sus miradas como salaman-
quesas sorprendidas.

El piso al que se dirigían era el quinto de una construcción playera de Fuengirola, «La Rosaleda». Habían llegado
la noche anterior y hoy esperaban a un amigo abogado, a
quien tenía Agustín que haber ido a recibir al aeropuerto
de Málaga. Se trataba de hacer una amistosa separación de
bienes. Ondara y Agustín habían decidido divorciarse. Ésta
sería la última vez que se encontraran. Estaban de acuerdo
en casi todo, incluso en que el otro era el completo culpable. Llegaron juntos en el penúltimo vuelo del viernes.
Cuando entraron en el piso, con el que se quedaría On-

dara, no hubo tensiones: ella se dirigió al dormitorio matrimonial, y Agustín a uno de los dormitorios de huéspedes.

Ondara telefoneó a Madrid y habló con Borja y con Vanessa, sus hijos, que se disponían a salir por separado con sus respectivas pandillas. Entre tanto, Agustín, con el móvil, telefoneó a Celia, *su amante secretaria o viceversa*, como la designaba Ondara, veintitantos años más joven que ella misma y treinta más que él.

Ninguno de los dos había dormido mucho.

Por la mañana desayunaron juntos en una cafetería próxima. Hablaron muy poco. En realidad ya no tenían nada que decirse.

Fue a la vuelta del desayuno cuando se estropeó inexplicablemente el ascensor y se quedaron encerrados en él.

Por desgracia, era febrero y la casa se encontraba vacía de vecinos. El frescales del portero no había comparecido: debió de haber abierto la puerta, como mucho, si es que hizo acto de presencia, y desapareció. Nadie le había avisado de su llegada. En el mejor de los casos, se estaría ocupando del jardín. La piscina estaba vacía; el gimnasio, cerrado; la sauna, también; la sala de juntas, sin objeto.

Tanto Ondara como Agustín se hallaban a la espera desesperada de que alguien, al tratar de usar aquel armatoste, se diera cuenta de que estaba parado. O de que alguien, por casualidad, escuchara el timbre de alarma que, de cuando en cuando, a cada ocasión con menos confianza, uno de los dos oprimía.

El problema de la seguridad del artefacto o de su posible desprendimiento era tan obsesionante para los dos que, con temor a manifestarse con una preocupación o sinceridad excesivas, evitaban, sin olvidarlo ni un instante, referirse a él.

A ninguno de los dos le había sucedido antes nada parecido. Siempre pensaron que aquello era algo que les ocurría a los demás, y que servía para contarlo después en una cena o en una reunión de amigos. Como gracia.

—Verdaderamente qué violento —volvió a decir Ondara.

Agustín prefirió no hacer ningún comentario. Se reprochaba que aquello le sucedía a él por transigir: nunca debieron de desayunar juntos. Así uno de los dos se habría quedado en la casa. Aunque tampoco eso quizá habría resuelto nada.

Volvió a marcar en el móvil el teléfono de información del golf del que tenía mayoría de acciones. Y volvió a descubrir, incrédulo, que no había cobertura.

Ondara, que odiaba los telefoninos, porque habían servido para que Agustín la engañara a menudo en cuanto a dónde y con quiénes estaba, no ahorró su opinión adversa:

—Siempre pasa igual. Precisamente ahora que necesitamos el bicho ése, no funciona.

—¿Qué quieres que le haga?

—Tirarlo en cuanto salgamos de este atolladero.

—Si es que salimos, porque...

De nuevo el silencio espesó más aún la atmósfera bastante irrespirable ya del recinto.

—¿Sabes qué día es hoy? —preguntó después de un rato Ondara con cierto retintín.

—27 de febrero.

—Eso por supuesto, pero ¿qué paso el 27 de febrero de hace veinticinco años?

—Mira, no empecemos a jugar a las adivinanzas. No estoy por la labor.

—Así entretenemos la espera.

—Pero la espera ¿de qué? Dime, ¿de qué? Porque lo que es yo...

Ondara encendió un cigarrillo.

—¿Sigues fumando?

—Ya ves.

—Haces mal.

—¿Lo dices por este sitio, o en general?

—En general y por este sitio.

Pasaron un par de minutos.

—El 27 de febrero me confirmaron que estaba embarazada de Borja —dijo muy despacio Ondara. Luego se dejó resbalar por la pared del ascensor—. Nunca me había dado cuenta de lo ordinarios que son nuestros vecinos. Vaya recaditos que dejan aquí. —Se sentó en el suelo con las piernas recogidas—. Podían haber puesto un asiento. O una misericordia de esas de los cartujos o de los canónigos... ¿Te acuerdas cuando estuvimos en Miraflores?

Agustín rechazó otra vez el capítulo de recuerdos.

—Nadie se imagina que un ascensor pueda transformarse en un cuarto de estar.

—¿No tendrás una baraja? —La idea le había parecido luminosa a Ondara. La mirada de Agustín la convenció de lo contrario. Se excusó—: Una partidita nos distraería, hombre.

Fuimos compañeros en la Facultad de Derecho. Él terminaba y yo empezaba. Para lo que luego me sirvió... El primer día de curso lo vi: guapo y alto, seguro de sí mismo. «¿Dónde están las aulas?» Se echó a reír... El otro día, un recién casado de la provincia de Toledo en su viaje de novios me preguntó, a la entrada del Museo del Prado: «Oiga, por favor, ¿aquí dónde están los óleos...?» Eso le pasó a Agustín conmigo. Se burlaba. «Todo son aulas. Las de primero, porque supongo que serás de primero, son las de la derecha.» Yo me mordí los labios. «Me ha tomado por tonta.» Luego me acompañó. Ése fue, en realidad, el principio de lo que acaba aquí, en este cochino ascensor parado.

—¿Dónde están las aulas?

Agustín la miró sin entender. Sobrevino un largo silencio.

La naturaleza o Dios o quien sea, quizá nosotros mismos, ese *homo antecessor* del que se habla ahora, nos suministran un instrumento contra la soledad, más o menos rústico según sea utilizado de una forma más o menos personal y concreta... El amor... El amor. Un deseo de unión, el águila bicéfala como lo llama Antonio Gala. Qué equivocado está el pobre. Aquí me gustaría verlo a mí, con el águila dándole aletazos. Ni bicéfala ni águila: una gallina clueca, mojada y anadeante...

Nos miro. Hace una hora que nos estoy mirando con piedad. Éramos el mejor de los casos. Una pareja que había atravesado, simultáneamente y de la mano, todas las antecámaras: la del amor-impulso, que es la de la atracción física; la del amor-sentimiento, que es una adhesión consciente de un carácter a otro; la del amor-decisión, con la que se inauguró la convivencia... Habíamos llegado al fondo de la casa, hasta el cuarto de estar, ése que dice Agustín que no es nunca un ascensor, ¿no? Pues bueno, hasta el ascensor, codo con codo, ¿qué te parece, amigo mío?

En el primer peldaño todo es luz y hermosura del mundo, la hermosura que le contagiamos. Alguien pasa y decimos: «Eso es lo que esperaba»... En el segundo peldaño, al gustar sigue el querer; al flechazo, la voluntad de abrirse a la flecha; a la ceguera, el camino recíproco de la verdadera aproximación; al empujón instintivo, la elección con los ojos abiertos... En el tercer peldaño, al gustar del primero y al querer del segundo, sí, sigue el amor: el proyecto común, la cámara nupcial...

De acuerdo, bien, de acuerdo, ¿y qué tiene que ver todo aquello con esto? Qué desastre. El amor no puede confundirse con la costumbre de hacer los gestos del amor. Es una tarea difícil: ayudar a alguien a que se cumpla porque esa ayuda nos cumple a nosotros. Es una labor de arquitectura: construir una casa con dormitorio, sí, pero también con oficinas y con guardería infantil y con escuela y hasta con pompas fúnebres, y, desde luego, con ascensores. La vida entera para acabar la tareíta antes de que se acabe la vida...

Una batalla reanudada cada día, sin victorias ni treguas, sin derrotas también (eso fue antes), en la que el adversario es a veces el otro y a veces uno mismo. Y por fin, las secretarias, las cochinas secretarias contumaces. Y eso, siempre que sepas quién es el otro, porque hay disfraces que hacen que nos encontremos de pronto con un desconocido que escapa de nosotros y no quiere enseñarnos su oreja verdadera. «Serán dos en una sola carne.» Sí, sí, por las narices...

—Cuando el día de la boda fuiste a levantarme el velo, se te enganchó un gemelo de la camisa. No había quien lo desenganchara, ¿te acuerdas?

—Sí.

—El velo se fue a hacer puñetas. No fue una buena señal.

Cuando quien siente la soledad está a solas, todavía le queda la esperanza; cuando está acompañado, sólo le queda la desesperación... Me acuerdo de mi tía Librada y de mi tío Liborio: un viejo matrimonio normal y respetable. Siguen viviendo en Ondara, de donde era mi padre, que por eso me llamó así, un censo. Comen juntos, viven juntos, duermen juntos. Y no se hablan jamás. No porque se hayan propinado latigazos feroces y recíprocos, sino porque no tienen en absoluto nada que decirse. Su soledad se abrió como un abismo entre ellos...

Cuando he intentado entender a Agustín, cuando he tenido que profundizar para conocerlo, para explicarme qué sucedía entre nosotros, resultó que tampoco yo me conocía a mí misma porque había vivido en función de él. Lo tenía tan cerca que no necesitaba abrir los ojos para tocarlo: estaba allí. Pero cuando yo intentaba ser auténtica y tropezar con el auténtico Agustín, que se ocultaba en ocasiones queriendo y en ocasiones sin querer, llegué a la consecuencia de que no éramos dos, de que éramos muchos más, una multitud que no me quitaba la soledad sino que la multiplicaba por cada desconocido que éramos...

Habló Agustín:

—¿No has escuchado un ruido como de alguien subiendo la escalera?

—No; estaba distraída.

—Julio llamará antes de coger el avión. Llamará a este móvil. O al teléfono del piso... Le parecerá raro no encontrarnos. Nos buscará. Seguramente nos buscará.

—Mi padre nunca te quiso. Decía que no tenías dónde caerte muerto. Yo le replicaba que yo no te quería para que te cayeses muerto. Y que, en último término, siempre tendrías mis brazos...

Lo dijo sin vocalizar bien, casi sin pronunciar, como si se tratase de un pensamiento que se materializara igual que un vago ectoplasma en una sesión de espiritismo.

—Mi familia, en cambio, a ti sí te quería. —Hubo una pausa, en la que Ondara se preguntó cómo había conseguido entenderla—. Y yo, también.

Ella levantó los ojos y miró por primera vez a Agustín sosteniendo la mirada. Después se encogió de hombros.

—¿No te estará llamando también tu secretaria?

Ahora fue Agustín quien se encogió de hombros. Luego deslizó la espalda contra el ascensor y se dejó caer. Los dos estaban a la misma altura, pero no de frente, y tampoco de perfil, sino como si se hubiesen sentado en los dos lados, contiguos y en ángulo de una mesa de cualquier restaurante.

El matrimonio tiene un enemigo grave: el amor ideal o el ideal previo al amor. Todos y todas queremos que nuestro cónyuge sea igual que el que habíamos soñado. Y lo estiramos o lo rebajamos para que logre tener la estatura que pensábamos. Por eso maltratamos y deformamos la realidad, que es lo único que tenemos... Y cuando yo, como todos, supe que una cosa era la realidad y otra el deseo, me refugié en los dos burladeros que tenía más a mano: el sexo, que no sirve para mucho, que enmascara y lo que hace es aplazar si se acaba en sí mismo, y los hijos, que separan o unen, según se les reciba o se les tenga... Borja siempre ha sido positivo; Vanessa, no del todo...

El año pasado fue el de nuestras bodas de plata. Lo celebramos tarde y mal. Quizá hemos durado suficiente, más que otros desde luego. Yo he salvado muchos baches y he tirado del carro. Claro que eso pensará Agustín también... He tenido el propósito de compresión y de tolerancia a pesar de todo. Llegué hasta el límite de esta última secretaria, que fue la que rebosó todos los vasos. Pero sí procuré perdonar y reanudar. Sí que intenté el recurso, todavía me suena el Derecho, de amparo y de abandono. Cierto que no sé de ninguna pareja a la que le haya servido de algo, pero conozco a muchas que lo siguen intentando. Yo ya no... A pesar de que soy consciente de que el milagro de la compañía, que es el mismo milagro que el del amor, no acaba de hacerse hasta que se acaba la vida. Como la mismísima tareíta.

, Hasta que la vida se acaba. Nosotros no hemos sido capaces de resistir tanto. La vida está por encima de la compañía, creo yo. Hay que aprovechar la que nos queda. «Lo que pasa es que ya no os necesitáis», me dijo el otro día la imbécil de Malena. «Eso será», le contesté. Pero es mentira. Yo necesito a un hombre, a un hombre que se llame Agustín, más que nunca...

¿Y qué estará pensando ahora mismo ese hombre? Nada, nada. Nunca piensa nada que merezca la pena... Estará pensando en esa Celia de los cojones, tan educadita, tan fina, tan fiel, tan puta.

—¿Dónde habrán ido a parar tantas cosas?

Agustín parecía reflexionar. Ondara se sorprendió. Bajó los ojos, suspiró levemente.

—Dónde va el ruiseñor cuando termina mayo... ¿Por quién doblan las campanas? Las campanas siempre doblan por quien lo pregunta.

Había hablado en voz muy baja. No hacía falta más, porque estaban muy juntos.

Ninguno de los dos podía evitar mirar su reloj ni alargar la mano al timbre de alarma. A veces sus dedos se rozaban. Ya eran casi las dos.

—¿Tienes hambre? —se interesó Agustín—. Yo empiezo a sentir un desconsuelo en el estómago.

—Yo ya no tengo estómago.

Pasó visible el tiempo. Se le oía pasar.

—¿Te acuerdas de Venecia?

—No; me acuerdo del chaparrón que nos cayó en lo alto. A ti, que entonces tenías más pelo, se te puso delante de los ojos chorreando. Yo había ido a la peluquería del hotel para estar guapísima y deslumbradora... Qué viaje de novios. No me hables de Venecia. —Sonreían los dos. La pausa estaba llena y compartida—. Y pensar que yo fui virgen al matrimonio... Qué disparate. Y qué fuerza me hizo falta. Porque tú eras de un insistente que tiraba de espaldas. Y en el peor de los sentidos... Cómo cambian los tiempos... No quiero alarmarte, pero a menudo me pregunto dónde tendrá el virgo ya Vanessa. Probablemente donde Sansón perdió el flequillo... Mejor, que le quiten lo bailado. Nadie merece tanto sacrificio.

—Mujer... —murmuró Agustín de un modo casi inaudible.

Yo creo que cuando más lo quise fue aquella temporada del accidente. Pensé que se me iba. Me veía ya viuda. Y me dio por leer *La perfecta casada* y la *Introducción a la vida devota*, de san Francisco de Sales, que me recomendó un padre del colegio de Borja. Aún recuerdo, más o menos, un párrafo: «Las lámparas que tienen el óleo aromático despiden más suave olor cuando les apagan la luz. Así, las viudas, cuyo amor ha sido puro en su casamiento, derraman un precioso olor de virtud de castidad, cuando su luz, esto es, su marido, es apagada por la muerte.» Es como para mearse y no echar gota: ahora me la va a apagar el divorcio. Qué imposible hacerse cargo de lo que puede ocurrirnos en la vida. Habría que ser profeta, y ni aun así.

—¿Qué has hecho durante estos tres meses en que vivimos separados?

—Pues eso, vivir, hijo. Porque los anteriores fueron un sinvivir... No lo he pasado mal. Vivir, y dejarme convencer de que aún sirvo para algo, de que aún soy capaz de gustarle a alguien, que no se me ha olvidado reír a carcajadas, que sé todavía escuchar con atención y sonreír, no sé... Vivir. ¿Y tú?

—No tanto.

Quizá iba a continuar hablando, pero se detuvo en seco. El tiempo pasaba entre ellos como si fuese algo material, algo espeso que los oprimiese contra la pared o contra la chapa en que cada uno se apoyaba.

—Habrás tenido alguna aventura con algún amigo.

¿Lo preguntaba Agustín o lo afirmaba?

—Con algún amigo tuyo, quieres decir.

—O tuyo.

—O de los dos... Puede, pero sin mucha importancia. Siempre hay un roto para un descosido. —Se echó a reír sin alegría. Miró el reloj. Recostó la cabeza con los ojos cerrados—. Vamos a tener que contarnos nuestras vidas de separados. Tiempo tenemos. Esto es como *El Decamerón* de Boccaccio.

Empezamos a alejarnos y no nos dimos apenas cuenta. Muy poco a poco. Hasta que nos perdimos de vista... A mí me parece que todo empezó cuando él se puso a hacer dinero. Abogadillo de secano, le llamaba mi padre; pero no tardó en poner un regadío. Negocios, negocios, negocios... Viajes y viajes... Yo me cerré en mí misma y en los niños que ya no lo eran tanto. En mantener la casa, donde él invitaba a sus socios o a quien quería desplumar. Yo, premio extraordinario en la licenciatura, ama de casa. Vaya un oficio. ¿Dónde está su mérito? ¿Quién la admira? Es lo peor pagado. Un trabajo sencillo, natural y obligatorio. Como si una hubiese nacido para hacer sólo eso y no supiese hacer nada más. Sin una palabra de aliento o de enhorabuena o de entusiasmo: ¿qué elogio merece tanto afán ni qué gracia tiene si eso lo puede hacer cualquiera? Lo de todos, lo del primero que pase por la calle tiene más mérito: los negocios del padre, los estudios de los niños, el arte de un primo pintor, el baile de una sobrina que danza de puntas...

¿Para qué me maté yo con el Derecho romano o el civil o el procesal, que me gustaba tanto como una patada en la espalda? Y peor cuando la casa funcionó casi sola. Ya entonces estaba él embarcado en préstamos y socios para inventarse el negocio mastodóntico del golf y la hípica y el hotel y el club social y las urbanizaciones de pueblos andaluces dentro del *green*... «¿Te gusta?», me decía. «Mucho, sí; pero no sé si nos compensa. Estamos perdiendo la vida.» «¿Qué vida?» «La nuestra, Agustín.»

No caía en que ya no había vida *nuestra*. En que la que soñamos un día no era aquélla, ni nunca sería posible ya... Nos habíamos distanciado para siempre, tanto, que nos perdimos de vista. Y no queda el recurso de la queja, el recurso de desgarrarse a gritos. Vaya por Dios, hoy va de recursos... Te satisfacen todos los caprichos: sería un desatino. «Mucha otra gente, casi toda, tiene menos aún, muchísimo menos...»

Y una noche se te hunde el techo encima. Mi vida ha consistido en dar de vivir a los demás. Me he quedado como el que da pan a perro ajeno. Y no he conseguido olvidar ni siquiera lo que deseaba: me duele, cómo me duele, la desesperanza, los ideales naufragados, las ilusiones, más amarillentas que las fotografías de la boda... Llegó un día en que no sentí no digo ya la compañía sino la proximidad de los niños, que entran y salen cada cual a lo suyo... Ellos crecieron, el padre se ausentó. Las amigas tenían, de una en una, bastante con su vida, y a nadie le gusta oír lamentarse de lo que a uno mismo le duele...

Y otro día me pregunté de quién era la culpa. Dónde me había equivocado: en la educación de mis hijos; en haberlos preferido a mi marido o al contrario; en haberme casado hace ya tanto; en no saber retener lo que tuve o en no distinguirlo de lo que quizá no tuve; en conservar todavía una curiosidad, una expectativa, una pobre ambición que no era de dinero ni podía comprarse... Y ese día no me consolaron de mi soledad ni los éxitos de mi familia tan chica, que me rodeaba pero no me calentaba ni me acariciaba ni me sentía... Porque ya no era capaz, aunque me resistiese a reconocerlo, aunque me lo negara a mí misma, de evitar saberme infinitamente sola. Sola e irremediable, porque ya no me quedaba ánimo para recomenzar, a tientas, con nadie, el amargo proceso de la desilusión. Qué abogada estoy hecha.

Porque, en el fondo, la pena es siempre la misma: que todo se acaba mal, antes que la vida, una vez y otra vez. Mientras estuve enamorada fui igual que un faquir. Pisé descalza las ascuas del amor; me acosté en su cama de clavos, devoré sus antorchas. Y en apariencia salí ilesa... Ilesa y moribunda...

Cada ruptura es una liberación y es un fracaso. Y yo no aspiraba ya a la ilusión, sino al compañerismo, a que nadie me hundiera súbitamente el mundo. Pero ni esa modesta decisión estuvo en mi poder. Alguien o algo lo ha decidido de antemano. No sé desde cuándo, quizá desde el principio. Todo se va gastando, en el germen, en la raíz, se desluce, se mustia... Hasta llegar a una conversación lúcida y helada en que, igual que si se tratase de una guerra remota o una cuestión que no nos atañese, él desanudó el mundo, y el mundo se desplomó... Ilesa y moribunda. Nada ha pasado. Sólo el tiempo y nosotros... Si en esas ruinas se hubiese encontrado mi cadáver, eso habría salido ganando. Lo pienso de verdad.

Y por fin, por si era poco, llegó ésta, *la amante secretaria o viceversa*. La protagonista de una historia absolutamente vulgar. De libro. De libro malo... Ahora mismo podría repetir lo que mi marido le dijo para conquistarla. Las mentiras que le dijo para que ella cerrase los ojos y viviese sólo a través del oído. A mí me ha dicho esas mentiras muchas veces. Sólo las dos primeras las creí; después me abandoné a conciencia de que no las creía. Tuve que engañarme yo misma, ya que él no me engañaba. Hasta que ni se tomó el trabajo de intentar engañarme... Eso fue lo peor.

Agustín le ofreció a Ondara un cigarrillo. Ella negó con la cabeza y con un gesto de las manos señaló la estrechez de la cabina.

—Pero ¿tú sigues fumando también?

—Lo dejé. Hace poco que he vuelto.

Las primeras bocanadas de humo inundaron el ascensor de una niebla que espesaba por momentos. Dejó de reflejarse en el espejo la expresión de cansancio de Ondara. «Mejor», se dijo.

—¿Tanto he envejecido? —preguntó como si su pregunta perteneciese a una conversación en curso.

—No —contestó Agustín apagando el cigarrillo en el suelo, al lado opuesto, sin comprender a qué venía aquello.

—¿No he envejecido entonces?

—Como yo, menos que yo.

—Tú no has envejecido —dijo Ondara con tono de desánimo.

Se miraron a través de los espejos no plateados sino cobrizos del ascensor. El uno al otro. Sin poder evitarlo, al sorprender recíprocamente sus miradas, sonrieron con timidez.

—Esta luz es mortal. No hay cara que la resista por muy joven que sea —comentó Ondara, de pronto indiferente. Y agregó, sin saber un segundo antes que iba a hacerlo—: ¿Te arrepientes de haberte casado conmigo?

48

—No; fue bonito mientras duró. —«Qué vulgaridad de cine», pensó ella—. Además están Borja y Vanessa. —«Este hombre está cada día más previsible», pensó ella.

Pero dijo otra cosa.

—Reconozco que en la cama soy algo sosa.

Él la miró entre asustado y sorprendido.

—No —rió con torpeza—. No lo eres. Depende...

—¿De qué depende? Porque si es de ti, sí soy sosa... Tú lo eres... Vamos, creo... En general.

—Podías haberlo dicho. Tantos años para esto. —Hablaba con tono de ofendido.

—Eso mismo pienso yo: tantos años para esto... No te hubiera dicho nada si no hubiese llegado a la conclusión de que nos convertiremos en momias aquí. Por eso te lo digo: es la última oportunidad que tengo.

Es la última oportunidad. Hoy se derrumban todos los recuerdos sobre mí. Maldito ascensor. ¿Qué necesidad había de este recochineo? Estoy como las víctimas de un terremoto, que sobreviven cuatro, seis, diez días, sin comida y sin aire, con la seguridad de ser salvadas, de que alguien oirá el sonido lejano de su respiración, de que en la superficie una extraña solidaridad actuará en su favor...

A Agustín le están sonando las tripas: tiene el estómago vacío. Igual que yo.

No, no aguardo yo ese salvamento. Me niego a salir viva de mi desastre, porque ya no reconocería la ciudad ni la calle ni la casa donde antes fui feliz, o donde antes me sentí viva al menos... Estoy rodeada de escombros que se llevaron mi vida verdadera. Y aun así me cuesta comprender que un día no muy remoto formaron parte de mí, fueron yo, fueron yo estos desechos. Porque no sólo estoy rodeada de abandono y olvido, también de brillantes fragmentos, donde se refugió el sol y creció la ternura. Éstos son los que me hacen más daño... Vienen y van en avalanchas, como las taquicardias. Naves azules donde besé la boca que me curaba, peces voladores, gaviotas, veranos envidiables, siestas debajo de una manta muy fina junto al cuerpo que me acariciaba, junto al cuerpo que era mi única patria entonces; la alianza que se apretaba en torno a mi anular; los viajes alegres en los que el amor fue el vehículo y la carretera y la llegada; los amaneceres verdes que no se concluían; las promesas ensalivadas que nunca se cumplieron pero que nos colmaban de sonrisas felices... Y ahora están en este puñetero ascensor, con tanto tiempo para pensar, opacos, mudos, ajenos, de otra... Porque yo ya soy otra, y eso es lo más terrible.

—¿Tienes hambre? Te han sonado las tripas.

—Serás cerdo. Te han sonado hace un rato a ti.

Se hizo una pausa larga. Ondara la rompió.

—¿Tú crees que nos hemos querido como debíamos?

—Creo que nos hemos querido como podíamos. Nadie está obligado a más.

—Quizá tengas razón.

El silencio se instaló en medio de ellos como un huésped que sale y entra de la casa con total libertad. Pero ahora los dos tuvieron la sensación de que aquel silencio era común, un silencio elocuente.

—¿Te acuerdas de la noche en que confundiste al presidente de mi compañía con mi tío el de Logroño, y estuviste casi media hora hablándole bien de La Rioja y pestes de toda mi familia?

—Media hora... No exageres. Hasta que me arreaste una patada que me rompió la media. Fue en el intermedio de una ópera en la que el protagonista se irritaba más por momentos.

—*Otelo*. Me dijiste: «Vámonos porque esto acabará como el rosario de la aurora.»

—Si me hubieses hecho caso, no hubiese metido la pata.

—No, si mi jefe te encontró graciosísima.

—Me encontró nada más payasa, no exageres.

—Sólo hasta cierto punto... A él le encantaron los dos besos que le atizaste en plena cara para recibirlo.

—Al despedirse dijo: «Tienen que venir una noche a cenar con nosotros. Su mujer es maravillosa.»

Agustín se echó a reír apoyando la cabeza en la pared del ascensor.

—Tú has cometido pifias mucho peores. Acuérdate cuando le besaste la mano, para despedirte, al marido de mi amiga Marcela. Te lo acababa de presentar en aquel tanatorio. Lo confundiste con un obispo, o con una señora, yo qué sé. Él se quedó de piedra.

Después de un momento, Agustín reconoció:

—Aquella noche echamos nuestro mejor polvo.

—¿Ah sí? No sería por tu equivocación, sino por la proximidad de la muerte, que es tan erotizante.

Pasó de puntillas un pequeño tiempo.

—Pues más próximos a la muerte que hoy no hemos estado nunca.

Ondara lo miró fijamente durante más tiempo del normal. Él bajó la cabeza. Y después preguntó:

—¿Qué te parece Celia?

—¿Quién? *¿La amante secretaria o viceversa?* Qué cara más dura.

—Pero ¿qué te parece? —insistió él después de un rato.

—Una incapaz, una egoísta y una maleducada. —Ondara había subido la voz sin darse cuenta—. No te busca a ti, se busca ella. —Hizo un movimiento brusco y rozó su rodilla con la de él—. Además de malos, qué chicos son estos ascensores.

—Sí; para vivir no son.

—¿Quieres decir que son para morir?

Agustín no contestó. Se limitó a estirar las piernas que tenía dormidas.

—Tendremos que desperezarnos por turnos —dijo luego.

—Yo lo que más tengo es sed.

—Pues saliva es lo único que puedo ofrecerte.

—¿Saliva?

—Sí.

—Qué asco. —Después de una pausa—: Claro, que si no tienes otra cosa...

Se besaron de una manera interminable. Aunque no interminable del todo, porque después se dedicaron a diversas, curiosas y recíprocas investigaciones.

Cuando una hora después llegaron a sacarlos el abogado y el portero, se asombraron al encontrárselos sonrientes con las manos unidas.

El abogado comprendió que el viaje desde Madrid lo había hecho en vano. Y se alegró por ello.

Agustín, mientras se incorporaba, le soltó al portero:

—Queda usted despedido. O poco puedo o...

—Vaya manera de recomenzar —le interrumpió Ondara tomándolo del brazo.

«Nadie cambia», dijo entre sí. «Tampoco es esto una buena señal.»

EL DRAGÓN MORIBUNDO

—

La encontré en el bosque un atardecer. Es mi hora predi-
lecta. Aún las copas de los árboles más altos están levemente teñidas de luz; pero en su base hay sombra. Yo prefiero las sombras. No me gusta asustar a ningún ser que se
adentre en el bosque, que es mi natural dominio.

La muchacha no se asustó de mí. Venía ensimismada y
cabizbaja. Contestó con mucha cortesía a mi saludo. Fui yo
quien le pregunté si se hallaba perdida. Levantó los ojos;
miró a su alrededor y me contestó: «Sí», con una pequeñí-
sima sonrisa.

Se quedó, con entera libertad, a vivir conmigo. Me habló del rey su padre, del palacio grande y muy frío, del pro-
tocolo que la aislaba, de los pretendientes alfeñiques y sin
ninguna fuerza que se le ofrecían como maridos. Me habló
de su hastío y de su búsqueda... A veces apoyaba la cabeza
sobre mi cuerpo tendido; a veces me permitía abandonar
mi cabeza en su falda. En pocos meses llegamos a entendernos sin hablar...

Ignorábamos todo lo que sucedía fuera. Sin embargo,
una mañana escuché a escondidas a dos mujeres que iban
hacia el mercado de la ciudad, y hablaban alto supongo
que por temor, igual que todo el mundo. Parece que se intentaba liberar de mí a la muchacha; que se había convo-
cado un torneo cuyo vencedor vendría acto seguido contra

mí; que el favorito, que venía de lejos, era un caballero nombrado Jorge...

Ella me transmitía su deseo de no ser liberada. Quería permanecer conmigo, hacer con parsimonia las faenas domésticas; cantar por las mañanas al ritmo de los pájaros; escuchar las historias de animales y de árboles que yo había escuchado a mi vez desde hace tanto tiempo...

Hoy la muchacha y yo acabábamos de concluir la segunda comida. Se hizo un silencio entre nosotros. Lo rompieron unos gritos, unos galopes, unas voces de mando. La muchacha tenía los ojos bajos. Yo pensé que dormía. Me pareció lo mejor que podía sucedernos. Salí a la rasa que hay delante de mi vivienda...

Lo vi, deslumbrante de acero blanco, montado en su caballo soberbio y también blanco. No me dio tiempo a regresar. Me traspasó una y otra vez con su lanza. No me permitió siquiera defenderme. Oí la voz de la muchacha llamándome por mi nombre que sólo ella conoce. Noté que se había echado a llorar sobre mi cabeza. Noté que me abrazaba sollozando... Supe, antes de morir, que el caballero no diría nada de esto... Él contaría otra historia.

LA BODA

—

Su hermana Adela, casada hacía cinco años y residente en Madrid, en la calle Príncipe de Vergara, 273, la estaba esperando. Elisa llegó a la estación de Atocha, en el Talgo 200, a las 13 horas y 17 minutos del lunes 26 de marzo. La mañana era radiante. En contra de lo que esperaba, Madrid le olió a flores. Ese olor le recordó otro. Sus ojos se llenaron de lágrimas. Se las limpió con los dedos antes de que se vertieran. Luego se secó los dedos mojados en un pañuelo que sacó del bolso.

Adela había recibido el encargo de *distraer* a Elisa. Ignoraba cómo conseguirlo. Su matrimonio era discretamente feliz. Tenía una niña de tres años y un marido con una buena colocación en la rama administrativa del ayuntamiento. Desde el primer instante opinó que sus padres enviaban a Elisa a un lugar equivocado. Todo lo que sucedería a su alrededor iba a traerle a las mientes lo que quizá ella habría deseado que fuese su vida. Adela opinaba que era el peor procedimiento para *distraerla* de sus penas. O mejor dicho, de su única pena.

Elisa tenía que haberse casado el domingo 1 de abril a las 7 de la tarde en la iglesia de Jesús Nazareno, *el Terrible*, de Puente Genil, de cuya cofradía era hermano su novio, Emilio Álvarez.

Elisa solía decir riendo que Emilio era de verdad su media naranja. Lo supo desde que era una niña, y cuando alguna amiga le preguntaba en serio si lo amaba, respondía: «No sé, lo necesito, no sé si eso es amor.»

Dos días antes del 19 de marzo, Elisa regresó de la capital con su madre. Había estado haciéndose la última prueba de su traje de novia. Una prueba de todo: la diadema de la abuela, el collar fino de brillantes y la pulsera de pedida, que siempre le pareció un poquito ostentosa. En el taller del modisto había un estudio de peluquería y maquillaje. Elisa compareció ante su madre como comparecería ante sus invitados quince días después. Hasta el ramo fue simulado, en tamaño y matices, a semejanza del que se enviaría temprano a la casa la misma mañana de la boda acompañando al traje.

—O se pone todo, todo en mis manos o no hago este trabajo —había dicho el modisto con un acento de capricho omnipotente.

Al principio, Elisa había insinuado su intención de casarse con el mismo vestido que su madre: le había traído muy buena suerte al matrimonio. El modisto era el mismo, pero con treinta años menos; el vestido, también. Ya Elisa lo había usado en una puesta de largo, porque el diseño era modernísimo para los años 60: sin cola y sin mangas, con una falda acampanada. Su aspecto era aún, o había vuelto a ser, actual y grácil. Quizá, sin embargo, ya no estaba en las deslumbrantes condiciones que se requieren para una boda de rumbo, y lo que es repetirlo le aburría a su autor, y ni siquiera la madre era muy partidaria.

Por si fuera poco, en los pueblos las bodas habían adquirido una importancia trascendental para cada familia y para el lucimiento a los ojos de todos: el traje de la novia lo pagaba la familia del novio, que, en este caso, gozaba de muchas posibilidades, y no habrían consentido, presumiendo la opinión de la galería, un traje ya usado hace treinta años.

Por tanto, era inevitable la última prueba del traje nuevo, mucho más aparatoso que el anterior. Consistía en un abrigo de raso marfil ceñido, que dejaba pasar por delante, al abrirse, unos vuelos de tul, y por detrás se prolongaba en una larga cola. Todo aderezado con un tocado de lilas blancas naturales, recogiendo la diadema y el velo, y un ramo largo asimismo de lilas. Esa última prueba era de la que volvían Elisa y su madre el día 17 de marzo. El traje se enviaría a su casa por la mañana del mismo 1 de abril.

En el viaje de regreso, la madre de Elisa comentó:

—Estos modistos se han puesto insoportables. Qué manera de subirse a la parra. Lo que quieren es salir en las revistas, que les pagan las exclusivas. Hacen el vestuario de la novia, de la madrina y de la madre del novio por un precio global, que supongo que se llama así porque sube como un globo. Pronto le harán también la vestimenta al cura y a los monaguillos... Qué manera de aprovecharse de que se trata de una ocasión irrepetible, en la que todo es ilusión y esperanza. —Tomó la cabeza de Elisa y la besó con cariño en la sien—. El traje es una preciosidad, puedes estar segura.

El día 19, fiesta de San José, Emilio, que ya había dejado al anochecer en su casa a Elisa, de madrugada ya, en las afueras de la ciudad, al regreso de una cena entre amigos, una especie de despedida de soltero, se había matado en un accidente de su automóvil. Viajaba solo, y el accidente resultó incomprensible para todos los que conocían la seriedad del interfecto y la inexistencia de peligros y aun de complicaciones en el lugar en que había sucedido.

Cuando el día 20 de marzo hubo que dar la noticia a Elisa, nadie se prestó a hacerse cargo de una misión tan abrumadora. Hubo de recaer en su madre. Se la llevó a su dormitorio. Bastó una ligera insinuación, un balbuceo apenas, para que la muchacha, de veinticinco años, comprendiera lo que doña Adela trataba de decirle.

Contra todo pronóstico Elisa reaccionó con una sorprendente serenidad. Se refugió en su habitación y pidió que no la molestasen. Comió y cenó allí, muy poco, en los días que mediaron hasta el funeral por el alma de Emilio. El funeral se celebró en la misma iglesia donde tenía que celebrarse la boda. Fue el viernes 23 de marzo a las 20 horas. La primavera acababa de llegar de una manera implacable. Ella sola llenaba todo el templo. Así y todo, la amplia nave no era suficiente para contener a las amistades y allegados de ambas familias, envueltos en las bocanadas cálidas y aromáticas que entraban por las grandes puertas abiertas.

Elisa, que era dulce y piadosa, se dijo que, ahora como nunca, comprendía por qué llamaban *el Terrible* a aquel Nazareno que llevaba la cruz de un modo casi displicente, exento de angustias y de esfuerzos visibles. Y se propuso soportar su dolor como lo hacía él, mirando al frente, sosteniendo la cruz sin aspavientos, sin desafío tampoco pero sin humillación...

Al terminar el oficio, salió Elisa por la puerta de la sacristía, subiendo con naturalidad los peldaños del altar mayor, y caminó despacio, por calles laterales, hasta su casa. El cielo estaba oscuro, y las estrellas parecían transmitir mensajes en algún morse extraño. Elisa no comprendió lo que intentaban comunicarle, si es que lo intentaban. Elisa pensaba solamente en Emilio.

Fue esa noche cuando sus padres le aconsejaron que se quitase de en medio. Que se alejara de la curiosidad y de la compasión, mejor o peor entendida, del pueblo. Elisa estuvo de acuerdo; pero ¿dónde ir? Elisa no lo dudó: a casa de Adela. Y precisamente por la razón que Adela no entendía: por ser un matrimonio joven el que allí vivía su amor: un amor fructífero, sosegado, enriquecido con una vida creciente.

Tres días después, a las 10 y 20 de la mañana, tomaba el tren, en la casi desierta estación, para Madrid. Llevaba poco equipaje. Renunció a tocar la ropa destinada a la boda y al viaje de novios. Decidió comprarse lo que necesitara en las tiendas, mejor surtidas, de la capital. Quizá no fuese imprescindible. Al descender del tren estaba convencida de que no necesitaría nada.

Su hermana y su cuñado fueron muy amables con ella, pero sin agobiarla. Se mantuvieron a la expectativa, dispuestos a otorgar cuanto ella solicitara. Dejaron que se ocupase de la niña de tres años, de quien era madrina y que llevaba su nombre. Un poco desde fuera, la observaban y procuraban anticiparse a sus deseos.

Después del domingo, en que cenaron con amigos íntimos, previamente advertidos, en un restaurante de la calle Mayor, parecían claros cuáles eran los rieles por los que la forma de tratarla debía circular.

El lunes 26 Elisa sonrió por vez primera sin necesidad de tener a la niña cerca. Adela y Arturo se hicieron la ilusión de que se había integrado en su casa con naturalidad.

Elisa era bastante devota. Por la mañana asistía a una misa en la parroquia de Nuestra Señora del Sagrado Corazón, un edificio moderno de ladrillo visto que daba a la calle Pío XII y a la calle Triana. Había muy poca distancia desde la casa: sólo atravesar la glorieta del Perú y un par de manzanas de Pío XII. Elisa hablaba poco: nunca había sido charlatana. Adela la acompañaba hasta la puerta de la iglesia, y se quedaba con la pequeña Elisa en un banco de la ancha acera esperándola. No siempre era fácil encontrar quien se encargara de la niña, y no convenía abusar de las amistades.

El martes 27, Adela se atrevió a consultar con su hermana si no le haría bien desahogarse y llorar. Elisa le contestó que era tarde para llorar, y le sonrió de una manera ambigua que produjo sin saber por qué en Adela un grave desconsuelo.

El miércoles 28, Adela tenía un quehacer urgente. Elisa se ofreció a llevarse a misa con ella a la niña. Parece que se portó de un modo muy cortés, quizá sobrecogida por el silencio, que tanto se agranda en locales vacíos y altos, o quizá porque se entretuviera con las vidrieras modernistas y feas, que jugaban desacertadamente con la luz.

A pesar de todo, el día 30, en el que Adela tenía dentista, Elisa prefirió quedarse con la niña en la casa, y salir, dando un breve paseo, desde la glorieta de la República Dominicana hasta la del Ecuador. La pequeña llegó a su casa rendida y se durmió como un tronco.

El día 31, sábado, Adela y Arturo reunieron a un grupo de amigos y compañeros. Fue una cena informal, que las dos hermanas se habían ocupado en preparar con más minuciosidad de la que podría parecer. Unos vasos con bastoncillos de apio y zanahoria, una pata cocida de cerdo, alitas de pollo fritas, unas tortillas en cuadraditos, virutas de jamón, tres o cuatro clases de quesos y un par de tartas heladas con minúsculos pasteles comprados en la esquina de Alberto Alcocer.

Elisa estuvo atenta con los invitados, pero algo silenciosa. Nadie quiso forzarla a hablar ni entretenerla de una manera especial. Ella acostó a su ahijada y se quedó con la niña mientras se dormía. Luego volvió a aparecer, quizá un poco más pálida.

Al día siguiente, 1 de abril, domingo, tendría que haber sido el de su boda. Decidieron ir a una misa tarde. Las dos hermanas, Arturo y la niña. La niña estuvo inquieta; tanto, que su padre se consideró obligado a sacarla y esperar fuera a las hermanas. Ambas aparecieron, terminada la ceremonia, del brazo, entre una oleada de gente ya vestida de claro. Les costó, aunque no mucho, encontrar a Arturo y a la niña, porque ésta no se quiso conformar con sentarse en un banco. Habían tenido que cruzar hasta la soleada terraza de enfrente, cercana a un miniparque infantil. Por fin, avanzaban los cuatro hacia su domicilio tan próximo. Adela y Arturo llevaban de la mano, entre ellos, a su hija. Junto a Adela caminaba Elisa.

Era casi la 1 de la tarde. Faltaban unos minutos. Adela, sin querer, pensó que a esa hora faltaría muy poco para que su hermana hubiera estado diciendo su *sí quiero, sí otorgo, sí recibo*. Suspiró. Y sintió de improviso, en su brazo derecho, la presión no leve de la mano de Elisa.

Cuando se volvió hacia ella ya estaba en el suelo. Arturo y Adela se inclinaron. Le tocaron las manos y la frente. Trataron de levantarla... «Una ambulancia», se escuchaba decir a la gente. «Llamad a una ambulancia.»

Llegaría, pero Adela estaba segura desde el principio de que todo era inútil. Sollozó porque no se le ocurrió otra cosa que hacer. Miró a su alrededor. La entrada de un cine, una óptica, una tienda de bombones y caramelos... El paisaje de cada día... La niña rompió a llorar de pronto con un llanto acongojado. Arturo la tomó en brazos. Adela, de rodillas, sostenía con su brazo derecho la cabeza de Elisa, blanca y helada, una sonrisa vaga tiñéndole los labios.

La boda —pensó—, se había celebrado contra viento y marea. Se había celebrado por fin. Como tenía que ser.

LA HORA DEL LOBO

—

El suceso apareció en el obituario de algunos periódicos. Supongo que a los lectores, anegados de acontecimientos luctuosos, no les produjo ni frío ni calor. Por lo menos al principio. Quizá algo después, cuando hubieran pasado la página. Pero si reflexionaron, sí les habrá dado un poco de frío. Todo anochecer, toda conclusión de la luz, que es la hora del lobo, lo produce.

A Dick Dalton, el galán de los años sesenta, se lo encontraron, hace nada, muerto de un ataque al corazón, porque eso es lo habitual, en medio de unos arriates del Central Park de Nueva York. A su lado había una mochila que, al parecer, no fue depredada. Contenía sus muy escasas pertenencias: una muda sucia y algunas fotografías, rotas en su mayor parte, de su época de gloria. Dick Dalton yacía como un juguete roto. Como un viejo juguete abandonado por un dueño pueril cansado de él.

Yo recuerdo que lo vi por primera vez cuando mi amiga, la vieja condesa, me llevaba todavía al cine todos los domingos a las cuatro de la tarde. No porque yo continuara siendo un niño a sus ojos, sino porque era la sesión que ella prefería y el tiempo en que los dos estábamos disponibles. Se trataba de una película, en color por supuesto, de la que no recuerdo sino a Dick Dalton comiendo una salchicha. Tenía una belleza americana, de niño bien criado. Con algo de fruta o algo de flor. Se notaba que no iba a ser una belleza duradera: en no sé qué brillo seguramente efímero, en no sé qué esplendor llamado a eclipsarse pronto. Salvo que, cosa difícil de adivinar, hubiese una plataforma debajo de esa belleza, que la levantara: una rebeldía considerable, una inteligencia, una capacidad de ironía o una facilidad de cambio que la ayudara a interpretar o a interpretarse. Pero no. Aquélla era una belleza concebida, no ganada, no conquistada a pulso. Una belleza que estaba allí, de paso, con sus ojos azulísimos y asombrados y grandes, con su boca casi comestible, su pelo lacio y rubio bien administrado, su nariz corta y perfecta, su frente lisa, sus orejas no pequeñas pero muy pegadas a la cabeza, su cuello un tanto corto quizá. Pero ya encontraría quien le disimulase los defectos...

No cuesta mucho esfuerzo imaginar lo que ha sido su liviana historia. Más esfuerzo le habrá costado vivirla a él. Es fácil rellenar los huecos sobre los que no se nos dará noticia ninguna. Los enormes huecos, mucho más notables que las presencias y que las oportunidades, que jamás son infinitas. Los datos que faltan, que se mantienen en penumbra, que se desconocen...

Una noche, al salir de un estreno mío en un teatro de Valladolid, me asaltó un grupo numeroso de espectadores, cuando yo estaba convencido de que ya no quedaba ninguno, para pedirme autógrafos. Yo hice un gesto de rechazo y de hastío. Y un viejo gacetillero, que se apresuró a presentarse, me dijo poco más o menos esto: «Llegará un día en que usted eche de menos lo que ahora echa de más. Ese día se encontrará usted solo y añorará a los que ahora le hartan porque son fanáticos suyos. Ojalá tarde.» Por esa

razón digo que la noticia de la muerte —de esta muerte—
de Dick Dalton me dio más frío que calor.

Con la fama, que no deja de ser la gloria en calderilla,
sucede como con el amor: un día se acaba de repente...
«De repente», decimos. Pero no ha sido así. El amor va ter-
minándose desde el momento en que empieza. Una desesperanza, un sentimiento de incertidumbre en la otra parte
o en sí mismo, una falta de puntualidad instantánea, una
mirada no correspondida por descuido, una palabra que
tiembla al ser pronunciada en lugar de pronunciarse alta y
serenamente, la distancia que se va aumentando de modo
imperceptible...

Todo le hace la guerra a nuestro amor. Nosotros, más
que nada. Pero quién podría darse cuenta de ese menudo
deterioro diario, de esa ruina invasora que nos asalta y que
nos vence, ay, o eso creemos, «de repente». Porque estábamos prendidos de la hermosura de la luz y del grito del pavón y del perfumado brillo del nardo y del vuelo de la oro-
péndola... Hasta que llega el lubricán, hasta que llega la
hora del lobo, en que ya no hay visibilidad bastante para
darse cuenta de que la casa se nos viene encima. «De repente», decimos, porque estamos mirando siempre hacia
otro lado. Porque miramos siempre hacia donde presenti-
mos que no hemos de verle las orejas al lobo.

La historia de Dick Dalton ha sido una historia con mucha frecuencia repetida.

Ni siquiera se llamaba así. Había nacido cerca de Nueva
York y se llamaba Donald Retriver. Estudió periodismo y
allí, en esa escuela, se sintió llamado a la interpretación.
Pero confusamente. Había oído decir que se necesitaba a

alguien para sustituir, o para heredar, o para poner de nuevo en pie el mito que significó James Dean. Y Donald era como un perchero del que se podía colgar cualquier cosa, muchas cosas diversas. Desde el primer momento había sido guapo; desde el primer momento había sido chulo; desde el primer momento había aspirado a la fama sin saber bien lo que era; desde el primer momento había estado dispuesto a hacer a pelo y a pluma por conseguir no estaba seguro qué. Le gustaba más que nada gustar. En los primeros estudios iniciales ya deslumbraba a las compañeras y suscitaba la envidia de los compañeros. ¿Y qué otra cosa sino eso, para él, era hacer cine? Cuando yo lo vi por primera vez se comía a la perfección un perro caliente. No me acuerdo de más. Pero tampoco es fácil comerse bien un perro caliente delante de una cámara. O diez perros si es que se hacen diez tomas.

El productor no se anduvo por las ramas. El primer productor. Le dijo: «Muchacho, no estás nada mal. Las pruebas de fotogenia han sido positivas. Pero te llamas Donald como un pato, y te apellidas Retriver como un perro. Hemos de remediar esos defectos. Te propongo un nombre artístico breve, que no sorprenda a nadie: Dick Dalton. La repetición de las iniciales trae suerte: Brigitte Bardot, Claudia Cardinale, Marilyn Monroe... En el fondo todo el mundo puede tener un primo o un tío o un amigo que se llame Dick Dalton. Eres demasiado llamativo como para que te pongamos un nombre llamativo: sería como llover sobre mojado... Vas a hacer de amante de las actrices que decidamos que trabajen contigo. En los primeros años, si es que duras. Luego ellas harán de amantes tuyas. Quiero decir que tienes que gustarle a todo el mundo, pero más que nada a las mujeres. El mundo gay *va de soi*: tienes un físico que no puede pasar inadvertido. Algún guiño le haremos además, porque es un mundo poderoso. Pero tú, a las mujeres: si no les gustas a las mujeres, no le gustarás a los gays... Y al gimnasio, lo primero.»

Ha sucedido como sucede con todas las ruinas: no las sentimos llegar hasta que se nos caen encima los primeros fragmentos de pintura del techo. Y aun así. O cuando ya nos abruman las goteras y no podemos hacernos más los desentendidos... Nada, pero nada, ni la decadencia, se improvisa. Ni la vejez ni la muerte. Aunque sea al aire libre, en pleno Central Park. Ni la desgracia ni el desamor ni la soledad... Lo único cierto, que a menudo olvidamos, es que, al comienzo de todo, se halló la alegría. Es ella la que vamos perdiendo sin notarlo.

Donald Retriver era alegre. Vivía en Queens, el barrio de Nueva York, libre. Pertenecía a una familia sencilla y cariñosa. Él habría sido cariñoso y sencillo. Seguramente un mal periodista. O quizá un periodista corriente. De ser así, se habría equivocado menos.

Lo casaron con la protagonista con quien rodó su primera película de galán irresistible. Entró por la puerta grande en los estudios de la Warner Bros. Por una de las puertas más grandes. Inventaron un flechazo inmediato, una historia de amor tumbativa como la gracia divina. Un éxtasis... No se amaban, pero los dos eran hermosos y apetecibles. Y también envidiables y envidiados. Y su historia era asimismo hermosa y envidiable. Y envidiada también. Se trató de un primer matrimonio que no podía sobrevivir a nada. A las primeras de cambio se hundió. En cuanto cada uno de los dos, por separado, comenzó un rodaje sin el otro. Los publicistas los sostuvieron un poquito más, a duras penas, casi a la fuerza. Pero era un sentimiento, bueno, no un sentimiento sino un propósito comercial, que nació con las horas contadas.

Dick Donald, sin embargo, se veía desbordado, cada día más, por las servidumbres de la fama. Todo había llegado demasiado deprisa. «Cuando mis admiradoras me pedían fuego para encender su cigarrillo mirándome a los ojos, y yo les daba fuego, se ponían a gritar como posesas. Y yo entonces me sentía muy mal.» Donald había aceptado muy pronto una carga demasiado pesada. Cuando a uno le descargan encima un éxito sin darle a la vez tiempo para digerirlo, es como si se equivocara: terminará en fracaso. No por culpa de nadie, sino porque las cosas necesitan un ritmo de llegada, de acoplamiento, de digestión... Y las cámaras son para eso muy traidoras: lo sacan todo, lo publican todo, no sólo la belleza o las arrugas...

«Ah, no, a mí no me preocupa mi aspecto. Comprendo que mi físico no pase inadvertido, pero no es culpa mía... Lo que a mí me interesa es el interior de las personas. Mi interior es lo primero. Sentirme de acuerdo conmigo mismo. He decidido ser, de antemano, libre. Nunca he tenido demasiado dinero, y no me gusta tomar decisiones fundadas sólo en un buen contrato. Lo que me apetece es participar no sólo en las superproducciones sino en el interesantísimo cine independiente, que tanto enseña... Desde pequeño quise ser actor: primero por diversión; luego, por afición; finalmente, y hasta mi muerte, por amor a un oficio tan hermoso. Por eso no estoy del todo satisfecho de los papeles que, hasta el momento, he interpretado.» Todo mentira, todo dicho al dictado, todo puesto en su boca. En su linda boca.

El espejo no nos dice gran cosa. Sólo de cuando en cuando, de tarde en tarde. Después de una noche extravagante o agitada, sentimos que ya no somos como antes, pero sin saber de qué antes hablamos, con qué antes nos comparamos esta mañana aciaga. Dura sólo un momento esa investigación impertinente. Pero, por poco que dure, es como un puñetazo en el hígado. Porque ahí están las fotos. Y no digamos las fotos de la publicidad, o las que se firman a los admiradores. Un ataque frontal contra el corazón y contra la memoria. Porque no es que Dick Dalton fuese buen actor: no podía descansar en papeles en los que no hiciera falta lo que tienen delante, lo que exhibe... «Así fui yo. Así me vieron. Así tendrán que verme siempre... ¿Dónde se fue esta frente tersa, estos ojos luminosos e impunes, estos párpados lisos, estas netas comisuras de los labios que perennemente sonríen aunque sin exceso?»

No, no es extraño que se encontrasen en la mochila de Central Park, no robada, fotografías rotas. De alguien tenía que vengarse aquel galán, que dejó de ser, «de repente», una joven y brillante promesa para convertirse en una vieja gloria, o quizá ni eso, irreconocible. Contra algo tenía que pagar su dolor, su derrota, su ira. La inexplicable faena de tropezarse consigo mismo —«de repente», decimos— con las manos vacías. El adorado, el buscado, el perseguido...

El deterioro es como una irreductible carcoma. Los espectadores quieren enamorarse para siempre. Igual que todo el mundo. Pero sus amores duran poco, igual que los de todo el mundo. Salvo que se enamoren de alguien que los encandile, que los mantenga atentos, que los sorprenda, que los entusiasme. Si no, el enamoramiento del público se irá viniendo abajo igual que en nuestro idioma se ha venido abajo la palabra entusiasmo. Desde *endiosamiento* o *inspiración divina* fue, poco a poco, pasando a significar simple admiración, un efímero arrobo, una adhesión o cualquier otra bobada semejante.

Eso le sucedió a Dick Dalton. Se llegó a convertir en un ser anónimo, que a nadie le recordaba a nadie. Ni a él mismo siquiera le recordaba él mismo. A nadie le recordaba qué sintió cuando le vio por vez primera comiendo un perrito caliente ante un puesto ambulante de una feria. Pero él sí recordaba qué sintió. Y el desánimo que lo embargara aquel día en que una novia pasajera de unos meses, abstraída ante una pantalla, piropeaba en voz alta al protagonista de la película, que era él mismo, quien la había invitado, sin tenerlo en cuenta en absoluto, como si no exisitiese a su lado derecho, a pesar de tener las manos cogidas. Dick Dalton llegó a no ser nada: un nombre sólo, que además no era el suyo: alguien que jamás había existido.

Ya desaparecieron las hordas de periodistas que lo acechaban a la salida de su casa o en cualquier otro sitio. Las gentes de la prensa, que él despreciaba, a las que, a las primeras de cambio, les dijo que desconocía hasta ese momento lo que era ser protagonista de una gran producción. «No sabía a la presión y a la responsabilidad a las que me enfrentaba hasta que tuve enfrente, a gran tamaño, mi cara en el cartel promocional.» Y añadía que, en realidad, y pareciese lo que pareciese, él no aceptaba otra responsabilidad ni otra presión que las creadas por el director en el momento en el que grita *acción* o *corten* durante el rodaje. Era otra mentira, claro. También mentía al decirles que, cuando concluía una cinta, se quedaba sin planes para el futuro, y que lo único que le preocupaba era vivir cada día. Lo que sucede es que eso, por otra parte, iba a acabar resultando verdad...

Esos periodistas a los que él siempre se preguntó quién informaría, quién llamaría, quién les diría dónde estaba él en cada momento... Esos periodistas, ¿dónde huyeron? ¿En qué lugar se reúnen ahora? ¿A quién asaltan, a quién acosan hoy? ¿A quién molestan, desbordan, aburren, divinizan ahora?

Un día acaso, desconfiado él de que los productores estuvieran cumpliendo bien su oficio, percibiendo cómo flaqueaba la asistencia de prensa sin que supiese el porqué, trató de llamar a alguna comentarista de sección de famosos. Le ofreció un encuentro, le ofreció una exclusiva interesante sin añadir nada más. La mujer aquella, que había bebido los vientos por él hace no tantas semanas, se excusó. Era como si alguien hubiese dado una consigna. Como si una campana neumática le hubiese sido impuesta, y nadie pudiese escucharlo, ni verlo casi, y todo se amortiguara —colores, sonidos, ecos, perfiles— a su alrededor... Los representantes se despiden, alegan pretextos, llegan tarde a las citas, se encogen de hombros, piensan en otras cosas... Alguien junto a él, en una barra, una señora mayor probablemente, dice qué «guapo chico» sin tener la menor idea de quién es ni de quién fue. Sin tener la menor idea de que se llama Donald Retriver, y mucho menos de que hubo un día en que se llamó Dick Dalton.

Después de tres mujeres, a las que ni siquiera puede pagar una pensión, porque los jueces reconocen que no tiene de dónde, nunca amó más Donald Retriver. Quizá tampoco antes. La primera mujer lo organizó todo en su propio beneficio. La segunda fue insoportable, salvo cuando se encontraban frente a fotógrafos o en público. La separación de la tercera fue utilizada como factor desencadenante que convenía a la promoción de la película, en la que Dick era infiel, acosado sexual y mujeriego, todo al mismo tiempo... Lo cierto es que Dick Dalton fue asaltado, acariciado, mordido, pero ni amó ni fue amado. A nadie pudo contarle la historia de su amor, ni siquiera una historia de amor. Él iba a ser periodista. Porque las cosas se cuentan para oírselas contar uno mismo y ratificarlas así y creérselas. Porque lo que no se cuenta no existe del todo. Lo que no se comparte, sea del modo que sea, es como si no hubiese existido. Aunque el que lo oye no se lo crea del todo. Porque lo que importa es comentarlo. Aunque el que lo comparte no le saque partido. Porque todo se hace —contar o compartir— por uno mismo.

Los amigos fueron los primeros en desaparecer. En cuanto tuvo que dejar la casa aparatosa, tras ella desfilaron los amigos. Y él se preguntaba por qué, qué había pasado. «Alguien me la tiene jurada. Alguien me odia. Hay una conspiración de productores y estudios contra mí. Si el público me quiere, si la gente me asaltaba todavía por donde iba y no me dejaba vivir, y de pronto...» Decimos «de pronto», porque no calculamos la inclinación de la rampa por la que estamos descendiendo.

En Alcohólicos Anónimos, Donald o Dick Dalton procuraba humildemente confesar su verdadera crónica. Insistía en quién había sido, en su resplandeciente pasado. Eso aburría a los cofrades, que acudían allí para ayudarle a dejar de beber dejando de beber ellos también y relatando sus propias crónicas verdaderas. No deseaban escuchar cuentos inventados o que parecieran inventados. No deseaban que él abriera su mochila y les enseñase fotografías partidas, pegadas con papel celo que las desvirtuaba y las hacía sospechosas...

Vivir de la caridad es duro. Vivir de los sablazos a los antiguos amigos, más. Y lo más duro es vivir de quien está todavía entre los focos y no necesita pedir a nadie para sus grandes gastos y sus casas de ensueño. La caída de Donald fue muy rápida. Tres únicas películas importantes; las demás fueron de la serie B o en pequeños papeles. Y, de repente —«de repente», decimos—, unos papeles episódicos en televisión. Qué es lo que había sucedido. El muchacho era de una belleza de anuncio. Lo seguía siendo. Tenía una sonrisa sexy y comprensiva. Era improbable que se encontrara a alguien como él en una acera o cruzando una calle. Había nacido para ser mirado, admirado, deseado... ¿Qué había sucedido?

«No tiene importancia. No es el fin... También le sucedió a Clark Gable. Su agonía coincidió con la del sistema de los estudios, que contrataban a las estrellas por cinco o siete años, y se veían obligados a promocionarlas. Gable salió en el 55 por la puerta de atrás de la Metro, después de veinticinco años de ser su rey y de inundarla de dinero y de gloria... Lo mismo que Gary Cooper. Eran mayores ellos; no les interesaban. Pero yo... A Cooper le pasó con la Paramount, y saltó luego de estudio en estudio igual que si no hubiese sido nadie, y tuvo que abrir su propia productora, y tuvo que dejarla. Todo ahí es patético y genial... Eso les pasó a ellos. Pero a mí, tan pronto, ¿qué puede haberme sucedido?»

Entró en la oscuridad como si, dentro de una sala de un cine de clase ínfima, entre la densa penumbra pestilente, él se contemplase a sí mismo en la reposición de una de sus películas. Ahí está, sentado, incrédulo, viéndose más bello aún de lo que fue. Y mira en torno suyo para ver si alguien lo reconoce. Y todos están embebidos en su rostro. «Qué guapo era», dice la mujer que tiene al lado. Y él procura llamar su atención, con la rodilla, con el codo. Y, en efecto, ella lo mira después de un roce algo más fuerte. «¿Quiere dejar de molestarme?» Él coge la mochila que tiene entre las piernas, se levanta y se va. Solo. En la oscuridad de la noche, que no es necesaria desde luego para que nadie lo vea, porque nadie lo ve. En el lubricán, en el que ya no se distingue el lobo del can, ni un hilo blanco de otro negro...

Un publicista suyo lo había dicho: «Era un tipo muy atrayente, muy rubio, pero de piel no demasiado blanca, americanísimo. Quedaba muy bien en una playa.» Eso mismo podría decirse ahora. Tal es su único réquiem. Su único epitafio. No murió vivo; murió ya medio muerto. Con todo lo que tenía metido en la mochila, nada, una muda, una pastilla de jabón, una botella de bourbon y unas fotografías rotas casi todas.

Murió del corazón que no había usado. A la hora del lobo, cuando no se distinguen ya los lobos de los perros, o cuando los perros se convierten en lobos. Un día de primeros de septiembre. Que fue cálido, pero que se enfrió bastante por la noche. De repente.

Siempre decimos «de repente».

LA EXPOSICIÓN

—

Damián Vilches, así lo llamaremos, profesaba como catedrático de Arte en la Facultad de Letras de una universidad de Madrid. No era un hombre mayor; sí serio e incluso severo. No sonreía jamás; por lo que, cuando lo hacía, su sonrisa llegaba a ser intimidante, llena de dientes descompuestos y hasta airados. Llevaba una vida modesta en apariencia. Pero vivía en un buen barrio de la capital, y era dueño de una espléndida biblioteca de caros libros de arte en varios idiomas, y de no pocas piezas de pintura y de escultura, la mayor parte de ellas adquiridas a buen precio con ocasión de sus expertizaciones. Casi todos sus cuadros, sin embargo, eran de crucifijos o de santos mártires: cabezas cortadas, flechas hincadas en la carne, palideces, moraduras, labios fríos, ojos saltados, muelas arrancadas, pechos encima de bandejas de plata... No se le conocían amigos íntimos ni la más leve sombra de un romance. Las malas lenguas, o acaso no tan malas, aseguraban que sentía inclinación por los alumnos guapos; pero lo cierto es que, a ojos no muy pendientes, tal atracción podía pasar inadvertida. Además, a alguien que trata, por trabajo, con la creación de la belleza no resulta en verdad muy extraño que, cuando ésta se encarna, siga resultándole atractiva.

Su especialidad, de la que había publicado algunos libros, numerosos folletos, artículos en revistas nacionales y extranjeras, y en la que era muy respetado, más aún, muy admirado, se refería a la pintura barroca española y, por encima de todo, a Zurbarán, al que él, con delicado acento, apellidaba *el cateto exquisito*. Sobre tal tema y sobre tal personaje, Damián Vilches era el rey indiscutible.

A nadie pudo sorprender que, cuando se decidió organizar una exposición alusiva fuera de las fronteras nacionales se pensara en Damián Vilches. La exposición la tituló él mismo «Zurbarán y su obrador. Pinturas para el nuevo mundo». Vilches se ocupó de su estructura, de la elección y búsqueda de la obra y hasta de su montaje. La inauguración se realizó el 16 de noviembre de 1999 en la ciudad de Nueva York, y más concretamente en el Spanish Institute, con sede en el 684 de Park Avenue. Y estaba *generously sponsored* por la Generalitat Valenciana y por el Consortium of Museums de la Comunitat.

El acto de la inauguración fue a las seis p.m. A las siete, el embajador de España en los Estados Unidos impuso el Lazo de Isabel la Católica, concedido por Su Majestad el rey Juan Carlos I de España, a Joyce Davidson, una meritoria dama neoyorquina. Los dos acontecimientos resultaron muy concurridos y lucidísimos. Había representantes de la nobleza española, encabezados por una infanta y su marido; había representantes del poder económico más alto, tanto de España como de USA; y había representantes de esa fauna, menos pequeña de lo que se cree, que vive, se mueve, medra y caza dentro del coto, cada vez más privado, del arte, los museos, las salas de subasta y el dinero negro deseoso de invertirse.

Damián Vilches se encontraba halagado, suspendido

entre la tierra y el cielo, iluminado por su éxito y deslumbrado por todo ese mundo que él había ayudado a formar y enseñar. No sólo el colgado en las paredes, sino el que tomaba copas entre inclinaciones y sonrisas. Un mundo que quizá se despreocupaba más de la cuenta de la exposición, que era el pretexto de la fiesta pero al que se dirigía la totalidad de su trabajo y de sus investigaciones. Un mundo que le daba de pasada su superficial enhorabuena y su condescendiente apretón de manos. Velázquez, en el fondo y la forma, fue sólo un notable decorador del rey Felipe IV: no tenía Vilches por qué ser más exigente.

Pero el hecho esencial es que todo aquello ocurría en Nueva York y que se trataba de un hito codiciable en la ya codiciada velocidad de su carrera. Éste era el tema de los pensamientos de Damián Vilches en tanto paseaba por las dos grandes salas y se extasiaba, todavía, ante las obras de lo que él había decidido llamar, de modo original, el *obrador* de Zurbarán, desdeñando con ello la palabra taller, tan manoseada como inexacta.

Ah, no, no podía terminar todo ahí, se decía. Era necesario concederse una celebración, su propia celebración.

Había llegado tres días antes. No halló ni un momento para sí mismo. Apenas había puesto un pie fuera del local, salvo para ir a su hotel, que estaba extraordinariamente cerca. No había perdido, pues, el tiempo; pero sí la oportunidad de pasear, de contemplar, de dejarse tentar y conquistar por Nueva York. Sobre todo, una vez que la conquista de ella —de una parte de ella, aunque importante— sí que se había producido.

El orgullo le estiraba la cara a Damián Vilches y hacía que sus mandíbulas se contrajeran con fuerza. A punto de hacer saltar sus ávidos e irregulares dientes. Cuando fueron despidiéndose los invitados, él permaneció de pie en el Spanish Institute. Hasta el final. Había tomado apenas unos canapés y unas bebidas frías. Nada de alcohol. Con eso le bastaba. No entraba en sus cálculos cenar.

Anticipadamente, en España, había preguntado por alguna dirección concreta a alguien *conocedor de ambientes*. De ninguna manera íntimo sino casi desconocido: alguien con quien jamás tendría que volver a tropezarse. Hacia las diez de la noche estaba delante del local sugerido. Le admiró su discreción y su pequeña puerta de entrada, bien defendida por un portero fuerte y negro. Su estatura la hacía crecer un sombrero de copa. Se inclinó ante Damián Vilches, trajeado con meticulosidad para la inauguración. Le dio las buenas noches y le deseó una feliz estancia en el local.

Cuando sobrepasó el guardarropa, atendido por dos lindos muchachos también de color, ataviados en rojo y verde, y no opuestos a dos negritos venecianos que recordaba de casa de su abuela, se dio de manos a boca con la *barbaridad*: así la calificó en su interior. Sobre una barra iluminada con discretas luces, se abría, lo mismo que una flor, un espacio reverberante. En él, jóvenes perfectos, y aun pluscuamperfectos en todos los sentidos, hacían estriptís bajo unas duchas, cuyas aguas se teñían con luces de todos los colores.

Aquí y allá, rincones en penumbra con cómodos asientos muy fáciles de juntar unos con otros, y gigantescas pantallas de vídeo contempladas al paso por gente maravillosa. En todas partes, miradas inquisitivas, pantalones ajustados, vasos subidos casi hasta el hombro izquierdo para conseguir una postura más elegante e inverosímil, expresiones desdeñosas como de quien se preguntara qué hacía allí, expectativas soterradas, rozamientos ligeramente largos, intencionados o no...

Decidió tomar un whisky con una coca-cola. No bien lo había expresado, le sobrecogió el efectivo servicio del camarero y su cobro incontinente.

Con su bebida en la mano, se movió apenas dos o tres pasos. No era capaz de separar los ojos del espectáculo libre y milagroso que aquel bar, o como se llamara, le ofrecía. La recompensa que él, Damián Vilches, se había concedido a sí mismo era precisamente aquella aventura, aquella facilidad magnífica, aquella comprensión, aquellos cuerpos brindados al desnudo...

Se dio cuenta de que las manos le temblaban. Se dijo que en Madrid, aunque él se hubiera permitido investigar (lo cual era impensable), no existirían locales semejantes; locales con la gracia, el desenfado inmanente (eso se dijo él), la alegría corporal de aquél. Se dejó arrebatar por la vorágine.

En pleno arrebato, su mirada tropezó, mientras resbalaba sin cesar, con una sonrisa particularmente blanca. Quizá resultaba así por pertener a un rostro particularmente negro. Se hallaba en un extremo de la barra, cerca de una cortina entreabierta que debía de comunicar con un salón anexo. Es muy probable que un salón oscuro. Los ojos de Damián Vilches se desviaron unos segundos. Regresaron enseguida. Persistía la sonrisa. Se hizo la ilusión de que le estaba dedicada. Tuvo que abandonar su vaso en el mostrador: extasiadas, las manos le temblaban demasiado, y el corazón se le llenó de extrasístoles. Como si el dueño de la blanca dentadura se hiciese cargo, movió unos centímetros la cabeza y acentuó su sonrisa. A Damián Vilches ya no le cupo duda alguna: aquel ser, hermoso como todos los que había en tan hermoso lugar, le estaba directamente sonriendo.

Como pudo, es decir, mal, recogió su vaso y se dirigió a aquel espacio, reservado al parecer, entre la barra y la cortina. Los muchachos de las duchas, desnudos ya del todo, danzaban entre sí antes de ser sustituidos por otros. Pero el catedrático Damián Vilches ya no percibía nada: sólo aquellos dientes inmaculados, aquellos labios recargados que se plegaban en sus comisuras, aquellos oscuros ojos reflejando las luces irisadas. Aunque lo hubiesen torturado al día siguiente, Damián Vilches no habría sido capaz de recordar de qué habló con aquel joven negro, ni siquiera si habló. Intentó sonreír él a su vez, pero chocó con su falta de costumbre y su sobra de dentadura. Levantó un poco el labio superior sin dejar ver todo su feroz armamento. Tendió la trémula mano, que el joven negro le estrechó. Sus conocimientos del inglés se reducían demasiado a su mundo del arte. Prefirió alargar de nuevo la mano, todavía insegura, y tocar con ella el pecho del joven, mientras jugueteaba con los botones más altos de su camisa rosa. Señalándose a él mismo y al muchacho, lo invitó a tomar una copa. El muchacho, que dijo llamarse Rodny, pidió las de los dos.

Ambos sonrieron sin motivo aparente. Damián Vilches jamás se había visto en una situación ni remotamente comparable. Nueva York era, en efecto, la capital del orbe. Ignoraba del todo a qué le conduciría este conocimiento repentino. Y, acaso por primera vez en su vida, se dejó llevar. Cerró los ojos convencido de que, al abrirlos, estaría en su piso de Alberto Aguilera. Los abrió. Allí le aguardaba la misma sonrisa ante una mano que le ofrecía su bebida. Se esponjó agradecido el corazón de Damián Vilches, que tenía llenos de lágrimas los ojos. No sabía por qué: de gratitud quizá, como aplauso a su propia osadía y también ante la convicción de que, por una vez, estaba haciendo lo que siempre se había vuelto loco por hacer.

Chapurreando, le dio a entender al muchacho que era profesor. El muchacho le respondió que él estudiaba medi-

cina... Rieron al unísono del resbalón de uno de los ducha-
dos. La complicidad se amplió ante una posesión brutal,
per vias rectas o rectales, en una de las pantallas de vídeo.
Sus risas, después de un segundo de mirarse sin preguntarse nada, se unieron. Fue un beso superficial, pero fue
un beso. Damián Vilches ignoraba por qué lo había dado,
aunque se temía el porqué. ¿Se lo temía? Aquella inflama-
ción de su bragueta... Sería algo inolvidable para siempre.

Con la mano extendida y menos vacilante le tomó la
suya al muchacho, y la del muchacho le respondió con una
presión notable. Todo un enorme, inesperado, contundente
regalo. Y de eso sí que ignoraba el porqué. Porque aquello
—y no se le iba de la mente— no era simple sexo sino ilusión, una ilusión infinita, inagotable, que llenaría su vida
aunque no sucediese nada más. Damián Vilches olvidó casi
su gloria anterior del mismo día, y se inclinó ante aquel joven sin cuestionarse nada más.

No sabía entonces el porqué. Ni lo sabía cuando, en voz
muy baja, murmuró: «¿Quieres venir a mi hotel? No está lejos.» Los prominentes labios del muchacho negro se abrie-
ron más aún, soltaron una breve carcajada y su cabeza dijo
sí. El catedrático tuvo que hacer un esfuerzo para que las
lágrimas no saltaran de sus ojos y se desbordaran por sus
mejillas.

Salieron muy juntos. Damián citó el nombre de su hotel, que produjo un regocijante efecto en el muchacho. Lo
tomó por el brazo y le señaló la dirección que debían seguir. Detuvieron un taxi. Fueron así, muy juntos, hasta el
próximo hotel, cerca del Central Park. Un hotel silencioso,
caro, comprensivo y desinteresado de otra cosa que no
fuese la elevada factura.

Este día —se iba diciendo el profesor sin soltar la mano

rosa y negra de su compañero— ha constituido algo muy importante para mí. Yo he encarnado su protagonismo pese a quien pese. Mi trabajo ha sido reconocido por todas las autoridades de dentro y fuera de mi círculo: los cronistas de los periódicos mágicos, los especialistas de los museos, los profesores de universidades, los estudiosos y los aficionados. Pero la noche... La noche va a serlo mucho más.

Y sin embargo, no sabía por qué. Por primera vez en su vida ignoraba una causa y un propósito. No tenía proyectos. Sólo tenía, al lado, una sonrisa. Le bastaba. No le cabía ninguna duda de ello.

Entraron en la habitación. Una ligera gasa cubría la ventana. Sin preguntarse cómo, le dio a entender a Rodny que él era aquel señor, Damián Vilches, que aparecía mencionado en las portadas de dos o tres publicaciones apiladas sobre una mesa. El joven Rodny aprobaba con mucho gusto. Ojeando el catálogo de aquella precisa exposición, se detuvo en unos ángeles de Zurbarán. «Amo los ángeles», dijo de modo comprensible. «Tengo un compañero de piso colombiano y hablo muy poquito español.» Damián Vilches le habló de los ángeles —«Éste es san Miguel»—, del significado de sus nombres, de los arcángeles, de los turiferarios con aire de campesinos extremeños disfrazados para algún ceremonial... «Tú eres un ángel. Un ángel de ébano», dijo mientras le rozaba las mejillas al joven, que le apretó con cariño la mano.

Hicieron el amor dos veces en la noche. ¿Hicieron el amor? Rodny susurraba, gemía, acariciaba un poco con su lengua, enseñaba al profesor lo que éste debía hacer y no entendía y sin embargo ardientemente deseaba. Se lamieron uno a otro los sexos con cierta pudibundez. El negro sonreía aún, quizá de ver la inexperiencia del maestro de arte... Hicieron dos veces el amor. Pero ninguna de las dos Rodny eyaculó: le bastaron los prolegómenos. Entre unos y otros, volvía su rostro hacia los ángeles... Después, ambos se quedaron dormidos.

Previamente Damián Vilches recordó un verso de Anacreonte: «Yo taño / la lira de veinte cuerdas, Leucaspis. / Yo taño, y tú eres joven.» No había imaginado, ni siquiera soñado, un cuerpo tan hermoso como el que ahora tenía él, justamente él, Damián Vilches, en brazos. «Esto es lo mejor que me ha pasado en la vida. Lo juro. Por estos dientes, por estos labios, renunciaría a toda la quincalla que he conseguido. Ni cátedras ni alumnos ni exposiciones de Zurbarán: nada vale lo que esto.» Él hubiese seguido haciendo el amor a su manera toda la larga noche. Pero él también se durmió, abrazado el profesor dormido al estudiante, aunque lo fuese de otras disciplinas. Y el profesor soñó, en efecto, que lo abrazaba. Soñó cuanto acababa de hacer y suceder. Soñó la ternura que había puesto en las caricias, el calor de los besos, el ansia de las felaciones y la pureza que todo lo envolvía...

Al despertarse a las siete, Rodny, desnudo, fue a la ventana y descorrió el visillo. Amanecía sobre Manhattan. La aurora roseaba sobre los trazos grises de unas sencillas nubes, imaginarias casi. Las Torres Gemelas levantaban allá lejos su soberbia. Los rascacielos, hieráticos, se dejaban bañar por el oro recién nacido del sol. A los pies, el parque conservaba aún en la noche su fronda, dispuesto ya a dejarla invadir por la luz delicada. «*What a wonderful view*», dijo Rodny. «Sí, una vista maravillosa», replicó Damián Vilches mirándolo a la cara, y le besó la nuca. «Tú eres la vista maravillosa.» Abrazado a Rodny, Damián Vilches rompió a llorar.

Hizo deprisa su maleta porque ese día regresaba a Madrid. Pero tenía la tentación de pensar —y se dejaba caer con gusto en ella— que todo había cambiado, que eran otras su vida y su esperanza.

Bajaron a desayunar. Rodny, con hambre de chacal, se comió una enorme hamburguesa. Damián Vilches lo contemplaba absorto mientras ingería nada más que un aguado guayoyo. Quedaron a las doce y media en la puerta del Museo Metropolitano. Desde allí él saldría, solo como antes pero no como antes, hacia el aeropuerto.

Se despidieron con un beso.

Fue entonces cuando Damián Vilches cayó en que había quedado con las autoridades de la Generalitat y de los Museos a las doce en la misma puerta del Metropolitan. No sabía qué hacer, cómo mezclar al muchacho adorado con la jerarquía redicha y provinciana... Mientras lo reflexionaba fue andando hasta el museo. Desde allí tendría que llevar luego a las autoridades al Museo de Brooklyn, para asesorarlos en otra exposición. Cuántas complicaciones. De ninguna de las maneras podía subordinar a ellas su felicidad. «Mi felicidad», se repitió, y paladeó la palabra...

La seguía paladeando cuando, dadas las doce, no se presentaron los mandamases. Y continuaba paladeándola, aunque ya más despacio, cuando ni a las doce y media, ni a la una, ni a las dos, ni a las dos y media, tampoco se presentó Rodny. Caminó cabizbajo hacia el hotel, recogió su equipaje, tomó un taxi, llegó al aeropuerto y voló hacia Madrid. Allí lo aguardaba una vida que ya no reconocía como suya. El viaje de regreso no fue bueno. Pero no perdió en él del todo la ilusión. En su interior algo le repetía que aquello que le emocionó tanto no podría transformarse de repente en un necio y vano espejismo.

Damián Vilches se aferró a su esperanza igual que un náufrago en una isla desierta. Se negó a considerar que se tratase, la suya, de una historia perdida o sin sentido. Tenía de Rodny el número de un teléfono que resultó estar equivocado o sordo. También tenía su e-mail. Damián Vilches aún no había entrado en la modernidad de los ordenadores. Tomaba sus notas, preparaba sus clases, sus exámenes y sus publicaciones, a mano, con una letra microscópica y muy clara. Localizó a un amigo, no colega de facultad, sino director de un museo no muy conocido, y le pidió por favor que le permitiese utilizar, o más aún, que utilizase, en su nombre y en inglés, su ordenador. Damián Vilches había perdido la vergüenza. El texto del e-mail que rogó a su amigo que enviara fue el siguiente, tembloroso y algo abatido, ya que las constantes llamadas al teléfono anotado resultaron fallidas. «Querido Rodny: me apenó que no nos encontrásemos en el Metropolitano a las doce y media como habíamos quedado. Esperé un largo rato. Me entristeció no verte.

»Para mí, Rodny, eres igual que un sueño. Quiero saber, necesito saber, si tú también te sientes atraído por mí. Es imprescindible que me encuentre otra vez contigo y que te conozca y sepa cosas tuyas y sobre ti. Tu sonrisa y tu ternura podrían hacerme volver a Nueva York pronto. Más aún, iré allí cada vez que tú lo desees. Todo sucedió con demasiada rapidez, pero recordaré siempre tu sonrisa y tu belleza exterior e interior. Por lo que más quieras, respóndeme y dame una oportunidad.

»Tu teléfono no contesta. ¿A qué hora puedo llamarte? Respóndeme, por Dios, antes del martes a este e-mail. Te habla con todo su corazón, Damián.»

Aquel mismo día recibió una respuesta.

«Hola, Damián. Es realmente agradable saber de ti. Estoy realmente apenado por no haber coincidido a las 14.30 en el museo. Quizá no te lo creas, pero olvidé, durante la noche, cuánto tenía que hacer ese día. Al regresar a casa y consultar mi agenda, caí en que debía llamar varias veces a California, entre las dos y las cinco. No tengo móvil, o lo tenía agotado, y hube de utilizar el teléfono. No hallé la manera de conectar contigo para advertirte de que me era imposible acudir a la cita. Acepta por favor mis disculpas.

»También me da pena haber perdido tus llamadas. Estaré en casa hoy durante toda la tarde y la noche. Mañana y el domingo tengo trabajo fuera. A menos que haya algún imprevisto, volveré a casa después.

»Ha de ser agradable para ti estar de nuevo en tu casa. Me gustaría realmente que no te preocupases por nada más. Eres un gran tipo, y has de tomarte las cosas con más calma y más a la ligera. Verás cómo el tiempo y la vida ponen las cosas en su sitio. Deja que intentemos una amistad y ya veremos qué sucede. ¿De acuerdo? Yo no me voy a ir fuera de Nueva York, pero tendré que cambiar pronto de dirección porque mi compañero de piso se ha echado un amante y viene a vivir con él. Te tendré informado. Cuídate. Rodny.»

Damián Vilches echó, quizá indebidamente, las campanas al vuelo. Su amigo, el director del pequeño museo, obró de abogado del diablo. Aquel Rodny, cuya fotografía vio y le pareció horrendo, ni siquiera se había enterado de la hora de la cita, y el número de teléfono, que parecía erróneo, lo era probablemente adrede. Toda su contestación se presentaba como si le hubiese caído un alud encima. El catedrático lo había asustado y él procuraba quitárselo a manotazos. Recomendaba prudencia; no daba una hora fija para llamarlo; hasta amenazaba con mudarse de piso... Por supuestísimo, no estaba interesado... Y además, tenía aspecto de antropófago. Sólo le faltaba atravesarse un hueso en la pelambrera.

Damián Vilches comprendió que su amigo Nicolás lo envidiaba, y comenzó a vivir unos días muy alterados por gestiones de ordenadores, de conexiones a Internet, de diccionarios, de aprendizaje rápido de inglés... Todo para poder recibir los e-mail, y traducirlos, sin intermediarios, de la manera más conveniente para sus irisadas ilusiones de amor y de vida en común. Tres días después reinició la correspondencia. Era el 22 de noviembre de 1999.

«Querido Rodny: fue realmente maravilloso recibir tu preciosísimo mensaje. Te agradezco que me concedas la oportunidad de aprender cosas de ti y que dejes la puerta abierta a otras posibilidades. Estoy tratando de conectarme a Internet, y creo que lo conseguiré la próxima semana. Tendré mi propia dirección en mi propio ordenador sin necesitar turbios mediadores que no nos comprenderían. Así haremos más íntima nuestra comunicación. No ceso de llamar al nuevo 2014358974, pero sin ningún éxito: ¿será también un número incorrecto?

»Hoy he visitado una gran sala de antigüedades en Madrid, y he hallado dos cuadros de ángeles pintados, en Castilla, en el siglo xv. Desde que te conozco y te descubrí ante los ángeles de Zurbarán, el resto de ellos me recuerdan tu encanto y tu dulzura. Te enviaré una foto de esos cuadros. ¿Has visto ya mi exposición? No olvides que está en el 684 de Park Avenue. Me encantará, y necesito conocer tu opinión.

»También me encantaría saber si hay algo que precises para tus estudios de medicina. Querría poder serte útil. En la universidad en que trabajo hay un magnífico plantel de médicos. Algunos son buenos amigos míos y te ayudarán en todo lo que necesites: instrumental, lecturas, seminarios, etc. Yo te enviaría de todo corazón cualquier cosa que te sea necesaria. Para mí tu ternura y tu amistad son los dos acontecimientos más grandes que me han sucedido nunca. Tus respuestas me alimentarán y me harán sentir fuerte. Continúa haciendo feliz a los seres humanos con tu sonrisa divina. Damián.»

El miércoles siguiente, día 24, Rodny Bersako escribió: «Hola Damián. Gracias por tu llamada. Y de nuevo disculpas por no atender las anteriores. Estuve terriblemente ocupado y me retrasé. Tengo un trabajo de media jornada, que me lleva todo el día de arriba abajo. Además, busco un nuevo apartamento. Así que no tengo tiempo libre para nada. Ni para repasar mi correo electrónico.

»Ayer parecías feliz al teléfono. La verdad es que no entendí nada de lo que me decías. ¿Era sobre tus alumnos o quizá sobre nosotros? Aún no he tenido oportunidad de ver tu exposición, pero lo haré algún día. Tengo que correr de un lado a otro de la ciudad y atravesarla para resolver papeles y alguna que otra cita. Ahora estoy en la universidad. Después de esto, iré a mi trabajo de las seis a las doce. Mañana es la fiesta de Acción de Gracias: un gran día aquí. Te escribiré en otro momento. Cuídate. Rodny.»

El viernes 26, Damián, tras de sus clases, serenado relativamente, dentro de una bata de casa lisa y larga, a las 21.05, escribió a Rodny.

Asunto: En España todos los días bajo el sol.

«Querido Rodny: fue mucho más que fantástico recibir tu primer e-mail en mi ordenador propio. No puedo expresar cuánto te lo agradezco. Tú tómate las cosas sin prisa y busca un apartamento confortable. Tal cosa es básica para trabajar y sentirte bien con lo que haces y con lo que te rodea.

»Cuando te telefoneé, estaba tan feliz porque la relación con mis alumnos es realmente buena. Hay una muy beneficiosa conexión entre nosotros, a la que no eres ajeno, y sé que me quieren. Los estudiantes de mi universidad han sido encuestados oficialmente sobre sus profesores, y he sido elegido como el mejor de todos. Eso me anima para seguir con mi trabajo, como tú me animas para seguir con mi vida. (Hay que aclarar que unos cuantos alumnos suspendidos habían comenzado a llamarlo ya *La Zurbarana*.)

»Ya te contaré episodios de mi carrera en el pasado y mis planes futuros. En España hay cosas realmente complicadas, porque el personal docente no te permite desarrollarte y ascender cuando estás realmente por encima de ellos. Es cuestión de envidias y de recelos. Por el momento, enseño arte moderno, impresionismo concretamente, temas bonitos de explicar porque la gente es muy sensible a creadores como Monet, Degas o Renoir. Me encantaría enseñarte algunas obras suyas en el Metropolitan en nuestro próximo encuentro.

»Me emociono cuando doy clases, porque pienso que mis alumnos son de tu edad y que tú podrías estar sentado entre ellos bajo mis ojos. Llevo bastantes años en la universidad y mis alumnos son lo más importante para mí antes de haberte conocido. Ellos son mi refugio en mis problemas. La comunicación es muy fluida entre nosotros y, por si fuera poco, nos une el arte. Claro que no todos son los alumnos soñados... Me encantaría que tú y yo estuviésemos muy estrechamente unidos por el arte y por la belleza que los hombres son capaces de crear. También me encantaría que me contases algo de tu trabajo de media jornada, si te tratan bien en él y estás contento. Cada cosa que sé sobre ti me hace sentirme un poco más feliz: lo que te gusta, lo que te desagrada y lo que esperas de la vida. También me haría dichoso saber tu opinión sobre nuestra amistad que a mí me parece cada día más encantadora y más imprescindible.

»Las cosas más rutilantes suceden de forma inesperada. Querría hacer todo lo posible para mantener esta relación nuestra como un fuego que nunca se extinguiera. Trabajemos juntos para eso, ¿de acuerdo? Espero servirte para algo, y doy gracias a Dios por ello todos los días. Sueño con el 5 de enero, cuando vuelva a Nueva York, probablemente alrededor de las once. ¿Te apetecería pasar un poco de tu tiempo libre conmigo? A mí me gustaría hacer algo extraordinario, algo que fuese de veras importante para ti.

»Te enviaré las fotos que te hice y las instantáneas de la ventana de mi habitación, en ese amanecer que tanto te gustó. Siempre recordaré tus inspiradas palabras sobre él.

»¿Es válida esta dirección: 225 Warren Street # 2 Jersey City - NY 07302? ¿Hasta cuándo estarás ahí?

»Te contaría muchísimas cosas pero no quiero agobiarte. Mis ojos se humedecen y siento algo muy grande dentro de mí. No sé exactamente qué es; pero, cuando me lo pregunto, siempre me respondo que lo que deseo es volverlo a sentir o, mejor, no dejar nunca de sentirlo. Es realmente un milagro. Gracias. Y, por favor, no olvides este e-mail tan sincero. Respóndeme siempre que puedas, pero no te sientas obligado. Cuídate. Eres mi vida. Damián.»

Damián Vilches, después de alguna intriga y de muchos «realmente», había conseguido que lo designaran para clausurar, descolgar y devolver a España la exposición de Zurbarán. Su intención era clarísima, aunque sólo para él.

El sábado 27, a las 6.31, contestó Rodny.

Asunto: Calor en Nueva York.

«Hola, Damián. Qué refrescante es leerte. Ya escribes el inglés mejor que yo. Nunca lo haré yo así en español. Gracias por tus amables palabras. Tienes toda la razón: voy a tomarme tiempo y a buscar un sitio cómodo donde vivir. Sería grato verte en enero. Pero va a ser un mes muy ocupado para mí académicamente, aunque seguro que me quedará algo de tiempo libre.

»Me alegra que te encuentres bien en tu trabajo. Eso quiere decir que acertaste al elegir tu profesión. Yo sólo estaré tan satisfecho como tú cuando me haya introducido en el hospital. No creo que haya otra cosa que me guste tanto como la medicina.

»Esperaba un poema tuyo, ¿no mencionaste por teléfono algo sobre esto? Unos pensamientos sobre nuestra amistad, o algo semejante. Aquí te mando unos versos. Un famoso escritor inglés nos dejó dicho: "Las cosas en que pensamos vienen y se van. / Nuestro envoltorio es sólo un cristal que miramos. / Creo en algo, y todo es posible en la vida. / Sólo es una materia hecha de tiempo. / Y, desde que el tiempo se mide a través de estos círculos, / no hay nada que decir, porque nosotros volvemos / al mismo lugar en que empezamos." Mi madre me ha dicho que soñar no es suficiente. Que es necesario hacer realidad los sueños. No lo olvides. Ahora tengo que dejarte. Con mis mejores deseos. Rodny. PS: la dirección es válida.»

El mismo sábado 27 de noviembre, a las 16.26 Damián se dirigía a Rodny:

Asunto: Los versos del capitán.

«Querido Rodny: ha sido realmente prodigioso recibir este último e-mail tan amable y emocionante. ¿Quién es ese escritor inglés? Quiero saber sobre él. Te envío, a cambio, este encantador poema de Pablo Neruda, el más importante poeta de Chile. Vivió en España durante unos años. Por correo te mandaré uno de sus libros más importantes, *Los versos del capitán*. A él pertenecen los que ahora te envío. Además del poema que deseo dedicarte y que podría tener por título "Recuerdo de Nueva York". Gracias por ser tú como eres, y muchas, muchas, muchas por tu amistad.»

Con la misma fecha le remitió a Rodny el poema de Neruda «Tu risa», que comienza:

Quítame el pan, si quieres,
quítame el aire, pero
no me quites tu risa...

También le remitió un poema, *por así decir,* titulado, «Emoción por la esperanza de ébano»:

Te conocí en la noche.
Tan sólo percibí tu sonrisa y el
contraste de tus blancos dientes de marfil.
Sobre tu rostro de ébano,
mi caricia fue respondida por la tuya.
Y en ese momento las entrañas
de mi cuerpo se turbaron,
mi corazón palpitó y
la secreta esperanza comenzó a
desparramarse por mi vida.
Tu sonrisa puede destrozarme
si algún día desaparece
de mi lado. Tu ternura,
tu corazón y tu esperanza
son para mí como secretos susurros que nunca
me dijeron, ilusiones nunca cumplidas
y sobre todo sueños por los que trabajar.
Oh hablas de espejos, de tiempos
y de esperanzas futuras y remotas,
y sólo tus palabras enviadas desde tu ordenador
son el consuelo de mi desdicha
y aliento para mi posible fracaso.
¿Dónde estás que no te veo? Has desaparecido.
Todo fue un sueño, despiértame con tu sonrisa,
háblame de los espejos. Trabajemos por nuestros
sueños y líbrame de mi desdicha.

El 3 de diciembre respondió Rodny en español, a las 22.27:
Asunto: Los versos del capitán.
«Hola Damián estoy en la ciudad ahora así que faltaría

probablemente su llamada hoy. Espero que todo esté bien. Eso era un poema encantador. Todavía tengo un frío pero no es ese malo en el momento. Conjetura que. Voy a tener mi carta entera a usted traducido a español. El programa de escritura inglés que usted deseó conocer alrededor es James Allen (quizá quería escribir Alland Johns). Beguining a la semana próxima estaría trabajando realmente difícilmente. Estaré en el hospital a partir del 8.30 a.m. a 5 p.m. y en mi trabajo por hora a partir del 6.11 p.m. Sería difícil alcanzarme. Excepto concluidos los fines de semana. A parte de el trabajo realmente difícilmente que más usted hace en España para la diversión? Curioso justo. Sé a alguien que viva en Barcelona. Le dije sobre usted. El receptor de papel I tiene que ejecutarse porque necesito estar en el trabajo de mi compañero de cuarto 6 p.m. Soy tal dolor. Tengo que ir a casa primero a caer del dinero para el alquiler y después volver a la ciudad. El no puede esperar hasta esta noche cuando consigo casero. El receptor de papel I hablaría con usted pronto. Cuidado de la toma. Recuerdos Rodny.»

El día 4, a las 13.22, contestó Damián.

Asunto: Gracias por tus palabras en castellano.

«Querido Rodny: gracias, mil gracias, un millón de gracias por tus primeras palabras en español. Creo que, si continúas aprendiendo algo de gramática, podrás practicar conmigo enseguida. Cuánta alegría.

»Estoy contento de que no tengas fiebre. Cuida tu salud porque es lo más importante. Cuando me escribas en español, debes usar la forma pronominal *tú* y no *usted.* Usted es muy, muy formal. En español, el pronombre personal tiene dos formas para la segunda persona del singular: el usted se usa sólo con personas mayores u honorables que merecen respeto: antiguos profesores u hombres y mujeres venerables. Entre amigos se usa la forma *tú.* Por ejemplo, voy a escribir mi carta entera para ti pronto. Será encantador que tú uses conmigo el tú. En español decimos: Puedes tutearme, que es una prueba de intimidad y confianza. Perdona esta pequeña e irremediable clase de gramática.

»Ayer, después de telefonearte para interesarme por tu salud, salí a dar una vuelta con dos amigos. Fui a su casa a cenar, y luego me di una vuelta por Chueca. Es un pequeño barrio en el centro de Madrid, no lejos de mi domicilio, donde la gente bohemia se encuentra en los bares, los cafés, las librerías. Es muy, muy pintoresco.

»He estado escribiendo poemas. Poemas que te envío y que están, claro, dedicados a ti. Más tarde he ido a un bonito bar discoteca llamado Liquid —ya lo conocerás cuando vengas—, para escuchar música y ver vídeo-clips. Cuando entré, el vídeo que exhibían era *New York City*, y me acordé de ti en ése como en todos los instantes, al escuchar el himno gay de los Pet Shop Boys. Hay otra que me gustó mucho: el nombre del grupo es ATB, y el de la canción *9 pm*. Precioso. Un trabajo muy auténtico que he de enseñar a mis alumnos, y una música agradable, ¿lo conoces? Estuve bailando un rato: cómo ha cambiado mi vida. La gente guapa es tan divina y resulta tan excitante para mí...

»Sé que estás muy ocupado. Tómate con tranquilidad las cosas y trata de divertirte un poco. He pasado muchos años de mi vida estudiando y estudiando. Y es bueno para encontrar un buen trabajo, un buen sueldo y el reconocimiento de los valores personales. Sin embargo, un amigo y las personas a las que quieres pueden darte más cosas, quizá más importantes: por ejemplo, su afecto y su amistad.

»No te olvides de usar contra el frío tu bonito anorak, el que llevabas la inolvidable noche que te conocí. Quiero que estés rebosante de salud cuando vaya a NY a verte. Estoy tratando de hacerme con algunos cursos de inglés en la

Columbia University. Habría cierta posibilidad de que fuera por dos meses, en marzo y abril.

»Ahora estoy muy esperanzado de recibir una carta tuya minuciosa. Escríbemela cuando quieras y puedas. Sinceramente te digo que me emocionaré cuando reciba palabras tuyas en español; pero si te sientes más cómodo en tu propia lengua, haz lo que quieras. Gracias y mis mejores deseos. Cuidado con el mal tiempo. Damián.»

Los poemas, *por así decir*, que añadía a su e-mail eran «realmente» cuatro. Sus versos, ingenuos, arbitrarios, repudiables y adolescentes. El primero, «El Ángel Negro»:

Sé que te gustan los ángeles.
Te dije que eran mensajeros
entre los hombres y Dios.
Tú, sin embargo, te entusiasmaste
con Aduel. No es canónico.
Da igual si sirven para unir nuestras ilusiones,
si sirvieran para que durara mi esperanza sobrepuesta
[a la tuya.
¿Crees realmente en nuestra amistad?
Tú me cuentas que el tiempo lo dirá.
Que los sueños no son suficientes
y que tenemos que trabajar por ellos.
¿No te es suficiente con mi pasión,
con mis palabras, mi cariño y mi entrega?
Puedo esperar. No me
importa. El solo recuerdo
de tu cuerpo de bronce envuelto en las
blancas sábanas me alimenta.
Para desear el reencuentro
y adorarte,
mensajero de la esperanza.

El segundo poema lo titulaba «El regreso»:

He venido de Nueva York
con el recuerdo de tus caricias,
la música de tus gemidos y el
sabor de tu cuerpo de azabache.
Recuerdo cómo mi lengua
recorría cada parte de tu lengua y cómo
nuestros cuerpos se fundían en abrazos.
Déjame volar a tu lado.
Sólo tu recuerdo me alimenta.
Quiero volver a fundirme con tu cuerpo
y a soñar con mi ángel negro.

Estos poemas aparecían escritos en el reverso de varias invitaciones para una exposición de Juan de Arellano (1614-1676). En su anverso se representaba un cuadro barroco de flores y arquitectura.

El tercer poema se llamaba «Al despertar»:

Hoy me he levantado pensando en ti.
Lo hago todos los días
desde que te conocí.
El sabor de tus labios, el tacto de tu pelo
y tu piel suave son como
recuerdos de algo sagrado
que necesito conservar.
No sé dónde estás ahora,
qué haces o a quién has conocido.
Tampoco sé si mi pasión te cansa y te asusta,
si mis llamadas te separan de mí.
Por eso me contengo y no
puedo decirte todo lo que te quiero
y lo grande que es lo que siento.

¿Vas a desaparecer? No lo sé, pero siempre
tendré el recuerdo de tu pelo,
el sabor de tus labios
y el tacto de tu cuerpo de azabache.

El cuarto y último poema se titulaba «Miedo»:

Hoy me levanto con el miedo prendido en mi corazón.
Tengo miedo de tu ausencia,
de tu esperanza, que es distinta de la mía,
y de la distancia.
Un gran dolor
me come por dentro, y sólo el recuerdo
del posible fracaso
me destroza todo el sosiego.
Cálmame con palabras de alivio,
háblame con el corazón
encendido y líbrame del miedo.
Un miedo que me consume todo el sentido.

El martes 7 de diciembre a las 18.30, Rodny no comenzaba su carta con un *Hey* sino con un *Hello*. Y seguía: «Era un bonito poema el de Neruda. Muchas gracias. No me he sentido bien últimamente, pero ahora estoy mejor. Tienes que tomarte todo con mucha más serenidad, porque cuando me dices lo que me dices me desbordas. (Damián Vilches pensó que quizá ese verbo podría mejor traducirse por *me entusiasmas*.) Lo que pienso es que en las expresiones de amor nos perdemos a veces entre lo que decimos y lo que querríamos que el amor fuera. En ese sentido, me doy cuenta de qué llenas y completamente distintas son nuestras vidas. Todo lo que cada persona hace lo añadimos al amor y a la grandeza, y lo llenamos dentro de nosotros. (Damián Vilches dudó si aquella frase podría traducirse como que él llevaba el agua a su molino, pero lo rechazó inmediatamente.)

»Me encantó tu poema de la esperanza, de veras; pero no creo que tu vida esté llena de tristeza. Más bien eres una persona muy realizada. Mi relación contigo sólo es un añadido pequeño a todo lo que ya tienes.

»Te deseo lo mejor con tus estudiantes y espero que podamos vernos en enero. Tengo muy poco tiempo esta semana. Y entonces también. Estaremos en contacto. Saludos. Rodny.»

El día 14 de diciembre, martes, a las 0.27, Damián Vilches escribe a Rodny.

Asunto: La nave se aproxima y la esperanza está muy cerca.

«Querido Rodny: gracias por tu último e-mail. Cada una de tus inteligentes palabras es una lección para mí. Perdóname, pero no he querido desbordarte. Por favor, acepta mis disculpas. Cuando el corazón habla...

»He estado en Londres este fin de semana. Tenía que visitar a un coleccionista para el estudio de un viejo maestro que posee en su colección de pintura. Y el domingo hubo un pequeño cóctel en una librería de arte en Saint James para mostrarle al profesor mi tesis doctoral sobre "La vieja escuela andaluza de pintura en la época de oros, y sus grandes sucesores".» (Damián Vilches quedó dudando si se habría expresado con claridad en inglés. En el fondo, lo que pretendía era alardear de sus conocimientos, y también de ser muy conocido por amigos importantes, ante Rodny. Eso bastaba.)

El miércoles 15 de diciembre:

«Hola Damián. Gracias por el libro de poesías de Neruda maravilloso. Lo he llevado conmigo al trabajo y me ha entusiasmado desde que lo ojeé por primera vez. Espero que no estés ofendido porque no haya sido posible contestarte al teléfono esta noche. Te explicaré lo que ha ocurrido: mi madre va a pasar una temporada conmigo. No la veo desde hace tres años. Es muy importante para mí pasar un tiempo con ella. De nuevo hay gran cantidad de cosas sobre las que opinar. Por esto es por lo que yo siempre insisto en seguir adelante sólo con nuestra amistad. Creo que eres un tipo estupendo, muy romántico y vivo; pero hay demasiadas cosas que han ocurrido en mi vida que tú no sabes, sobre las que yo no te he dicho nada. Eso es por lo que yo no creo que debas seguir adelante y que nos confundamos. Cuando tú conozcas más cosas sobre mí, descubrirás que no soy la persona indicada para ti.

»Es duro explicar cosas en e-mail, pero te las diré pronto si tenemos tiempo. A pesar de todo, yo continuaré con nuestra amistad y espero que seamos amigos siempre.

»Londres es una ciudad fascinante. Estoy seguro de que te habrá hecho buen tiempo. Te escribiré otra carta en cuanto pueda. Con mis mejores deseos y gracias una vez más por este libro, Rodny.»

El libro era, en esta ocasión, *Veinte poemas de amor y una canción desesperada*.

Quizá Damián telefoneó también veinte veces a Rodny. Quizá su gozo cayó en un pozo ante la claridad de las últimas líneas del joven negro. El caso es que hasta el martes 21 de diciembre, no vuelve a haber ningún e-mail, y el que hay es precisamente de Rodny a Damián.

Asunto: Las navidades están llegando y la esperanza se acerca.

«Hola, Damián. Gracias por tus amables palabras telefónicas de ayer. Este fin de semana no estuve muy bien. Seguro que los temas del trabajo se arreglarán. Tengo muchos problemas ahora. Es imposible discutirlos. Aprecio las palabras generosas y lo que haces por mí. Deseo que las navidades y el año nuevo sean buenos. Espero que te encuentres mejor, y quiero salir a comprar postales de Navidad.

No he enviado todavía ninguna. Gracias por estar siendo tan buen amigo.»

Otro e-mail de Rodny para Damián del martes 21 de diciembre: respondía a unas llamadas de teléfono de Damián, que quería a toda costa escuchar su voz.

«Hola, Damián. Feliz Navidad y próspero año nuevo. Todos los días traen luz. Las nieblas se disipan y las sombras desaparecen. Mi espíritu se siente excitado y bien. Todavía no he recibido tu estupendo regalo que me anuncias, porque mi compañero de cuarto no abre la puerta, por desconfianza, cuando llama DHL. Intentaré ir a la oficina mañana para recogerlo en persona. Espero que todo te vaya bien. Eres un hombre lleno de energía positiva, que hace buenos amigos de sus alumnos, y estoy seguro de que ellos te tratan bien. Lo mejor para ti. Rodny.»

De Damián a Rodny. 23 de diciembre. Asunto: El viaje de la ilusión.

«Querido Rodny. Estoy feliz sabiendo que todos tus problemas remiten poco a poco. Muchas veces la solución está en las pequeñas cosas ordinarias: hablar con alguien interesante o ver una flor maravillosa puede ayudarnos, por ejemplo. Yo daría parte de mi vida por poder ayudarte. ¿Vas a dejarme hacerlo? Cuando alguien llama a tu puerta con ese fin tú debes abrir. Te he mostrado realmente todos mis sentimientos y todo el contenido de mi corazón. Yo sé que tú no sientes lo mismo, pero sí pienso que puedo serte útil, porque nada es imposible. Y, sobre todo, lo más importante es tener la voluntad de salir adelante y no encerrarse en un agujero. Por eso te digo una y otra vez que no levantes una barrera y que muestres tus sentimientos. No sé si deseas verme en enero. Tampoco sé lo que te ocurre, pero me gustaría estar contigo y procurar echarte una mano con mi ternura. Creo que la necesitas.

»Yo llegaré al aeropuerto Kennedy el 5 de enero a las

tres y cuarto en el vuelo 65231. Estaré en el hotel de Manhattan que tú ya conoces.

»La noche del 5 es muy importante para mí. Muy importante. Es la fiesta de los Reyes Magos, paralela a la de Santa Claus. Yo les he escrito una carta pidiéndoles felicidad para tu vida y que encuentres cuanto deseas. Estoy convencido de que ellos se portarán bien contigo. No tienes más que creer en ellos y soñar en que es posible y trabajar por tus ensueños. Estoy cansado de encontrar, desde niño, a personas que no creen en los Reyes. Para mí fue muy duro, hace seis años, cuando un íntimo amigo destrozó la ilusión que yo tenía en los Reyes. Ellos hacen realidad nuestros sueños, y nada ni nadie tiene derecho a destruirlos. Tú sabes que te respeto y te comprendo. Y como sé que tu madre es muy significativa para ti, comprendo que has de pasar la noche con ella. Pero, por favor, por favor, dime que nos vamos a ver. Dímelo, y que voy a poder transmitirte algo de mi ilusión y de mi amor. Nada puede asustarme. Puedo entenderlo todo. Y, por encima de las demás cosas, quiero estar contigo y ayudarte. No tengo qué hacer entre el 5 y el 10 de enero. Sólo pasear, visitar museos e intentar estar contigo.

»Mis mejores deseos de Navidad. Sabes que te hablo con el corazón y la esperanza. Cuando tú estás feliz yo estoy feliz. Espero que el típico dulce de Navidad te haya gustado. Disfrútalo con mi amor.»

23 de diciembre de 1999. De Rodny a Damián.

Asunto: Muchos ríos que cruzan, pero tú encuentras lo bueno en el momento.

«Dear Damian: (así comienza el e-mail) Eres muy inteligente y muy perspicaz. He leído cuidadosamente cada línea de tu carta. Soy afortunado teniéndote como amigo. Y aún más porque tú me comprendas. Antes de que te conociera yo tenía un amigo. Pero nos encontrábamos en un malentendido o pelea cuando me encontraste aquella noche. Yo nunca había tenido una relación en toda mi vida. Esto ha venido a mí con una gran cantidad de confusión. Ignoro lo que el futuro me deparará. Tengo una gran cantidad de problemas con mis hábitos sexuales, y obstáculos económicos para mi educación. Sobre todo, desde hace dos años; pero siempre pienso en la esperanza y en un futuro mejor y más prometedor. Por eso es por lo que yo le sonrío a la vida. Creo realmente en la mejoría de las cosas. Estaré encantado de reunirme un rato contigo y de que te reúnas con mi madre. Y de que juntos paseemos. Podremos comprar entradas para ir a ver *El fantasma de la ópera*.

»Te considero como un buen amigo. Espero que tus Navidades sean maravillosas. Te enviaré un christmas pronto. Cuídate.»

Damián Vilches estaba alucinando en colores. Recibía una de cal y otra de arena, y en definitiva sólo se quedaba con su propio sentimiento, lo único inamovible y seguro, lo único en que se permitía confiar. ¿O acaso confiaba en otra cosa más de lo conveniente?

24 de diciembre. Damián a Rodny. 1.53 de la madrugada.

Asunto: Gracias por abrirme la puerta de tu vida.

«Querido Rodny: Gracias infinitas por darme tu confianza. Gracias por tus sinceras palabras. Gracias por comenzar la carta con *dear*. Gracias por dejarme conocer a tu madre. Ha sido una importante felicitación. Santa Claus ha sido muy generoso conmigo. Mis mejores deseos. Damián.»

De Rodny a Damián. Sábado, 25 de diciembre de 1999: Gracias por abrirme la puerta de tu vida.

«Querido Damián. Gracias por los regalos de Navidad maravillosos. Sólo que todo está escrito en español, y nunca he tenido nada parecido ni lo he visto. ¿Podrías decirme cómo se come? Era una postal maravillosa. Espero que tu mágico día vaya bien. Recuerdos.»

De Damián a Rodny. Miércoles, 29 de diciembre de 1999, 12.10. Asunto: El turrón se come directamente desde el principio hasta el final. Es como una *cookie*.

«Queridísimo Rodny: Espero que estés confortable en tu nuevo apartamento, y que tu compañero de habitación sea una persona buena. Es muy importante para mí. Ahora yo vivo solo. Pero he vivido en muy diferentes lugares, con gentes buenas, regulares y malas. También espero que el apartamento sea barato.

»El dulce de Navidad es turrón. Es como una *cookie*. Hay dos clases: el blando y el duro. A mí me gusta más el blando. Ambos están hechos con almendras. El que te envío es muy artesanal y muy bueno, porque lo confecciona una familia tradicionalmente dedicada a ellos, de Madrid. La gente viene aquí de toda España para comprar este dulce. Se trata de una tienda, en el centro, donde se forman grandes colas. Y esa familia envía su afamado turrón a todo el mundo. Espero que a tu madre le guste.

»El día mágico para mí es el 5 de enero, porque entre nosotros es esa noche cuando los tres Reyes Magos traen los sueños, la ilusión y los juguetes infantiles. Santa Claus es una invención americana. Aquí no la hay. Ellos, los Reyes, se portarían bien contigo. Yo ya les he contado que tú eres una persona maravillosa y lleno de sonrisas y ternura.

»Estoy intentando averiguar cómo podríamos reunirnos en N.Y. Dime cómo haremos. Yo deseo lo mejor para ti y tu madre la noche del 31. Estoy seguro de que ella te dirá cosas trascendentales para tu futuro. Tú debes escuchar siempre sus palabras, porque ella es quien más te quiere. Junto conmigo. Yo estaré en Valencia. Pasaré la noche de fin de año allí con bastantes amigos poetas y escritores, y un decorador de interiores muy importante para mí y para toda España. Te recordaré en todo momento. Estaré honrado en N.Y. visitando museos contigo y con tu madre. Me encantaría poder hacerlo. Así le explicaría a tu madre mis pintores favoritos en el MET y en el MOMA.

»Ah, recuerda, podremos visitar mi exposición de Zurbarán si no la has visitado ya. Porque nunca me has dicho nada. Espero que mi inglés sea mejor para esta ocasión tan señalada. Mis mejores deseos para el nuevo milenio. El milenio de la esperanza y de la ilusión. Para todos nuestros deseos. Dime tu nuevo número de teléfono.»

De Damián para Rodny. Lunes, 3 de enero de 2000. 22.51. Asunto: ¿Dónde estás? Yo llegaré el 5 de enero.

«Querido Rodny: Feliz año nuevo. ¿Dónde estás tú? ¿Has desaparecido por el efecto 2000? ¿Has recibido mi último e-mail? Espero que tú y tu madre estéis bien. Yo llegaré el 5 de enero al aeropuerto Kennedy a las 15.10. Mi vuelo sale de Madrid, es el número 65231. Estaré en el hotel de Manhattan. No sé ni tu nueva dirección ni tu nuevo teléfono. ¿Te es posible decirme algo de esto? Espero que estés muy bien. Estaré encantado de hablar contigo y darte energía positiva para seguir adelante con coraje. Hasta pronto. Cuídate. ¿Te ha gustado el turrón? Damián.»

De Rodny. Martes, 4 de enero de 2000. Asunto: El turrón se come directamente como las galletas.

«Hola, Damián. Feliz año nuevo. No estoy todavía radicado en un sitio fijo. Me muevo continuamente. No me encuentro muy bien y no sé cuándo estaré mejor. Tengo muchas dificultades por ahora. Sin embargo, me siento feliz por el nuevo milenio. El dulce, estupendo. Nos lo hemos comido todo.

»Hoy tengo poco tiempo para Internet, pero te contestaré enseguida. Ahora tengo que correr. Sé que estarás pronto en N.Y. Te veré entonces.»

De Rodny para Damián. Martes 4 de enero, 2.44. Asunto: ¿Dónde estás tú?

«El turrón es maravilloso. Yo te llamaré, estoy de paso, más tarde.»

De Damián a Rodny. Martes, 4 de enero. 10.43. Asunto: ¿Tienes algún problema? Puedes estar muy bien en mi hotel.

«Hola Rodny. Tomo las cosas como vienen, con tranquilidad. Igual que tú me dices. Sabes que puedes estar desde el 5 de enero hasta el 12 por la mañana en mi hotel. Puedes tener un lugar más confortable durante esa semana. No te preocupes por nada: he reservado una habitación con dos camas y con desayuno. Te lo digo de todo corazón. Te lo digo de todo corazón. Por favor, acepta esta oportunidad. Soy tu amigo y deseo lo mejor para ti.»

De Rodny a Damián. 5 de enero. 20.08.

«Gracias Damián, eres muy amable. Pero siempre te olvidas de que mi madre está conmigo, por lo que debo acompañarla todo este tiempo. Es demasiado pequeño el lugar que he encontrado para mis cosas, que estaban en el piso anterior y allí siguen. Debes de estar preocupado porque viajas mañana. Yo amo mucho volar. Que tengas un feliz viaje. De verdad. Intentaré continuar con la búsqueda de un nuevo apartamento.»

De Damián a Rodny. Martes 4 de enero, 12.15.

«Dime si es posible que te invite a cenar el 5 de enero con tu madre. Podríamos reunirnos en mi hotel si tú quieres. Por ejemplo, a las ocho. Recuerda: tú no estás obligado por nada. El hotel está en el 157 West, 47 Street. Puedes estar en mi hotel esa semana, insisto, y buscar un mejor apartamento desde allí. Y puedes guardar tus cosas en mi hotel si lo necesitas.»

De Rodny para Damián. Martes, 4 de enero. 20.24. Asunto: Si es posible que te invite a cenar.

«Hola Damián. Yo estaré buscando un lugar con mi madre. No sabemos ahora lo que haremos. Estaré trabajando por la tarde. El 5 de enero quizá podamos reunirnos. Me gustaría. Te llamaré por la mañana. Me quedaré libre a las cinco. Quizá podríamos reunirnos a las cinco y cuarto o cinco y media. Rodny.»

Damián estaba muy excitado y llamaba por teléfono a Rodny con demasiada frecuencia. Eran llamadas muy breves: por supuesto, siempre que fueran respondidas. Lo cual no era habitual. El inglés de Damián era muy malo. El corazón, sin embargo, enriquecía sus conocimientos de ese idioma, y multiplicó su capacidad de aprendizaje. Su vida casi se redujo al diccionario con el que interpretar los e-mail y preparar el contenido de las llamadas, que se truncaba cuando Rodny hacía alguna pregunta o algún comentario no previstos. Siempre recordaría una llamada antes de la cual, por escrito, había traducido sus ideas del arte islámico y el proyecto de una visita a Granada con sus alumnos. Al concluir, temía que Rodny no se hubiese enterado de nada y hasta sospechó que el tema no le importaba en absoluto. También recordaría siempre una conversación por teléfono interesándose por la salud de Rodny, al que sofocaba una fiebre; el muchacho entendió que Damián había cogido una gripe, de la que había en España una epidemia. Es decir, fatal.

De repente se levantaba de madrugada para telefonear, favorecido por la diferencia horaria. Y le contaba a Rodny justamente lo que lo tenía sin sueño: ya sus problemas universitarios provocados por la endogamia y los zancadilleos ajenos, ya el hecho de su amor, que haría pasar sus problemas a un segundo plano, por la luminosidad y el esplendor de unos oscuros y desconocidos sentimientos que habían trastornado su vida, etc.

Aunque no siempre estaba convencido del éxito de su relación, se esforzaba por aferrarse a determinadas palabras sugeridoras. «Luchas sin cesar, pero al fin encontrarás lo que deseas.» O cuando pedía «que le dejara tiempo». O cuando le hablaba del poeta inglés que invitaba a trabajar por los sueños... De esas vaguedades se alimentaba con fruición y voracidad el cuerpo y el alma de Damián Vilches. Y se negaba a comprender que Rodny sólo le ofrecía una tibia amistad, entrecortada por sus propios problemas.

La intensidad de esos días y de esos planes de viaje de vuelta le resultaba casi insoportable y todo él estaba, y lo sabía, a punto de quebrarse. Lo que ignoraba, para su bien, es lo que aún le quedaba por pasar.

A su llegada en taxi al aeropuerto de Madrid Barajas le espera la atroz noticia de que su vuelo tiene dos horas de retraso, con lo cual su escrupulosa construcción de encuentros y de horarios cae por tierra, inútil. Remueve desesperadamente Roma con Santiago en las oficinas, sube, baja, amenaza, ruega, grita, implora. Hasta que consigue que le cambien el vuelo de Iberia por el de Delta Airlines, que saldría antes pero que no lo llevaba a la hora prevista, en la que él conservaba la secreta esperanza de ser recibido por su amor. En efecto, nadie le aguardaba en el aeropuerto Kennedy.

Sin embargo, nada más llegar a su hotel en N.Y. la vida le hace un regalo, alguien podría suponer que envenenado como suele. Un cuarto de hora antes, le dice la señorita del hotel, han llamado preguntado por él. Es decir, ni se cumple la presencia anhelada en el vestíbulo del hotel, ya que no en el aeropuerto, ni recibe otra noticia que la telefónica, acaso una excusa para quedar moderadamente bien hurtando a la vez el cuerpo. Porque así fue. Ya no volvió a tener ese día noticias de Rodny.

Al siguiente, después de una interminable tarde y de una fría noche solitarias, ya que no tenía otro quehacer sino pasear con el joven negro —y acaso con su madre— hasta el día 9, en el que será la clausura, Damián Vilches decide andurrear por Manhattan. Al fin, metido en el transbordador, se acerca a la Estatua de la Libertad como cualquier otro turista perdido. Y allá arriba, en la diadema de la figura, entre grises nubes y grises aguas, contemplando sin interés unas naves surtas y ajenas, es cuando se plantea buscar a Rodny. Y resuelve cometer la locura de descubrir, en la Gran Manzana, el lugar en el que se encuentra un negro de veintitrés años, de cuyos rasgos ni siquiera está absolutamente seguro. ¿Con qué datos? ¿Con qué pistas? Sólo dos: que es estudiante de medicina en la Columbia University y que trabaja unas horas en la Gap Shop. Y al descender de la Estatua de la Libertad se propone, con toda su alma, con toda su capacidad de entrega y con toda su desmesurada e inmarchitable ilusión, recorrer una por una las sucursales de Gap en la isla. Pero también con la irresponsable certeza, que sólo un corazón alterado puede sugerir, de tropezar con él en la primera de ellas.

Con el ánimo intacto todavía, a pesar de las evidentes contradicciones, se dirige a la más próxima, después de haberse hecho con su dirección en una guía. Ni allí está Rodny ni tampoco lo conocen. Pero le proporcionan una tarjeta blanca con unas tintas azules y el nombre de la empresa. Al reverso, todas las sucursales ordenadas por Uptown East, Uptown West, Midtown East, Midtown West y Downtown. Sobre esa tarjeta, el formal catedrático Damián Vilches va tachando las direcciones a medida que su investigación resulta negativa. Se trata de una búsqueda intensa y desconsoladora. Las sucursales son casi treinta. No obstante, la durísima tarea no lo desanima. Se reconforta pensando que, en realidad, no deja de ser una forma de visitar todo Manhattan con etapas previstas. Y en cada una, el arriesgado deseo de mirar a su amor y hablarle y convencerlo, y también el fracaso de no conseguirlo.

Transcurridas bastantes de esas etapas, encontró en una, la 47 th St & Third, a una vendedora colombiana que, adivinando en aquel hombre hundido un firme designio y una tensión casi insoportable, se propone ayudarlo. Y así, hablando en inglés, conecta en una de las no visitadas con alguien que conoce a Rodny y le confirma que trabaja allí, entre la calle Octava y Broadway; pero esa semana la había pedido libre por la llegada de su madre.

Al otro día, agotado después de una noche en que la esperanza no le proporciona sueño ni la desesperanza lo deja dormir, toma la determinación de acudir al Departamento de Medicina de la Columbia University.

Coge un autobús y, más allá de la Spanish Society, desciende junto al Presbiterian Hospital que, desde semanas atrás, él había conocido de pasada, investigando en Internet, ante la afirmación de Rodny de que allí practicaba. El infeliz Damián Vilches se había expertizado en todo lo que tuviese que ver con el escurridizo y ambiguo objeto de su amor. Llegado allí, se acercó a la secretaría del alumnado y preguntó por Rodny Borsako. La secretaría tenía prohibido suministrar dato alguno sobre los estudiantes o practicantes. Damián Vilches, por primera vez en su vida (por primera vez estaba haciendo demasiados gestos), sobornó, con un billete de cincuenta dólares, a una empleada, después de pasarse horas y horas interrogando, a todo el que se cruzaba con él, por aquella persona, así como a todo el que estuviese detrás de una ventanilla. Incluso trató de comer en una hamburguesería cerca del hospital; pero no bien hubo tragado el primer bocado de la hamburguesa, con una leve arcada triste y con la cabeza baja, lo vomitó. Al final de la tarde, la sobornada, yéndose ya, le descubrió que el joven negro, en efecto, se había presentado a los exámenes de ingreso en la Columbia, pero había sido rechazado. Desde entonces habían transcurrido algo más de tres meses.

Continuó su indagación en los laboratorios, entre el personal de limpieza, del lado de los que desempeñaban los oficios más humildes y tétricos de aquel hospital. Nada, no lograba dar con él. Con la cara mojada de lágrimas, salió de aquella universidad, él, universitario desde hace años, profesor respetado, soberano de su propia cátedra... Y se sentó en el bordillo de una acera para que los sollozos no le hicieran tropezar y caer.

Llegó al hotel aquella noche derrotado y exhausto. Y, en su habitación, de repente, tuvo otro pálpito. Se duchó, se cambió de camisa y se dirigió a aquel bar primero en el que conoció al joven negro con una nueva seguridad baldía: la de que, por alguna misteriosa e irrazonable razón, estaría allí, donde se conocieron, aguardando. No fue así, y retornó, tres horas de estéril dolor después, a su hotel, donde ni siquiera había deshecho las maletas en las que traía carísimos regalos para Rodny: libros de arte, libros recién editados de medicina en inglés, tiernos obsequios personales y un último modelo de aparato para tomar la tensión. Al verlos, volvió a llorar sobre ellos.

A la siguiente mañana se le ocurrió, con el reproche de que no se le hubiese ocurrido antes, telefonear al número de Bill, aquel primer compañero del que se había separado Rodny. Y es a través de Bill como consiguió el teléfono del lugar donde se hallaba Rodny con su madre. Un teléfono cuyo número conservaba Bill por dos razones: bastantes cosas de Rodny estaban aún en el piso, y Bill tendría que devolverle una parte del dinero de la fianza, puesto que le había pedido dejar su habitación para su nuevo amante. Honestidades así son obligatorias en N.Y.

Con dedos temblorosos, Damián Vilches marca el número de aquel teléfono. Después de tres llamadas, Rodny coge el aparato y pronuncia un *hello* con su voz inconfundible para el enamorado. El enamorado que habla de la abundancia de que su corazón rebosa. Nada más comenzar a hacerlo, la mano de Rodny interrumpe la comunicación. En la pequeña cabina, a la vista de los transeúntes, Damián Vilches, con la cara escondida entre las manos, vierte las lágrimas más amargas de su vida.

A pesar de todo, no se da aún por vencido. Vuelve a marcar, y pregunta, a quien sea, a quien lo oiga, «¿Por qué, por qué, por qué lo estás haciendo tan mal conmigo?». Una agria voz de mujer lo insulta.

A través del conserje del hotel, previa propina, averigua cuál es la dirección correspondiente a aquel número de teléfono. Toma un taxi, que tarda más en llegar de lo que él quisiera, y se presenta allí, y se apea, y se aposta en una esquina, en la acera de enfrente, tras un coche aparcado. Más de hora y media después, su pesquisición se ve recompensada en incierto sentido. De la casa sale Rodny. Pero no va solo. Tampoco con su madre. Va con otro muchacho, negro también, cuya estrecha cintura ciñe con su mano izquierda. Ríen los dos. Al girar la cabeza para no chocar con la de su alegre amigo, Rodny divisa o presiente a Damián Vilches, que ha abandonado su escondite. Desvía la mirada. Oculta su rostro tras el del compañero, con un gesto de besarlo, y continúa alejándose por la acera y esquivando, con un movimiento de su esbelto cuerpo, a quienes avanzan en dirección contraria...

Al día siguiente, 9 de enero del año 2000, Damián Vilches desmonta la exposición «Zurbarán y su obrador. Pintura para el nuevo mundo». La exposición que había constituido un memorable éxito, y que él había puesto en pie, con plausibles ilusiones, sólo algo más de mes y medio antes. En ella Damián Vilches fue quien más expuso.

CUENTO DE NAVIDAD

Nada se olvida. Yo, por lo menos, no me olvido de nada. Lo que sucede es que hay cosas que no entiendo bien, y puede dar la impresión de que no las recuerdo; pero no es así. Con él vivo desde hace mucho tiempo. He perdido la cuenta, porque yo no mido el tiempo por años, sino por navidades, y en alguna no me han despertado. (Creo que hay animales que duermen en invierno; yo, al revés que ellos, duermo cuando no es Navidad.)

Lo conocí estando yo casi recién salido del horno, casi recién pintado. Me acababan de sacar por primera vez a la calle, y todo me pareció maravilloso. No podía imaginar que el mundo pudiera ser tan grande, tan sonoro y tan coloreado. Yo estaba en una repisa junto a muchas panderetas, sonajas y zambombas. (Sí; de eso puede hacer muy bien cincuenta navidades.) Las radios vociferaban lo que supe luego que era la lotería más famosa: una voces de niños gritaban números y cantidades de dinero. La gente iba y venía por aquella acera de paso... De pronto llegó él con su niñera. Yo represento unos diez años; tengo un gorrito que alguien tonto —una tía suya— dijo que era completamente inverosímil, unas botas bajas, un calzón que tira a castaño, una blusa granate y, lo más importante, una pellicita de zalea. Estoy seguro de que él no tendría más de cinco años; pero se parecía a mí en su cara redondita y en sus cachetitos enrojecidos de frío. La niñera compró una zambomba y dos tambores. Él extendió un dedo, me señaló y dijo:

—Yo quiero ese pastor.

La niñera le advirtió que no se señalaba con el dedo; él, sin bajarlo, repitió:

—Bueno, yo quiero ése.

Fue así como pasé a ser de su propiedad. Me llevó a su casa —la primera, aquella muy grande— con las dos manos, para que no nos pasara nada ni a mí ni a mi cerdito: uno pequeño, oscuro y tan gracioso, que yo llevaba atado entonces de la pata izquierda.

Aquella Navidad él consiguió ponerme en primer término. Se me veía más que a los Reyes, tanto como al establo, y parecía del mismo tamaño que el Castillo de Herodes y que la Anunciación de mis colegas.

—Para eso es mío —decía él.

Cuando pasaron unos cuantos días me envolvió en papel de periódico y me guardaron con otras figuras en una caja grande. Entonces me dormí. Él me despertaba todas las navidades con la misma alegría. Siete después lo noté muy pensativo. Yo seguía igual, y él ya me llevaba un par de años y estaba bastante alto. Se quedó, conmigo en las manos, mirando sin mirar. El mismo día 25 vino acompañado. Estaba más encendido que nunca. Yo comprendí que aquella compañía era lo que le hacía pensar y alejarse.

—Éste es sólo mío —dijo acariciándome, como si me presentara.

Yo sé que las otras figuras son mejores, más grandes, más antiguas y algunas hasta más rotas; pero él me acarició y dijo:

—Éste es sólo mío.

Yo me sentí orgulloso.

Luego han pasado muchas navidades. En un par de ellas no se puso nacimiento, porque la casa estaba triste y no había niños. Entonces él me sacó de mi caja y me llevó de viaje con todas sus cosas. Desde ese día no nos hemos separado ni una Navidad siquiera... Claro que mi cochinillo ya no está: un año, no se sabe cómo, se extravió. A partir de ahí me pusieron animales distintos. Ahora tengo una cabra; es bonita, rubia y blanca, y más fácil de llevar que el cerdito. Hemos pasado por diversas casas; las recuerdo muy bien. Hubo una muy chiquita en la que él estaba tan feliz que me dio miedo. No es que yo lo adivinara, él me lo dijo. Desenvolvió el papel, ahora de seda, me tocó la cara con sus dedos tan grandes y me dijo:

—Soy feliz, pastorcillo.

Tuve miedo; es una tontería, pero lo tuve. Me he despertado en otras dos casas y siempre he echado en falta a aquel niño de carita colorada y labios redondos que dijo: «Quiero ése»... Por supuesto, él tiene conmigo toda clase de atenciones; más, en esta última casa no me duermen: estoy sobre una estantería en un cuarto de servicio, entre jarras preciosas y candeleros y algún libro de cocina. La verdad es que no duermo, pero tampoco lo veo. Unos días antes de la Navidad entra (él es ya tan mayor como sus padres cuando lo conocí), me toma sonriendo (¿por qué me entristecerá esa sonrisa?) y me pone con otras figuras de barro —de las más grandes y más buenas— delante de un portal de bambú, que trajo, según le oí decir, de un viaje a Oriente. Con la Virgen y san José y el Niño y la mula y el buey y los Reyes, todo de bambú (yo los confundo; no sé quién es san José, ni quién la mula). Y se queda un ratito mirándonos, con esa cara que se le pone cuando no está donde repica.

Yo sé que las cosas de dentro, por bien que le vayan las de fuera, no le van bien. No es que lo sepa, es que lo siento. Pero, al fin y al cabo, lo veo durante dos semanas al año y él me ve a mí...

No puedo dejar de preguntarme qué sucederá en esas navidades en que él no me coja de la estantería, ni me ladren los perros, ni confunda el buey con un Rey Mago. (No por falta de vista, yo no he envejecido; es él quien me preocupa: sus ojos y sus manos no son los mismos, ni él.) Si un año sé que es Navidad y él no ha venido, cerraré los ojos y me dejaré caer desde la estantería. Con cabra y todo. Yo sin él no quiero seguir siendo pastor de nacimiento.

LA PENÚLTIMA
—

Nunca me he encontrado en unas circunstancias semejantes. Pero supongo que lo primero que tengo que hacer es enunciar mis datos personales. Aunque quizá los haya visto usted en mi documento de identidad. Aun así, por si acaso... Señor comandante del puesto: me llamo Aureliano Gutiérrez Moñino. Soy nacido en Bélmez, en la provincia de Córdoba. Tengo setenta y dos años, acabados de cumplir en marzo. Y mi profesión, si es que puede llamársela así, es sacerdote de la Iglesia católica, apostólica y romana. Si voy con esta rebeca gris es por comodidad y para que no se me ensucie la única chaqueta negra que tengo y el único alzacuellos. Dentro de poco ni siquiera llevaré el jersey. O quizá me gaste yo antes que él.

Ya sé que, en otras profesiones, la gente se jubila, qué me va usted a decir. Pero en la mía es mejor no hacerlo. Primero, porque las vocaciones son cada día más escasas. Segundo, porque con tanta medicina y tanta leche —perdón, señor comandante—, gozamos de mejor y más larga salud. Y tercero, porque ya me dirá usted a mí qué coño hace un cura jubilado. Nosotros somos curas para estar con el rebaño, bueno, sin faltar, quiero decir con la gente: confesando, hablando, aconsejando... Si te cierran la boca y te dejan solo, más vale morirse en un rincón. Y además que hay que seguir en el tajo, porque la pensión que nos dan no tiene nombre. Bueno, sí lo tiene, pero yo no me atrevo a decirlo. Aunque tenga fama de descarado, señor comandante del puesto de la Benemérita, todo ha de tener límite.

Yo me propuse, cuando empezaba, ser misionero. Llevar unas creencias, unas formas de vida, una ayuda o lo que fuese, a los que no tienen nada. *Primum vivere deinde philosophare.* O sea, que no se le puede hablar de Dios al que no tenga un poco de pan con mantequilla... Aunque, más que por otra cosa, lo hacía por largarme de la España de entonces, tan católica en apariencia y tan hipócrita en la realidad; con aquellos palios para proteger al salvador, y con aquella dejadez con la que se olvidaba a los necesitados; con aquella confusión que disfrazaba de caridad lo que no alcanzaba siquiera a ser justicia. Ahora veo cuánto sufría entonces callando y obedeciendo unas órdenes que mi alma rechazaba.

Desde hace unos años vivo en una residencia de ancianos de Carriedo. El obispado hizo con los dueños una iguala o algo parecido. Allí estamos, entre viejos y viejas, cinco curas. Hay uno con ochenta y cinco años. Es mi mejor amigo. Se llama don Práxedes, ha tenido dos infartos y está como un roble. Le da al naipe de manera ejemplar... Antes hacían hospitales de venerables sacerdotes o residencias de curas ancianos; ahora estamos mezclados con el paisanaje. A mí no me parece mal, de menos nos hizo Dios. Por eso estoy aquí, declarando como un vulgar imputado. Por eso, y porque soy un vulgar imputado, qué le vamos a hacer.

Pero llegar a la senectud es cosa triste. ¿Sabe usted lo que me pasa a mí? Que he adquirido un hábito lindante ya con lo supersticioso. Hacia el mediodía abro el diario que llevan a la residencia y que ya ha leído casi todo el mundo que lee, que son tres. Miro la sección de cumpleaños. Y si hay alguno de los hombres o mujeres que citan, que son todos famosos, que cumplan setenta y dos años o más, es que voy a tener un buen día y van a sucederme buenas cosas. Si no hay ninguno con esa edad, malo... Y luego miro las esquelas. Si son de alguno que murió con una edad más baja que la mía, pienso por una parte que yo he sobrevivido y podría estar muerto; si la esquela es de quien me superaba en edad, pienso que aún me queda un trocito de cuerda... Sin embargo, presiento que no es una regla infalible, si es que hay algo infalible además del Papa, de lo cual también podría hablarse. Lo digo porque hoy mismo había en la lista un señor que cumplía noventa y un años, y fíjese usted en el trance que me veo.

Sé que lo estoy cansando, porque es la segunda cabezada que da usted. Pero no se me duerma, comandante, que estamos con lo del atestado. Un atestado que, de paso se lo comento, me está resultando más entretenido de lo que me esperaba.

Íbamos con lo de que yo soy sacerdote, vamos, cura para no exagerar. ¿Que cómo llegué a este extremo? De una forma muy simple. Yo pertenezco a una familia honrada. Mi padre era un hombre del campo. Entonces, en Andalucía, ser del campo era igual que no ser nadie. Cuando se declaró, o nos cayó en lo alto, la guerra civil (nunca he sabido por qué la llamamos así, porque, anda, que si llega a ser militar, no lo contamos), a mi padre alguien lo mandó fusilar o lo fusiló alguien por las buenas. Por las buenas, tampoco, pobre infeliz. Mi madre era lavandera y continuó siéndolo. Cuando acabó la guerra, había mucha mancha de sangre y de otras cosas que lavar. Éramos cuatro hermanos; yo, el más chico, ¿qué iba a hacer conmigo? Pues me metieron a monaguillo, y ése fue el primer escalón. Antes que los latines, aprendí lo que contaban los hombres del pueblo: «Si llegan las doce/y no has bebío,/viene el diablo/y dice "Éste es mío".» Para mí, como ve, la coplilla se ha transformado en sino. Y de ahí, al seminario: era el único sitio en que se tenía la comida segura y los estudios. «Tiempo habrá —me dijo mi madre— de dejarlo. Un cura siempre estará con los que mandan. Lo contrario de lo que le pasó a tu padre. Aprovecha la ocasión si es que puedes.» A mis otros hermanos, todos varones, los mandaron a escuelas católicas de franciscanos, de carmelitas, de lo que fuese... Entonces había muchas llamadas de Dios, mucha vocación, vaya que sí. Las llamadas también se sienten, incluso con frecuencia, en el estómago.

Yo soy muy buena gente. Sin exageración, pero buena gente. En el seminario pasé inadvertido, ni mejor ni peor que los demás. Eso es como un olor... Quiero decir la fe: vives con ella alrededor; te vas acostumbrando; se te va metiendo por la nariz adentro; ya no concibes el mundo sino de esa manera. Tendrías, para contradecirla, que sublevarte y empezar a inventar todo de nuevo, y eso es tan complicado... Y así, rodando poquito a poco, llegué hasta la edad que tengo. ¿Soy un buen cura? Creo que no, Dios me libre; eso da muchos quebraderos de cabeza. ¿Soy un mal cura entonces? Creo que tampoco: no tengo yo agallas para tanto. Soy un cura corriente, o sea, una mierdecilla, mire usted, alguien sin el que todo el mundo puede vivir, excepto yo.

Qué preguntita, señor comandante. Empiezo a sospechar que usted me está tomando a broma. Pero le advierto que ya estoy acostumbrado... ¿Que si lo he hecho alguna vez? Habla usted del celibato, estoy seguro... Lo mismo me preguntó hace ya un par de años don Práxedes. Lo miré de hito en hito y, después de un gran rato, le contesté que no. «No, no lo he hecho. ¿Y usted?», le pregunté yo a mi vez. Fíjese usted, a un señor de ochenta y cinco años. «Dos veces», me respondió con la vista perdida. «Pero no he dejado de echarlo de menos ni un momento en mi vida... Ahora, menos: la edad es un bromuro. Sin embargo, a pesar de todo...» «Yo entonces ya estoy salvado: ojos que no ven... He confesado tantos pecados de eso...» «¿Y no se convertirá usted don Aureliano, a sus años, en un viejo verde?» Yo, riendo, le canté otra coplilla de mi infancia: «El viejo verde / qué tieso mea. / La casa enfrente / la agujerea.» Y don Práxedes se reía, se reía, hasta que acabó con una tos tan mala que estuvo a punto de marcharse al otro mundo por un tercer infarto.

Mire usted, si desea que le diga la verdad, de las tres cosas que caracterizan a una religión —dogmas, moral y culto—, lo que más me interesa es la moral. No obstante, todas las religiones se empeñan en diferenciarse unas de otras por lo otro, por los cultos, los ritos, las magias, las rúbricas ceremoniosas, y por los dogmas, más o menos esotéricos, en los que hay que creer a ojos ciegas con la fe del carbonero... Pero, en realidad, es la moral que sostienen y la que las sostiene lo que las hace diferentes. El cristianismo, más que una religión, para mí es una forma de vida. Por eso hay más cristianos verdaderos en los países protestantes que en los católicos... Dios haga que nadie me haya oído... Los dogmas católicos son fuertecitos: la Virginidad antes del parto, durante el parto y después del parto, la Santísima Trinidad, la Ascensión, la Asunción, la Inmaculada Concepción, qué sé yo cuántos... Mi postura es la de aceptar y encogerme de hombros. Yo no los entiendo, pero ya habrá quien lo haga por mí. Claro que lo lógico es pensar que, si Dios nos dio la razón, no puede obligarnos a creer nada contrario a ella... Hombre, siempre hay uno que lo explica más o menos. Hasta eso que parece una teratología como el Uno y Trino. Un compañero mío gallego, que está en la residencia, dice que para él la Trinidad es como la planta del nabo, una sola y tres cosas a la vez: el nabo de abajo, la nabiza y el grelo. No está mal vista la cosa, salvo porque cada una de las partes tiene su tiempo para nacer, mientras que el Padre Eterno eternamente se ama a sí mismo, y ese amor es el Hijo, y el amor eterno entre el padre y el hijo es la espiración del Espíritu Santo... Una vez, para sustituir a un compañero enfermo, tuve que examinar de religión a unos quintos de la Marina. «¿El padre es Dios?», le pregunté. «Sí, señor.» «¿Y el Hijo es Dios?» Dudó y dijo: «También». «¿Y el Espíritu Santo es Dios?» «Ése —dijo como con rencilla— desde luego que no.» «¿Y Dios dónde está?» «Como estar, está en todas partes; pero donde mayormente para es en las iglesias.» Qué le vamos a hacer. Qué quiere usted que le diga. Son las altas cuestiones... Por el dinero que nos dan no nos pueden exigir que aceptemos cantando y bailando todas las cosas. Pero yo creo que eso de aceptar tampoco influye mucho en lo que hagamos...

¿Sabe usted en aquello en que yo creo sobre todo lo demás? En la resurrección de la carne. Ese dogma que echó para atrás a los griegos cuando san Pablo se lo explicó en el Areópago. «Ya vendremos otro día y nos lo explicas», le gritaron antes de dispersarse... Pues yo lo creo. El mismo Pablo dijo por escrito: «Si Cristo no ha resucitado, vana es nuestra fe.» Natural, si no resucitamos todos, ¿cuál es el sentido de nuestra vida? Esta vida de acá es el primer plato de la comida; el segundo, el mejor y más cuantioso, es la otra. De no ser así, ¿qué pintamos haciendo el canelo en este mundo? Una vez en marcha, la vida no se pierde; no la para ni Dios. *Vita mutatur non tollitur*: ése es mi lema. Resucitar y reencontrarnos todos en el gran seno de la divinidad. Mi padre fusilado y mi madre lavandera y mis hermanos, que apenas sé lo que fue de ellos cuando dejaron de ser carmelitas o franciscanos, los amigos y los enemigos, y todos conociendo sin palabras las razones que cada cual tuvo para hacer lo que hizo. Aquí las condenamos sin conocerlas. Porque somos ciegos e ignorantes y medio tontos... No, no señor. No es dogma de fe que alguien haya vuelto del cielo o del infierno, ni siquiera del limbo o del purgatorio, para confirmarnos que se sigue existiendo. No hay que creerlo a pies juntillas; pero si no se cree un poquito, aunque sea muy poquito, ¿para qué sufrir aquí, trabajar, ver la miseria y no poder remediarla, no pegarles dos tiros a los malos gobernantes, no liarse por cualquier cosa la manta a la cabeza y emprenderla a mamporros o acaudillar una revolución? Es la resurrección de los cuerpos, comandante, lo que acaba por poner las cosas en su sitio. Y ahí está toda mi esperanza.

Yo, si no le molesta que se lo diga, estoy contento. No loco de felicidad, no: contento. Hago una pizca más de lo que puedo. Soy un cura rural, o sea, una calamidad, un desecho de tienta, nunca aspiré a más. Me da pena no convivir con mi gente. Once parroquias tengo, y no conozco a todos mis feligreses. Antes me daba tiempo... Hasta hace unos años iba en mi moto, me convidaban a comer, se reían conmigo y de mí, me armaban zaragatas y discusiones en que ellos solían tener razón, jugábamos al mus y sabía cuándo me dejaban ganar para que me llevara un par de duros, me preparaban las beatas algún café con leche... Había otras maneras, y además yo era joven... Lo que no me gustaba, ni antes ni ahora, eran y son los tacos y las blasfemias, mire usted. ¿Qué necesidad hay, se crea o no, de meter el nombre de Dios en nuestras idioteces, el nombre de la virgen o de los santos? Por un adarme de respeto, aunque sea. ¿No está de acuerdo conmigo, señor comandante? Si una mula se cae, dejemos en paz a Dios; si un hijo se nos muere, que es lo peor, lo mismo. Dios no se dedica a matar hijos ni a poner zancadillas a las mulas ni a hacer faenas. No se puede blasfemar sin motivo. Y no hay motivo, pienso. Además, que nos oye. Porque Dios es bueno, pero no tonto. Ni sordo, que yo sepa.

Me cuesta, pero se lo tengo que decir. Un curilla rural vive mejor que uno de la ciudad. Mejor incluso que un canónigo, para que usted se entere. Ganamos una porquería; si tenemos familia, vamos listos: yo doy gracias a Dios de estar solito; no tenemos ni ropa decente que ponernos: mire usted los codos de esta pobre rebeca; yo no bebo ni fumo porque no me da para esos dispendios... Pero hacemos vida de curas. Los días de la semana, en la residencia, somos unos viejarrancos sin un duro. No obstante, hablamos de lo divino y de lo humano, leemos tranquilos nuestros oficios y nuestros breviarios, nos quedamos traspuestos rezando el rosario, que nunca ha sido santo de mi devoción, pero en fin... Santos no somos ni falta que nos hace aunque ya estamos viejos, y no nos queda otro remedio que ir a nuestro paso, que es tardo y temblequeante. Yo tuve que dejar mi moto porque me la prohibieron: me estampillé contra un camión, que por poco me convierte en un recordatorio de primera comunión. Y ahora cumplo mi oficio, desde el viernes, en un cochecillo de cuarta o quinta mano que me regaló el boticario de Saúco, un hombre hecho y deshecho y generoso. Voy pian pianito por esas carreteras que el demonio confunda.

Del viernes al domingo no respondo de mí: yo mismo soy una moto. Tengo que confesar al personal, prepararlo para la misa, catequizar a los niños y a los novios, consolar a las viudas (porque eso sí no falla: en caso de duda, yo la viuda; lo dicen y vaya si es verdad: viudos no hay) y enterrar a los muertos... Todo deprisa y corriendo, comandante. Con el trasto de coche que casi nunca me hace caso. Porque yo me temo que echa de menos a su dueño. Curvas a un lado y a otro. Nadie se tomó el trabajo de adaptarlas al campo o de allanar el campo. Carreteras siempre viejas, hasta cuando las arreglan, que parece que compran otra de segunda mano para ponerla encima. Con frío o con calor, con solazo o con nieve. Válgame Dios qué dificultosa es la vida a los setenta y dos años. Cuando llega el domingo por la noche yo he adelgazado unos tres kilos y no sé dónde estoy. Con la cabeza llena de grillos de oír a unos y a otros, las quejas de todos, el olor de los cirios y el incienso, los pecados de cada uno, bobadas la mayor parte de las veces, las bendiciones con el humeral raído, y un chiquillo metiéndote el incensario por la cara...

Esos pueblos, señor comandante. Esos pueblos llamados a desaparecer, donde ya no se repone ni una teja que se caiga, ni la veleta que se llevó por delante un rayo, ni una vaca, ni un cateto al que lo llamó Dios, ni un cura tampoco. No hay repuesto de nada, ni gana de que lo haya. Allí sólo se reponen los caciques... Cuánta pena me da vivir entre los que agonizan...

Y a pesar de saber todo eso y de que te duela, tienes que decir las once misas. Yo las hago lo más cortas que puedo. Para no aburrir a nadie, pero también porque me quedan otras por decir, a las que me tiene que llevar mi cochecillo y ni tiempo me queda para hablar con los aldeanos a la puerta de la iglesia. Porque los ricachos —bueno, los ricos, porque lo que tienen tampoco es como para echar barriga— siempre están en la primera fila, como una barrera que me aísla de los otros. Y se siente ese silencio y ese frío, igual que una nube de incredulidad, de resentimiento diría yo, señor comandante, hasta cuando los miro en la consagración. Antes, con las misas de espaldas, no me daba cuenta; pero hoy lo veo y lo toco. Esas caras cerradas. Esos ojos perdidos. Esas manos curtidas, mártires e inmóviles... Y el horroroso cántico de alguna beata quitándonos la devoción a todos. Pobres mujeres viejas, qué pesaditas son.

Por eso, para que se enteren de la nonada que yo soy, cuando alguno se digna confesarse, soy yo quien se arrodilla y le hago sentarse a él. Porque el único patrimonio que yo tengo, tan personal como intransferible, comandante, consiste en la alegría y la humildad. La alegría, que como se transforme en rutina vamos listos, de que todo un Dios obedezca, y baje a tus palabras en la consagración, y acate tus gestos en el perdón y en la misericordia. Para esa alegría no hay otra postura que la de estar postrado en agradecimiento... Y luego la humildad, porque yo sé que no soy digno, y la barbaridad que se me encomienda y se me viene encima me hace más indigno todavía. Y me da vergüenza de ser como soy, señor comandante, y me entran ganas de llorar...

¿Que me vaya? No, no señor. No quiero privilegios. Me he emocionado porque lo que soy es un viejecillo solo. Pero he infringido la ley, y necesito confesarme en alto para que usted me absuelva y pueda irme tranquilo. No me iré sin pagar mi sanción, o sin que se me haya pasado lo que usted y yo sabemos. Ya me he enterado de que lo mío se contaba antes de hoy como un chiste; a pesar de todo, le juro que no tiene maldita la gracia.

Si yo supiera escribir, escribiría no mis memorias, sino la galería de personajes con los que me he encontrado en mi vida y me encuentro cada semana. Doña Ludivina, que canta lo mismo que una rana que fuese gorda como un toro, y que amuza y embiste con la voz tanto que yo adivino cómo los ángeles se salen de la iglesia de puntillas con un dedo en la boca. Doña María Tomé, que me espera al principio de la cuesta de la iglesia, impedida, y entre un par de vecinos la meten en mi coche para que yo la suba y la baje después, y que en los tres minutos del trayecto me pone al tanto de lo bueno y de lo malo, sobre todo de lo malo, que hace cada uno de sus vecinos: qué señora tan lista, lo que sabe para llevar veinte años en una silla de ruedas, si es que tiene ruedas, que no se lo he preguntado porque a mí no me deja meter baza. El señor Senén, dueño de un rebañillo de tres cabras a las que acaricia y limpia y habla como a tres hijas, que las deja a las puertas de la iglesia porque tuve que decirle que era mejor que no las entrase porque me distraían. «Son muy devotas, don Aureliano», me dijo. «Lo sé, y si te pido que no las metas en el templo, no es por ellas, sino por mí, que soy mucho menos devoto.» Una señora, que está liada con un forastero, y que vomita continuamente, también sobre el suelo de la capilla de san Isidro, que es donde se arrodilla, porque le remuerde de esa manera la conciencia. O aquella niña de primera comunión, vestida como una novia exagerada, la hija del alcalde, que, al darle yo la hostia, apretó no sé qué pera, y se le encendió una corona en la cabeza que decía lo mismo que la Virgen de Lourdes: «Yo soy la Inmaculada Concepción.» Tal susto me dio que se me cayó la sagrada forma de las manos. Y tuvimos que buscarla entre los pliegues y los tules sacudiendo a la niña, que berraqueaba. Hasta que fue preciso ponerla boca abajo para que cayera de su escondrijo el santo cuerpo de Nuestro Señor... Me ha pasado de todo y no puedo decir que me haya aburrido.

Lo que sí echo de menos es mi primera parroquia. Allá en Andalucía, cerca de Badajoz... Cuando pensaba que todo iba a ser de otra manera, y yo me iba a santificar dándome a los demás, y cambiaría al mundo y a mí mismo... Fíjese usted, comandante de la Guardia Civil, qué tontas pretensiones. Dicen que todos los curas añoramos nuestra primera parroquia. Quizá es que nos añoramos a nosotros: a nuestra primera limpieza, a nuestras desmesuradas y buenas intenciones, a la ciega misericordia y a la entrega de la juventud... Ay, ay, ay, ¿adónde estará todo eso ahora?

No se me vuelva a dormir, mi comandante, que ahora viene lo que me trae aquí, o mejor, por lo que me han traído aquí.

Los días de fin de semana empieza tempranito mi ruta.

Llego al domingo un poco trastornado, o bastante. Y el domingo, como un miserable cómico que va representando su número de un pueblo en otro, tengo que hacer mi turné de once misas. Caigan chuzos de punta o arda el aire. En mi cochecillo, que parece que va a desencuadernarse. Y bebiendo, mi comandante. Y bebiendo. Quiero decírselo claramente a usted por si pudiera hacer algo al respecto. La iglesia siempre se ha llevado bien con los poderes terrenales, y usted es uno de ellos... No sea modesto: un comandante de puesto es una autoridad. En la zona de usted, la más alta...

Pues bien, yo tengo un problema y una deficiencia. Mi estómago no aguanta el vino ni le gusta. Antes le dije que no bebía por no gastar: es falso. No bebo porque me sienta como un tiro y me da repugnancia. Fíjese usted que hay unos señores a los que les sienta mal el gluten, que se llaman celíacos o algo por el estilo. Ellos no pueden, sin riesgo de diarreas, consumir la hostia corriente. Pues les hacen, según me han dicho, una especial para ellos. Eso sería ideal. Eso es lo que yo pido, mi comandante, un vinillo inofensivo, y no este vinazo áspero, de ciento cincuenta y seis grados por lo menos, del que, en cuanto me descuido, el que me ayuda en misa me echa un chorreón creyendo que me hace un favorcito.

Once chorreones, mi comandante, son muchos chorreones en ayunas. Si fuese un mosto, o agua, o yo qué sé. Conozco la importancia del vino, eso desde luego. Fue la firma de la paz con Dios tras el diluvio universal. Se le concedió inventarlo a Noé, del que, borracho, se rieron sus hijos. Y luego, cuando llegó Jesús, el primer milagro, el que inauguró su vida pública fue la transformación del agua en vino durante un almuerzo. Y el último, el que cerró su vida, fue la transformación de vino en sangre, en una cena. El vino es importante sobre todo comiendo; pero, al fin y al cabo, un milagro no tiene límites. Puesto que no llega el milagro hasta hacer que a mí el vino me caiga bien, que llegue hasta resumir en la hostia la carne y la sangre también de nuestro redentor. ¿Qué necesidad hay de que yo, si mis feligreses no lo hacen, tenga que comulgar bajo las dos especies? A lo mejor usted, que tiene vara alta, podría influir. O sugerir, no sé: lo que usted considere. A mí no me harían caso.

Eso es lo que sucedió cuando aquí me trajeron, comandante. Iba de Odín, donde acababa de decir la décima misa, a Cabezuelas. Y sus subordinados vieron al cochecillo hacer eses por aquella carretera que hace muchas más eses que mi cochecillo. Me mandaron parar. A mí frenar me costó Dios y ayuda. Como iba con mi jersey, no cayeron en que era un cura rural. Cuando se lo dije, fue más grave porque no me creyeron. Obrar mal y excusarse peor. «Prueba de alcoholemia», me dijeron, o algo parecido. Me pusieron en la boca un cacharro y me ordenaron que soplara. A mí no me llegaba la camisa al cuerpo. Y soplé. Y di positivo, bastante por lo visto... No me extraña, comandante. A partir de la tercera misa, empieza a írseme algo la cabeza. Pienso cosas extrañas. Veo animales y bultos que se me cruzan en la carretera. No estoy bien, no estoy bien. Aunque no creo que sea un delírium trémens, sino sólo que estoy cansado y algo influido por el vino asqueroso —ay, perdón, Dios mío—, por el santo vino de la consagración.

El caso es que hoy —ya creo que se me ha pasado el efecto, comandante— me quedo sin tomar la última copa. Tiene razón la gente de mi tierra cuando, al irse a retirar, dicen: «Yo soy el que convida a la penúltima.» Dios debe quererme mucho, señor comandante del puesto: me invita demasiado. Si usted pudiera hablar con el obispo para que me invitara una chispita menos...

PASTORA

La mujer de Manuel, el carpintero, era menuda y asustadiza. Ante cualquier imprevisto se apocaba, se venía abajo y no atinaba nunca con la solución más oportuna para nada.

Él la había conocido en la ciudad donde hizo la mili, y debió de portarse muy bien con él en todos los aspectos. Cuando regresó al pueblo, ya lo hizo acompañado por ella, que aparentaba bastante menos edad de la que tenía. Y que, por una razón desconocida para todos, aunque nadie pretendió averiguarla, se llamaba Jéssica.

Habían tenido, a lo largo de su matrimonio, dos hijos, ahora de siete y de cuatro años. Menudos como su madre, pero con los ojos oscuros, fogosos, de pestañas espesas y negras de Manuel. Los ojos de Jéssica eran de un verde muy claro y desvalido. Tanto que, dada su afición a permanecer sentada e inmóvil con las manos en el regazo, podía parecer ciega.

No lejos de la carpintería estaba la casa de Malena, una gitana gruesa, de cara ancha y pelo tirante y aceitado. En aquel barrio, en las afueras del pueblo, se conocían todos. Era un barrio dejado de la mano de Dios, temido y nada frecuentado por los habitantes de orden del pueblo. Un pueblo bastante grande en relación con los más próximos.

Malena era tía de Pastora, una niña de doce años dedicada día y noche al cuidado de sus hermanillos, aún más pequeños que ella.

La madre de Pastora, Saray, era comodona y muy aficionada a historias y a chismes. Leía bien las cartas del tarot y tenía una clientela nada despreciable. Su marido, el padre de Pastora, con una navajita, afinaba palos rectos y los ponía al calor por un extremo, para alabearlos luego y hacer cachavas que no siempre vendía. No lograba rematar, sin que se le partieran, más que algunas, pero tampoco aspiraba a más. Tanto Saray como su marido eran aún jóvenes; sin embargo, al contrario que Jéssica, parecían mayores. Sus cuerpos, abandonados y grandones; sus manos, arrugadas y callosas sin motivo; su cansancio permanente, como de nacimiento, y su lenta manera de moverse daban la falsa sensación de haber llevado una vida demasiado ajetreada. Parecían dos focas en verano.

Su hija Pastora era, al revés que ellos, delicada y grácil. Medio rubia de pelo, con unos ojos almendrados y negros, que contrastaban en su cara de modo agresivo para el que no estuviese acostumbrado a verla. Era una niña poco habladora, seriecita y suave. Llevaba a sus hermanos con pulcritud y dulzura. Era a ella a quien recurrían, y no a su madre, para dirimir batallas, calmar dolores, o refugiarse de las mutuas persecuciones y barrabasadas. Pastora, sus tres hermanos y los dos niños de Jéssica estaban juntos todo el tiempo que podían, y se pasaban los morosos atardeceres del verano jugando y correteando por los eriales que se extendían a espaldas de las casas, o, ya anochecido, ante las grandes puertas de la carpintería.

Al fondo de ella, después de sortear muebles sin concluir, sillas encaramadas sobre otras, toda una geografía olorosa de virutas y serrines, puertas a las que faltaba la última mano de lija, y maderos y chapas y botes de cola y el gran banco oscuro de trabajo de Manuel, al fondo, arriba de tres peldaños, había una puertecita metálica, que comunicaba con la vivienda de Manuel y de Jéssica.

Un día las voces y los gritos procedentes de allí rebotaron contra las fachadas en toda la calle. Después, un pesado silencio espesó la hora de la siesta. Fue Ismael, el niño mayor de Jéssica, quien llevó la noticia a Malena. Su madre se había quedado traspuesta en la mecedora y no se movía ni se despertaba. Su madre, cuando cruzó Malena y penetró en la carpintería, estaba muerta. Sin más. Quizá no le había costado mucho esfuerzo: siempre fue muy callada. Ahora, con la cabeza hacia atrás reposando sobre el respaldo de la mecedora; con las manos colgando, blancas, de sus brazos caídos; con los acuosos ojos abiertos y su apariencia de haber llegado a otro mundo, no era muy diferente de cuando vivía.

Manuel, en el dormitorio, apretaba su cara contra la almohada de la cama no muy ancha.

—No te amohínes tú ahora, muchacho... Ahora tienes tú que ser Jéssica también. Por tus hijos, no te amohínes. Y por ti tampoco, qué coño. ¿Cuántos años tienes?

—Veintinueve —dijo a Malena, tomado por sorpresa, el carpintero.

—Ya tú ves, empezando la vida, no te digo. La pobrecita Jéssica era un soplo, y como un soplo se ha ido. Ni siquiera era de aquí la desgraciada. Pobrecilla... Tú tienes que empezar otra vez.

Manuel, acosado por la gitana, huyó hacia el cuarto de aseo y cerró con pestillo la puerta.

Saray no era partidaria. Su marido, mientras afilaba un palitroque y se aliviaba con una astilla los dientes, no decía nada pero cabeceaba. Malena lo tenía muy seguro.

—Escuchadme los dos. Manuel es el mejor de su familia. Sus hermanos, con la complicidad de nuestra madre, que todo hay que decirlo y la vieja tiene mucha castaña dentro, se dedican a lo que se dedican y lo sabe todo el mundo... Manuel le salió a esa familia honrado y trabajador. No lo digo por nada... Pero ahora necesita que se le eche una mano con los niños... Coño, Saray, deja de mirarte las uñas, y reconoce que tú no has dado un palo al agua desde que naciste hasta el presente. Hasta las cartas las lees sentadaza, joder. Ya es hora de que ese cuerpo tan grande se menee... Manuel me ha pedido que la niña, la Pastorita, vaya a echarle una mano a esos huerfanillos. Pastori está acostumbrada a bregar con tus hijos. Es una niña que parece mayor. Una mocita con mando y autoridad, y cariñosa la infeliz... Él le daría un dinero que os vendría muy bien y que ella está ya en edad de ganarlo. Y tú, hija, Malena, arremángate un poquito y ocúpate de los tuyos, mujer, que hasta el presente no se han enterado de que tienen madre.

Cuando oyó hablar de un dinero, al padre de Pastori se le espabiló el ojo. Dejó a un lado la vara, preguntó cuánto, y, al contestarle que eso era cosa suya y de Manuel, se mostró partidario:

—Hemos sido siempre como de la misma sangre, Saray. Desde los estraperlos de antes hasta la cosa esta de hoy, siempre hemos ido de la mano. Mira el negociazo que tiene liado tu madre con los hermanos de él. Algo nos caerá en suerte no tardando... Ya te digo, como de la familia. No podemos negarnos.

—Pues o me ayudas tú a domar a tus tres churumbeles, que son tres fieras, o yo no me muevo de esta silla.

—Pero si tú sólo los conoces de oídas —la interrumpió Malena.

—Los niños están muy bien encarrilladitos por la Pastori. Son de buena pasta, mujer, han salido a mí.

—Si son de buena pasta es que han salido a mí —exclamó Saray, nada conforme todavía, pero ya sola en su negativa.

La primera mañana en que llegó Pastori a la carpintería para quedarse, a Manuel le produjo la impresión de que había crecido. De que tenía quince años lo menos. Con ella no llegaba una niña que echara de menos nada, desde el juego de la comba hasta las discotecas, desde los muñecos que nunca había tenido a unos compañerillos con los que tontear. Era una mujercita que miraba con sus ojos almendrados la carpintería y al padre y a los niños de una manera diferente de la de anteayer mismo.

Los niños corrieron hacia ella y se colocaron a uno y otro lado. Con las manos sobre el hombro del mayor y sobre la cabeza del pequeño, Pastori se halló de pronto situada delante de Manuel, sin que éste supiera cómo, a la espera de algo que él ignoraba. Manuel dejó los útiles que estaba usando sobre una mesa ancha. Vaciló. Miró al techo. Luego bajó los ojos hacia las virutas.

—Todavía hace mucho calor —dijo.

—Sí.

—Deja ese jersey en el dormitorio, encima de la cama —sin terminarlo de decir se preguntó por qué se le habría ocurrido decirlo.

—¿Hay cacharros que fregar de anoche?

—Entra y lo ves.

Seguida por los niños, Pastori subió los tres peldaños que daban a la casa.

—Lo mismo que una reina —se dijo a sí mismo Manuel—. Carajo con la niña.

La casa entera, no sólo los pequeños, empezó a tomar un ritmo nuevo, más vida, más alegría, más sentido. Los ojos serios y la boca sonriente de Pastori proporcionaban una explicación a cada cosa.

Por las noches, ella dormía en casa de sus padres. Por las mañanas, tempranito, aparecía en la puerta del taller. Daba dos golpes seguidos y luego otros tres. El niño mayor le abría. Manuel bajaba abrochándose los pantalones de trabajo.

—Buenos días. Cada mañana llegas antes. ¿No sería mejor que te quedaras?

—Quédate, duerme aquí. Duerme con nosotros —le suplicaban los niños tironeándole de la falda.

Pastori soltó una carcajada, por la que se le escapó la niña de doce años que era. Se soltó de las manos infantiles.

—Que me vais a dejar en cueros... ¡No!

—¿Por qué no?

—Porque no me da la gana, ea. Y porque ninguno de los tres merecéis que yo me quede aquí presa y coja y manca y desgraciada para toda la vida... A vestirse y a desayunar. Y la semana que viene, a la escuela, que no quiero yo pollinos a mi alrededor. Con mis tres hermanillos tengo bastantes. A la escuela, a perderos de vista. Y a que me echéis de menos, golfos, más que golfos... Y guarros. ¡A lavarse! Y tú, lo mismo —le gritó a Manuel con un picorcillo en la garganta, un poco más bajito.

Los tres varones la obedecieron, encantados bajo los insultos.

Había pasado un mes y medio.

—Parece que tardan mucho los niños —murmuró Pastori sin levantar los ojos del pantaloncito que remendaba.

Estaba sentada en una pequeña silla de anea, que era su preferida.

—Si tú acabas de llegar... Y además aún no es la hora —comentó Manuel, que trabajaba con aplicación en su mesa.

En el silencio que siguió, tuvo la sensación de que los formones y las escuadras y los escoplos se le caían de las manos, se le escurrían sin remedio. Se miró, en efecto, las manos y las tenía temblonas y sin fuerza. Levantó los ojos. Miró hacia Pastori y descubrió que ella lo miraba. Suspiraron los dos casi sin sonido, y cada uno dejó que los ojos volvieran a su tarea.

Manuel continuó trabajando con más fuerza. Hasta que, con el escoplo, se arañó un dedo que se puso a sangrar.

Pastori, que lo había visto, se levantó de un salto. Cogió con sus dos manos el dedo de Manuel y se lo metió en la boca sorbiendo la sangre. Luego cerró los párpados. Abandonó el dedo a su suerte. Acarició los hombros de él con las dos manos. Resbalándolas por su torso, por su cintura, por sus muslos, se dejó caer de rodillas. Por sus muslos, por sus piernas... Se abrazó a los tobillos. Manuel respiraba muy fuerte. Se agachó. Levantó en vilo a Pastori, tan frágil. Dudó un instante. No sabía qué hacer ni qué decir. Luego la besó mordiéndole la boca y fue correspondido por ella de igual forma. Sin cerrar siquiera la puerta de la calle, la tomó en brazos y subió con ella hasta la vivienda. Pastori dejó caer la cabeza, deshecho el peinado y suelto el pelo, sobre el hombro de él.

Manuel ni en sueños había imaginado que el sexo pudiera ser tan poderoso y tan feliz.

Una noche, muy poco después de cumplir los trece años, ya acostados los hermanos pequeños, les dijo Pastori a sus padres que se iba a vivir con Manuel.

—Es pronto —dijo la madre.

—Yo no te doy el permiso —aseguró el padre sin ímpetu y sin levantar los ojos de la vara con la que tonteaba.

«Yo le decía que no y que no —diría la madre tres años después—. Que no y que no. Pero sabía que iba a marcharse. Tan furtiva como es, tan mosquita muerta, y tiene una fuerza de acero. Cuando se le mete una cosa en la cabeza, la cumple por encima de todo. A quién habrá salido.»

—Se lo diré a mi primo Celso, que para eso está en el ayuntamiento. Ya verás cómo él te denuncia en la Delegación Municipal de las Mujeres, esa que lleva la pesada de doña Ana. Se lo diré a mi primo para que te denuncie a la policía. Porque eres menor, ya lo sabes.

—Usted no se lo dirá a nadie, padre, porque no le conviene. —Pastori hablaba con un hilo de voz, pero un hilo irrompible—. Yo también podría decir cosas de toda la familia. Del tío Celso, el primero. Sin ir más lejos. Sé muchísimo más de lo que parece, de la abuela para abajo. Así que chitón... —Bajó todavía más el tono de voz—. Manuel me necesita más que sus hijos y más que mis hermanos. Desde mañana no volveré de noche. Ésta va a ser la última... Si puedo echarle una mano en algo, madre, usted me lo dice. Lo que sea. Ya sabe.

—Si es que eres una niña...

—Y cuando tenía que sacar adelante a tres hermanos no lo era, ¿no? Pues ahora tampoco. —Hizo una pausa y miró de hito en hito a su madre—. Cuando se ha tenido por propia voluntad un hombre dentro, una es ya una mujer hecha y derecha.

Media hora después, ya solos, le dijo Saray a su marido:

—En el fondo, no está mal. No es mal negocio. Pastori y Manuel son lo mejor de cada una de las dos familias.

—Tampoco eso es mucho decir.

El tiempo pasó casi sin enredarse. Pasó como si se deslizara. Nunca estuvo tan ordenada la carpintería ni tan reluciente la casa de Manuel. Sus hijos, Ismael y Elías, querían a Pastori más que habían querido a su propia madre. Pastori adoraba a Manuel, y él la trataba como un regalo siempre inesperado y nunca tenido por suyo del todo. Si él salía, al volver, se alarmaba cuando no la veía de inmediato sentada en su silla bajita. No lo comentaba con nadie, pero tenía la sensación de que un maldito día no iba a encontrarla al regresar. Pastori habría volado: era demasiada luz, demasiada sonrisa, demasiado buen olor para su covacha. La trataba como si pudiera romperse, más aún, como si pudiera escaparse igual que un humo por entre las rendijas. Y la poseía casi con furia, pensando en que podría dejar de poseerla, en que se iría de repente una tarde como había llegado.

A los niños y a ella les trajo una mañana un perro de dos meses, blanco con pintas rubias. Era diminuto y muy gordito. Le llamaron Tarugo, buen nombre para vivir en una carpintería. El perrillo eligió a Pastori como dueña. «Claro, el perrito es tonto.»

—Ay, Tarugo, déjame por lo menos andar. Estás detrás de mí a todas horas como un perro.

—Es que es un perro —le decía riendo Manuel.

—Tarugo no es un perro: es muchísimo más, ¿no lo estás viendo? —Y lo tomaba en brazos—. Estos ojillos rubios, estas ganas de hablar, estas patitas y esta lengua que me acaricia la cara, ¿son de perro?

—Pues que no te acaricie tanto la cara, a ver si va a conseguir que me enfrente con él.

Tarugo la acompañaba a la compra, a la escuela de los niños, a las poquísimas visitas que hacía. Donde estaba Tarugo, allí estaba Pastori.

Ella y Manuel no asistían a fiestas, no salían de noche con amigos. Uno tenía bastante con la otra, y ella con él. En ocasiones habían intentado, con toda su buena voluntad, ver a los padres de ella. Algún día en que libraba Manuel o estaba lesionado. Pero, de pronto, en mitad de cualquier conversación, los dos se miraban sin decirse nada, se levantaban, y cogían el pendingue hacia su casa, abrazados, deprisa y corriendo, como quien tiene una tarea muy urgente que hacer y que hubiese olvidado...

Los vecinos y la familia sabían que los dos se amaban. Los vecinos y la familia aceptaban ese misterio tan difícil de explicar y tan fácil de ver.

Fue un poco después de los dos años. Manuel tuvo que salir de la carpintería a comprar algo, cola o una pintura o un barniz, que se le había acabado. Maldita sea la hora. Al pasar delante de una casa, vio a Tarugo en la puerta. El perrillo se levantó y fue hacia él meneando la cola. Era un jueves.

—¿Dónde estabas a las doce y media? —le preguntó a primera hora de la tarde Manuel a Pastori, después de que los niños se fueron a la escuela.

—En el mercadillo, comprando unos pantalones a los chiquillos, que da pena verlos. Los tienen hechos cisco.

—¿Quién vive en el número doce de la calle de la Ermita?

—¿En el número doce?

—Allí estaba Tarugo esperando que salieras.

—Ah, mi prima Asunción Vargas. Está recién parida. Fui a llevarle un caldito de gallina que le hice anoche. No quise que Tarugo entrara para que no estorbase.

—No me habías dicho nada.

—¿Desde cuándo te interesan a ti mis primas ni los partos?

Pastori se reía halagada por esa punta de celos de Manuel. Una punta que reapareció alguna que otra vez. Bueno, está bien, bastante más que alguna.

—Oye —le decía Pastori en broma— ¿tú qué tienes con Tarugo? ¿Me lo has puesto para que me espíe? Si esto sigue así, que se quede contigo cuando yo salga. Hay que ver con el chucho qué chivatillo es.

Una noche Pastori le enseñó una fotografía. Era de ella. Estaba sola en las antiguas eras. Se veían las piedras haciendo el redondel. Pastori llevaba un pañuelo de lunares que él le había regalado, y reía a carcajadas con el perro Tarugo en brazos.

—¿Te gusta?

—¿Quién te la hizo?

—Tengo tu pañuelo, ¿te gusta?

—¿Quién te la hizo?

—Alguien que no conoces. —A Pastori le brillaban los ojos y fruncía la boca—. Pero ¿te gusta? Dilo de una vez.

—Sí.

—Pues quédate con ella. Para eso me la hice.

Y le besó. Él, después de mirar largo rato la fotografía, se la devolvió. Ante la mirada interrogante de ella, dijo:

—Cada vez que la vea me va a hacer sufrir mucho.

—Me la hizo mi primo Ambrosio, so tonto —exclamó Pastori con un carcajada.

—¿Y por qué dijiste que no lo conozco?

Pastori le alargó sonriente la foto. Pero él ya no quiso quedársela.

Manuel comenzó a encerrarse en sí mismo. No era nada en especial lo que le sucedía. Sólo que estaba más tiempo callado. Reía con menos frecuencia y con menos ganas las salidas de Pastori. Bebía un vasito de más de cuando en cuando. Acariciaba un poco más que antes a los niños, con una tristeza nueva en las manos callosas.

Pastori se daba cuenta, pero no quería tirar de la manta, porque se temía que se tuviese que poner nombre a ciertas cosas. Ella tenía la conciencia tranquila. Y además las horas oscuras, entre ellos, no duraban mucho. Había semanas enteras en que salía otra vez el sol de siempre. Y reía Manuel. Y la tomaba en brazos y le repetía muchas veces: «Tú eres mía y de nadie más.» Se lo repetía a grito pelado. Porque necesitaba convencerse. Porque algo murmuraba dentro de él: «No es posible que te quiera a ti solo.»

Un domingo por la noche, después de acostar a los niños, fueron los dos a la casa de los hermanos de Manuel. Esos que tenían negocios raros con la abuela de Pastori. Los negocios no eran tan raros: vendían droga, trapicheaban cada vez más fuerte. Allí estuvieron bebiendo los hombres un rato largo. Manuel se pasó, contra la voluntad de Pastori, que daba sorbitos del vaso de él para aligerarlo. Después le ofrecieron una pastilla. Era una cosa nueva de toda confianza. Ya vería cómo se iba a poner. «Lo mismo que una moto.» «Y tú también te alegrarás, Pastori. Ya nos contarás mañana, hija mía, qué suerte.» Manuel se negaba. «Qué cambiazo te han dado. No seas rácano ni antiguo, hombre. Que en vez de viudo pareces una monja.»

—Yo no estoy viudo —decía a voces Manuel—. Qué carajo voy a estar viudo. —Y acariciaba el cuello de Pastori.

Después se tomó la pastilla.

Por fin se volvieron del brazo a su casa. Manuel sentía en las manos y por los brazos arriba un hormigueo. Y tenía sed. Al llegar al comedor se echó a pechos una jarra de agua.

Pastori se había ido al dormitorio. Como él tardaba, salió en su busca. Se lo encontró en la cocina, llenando aquella jarra. Ella estaba desnuda, el cuerpo todo de color canela, rotunda y delicada al mismo tiempo. Vestida no lo parecía...

Fue entonces cuando Manuel supo, con una total certidumbre que le hacía sudar a chorros, que no era posible que tanta hermosura fuese para él solo. De ninguna manera.

Alargó la mano. Tomó, cerca del fregadero, un cuchillo de hoja ancha. Fue hacia Pastori, que reía y reía, como si se tratase de una broma. «Vamos, vamos, Manuel, venga, a dormir la mona.» La primera cuchillada se la dio en un pecho. La segunda, cuando se replegó Pastori sobre sí misma, en un brazo. Ella alargó las manos para protegerse, e intentó arrebatarle aquel cuchillo mientras gritaba. «Soy yo, Manuel, soy yo, Pastori. Soy tu Pastori. Mírame.» Manuel sujetaba el cuchillo por donde podía. Ya el mango, ya la hoja. Se abalanzó con más fuerza sobre ella. Y la volcó, chocó su cabeza, con un ruido estremecedor, contra el borde del fregadero, y luego contra el pavimento de terrazo.

Los gritos, en la noche, alborotaron toda la calle. Malena corrió a casa de Saray. El hijo mayor de ésta saltó por la tapia de atrás y entró por una ventana. Manuel le amenazó gritando. El muchacho huyó por la carpintería y dejó las puertas abiertas.

Manuel, temblando y aterido, contemplaba en silencio el cuerpo desnudo y ensangrentado de Pastori. Ni siquiera supo que era la policía la que subió desde el taller, seguida de Saray. Lo dijo en alta voz muy despacito:

—Ya la he matado. Ya no va a quitarme más el cariño de mis hijos. Ya no va a quitarme más el sueño... Ya nunca más va a gastarse mi dinero con otros. La importante...

A los dos se los llevaron a un hospital de la capital: a él a la unidad penitenciaria; a ella, a la unidad de cuidados intensivos.

Pastori ingresó en coma. El diagnóstico decía que con traumatismo craneoencefálico grave, contusiones en la cabeza, y diversas puñaladas repartidas por el cuerpo. Manuel, ajeno a todo lo más próximo y abstraído en su crimen, tenía varias heridas, sufridas en el forcejeo con Pastori. Una de ellas le había seccionado los tendones de la mano derecha: pésima consecuencia para un carpintero.

La Delegada Municipal de la Mujer, Delegada al mismo tiempo de la Seguridad Ciudadana, afirmó a la prensa:

—Lo matarán. A él lo matarán. En el hospital, en la cárcel o en la calle, pero lo matarán. Tiene las horas contadas.

La familia de ella, con la abuela a la cabeza, ya fue a buscarlo el mismo domingo por la noche al hospital del pueblo... Las dos familias son las más conflictivas que hay allí. No pasa ni un fin de semana en que no haya algún miembro de ellas en los calabozos de la policía local.

Saray se contentaba con decir a quien quisiera escucharla:

—Cuando éste se entere de verdad de lo que ha hecho, se ahorca en la cárcel, ya veréis. Para eso no necesitará que le echen una mano. Manuel no veía más que por los ojos de mi hija.

El jefe de la policía local dijo moviendo la cabeza:

—Esto era de esperar. Una niña de catorce o quince años no está capacitada para ser una esposa, ni una madre de familia, ni para llevar por delante tantas responsabilidades.

El Consejero de Asuntos Sociales se ofreció para que la Junta asumiese la tutela de la menor, y afirmó que actuaría de oficio como acusación particular en el futuro procedimiento, si se demostrase que los padres no estaban dispuestos a asumir ese papel, que les correspondía en derecho. Pero quizá las cosas de los pueblos...

Una hermana de Jéssica se llevó a Ciudad Real a Ismael y a Elías, que se fueron llorando mientras preguntaban por Pastori y pedían verla. Quisieron llevarse a Tarugo; pero Tarugo no podía acompañarlos. Se quedó con los hermanillos de Pastori.

Pastori se recuperó del coma ocho días después. Tendida y vendada, blanca como las vendas, parecía más pequeña que nunca, como una niña vestida para recibir su primera comunión.

—¿Y Manuel? —fue lo primero que preguntó.

—Tranquila. Está en la cárcel. Ya no te puede hacer daño —la tranquilizó la enfermera.

—¿En la cárcel? ¿Por qué? Quiero ver a Manuel —gritaba—. Me necesita. ¡Me está necesitando! —Hizo ademán de tirarse de la cama. La sujetó con presteza y fuerza la enfermera. Pastori subió aún más el tono de su voz—. ¡Manuel! ¡Manuel! ¡Tengo que ir con Manuel! Tengo que ir a decirle que pegaba en lo suyo... ¿Es que no se da cuenta nadie?... Manuel, ¿en dónde estás?

Gritó, gritó, gritó. Hasta que el sedante produjo sus efectos y le cerró los ojos.

LA MODELO

Reunía sobradas condiciones para ser una magnífica profesional: esbeltísima, de medidas perfectas, un rostro nada común, y una expresión corporal provocativa y casta al mismo tiempo. Y, por si fuera poco, inteligencia. Yo hablaba a menudo con ella; estaba llena de chispa, de observaciones ágiles, de anécdotas significativas. Para ella, la belleza era un instrumento de trabajo y poco más; fuera de horas no abusaba de su tesoro. Inició su carrera a los doce años con un anuncio en televisión; desde entonces no había parado. En la época de nuestra amistad tendría veinticinco, y estaba algo fatigada.

—En este trabajo sucede lo mismo, supongo, que en el tuyo. La gente ve el brillo, los focos, los aplausos; no ve el camino que hay que hacer para llegar a ellos. Y todo es tan monótono... A mí al principio me encantaba la ropa: cambiarme, disfrazarme, divertirme con ella; ya no. Me aburren los viajes apresurados en que no ves más que aeropuertos y salas de desfile. Me aburre tener que estar siempre en forma; renunciar a tantas cosas que te apetecen y que son enemigas de la línea; tener que practicar un deporte sin sentido, porque en la temporada apenas paras en tu casa, donde te esperan sin disfrutarlos tus aparatos, tu piscina, tus libros predilectos. Estoy un poco harta de no poder tener amigos íntimos de verdad, de sentirme obligada a leer a saltos por mucho que un libro me interese...

»Por ejemplo, ahora vengo de exhibir una colección en Florencia. No he visitado ni la Galería de la Academia. Era el *ferragosto* más caliente del mundo. He tenido que posar para los fotógrafos con abrigos de pieles, con manguitos, con capas espesas, con sombreros recargados, con estolas, con verdugos de lana. No sé cómo no me he muerto. Claro, que tampoco me morí el año anterior cuando pasamos los modelos de verano entre las nieves de Montreal: con hielos en la boca para que no saliera vaho, y con ventiladores que agitaran las gasas y las batistas. Me ponía morada de frío pero no me morí. Y además hay que mirar a la cámara con devoción, con amor, con alegría, con sexo; sonriendo, sonriendo, sonriendo, hasta que te caes desmayada de calor o de frío o de cansancio.

Entonces fumaba mucho, y hacía sólo una comida seria al día; no bebía alcohol apenas. Y cuando de paso se reflejaba en algún espejo, de un modo inconsciente estilizaba aún más su aire, alzaba la barbilla, sacudía la melena y se le embravecía la mirada; si notaba que la observaba yo, rompía a reír con una carcajada breve y encantadora.

—Mi vida es un horror. No tiene nada que ver con la realidad. Y tengo firmados contratos por cuatro o cinco años: un horror. Voy y vengo de Oriente a Occidente, de un avión a otro, de una estación en otra: del año, no de las de ferrocarril. Yo no puedo viajar en tren: es demasiado lento. Con frecuencia lo echo de menos: poder sentarse unas cuantas horas en silencio, leer tranquila, adormecerse... Duermo muy mal, entre otras cosas porque no sé dónde estoy. Los somníferos me producen sueños extraños. Anoche soñé —no es, ni mucho menos, la primera vez— que me tocaba pasar el modelo de novia, y de repente me cayó en mitad de la falda una gran mancha de tinta. De tinta o de sangre, no lo sé; creo que de tinta porque la veía negra. Por supuesto que a esas alturas del desfile debo de tener la sangre también negra...

Se reía con su risa encantadora y breve.

—Estoy hasta la coronilla de marcas y de nombres. No valen nada; lo que vale es un buen corte y ya está. No comprendo a la gente que se muere por ellos; y, sin embargo, conseguir que se mueran por ellos es mi oficio...

»No, no me gustan los hombres guapos; sé bien lo que eso da de sí. Quiero, o querría, un hombre inteligente, sereno, en el que apoyarme con los ojos cerrados...

»Me consuela pensar que ya me queda poco de esta vida; apenas cinco años, y se acabó. Luego haré cine, quizá, que es mucho menos agotador, o me casaré, o estudiaré Ciencias Biológicas, que siempre me han gustado... De ninguna manera pondré una agencia de modelos: no me gustaría mandar hacer lo que hago yo tan a desgana. No es que lo odie, ni que esté destrozada, no; pero este oficio es como encontrarse una ostra, con el mito de la perla dentro, y tratar de abrirla, y herirse, y sangrar, y, cuando la has abierto, ver que está llena de sobrasada.

Volvía a reírse con su risa corta y encantadora.

El otro día estaba facturando mi equipaje en un aeropuerto. Se me acercó una mujer que me recordaba lejanamente a alguien.

—Soy Ivette —me dijo—. Ivette, la modelo —agregó ante mi incredulidad.

—¿Dónde te has metido? Creí que te habías retirado del todo. ¿Qué haces en Málaga?

—He venido por lo del proceso. Hace dos años tuve un

accidente casi mortal: me embistió otro coche. Me han hecho ya diez operaciones de plástica. Esta mañana se ha visto el juicio de la indemnización.

Casi no la oía. Era otra persona; no sé si mejor o peor: otra. Mayor, con los ojos apagados, casi escuálida. Me acordé de aquel sueño de la mancha de sangre... Era evidente que la vida se había tomado el trabajo de resolver sus contratos y sus dudas.

REUNIÓN DE TRABAJO EN PRIMAVERA

—

—¿Qué le parece aquel muchacho, Helen?

Helen siguió la dirección que le indicaban los ojos de Patricia.

—¿El de la chaqueta de cuadros azules?

—Ah, no. Ése es un señor mayor.

—¿Mayor? No tendrá siquiera cincuenta años, Pat.

—Perdón, Helen —Pat se mordió los labios por la incorrección—. En todo caso, no me refiero a él, sino al que está delante... Me ha citado esta tarde después de los actos del programa. Para tomar un helado o cosa así me ha dicho. Viene de Minnesota.

—De Minnesota, qué coincidencia...

—¿Cree que debo ir, Helen? Usted tiene tanta experiencia...

—Tantos años, quieres decir... Sin duda, Pat, sin duda debes ir.

La voz de Helen había temblado al decirlo. Pat la miró con curiosidad. Tenía los ojos bajos y también le temblaban un poquito los labios. Luego volvió la cara, pero continuó con los ojos en tierra.

Estaban a la entrada de la Universidad de Norman, Oklahoma. Helen había cumplido los sesenta y un años. Seguía siendo profesora de español en la High School de Bartlesville, y Bartlesville seguía siendo capital del condado de Washington, con cerca de 30 000 habitantes. Patricia era una joven colega que le recordaba a ella misma cuando aún era todo posible. Cuando aleteaba todavía la esperanza en su corazón. Antes de que muriera su padre, dejándolas a su madre y a ella en una situación económicamente comprometida... Y antes de que su madre se sentara para siempre en su silla de ruedas, convirtiéndose en una vieja egoísta y tirana.

Levantó por fin los ojos y miró a su alrededor. Coincidía todo: el mes de mayo, el lugar, la vida que acostumbra danzar sin motivo... Isis Grogan, sin embargo, no estaba ya en la vida. Helen había tomado esta vez, acompañada por Pat, una habitación en el Holiday Inn. Allí donde, en otra habitación muy próxima, tiempo atrás...

No le costó ningún esfuerzo reconstruir aquella historia sin importancia, que, hace treinta años ya, había vivido. Treinta años día por día: todos iguales, interminables, sin pies ni cabeza, monótonos, desilusionados, informes, vacíos de todo menos de soledad. Y aún era peor en las vacaciones... Helen frunció la boca en un rictus que tan a menudo se la deformaba ahora. ¿No siempre fue así? Sí; todo se repetía. El texto es siempre parecido. Mudan sólo los actores que lo representan... «O quizá ni siquiera el texto existe.» Se llevó una mano a su austero peinado, recogido el pelo en un moño.

Helen aprendió español de una manera muy poco académica. Un maestro exiliado de la guerra de España apareció por casualidad en Bartlesville, ascendido por no se sabe qué motivos desde una plaza de menos importancia. Llegó para trabajar en la misma compañía de seguros en la que el padre de Helen ejercía. El señor Mashburns era de ideas avanzadas para ese momento y para esa ciudad. Hizo amistad con el señor Medrano, y llegaron al acuerdo de que, para aprovechar los restos de sus habilidades pedagógicas, éste le enseñaría español a Helen, que era entonces una adolescente alegre, vivaz e ilusionada. Nadie podría haber supuesto que, de aquellas improvisadas enseñanzas, acabaría viviendo Helen para siempre. Aún recordaba con frecuencia a aquel maestro que se fue consumiendo «igual que una pasita», como él le decía, hasta que una mañana, en aquel pequeño y aseado apartamento, se encontraron su cadáver, sentado en un sillón de orejas, con la televisión encendida y los pies recogidos a los pies del asiento igual que un niño chico.

De aquella historia hacía, pues, treinta años. A pesar de eso, Helen Mashburns no era ya ninguna niña cuando llegó del College High de su ciudad, a aquella reunión periódica, la primera a la que ella asistía. En el autobús había ido leyendo el apasionante (o así le parecía a ella) programa. «Oklahoma Foreign Language Teatchers' Association. Annual Spring Workshop. May 6, 1967 at Oklahoma Center for Continuing Education. Norman, Oklahoma.»

«Que por mayo era por mayo» / —recitaba ahora en voz muy baja con una emoción casi infantil— «cuando hace la calor, / cuando canta la calandria / y responde el ruiseñor.» Le parecía escuchar la voz de su maestro de español, temblona ya y mojada. «Cuando los enamorados / van a servir al amor...» Quizá ella lo encontraría entre los compañeros de otros High Schools, o incluso entre los profesores de Universidad. Del programa se deducía que iban a asistir personalidades de varias... Sentía unos latidos insólitos bajo el discreto escote de su traje... No debía de haber traído esos zapatos: la comodidad es enemiga de la estética. Como decía la hermana de su madre, para ir bien vestida hay que sufrir... Y, por lo que se deducía de los cielos azules que navegaban a través de la ventanilla, tampoco debió de traer el paraguas. Sin embargo, aquella mañana, al salir, llovía tanto en Bartlesville...

En la estación de autobuses la esperaba Isis Grogan, residente en Norman, profesora en una High School de allí, y una señora lo bastante mayor como para poder decírselo... Bueno, tenía en realidad la edad de ella ahora. En la edad todo es absolutamente relativo: depende del que la observa y del observado. En su casa, en una pequeña habitación de huéspedes viviría Helen un par de noches. Hace treinta años no fue preciso el Holiday Inn.

Se hallaba tan excitada por las novedades, por la expectativa de tantas sorpresas, de tantos encuentros, de tantos cambios, que Isis tuvo que sosegarla. Isis tenía la experiencia de que en aquellas sesiones de trabajo no ocurría nada que pudiese afectar esencialmente a nadie. Así se lo advirtió. «Se trata de horas más bien aburridas.» Pero ¿cómo podían ser aburridas cuando una se hallaba rodeada de gentes de otros lugares, incluso de extranjeros, con otros proyectos, con otras maneras de enfocar no ya sólo la enseñanza sino la vida entera?

Vio, como vería Carlos Torres, los pequeños declives de césped que comunicaban las pequeñas casitas con calles, con aceras estrechísimas, porque estaban construidas sólo para los coches. Vio los lirios dorados, blancos, violetas que sobresalían en mínimos setos tan cuidados. Vio los cielos limpios e indiferentes. Vio el mes de mayo aromado y aséptico, como si alguien se hubiera ocupado la noche anterior de lavarlo muy a fondo.

A Carlos Torres, en efecto, el *chairman* lo había recogido en el aeropuerto. Lo había acompañado, durante una visita breve y protocolaria, igual que Isis a Helen, por la parte más noble de la ciudad, y, aún de día, lo había instalado en el Holiday Inn. Aquél gozaba de una frialdad idéntica a la de todos los demás Holidays del país. Con su Biblia en un cajón de la mesilla de noche y con un casi imperceptible deterioro que rozaba sus resistentes materiales: su formica, su tergal, su nilón, su cortina de la ducha y la inajustable o quizá inexistente persiana de su ventana que no daba a ningún sitio.

Pero Helen no vio el mismo Norman que viera Carlos. No vio una ciudad extensa y aburrida, repetición exacta de todas las ciudades y de todos los pueblos del Middle West. «Aquí uno podría morirse en brazos de su esposa, en su cama, y darse cuenta en el último momento de que aquélla no era su mujer, ni aquélla su cama, ni aquélla su ciudad, ni aquélla su agonía. Ni probablemente tampoco sería aquélla su muerte. Todo aterradoramente intercambiable.» Carlos sentía una arcada esencial que le puso de pie, con su alarma, el estómago, y en guardia el pensamiento. Apenas cenó y, huyendo de un grupo de hombres gordos, acaso pertenecientes a su *Annual Spring Workshop,* que bebían cervezas y ya estaban a punto de cantar en detestable coro, subió a su cuarto, también reproducción exacta de los otros, y se puso a leer hasta el advenimiento del sueño, entre el parpadeo verde y rojo de los fluorescentes de fuera.

De 8.45 a 9.45 estaba señalado en el programa «*Registration and coffee*». A la entrada del Room B se saludaban quienes ya se conocían de otros años, y se presentaban unos a otros a los desconocidos. Las voces eran desentonadas, altas, y con un punto desagradable de entusiasmo. La acústica del local, imposible, multiplicaba los tonos y los confundía. A Carlos Torres le recordó aquella concurrencia (por muy distintas que fueran las mesas de acreditación y las del café de autoservicio, por muy opuesta que fuera su asepsia de hospital) a los zocos que había en mitad del desierto en algún país árabe. A esos zocos, donde acudían, desde los aduares, la oscura gente en carros, en burros o a pie, no sólo para comprar y vender sino para hacer vida social, para comprobar que existía un mundo exterior y distinto, donde era posible que el hijo casadero encontrara la muchacha idónea, de la misma manera que la madre una cacerola o que el padre un carnero. Pero en aquellos zocos se sentía mejor.

La periodicidad de estos encuentros de primavera apenas permitía ver quién había envejecido en exceso, quién tenía un cáncer que lo consumía, quién continuaba soltero o quién se había divorciado o quién no estaba, por la drástica razón de que había muerto. Se daban noticias recíprocas, un poco a gritos para oírse entre el barullo de los otros, y todos aparentaban estar gozosamente aturdidos.

Helen sirvió dos tazas de café evitando fijarse en un mantel ya bastante manchado: una para Isis y otra para ella. Sin ningún motivo justificado, sonreía. Quizá porque se sentía acompañada. Formando parte de un claustro de profesores mayor que el reducido y picajoso de su pueblo; formando parte de un mundo exquisito —o eso le gustaba creer—, intelectual, docente y con una hermosa tarea que cumplir: la enseñanza de otras voces, de otros idiomas que ayudarían a acercarse unos pueblos a otros... La mañana, fuera, lejos de aquellas luces de neón tan frías, era tibia y plateada. Y Helen era feliz, siempre hasta cierto punto...

Al volverse, con algo de brusquedad y las dos manos ocupadas por las tazas, dejó de ser feliz. Chocó con Carlos

Torres, que se acercaba a servirse su café. Una de las dos tazas cayó al suelo.

—*Sorry... Sorry.* —Gritó o casi gritó Helen a punto de echarse a llorar—. ¿Lo he manchado?

—Por fortuna, no —dijo en voz baja el joven con un acento de Inglaterra.

Aquel hombre tan atractivo, de ojos claros y piel morena, no era compatriota suyo. ¿Qué *foreign language* hablaría? Helen se olvidó del café mientras miraba, buscando una mancha, aunque no estaba convencida de que ésa fuera su única intención, las largas piernas de aquel hombre, su chaqueta bien cortada, su corbata de seda... italiana.

—¿Es usted italiano?

—No; español.

Helen vio el cielo abierto. Se lanzó a hablar español como quien se lanza a una piscina. El hombre, desde arriba, le sonreía.

—Déjeme que le ofrezca su taza de café.

Helen se había olvidado de Isis, que, a unos cuantos pasos, aún esperaba la suya.

—Pero usted iba a ofrecérsela a alguien. Hágalo, por favor.

Helen no consintió que Carlos se sirviese. Le alargó el café. Fue hacia Isis con otra taza limpia, y le explicó, con mucha gesticulación, que aquel hombre era de España.

—Ya lo he notado —replicó Isis con malicia en un tono muy íntimo—. Ocúpate, como una buena anfitriona, de él.

—¿No será demasiado llamativo?

—No hay nada demasiado llamativo siempre que a ti te atraiga.

Sonó un timbre que convocaba a la Asamblea General. Para ella estaba previsto un escenario ante una aula magna o paraninfo. En el escenario, una mesa alargada para los presidentes y el comité ejecutivo, y unos instrumentos musicales, con sus atriles, sus micrófonos y sus partituras.

Carlos Torres, sin la menor curiosidad, se preguntaba en qué terminaría todo aquel festival de medio pelo, que tanto entusiasmo producía en sus espectadores. Al sentarse notó, con estupor, aunque no con excesivo estupor, que se sentaba al mismo tiempo y al lado de aquella mujercita del café. Se presentaron. «Carlos Torres, de España.» «Helen Mashburns, profesora de español del Bartlesville College High.» Encantados los dos. Ella tenía, sobre su falda, el programa que se sabía de memoria.

—Usted es *Visiting Professor* y *Guest Lecturer* en Minnesota University.

—No; en Bloomington, Indiana.

—Pero el programa dice...

—El programa está equivocado, señora. ¿O señorita? También los programas se equivocan.

—Señorita, eso es.

La señorita Helen dio rienda suelta a sus ensueños. Esa complicidad de la voz baja, el roce de los brazos, la libertad de ese día fuera de su casa, sus propias ilusiones siempre controladas, la ausencia de los rostros conocidos de Bartlesville, la insólita sensación de fiesta que le recorría el cuerpo, todo la empujaba a flotar y, por si fuera poco, se iniciaron las almibaradas actuaciones musicales de sopranos, barítonos y tenores... Su alma entera suspiraba inflamada de amor. De un amor inconcreto, pero de amor al fin y al cabo. La señorita Helen se sabía particularmente propensa al amor a las diez de la mañana de aquel día tan perfecto de mayo.

«O légères hirondelles», de *Mireille*, de Gounod. «Sì. Mi chiamano Mimì», de *La bohème*, de Puccini. «Avant de quitter ces lieux», del *Faust*, de Gounod, que hizo que se le saltaran unas rebeldes y deliciosas lágrimas... Ah, tenía el alma en carne viva la señorita Helen, miss Helen, cuando una soprano llamada Linda De Silva cantó «Les oiseaux dans la charmille», de *Los cuentos de Hoffmann*, de Offenbach. Carlos Torres le alargó, no sin ironía, su pañuelo. Ella, miss Helen, lo recibió entre estupefacta y adoradora. Por fortuna, un tenor cantó luego «Honor and Arms», del *Sansón* de Händel, y un barítono, «Frühlingsglauve», de Schubert, que hizo que miss Helen recayera en sus hondos suspiros, profundizados aún más con «Le mariage de roses», de Franck, y con el irremediable «Mon coeur s'ouvre à ta voix», del *Samson et Dalila*, de Saint-Saëns, cantada por una mezzo... Helen ya no pudo retirarse de sus ojos el pañuelo de Carlos.

Cuando cesó la parte musical, recuperada, fue informando al extranjero de quién era quién en aquel escenario, orgullosa de conocer —o adivinar a veces— el nombre de aquella gente tan importante. Para ella, sin duda... Pero no percibía la guasa con que su interlocutor, que en puridad no lo era, escuchaba esa larga perorata de hombres y mujeres provincianos y de interminables enumeraciones colegiales. Para él, el *speaker* que las atizaba y los encargados de exponer los futuros programas, o de dar la bienvenida, o de hablarles con excesiva latitud de las últimas investigaciones comunes a las ciencias y a las humanidades, no merecían el menor interés. Había allí personalidades de Tulsa, de Oklahoma, de Texas, del Departamento de Educación del Estado. Era, por tanto, un acto brillante... Carlos, harto, volvió la cabeza y se encontró con el pico de aquel viejo loro al que su compañera le había servido el café. El viejo loro lo saludó con una inclinación y una sonrisa.

Una señora hizo, desde el estrado, una pregunta que Carlos no entendió. Helen alzó desganada la mano mientras miraba otras manos alzadas alrededor. Debía de cuestionarse quiénes asistían a la convención por vez primera. Carlos se reprochó no haber levantado su mano también, pero se conformó diciéndose que, cuando preguntaran quiénes asistirían por última vez, la alzaría encantado.

Un señor de voz cacareante anunció posible intercambio de cátedras en las universidades del contorno. Los asistentes intervenían con una ofrenda de sí mismos y una satisfacción inusitadas, incluso con un inusitado tono de voz, como si en sus pueblos de residencia habitual no tuviesen ocasión de hablar con nadie y hubieran reservado todas sus fuerzas para esta ocasión. Eran semejantes a apestados que se reunieran con otros apestados. O a lo mejor como aristócratas que se reuniesen entre sí. Tal era la duda, no pequeña, que le cabía a Carlos. Pero antes de que se le plantease la elección, allí estaba Helen para ayudarlo a salir de ella...

Una representante de Monterrey anunció que, en un curso de idiomas de verano, habían incluido además cursos de natación y de música folclórica. Por ello fue muy aplaudida mientras se sentaba de nuevo aún más oronda y satisfecha que antes.

—¿No encuentra que es una magnífica idea? —le preguntó Helen aproximando a la de él su cabeza.

—Oh, sí, oh, sí —respondió Carlos Torres con sorna.

En ese instante un hombre gordo y bajo anunció a través de un micrófono que cinco asistentes se habían dejado las luces de sus coches encendidas. Un murmullo de consternación corrió por todo aquel círculo de universitarios. De ellos, no menos de un 60 por ciento abandonó el salón.

Habían dado las doce. De doce a una era la hora señalada para el *luncheon* en el Commons Restaurant. El *toastmaster* sería el doctor Lowell Dunham, la *invocation* correspondería a Anne Hicks de Tulsa Horace Mann. Se acercaron Carlos y Helen juntos al restaurante. Estaban a punto de sentarse en compañía de Isis, cuando un joven apingüinado vino a por Carlos para llevárselo y sentarlo en la presidencia. Helen se quedó, al mismo tiempo, decepcionada y orgullosa.

—Ha sido tan amable conmigo. Es un hombre tan gentil y educado. Debe de tener una mente clarísima. Es sencillo a la vez que elegante...

—Quieres decir que te has enamorado.

—¿Cómo puedes expresarte de esa forma, Isis? —Helen había enrojecido.

—Porque yo, como no soy la enamorada, hablo con naturalidad.

Helen no se sentía capaz de tragar la comida. Echaba rápidas pero continuas miradas a la presidencia, donde Carlos Torres intentaba comer algo de la bazofia americana que le ponían por delante y, de forma simultánea, dar un poco de conversación a dos prestigiosas profesoras universitarias que lo custodiaban como dos policías. Helen se dio cuenta de que empezaba a odiarlas, aunque luego cayó en que simplemente las envidiaba.

—Pero Helen, es la tercera vez que te pregunto si has quedado con él cuando acaben los actos.

—Ah, perdona, estaba distraída... No, no... ¿Crees tú que debería haber quedado?

—Si yo fuese tú, lo hubiera hecho. O lo habría intentado por lo menos. —Isis sonreía de una manera evocadora—. Hace casi treinta años me sucedió a mí una cosa parecida. Sin embargo, fui tonta y no llegué hasta donde tenía que llegar.

—¿A qué te refieres, Isis? ¿Hasta dónde?

—Hasta el fin. En esta tierra y en esta profesión no se presentan demasiadas ocasiones: no han de desperdiciarse.

Cuando concluyó la comida, el refrigerio, el *lunch* o como se llamase aquella ceremonia, Carlos se acercó a Helen, mientras ésta se levantaba y dejaba la servilleta de papel en la mesa. La muchacha, de pura sorpresa, volvió a caer sentada.

—Señorita Mashburns, quizá nos podríamos ver esta tarde cuando se terminara la pesadez de este programa.

Helen miró de refilón a Isis, que inclinó solemnemente la cabeza.

—Sí, vale, de acuerdo, *okay*... ¿Dónde?

—¿En el Holiday? ¿En la cafetería? Yo dormiré aún allí esta noche. Hasta mañana temprano no saldré para Indiana.

—Ah, de acuerdo. Sí, me parece estupendo.... Incluso si mi querida amiga Isis es tan amable podría dejarnos en el Holiday. De aquí queda algo lejos.

—De todas partes queda lejos, es un horror —comentó Carlos Torres.

—Si no ha sido mi coche uno de los que se ha quedado sin batería, cuenten ustedes con ello. —Isis sonrió de su propia broma, y a Torres le dejó de parecer un viejo loro.

—He de pasar al salón B para dar mi conferencia. Señoras... —Se despedía con un cabezazo.

—¿Sobre qué hablará usted? —preguntó Helen que se resistía a separarse.

—Sobre la dramaturgia del Siglo de Oro. Pero mal.

—¿En qué sentido mal?

—En todos: que hablaré pésimamente como suelo, y que lo que hablaré no será nada elogioso.

—Qué realmente interesante —afirmó con pleno convencimiento Helen.

—Qué iconoclasta —afirmó Isis condescendiente.

En efecto, la lección, si es que lo era, de Carlos Torres, no fue muy laudatoria.

«El carácter español, como el de todo pueblo con frecuencia guerrero, es muy dado a los mitos. Uno de los más persistentes es el del Siglo de Oro de nuestra dramaturgia.

»La tónica de todos los escritores teatrales de la época es: una versificación facilona, unos temas pedestres y ramplones, la eliminación de cualquier problemática honda (salvo la religiosa que bizanteó en los autos sacramentales, ni entendidos ni gustados por el pueblo), unos enredos interminables, y una feliz terminación, en boda la mayor parte de las veces.

»A primera vista, las comedias de ese siglo dan la sensación de una grata frescura, por lo menos de un sano realismo. Si se las mira bien, a cada instante se descubre el artificio, los elogios sobados, la hojarasca barroca y deformante. Y se comprueba que todos los ingenios —"Dios, qué buen vasallo / si hubiese buen señor"— escribían con las mismas falsillas. Y que precisamente por eso complacían al público, que tan poco amigo es de innovaciones. A mi entender sólo hay unas cuantas obras perdurables sin discusión: *Fuenteovejuna, El Alcalde de Zalamea, La vida es sueño...*

»Y, sin duda, el mayor reproche que puede hacerse a todo el Siglo de Oro, debe concretarse en el que se ha de hacer a *Fuenteovejuna*. Y, por desgracia, es el que se ha de hacer al Teatro español de todos los tiempos desde entonces: la entrega del autor a su público, en lugar de a su pueblo. Cuando Lope, para que Frondoso pueda casarse con Laurencia, hace que ésta no haya sido violada por el Comendador, viola él la más elemental de las reglas dramáticas. Y lo hace conscientemente. Si no, los sarcasmos, los insultos, las palabras-pedradas de Laurencia al pueblo —maricones, gallinas, medio hombres— no hubieran existido: ninguna mujer se desgarra tanto por haber sido sólo despeinada.

»Pero Lope va a caer donde casi todos después de él: el público se pirra por un final nupcial; el español es matrimonial de manera obsesiva: cree en el matrimonio como en el dogma de la Inmaculada Concepción; quiere saber a los demás felices o desgraciados por contagio; necesita hacerse la ilusión de que nunca las jóvenes y guapas protagonistas han sido violadas por un abuso de poder... Y Lope deja escapar, a conciencia, su tema. Lo malo de *Fuenteovejuna* no es, como se ha repetido, el piropo a la monarquía absoluta frente a las arbitrariedades feudales: eso sería excusable. Lo peor —y un "peor" que se ha convertido en norma para nuestro Teatro— es la sumisión de la personalidad del autor a los deseos de los que van a ser sus espectadores, porque "Como lo paga el vulgo es justo / hablarle en necio para darle gusto".»

Helen lo escuchaba embobada, literalmente boquiabierta, atónita, sintiendo hasta en su propio cuerpo, casi nunca acariciado, una caricia demasiado íntima, que obligaba a sus ojos a entrecerrarse, a su mente a desvariar, y a sus oídos a dejar de escuchar o acaso a escuchar a la vez muy lejos y muy cerca. Carlos Torres se dirigía única y expresamente a ella: de eso estaba segura. El insolente desdén del conferenciante, y la superioridad de quien trata de su propia literatura nacional, ella no los percibía.

Helen tenía la convicción de que Carlos Torres disertaba sólo para ella, que le musitaba sus palabras como una declaración de amor. Se sentía rozada y envuelta no sólo por su voz sino también por sus manos, igual que si, alargándolas, el conferenciante le oprimiese los pechos y se los besase como nunca nadie lo había hecho.

Isis tuvo que despertar a Helen, traerla a la tierra casi a rastras, sacudirle los brazos y tirar de ella para que se levantara. Los que estaban más cerca creyeron que la más joven de las dos se había quedado dormida y se burlaban abiertamente de ella. «Ha hecho muy bien», pensaba la mayoría. Los aplausos a Carlos Torres habían sido, en efecto, muy moderados. Los profesores de español o de literatura española opinaban que el conferenciante había venido a mofarse de ellos, para quienes el Siglo de Oro era tan intocable como la propia madre, como un tabú que tantos sacrificios les había costado entender, aunque fuese algo menos que a medias.

La *Bilingual Demonstration* estuvo a cargo de dos mujeres, no jóvenes ni mucho menos, de Tulsa Edison. Pero Helen se hallaba en un estado de meditación trascendental, y daba gracias a la vida por haberle deparado la ocasión de conocer a un arcángel onmisapiente y distribuidor de maravillas. Y porque aquel arcángel hubiese accedido a fijarse en su indignidad. Helen pronunciaba interminablemente su *fiat*.

—No soy nadie. Él es un genio y yo no soy nadie. Él es doctor, profesor invitado, ciertamente famoso en España, reconocido allí, leído y admirado... Yo no soy nadie.

Eso le decía a Isis mientras, seguidas a dos pasos por Carlos Torres, se dirigían al coche.

—No serás nadie, pero te llamas Helen Mashburns, vives en la capital del condado de Washington, perteneces a una honrada familia americana, sabes un perfecto español y das clases de él.

—He traído unos zapatos espantosos —salió Helen por los cerros de Úbeda.

—En eso tienes toda la razón. Demos gracias al cielo si

él no se ha fijado en ellos... Por otra parte, mejor, así ganarás cuando te descalces.

—¿A qué te refieres, Isis? Me asustas.

—Pues ya va siendo hora de que no te asuste el hecho, el adorable hecho, de ser feliz... Cuando yo me encontré en una circunstancia semejante, me eché atrás. Y mírame ahora: una viejarrona pesada y aburrida sin emociones y sin salida alguna. Una mujer que tiene que hablar sola. Ojalá no te pase lo que a mí: ojalá no descubras un día que la vida de cada cual no es como una película enlatada cuyo final estaba ya rodado, montado y muy sabido... No, Helen: la vida tiene un final que se ha de decidir personalmente. Sobre todo si se te ofrece la posibilidad... Cada canción que suena puede ser tu canción. Cállate y vamos. Necesitaréis tiempo.

En el trayecto al Holiday Inn hablaron en inglés. Torres estaba encantado de que hubiesen concluido, bien o mal, los irritantes actos del programa. No sabía cómo decir, sin molestar a sus acompañantes, que todos ellos le habían resultado pueriles y paletos, incluida su propia conferencia, y no comparables siquiera a los que era capaz de organizar un instituto de pueblo de su país. Todos los actos, petulantes y vanos... No comprendía, como Isis procuraba hacerle ver, que eran gratificantes para ellos, para los profesores, que se reencontraban y se animaban recíprocamente cada año por primavera, para poder continuar la tarea, tan ingrata, de enseñar un idioma extranjero. Cosa nada fácil en un país tan cerrado como Estados Unidos, tan ensimismado y orgulloso.

«¿Orgulloso de qué?», se preguntó, por fortuna en silencio, Carlos Torres.

Helen, en el corto viaje, había reflexionado que de la

vida nuestra siempre damos una versión definitiva. No caben arreglos, no caben correcciones. No es ningún texto que se escribe y luego se retoca... Eso le daba miedo.

—Usted se encuentra aislado aquí —insistió Isis—. Usted no está en su país, amigo mío. Y su país, para cada cual, en el fondo, es su casa. El idioma de cada cual es su casa también. Nosotras enseñamos a nuestros jóvenes, a algunos de ellos, una casa que es la de usted. Y los invitamos a visitarla. Lo hacemos con modestia y con todo nuestro cariño.

—Es algo meritorio verdaderamente —reconoció Torres antes de que Helen y él se apearan del coche y se despidieran de Isis.

—Si quiere, podemos subir a su habitación —murmuró Helen temblorosa.

La cafetería estaba llena de gente y de ruidos. Era la terminación del fin de semana.

—Creo que deberíamos empezar por tutearnos —sugirió Carlos—. Ninguno de los dos somos respetables ruinas.

—De mil amores— respondió Helen con una expresión que ella misma calificó de muy oportuna.

Subieron a la impersonal habitación. Carlos se quitó de encima la chaqueta y la corbata y se remangó un par de vueltas la mangas de la camisa. Helen, sin saber bien lo que hacía, pero con el deseo evidente de subrayar la intimidad, se quitó los zapatos empujándolos con la punta del pie contrario. Lo que en realidad consiguió con ello fue que Carlos se fijara por primera vez en la fealdad de su calzado.

Se sentaron uno frente a otro: él en la cama y ella en la única silla de la habitación. Sus rodillas se rozaron. Helen se estremeció. Cerró unos segundos los párpados.

Carlos Torres, sin percibirlo, después de unas palabras de agradecido preámbulo, vino a decir que era autor de teatro, y que aquella mañana había tenido una idea que, una vez desenvuelta, podía dar de sí una comedia de amor y desamor bastante atractiva, que navegaría entre la risa y la amargura. Se trababa de una infeliz profesora de español de pueblo, solterona, que, en una convención profesional, se enamoraba de un lector invitado. «Todo pasa en un día, respetando la regla de las tres unidades.» Y la pueblerina cree que el lector le corresponde, incluso tácitamente se le ofrece, ante la sorpresa del profesor, que lo que quiere es simplemente que le suministre determinadas informaciones sobre el funcionamiento de las High Schools de los Estados Unidos, para tratar de obtener alguna divertida travesura favorable al desarrollo de su obra.

Helen no estaba segura de haber oído bien.

—Me mirabas tanto durante tu conferencia... —dijo sin ton ni son.

—Sí —sonrió Torres—. Es un truco malo de conferenciante: en lugar de pasear la mirada por todo el auditorio, concentrarse en una persona que esté especialmente atenta. Dirigirle todas las palabras y los argumentos a ella. Y en voz más baja a ser posible, para hacerlo todo más íntimo, más convincente, más directo... —Volvió a lo suyo—. Pero te decía que tuve esa idea. Esa idea de la infeliz solterona engañada por sí misma.

Helen sacó, nerviosa, un pitillo de su bolso. Carlos Torres le dio fuego con el mechero de ella. Él no fumaba. El pitillo se resbaló de las manos vacilantes y desencantadas de Helen, y cayó sobre la alfombra. Carlos lo recogió con rapidez, lo apagó en un platillo y aguardó a que ella sacara otro cigarro. Ella movió, con desencanto, negativamente, la mano.

Lo que él había contado, lo que pretendía escribir, era su propia historia. «No debí venir nunca.» Se calzó, casi sin moverse, los zapatos. Se esponjó apenas el pelo con un gesto mecánico. Se supo estúpida y ridícula. Y enteramente sola. Sin embargo, a través de la ventana, se advertía el reinado de un luminoso y limpio atardecer...

—Bien, pregunte. Contestaré todo lo que sepa. Será un honor haber colaborado con usted.

—Dijimos que nos tutearíamos.

—A mí no me sale fácilmente el tú. Espero que lo comprenderá.

Helen ignoraba cómo conseguir articular palabra tras palabra, formar frases coherentes. Sentía un picor en la garganta. Le escocían los ojos. Trataba de no llorar, de que no la traicionara la emoción, de que la decepción no le impidiese contestar las preguntas que Carlos Torres, lejos, lejos, le formulaba. Todo resultó un esfuerzo agotador...

Él, y era de agradecer, no la miraba. Se contentaba con tomar sus notas en un pequeño bloc.

Al final, le agradeció con toda su alma lo que había hecho por él. Le estrechó con calidez la mano, y puso en ella un beso un poco menos cálido.

Isis la estaba aguardando sin pensar en acostarse hasta que ella llegara. Los ojos le brillaban de emoción cuando la recibió en la puerta. Toda ella era una pregunta.

—¿Qué?

—Una bella y apasionada historia de amor.

—Lo sabía —gimió la sesentona—. Lo sabía. ¿Habéis quedado en escribiros?

—Sí —respondió Helen Mashburns con una desvalida sonrisa que su amiga entendió a la perfección—. Sí —repitió en un tono más convencido—. Desde luego que sí.

Isis Grogan la besó en la frente, orgullosa y complacida como una buena madre.

EL ABOGADO DE OFICIO

—

Aquel 2 de abril de 1998 era de una transparencia como para no creer en la maldad humana. Hasta en la Audiencia de Madrid se respiraba con mayor soltura, y a través de sus ventanas se adivinaba la diafanidad del aire exterior y se comprendía el pertinaz arrullo de las palomas.

Lo primero que vio la juez, una mujer de media edad, al entrar en la sala, fueron los ojos del acusado. Y se detuvo en ellos. Eran muy parecidos a la mañana: azules y serenos, profundos, grandes, incapaces de mirar con codicia.

La juez se preguntó por qué no podía apartar su mirada de aquel acusado puesto en pie: alto, de caderas estrechas, hombros anchos... Sí, etcétera. Pero, sobre todo, dueño de esos ojos, de esos labios carnosos de sonrisa infantil, de ese rostro inmune al crimen, ileso y puro.

Se reprochó la juez a sí misma que la atrajera tanto, que la pusiese tan incondicionalmente de su lado. Nunca le había sucedido nada semejante... Pero es que había razones para ello. Podría dedicarse —se dijo— a hacer anuncios en vez de a violar señoras. Entonces vio a la mujer no lejos de él. Con los pelos revueltos, vestida de cualquier manera, sin gusto y sin cuidado, mucho mayor que su violador. Sintió una instintiva antipatía.

El abogado de oficio había hecho lo que pudo. No sabía la juez cuánto. Aquél era un juicio perturbador y extraño. Que, por si fuera poco, no se celebró.

Si el reo se conforma con la pena que pide el fiscal, el tribunal no tiene otra opción que imponerle esa pena. La juez se preguntaba por qué estaba allí ella, aparte de por ver esos ojos. «No arrepentida, no.» Seguía con los suyos en la serenidad del acusado. Y tardó más de lo razonable en comprender qué había sucedido y quién era cada uno.

Algo más de un año antes, a mediados de marzo del año 1997, el día 18, a las once y media de la noche, entre los matorrales de un parque de Alcorcón, se movían los que, al deportista que hacía su ejercicio diario, le parecieron unos perros grandes. Se detuvo apenas unos segundos. Cuando reiniciaba su carrera, escuchó gritos —¿eran gritos?— que callaron enseguida. Volvió a correr y a escuchar aquellos gritos, ahora más claramente.

—Suéltame. Suéltame. Socorro... No, no, no... Socorro... Quitádmelo de encima.

Acudió el deportista al lugar de donde brotaban las quejas, al mismo tiempo que un par de transeúntes. Vieron un hombre y una mujer debajo de él. Sujetaron al hombre. La mujer se incorporó bajándose la falda, llorando y despeinada.

Marcos, ése era el nombre del agresor, fue detenido. Se interpuso la denuncia en la comisaría. La mujer, llamada Nazaria, vio y reconoció al hombre que la había agredido. Balbuceaba, se trabucaba. Tenía un comprensible nerviosismo. O acaso un nerviosismo mayor que el comprensible.

Al día siguiente, Marcos ingresaba en la prisión preventiva de Carabanchel.

A tenor de estos hechos, el fiscal, puesto que la violación de ninguna manera se había consumado, pidió tres años de cárcel para él.

Pasaron ocho meses. Nunca el abogado de oficio consiguió saber cómo los había pasado Marcos en la prisión. Cuando lo interrogaba a ese respecto, él bajaba los ojos y callaba. Cuando quiso saber su relación con los otros preventivos, Marcos no respondía. Se encogía de hombros, desviaba la mirada hacia la pared de la sala y hacía un gesto negativo con la cabeza.

A los ocho meses, el abogado de oficio pidió que se dejase libre a su cliente.

Había una explicación. Todo había consistido en un enfado entre novios. Nazaria y Marcos lo eran desde hacía casi medio año, desde octubre del 96. Habían discutido, cosas de enamorados, y estuvieron una semana sin darse noticias uno a otro, esperando él y ella que ella o él dieran el primer paso para reconciliarse. Eso cualquiera puede entenderlo... Sí; Marcos tiene veintitrés años y Nazaria cuarenta y dos. La diferencia es grande, pero el amor está acostumbrado a dar mayores saltos en todos lo sentidos.

El día de autos Marcos se presentó en casa de Nazaria con la indudable intención de hacer las paces. Ya lo dijo Ovidio, señores compañeros: *Irae amantium reintegratio amoris.* Que, aunque no es necesario traducir para ustedes, significa que los enfados de los amantes son una renovación del amor.

—Al grano, señor Pericet —le amonestó el fiscal.

—Marcos le pidió perdón a Nazaria por lo que podía haber hecho mal. No tuvo nunca el menor propósito de herirla. Era esa cosa celosa y rígida de ella, y exigente, lo que había provocado la ruptura. Creo recordar, aunque no estoy seguro, pero eso es lo probable... La novia, al ver el arrepentimiento de él, aceptó las excusas. «Pero firmar la paz como tú quieres, que te conozco bien, no. Lo que es en mi casa, por lo menos, no.» Ella vive con su madre y con una hermana casada y separada. «Vamos a otro sitio», añadió bajando los ojos y la voz. Tomaron unas copas. Hablaron de las cosas que hablan unos novios cuando se reconcilian. Para dos que se aman, una semana entera imaginando que todo ha terminado, pensando con rencor y deseo en quien se ama, es demasiado tiempo... Tomaron otras copas. Y la urgencia de manifestarse, con los gestos de amor, sus recíprocos sentimientos fue tan grande como la noche, que se había apoderado ya del mundo.

—Señor Pericet, déjese de poéticas, y al grano.

—Se sentaron al pie de unas adelfas en un parque próximo al bar último en el que habían bebido. La primavera estaba (perdón, señor fiscal, por la poética, pero también ella es real e influye en el alma de los seres humanos), quiero decir que la primavera llamaba como una descosida a las puertas de marzo... Charlaron, se besaron. Se abrazaron. Marcos es un hombre normal. Estaba excitado. Y esto no creo que sea poética. Nazaria quería hacer valer sus poderes de hembra atractiva, quería medir hasta dónde podía llegar su novio... Se resistió. Él insistía. Ella se despegaba haciendo un gran esfuerzo, porque mi defendido...

—Señor Pericet, ¿a qué viene todo esto?

—Un momento, señor fiscal. Incapaz de aguantarse, Marcos se echó sobre Nazaria, le subió la falda ya casi de verano, liviana y amplia, y le bajó su ropa interior. Ella pretendió desasirse, defenderse. En vista de que no lo conseguía, gritó pidiendo socorro.

—Bien, y es entonces cuando, si le parece bien, cuando

entra en cuadro nuestro deportista haciendo *footing*, y los otros testigos. Y cuando también entramos, poquito después, todos los demás.

—Pero es necesario que sepan usted y todos los demás que Nazaria ha visitado en la cárcel a Marcos durante todos estos meses.

El tribunal, sorprendido, ordenó a Instituciones Penitenciarias que remitiera una lista con el nombre de todos los que habían visitado al interno de Carabanchel. No tardaron en enviarla. Ante ella no cabía la menor duda. Nazaria había visitado a Marcos ocho veces en compañía de la madre del recluso, y otras cuatro ella sola, para contactos íntimos.

—Pero, ¿cómo no lo había comunicado usted en el instante en que lo supo, hombre de Dios?

—En realidad, lo he sabido hace nada... Mi trabajo es muy duro. Soy un pobre abogado que empieza. Tengo bastantes casos, pero todos de oficio. Las tres pes: pobres, parientes, putas —ni rió él ni hizo reír a nadie—. Toda ésta es buena gente, señor. La familia de Marcos está muy unida entre sí: gente trabajadora y pacífica. La madre estaba preocupadísima y asustada. No es que Nazaria le gustase para novia de su hijo, pero había acabado por aceptarla. Fue ella, la madre, la que me llamó para decirme que la novia no sólo lo había perdonado, sino que estaba sufriendo un verdadero calvario por sentirse apartada de su amor. Y entonces fue cuando me enteré de lo de las visitas, de la persistencia en su propósito de boda, de todo lo que les he contado.

El día 2 de abril era el fijado para el juicio. La juez miraba a la pareja, tan desigual por donde se mirase. Sentía una cierta compasión, sin saber por qué de ninguna manera, por el acusado.

Habían llegado juntos a la Audiencia. La madre, al parecer, estaba fuera. Las madres, porque también la de ella había venido.

Nazaria estuvo clara y fue rotunda:

—Marcos es inocente. Todo fue por una discusión entre nosotros. La diferencia de edad a mí me tenía en vilo y lo había visto con una compañera de trabajo.

—¿En qué trabaja Marcos?

—Es repartidor de pizzas.

La juez observó de nuevo a aquel muchacho. Él le sonrió. Sus ojos azules le sonrieron. La juez respiró más hondo de lo que acostumbraba. Comprendía a Nazaria. Comprendía, aquel 2 de abril, a todo el mundo... ¿También a Marcos? Sí, también. Con aquel pelo negro y con su piel morena. Lo imaginó sobre la moto de repartidor... Con la mano ligeramente estremecida apartó algo encima de la mesa: un cortaplumas o el crucifijo o un código quizá. Y se oyó decir: «Este tribunal, ante los testimonios escuchados, está dispuesto a deducir cargos contra ella por acusación falsa, lo que constituye un delito grave.» Pero no lo había dicho.

La juez había dejado de comprender a Nazaria aquel día 2 de abril. Despeinada y absurda, con la edad de ella misma. ¿Qué pretendía? ¿Qué buscaba? ¿Qué podía pedir más a la vida?

Tampoco eso lo dijo en voz alta. Pero sí exigió que el fiscal y los abogados se pusieran de acuerdo de una vez.

La invadió una cierta laxitud, un abandono, hasta unas ganas de llorar. Volvió la cara a la ventana, y deseó estar fuera, en un parque también, al pie de unas adelfas, con un libro en las manos. O sin libro quizá... Esta reacción, tan amarga y tan cobarde, no la había tenido nunca. ¿Por qué hoy entonces? ¿Por abril, por la primavera, por la infinita nitidez del cielo, del que tanto hacía que no se acordaba? No; ella sabía que no... Pensó en sus dos hijos. En el divorcio de su marido, tan duro, tan desastroso, tan hiriente. Pero tampoco era por eso: eso lo había asumido... Miraba, no dejaba de mirar a Marcos, que a su vez la miraba a ella. Dentro de sí, una voz profesional le trazaba la situación sin medias tintas. «Si el muchacho se declara culpable corre el riesgo de volver a la cárcel y cumplir los tres años que le pide el fiscal. Si, por el contrario se declara inocente, la ley puede caer de plano sobre Nazaria...»

¿Había pensado en alta voz la juez? ¿O era que los abogados se lo estaban comunicando así al acusado?

—No; que no le pase nada a ella —le oyó decir al muchacho—. Ella no es culpable de nada... No, por Dios, por favor... Ahora que habíamos decidido casarnos cuanto antes.

A la juez le dieron ganas de gritar. De prevenir a Marcos contra una decisión tan impensada, tan poco seria, tan fuera de lugar. «Casarse, no. Con esa bruja, no. Por nada de este mundo ni del otro.»

Vio cómo el fiscal y los abogados hablaban entre ellos.

—Estoy dispuesto, dadas las circunstancias, a reducir a dieciocho meses mi petición inicial de tres años de cárcel.

Si Marcos aceptaba esa condena, automáticamente se convertiría en sentencia. No habría juicio. No tendría que volver a prisión: ya se había tragado nueve meses en Carabanchel. No era reincidente. Estaba, por tanto, en condiciones, de quedar en libertad. En libertad condicional, aunque pareciera una redundancia.

El abogado de oficio se volvió a Marcos asintiendo. Marcos se volvió a Nazaria. La interrogó con los ojos y ella asintió también con la cabeza. Marcos abrió los brazos en un gesto de entrega. La juez, por un momento, dudó si ese gesto significaba favorecer el acto de esposarlo. Unos segundos sólo lo dudó.

—Acepto —dijo Marcos.

—Sea —dijo la juez.

Vio cómo se abrazaban los tres: el abogado de oficio y los dos novios. Se puso en pie. Vio de espaldas a Marcos, que le había hecho una reverencia antes de darse la vuelta. Sus anchos hombros, sus brazos poderosos, de uno de los cuales colgaba, con posesiva fuerza, esa mujer cuyo nombre ya había olvidado... La juez, sin darse cuenta, suspiró mientras salía. Suspiró por muchas razones. Una de ellas es que no entendía los motivos que un hombre como aquél podría tener para casarse, para resignarse a casarse, con una mujer como aquélla.

El abogado de oficio podría habérselo aclarado: la libertad. La libertad era la principal razón.

No la libertad que arriesgaba en un matrimonio tan chocante, sino la libertad anterior a ese matrimonio y a todo lo demás. Con nueve meses en la cárcel había tenido bastante.

El abogado de oficio comprendió a Marcos desde el primer momento que lo vio. Por eso entró en contacto con la presunta no del todo violada. Entró en contacto para ofrecerle, en cuerpo y alma, a Marcos, al que Nazaria había acabado de conocer en un bar de Alcorcón, muy próximo al grupo de adelfas donde los dos se refugiaron después de haberse volcado en la barra mucho tiempo uno en otro, y después de que, a las llamadas tácitas de él, ella hubiera otorgado con largueza permiso para entrar.

El abogado de oficio comprendió a Nazaria desde el

primer momento que la vio. Era una pobre mujer envejecida en vano, sola, sin un hombre a su lado, sin oficio ni beneficio. La mirada de Marcos ante aquella barra la encendió, prendió fuego a prejuicios, a cuidados y a prevenciones familiares, a toda la ciudad dormitorio de Alcorcón, donde ella siempre se había sentido desgraciada. Que luego diera marcha atrás fue porque no se borra un pasado por unos cuantos besos.

Y ahora venía un abogado a ofrecerle el cuerpo inagotable, inasequible, bello como una estatua, de un hombre que supo que se llamaba Marcos, que era más o menos repartidor de pizzas, que tenía una moto a la puerta del bar, que se comprometía a casarse con ella... Y aceptó.

El abogado de oficio preparó las visitas, la trama de la madre de él con la mujer fea recién llegada, la complicidad aburrida y resentida de Marcos en la cárcel... Y lo mezcló tan sólo con un fin.

La libertad es la razón de todo. ¿De todo?

—No creo que sea imprescindible que os caséis. Después de un año y medio —pienso que el cabrón del fiscal no va a solicitar pena mayor— podrás hacer lo que te salga del nabo. Ya habías cumplido... Tú, tranquilo. No estropees nada. No mires a más mujeres mayores desastradas en la barra de ningún bar. Un año y medio, y todo habrá acabado...

—Tú ya has cumplido —le dijo el abogado defensor al día siguiente en la barra de un bar, lejos de la Audiencia—: con la ley y con esa devoradora tuya. Ya les has pagado a todos lo que debías. Tus veintitrés años no tienen por qué dar más de sí. Vamos, salvo que tú lo quieras...

El abogado de oficio tomó por un brazo a Marcos. Su mano apretó los músculos como si calibrara las fuerzas del muchacho. Luego, empinándose un poco, lo besó con ligereza en la mejilla. Marcos lo miró sin sorpresa. Un destello de comprensión final iluminó sus ojos, que seguían tan bellos como siempre.

—Gracias. Te debo mucho. Ya te lo irás cobrando.

LA GORDA SATISFECHA

No hará mucho más de un año que la había visto por última vez. Recuerdo que, después de divorciarse, salió de viaje, y hasta ahora. Entonces era normal. (Ya estamos. ¿Qué es normal? ¿Qué peso es el normal?) Anoche estaba sencillamente gorda como un sollo. Guapa, pero gordísima; bien vestida, pero tremenda, ¿qué le vamos a hacer? No cabía silenciarlo, ni hacerse el distraído. Ante un acontecimiento tan evidente había que coger el toro por los cuernos.

—¿Qué te ha pasado, hija? ¿Es que has estado enferma?

—Sí, señor: he estado enferma —me contestó—. Y me alegro de que me lo preguntes. He estado enferma, pero antes de que dejáramos de vernos. Mi marido (del que me divorcié; esta prenda que está aquí, ay, guapo mío —le ronroneó al acompañante—, no es mi marido, ni Dios quiera), mi marido acabó con mi salud. Me convenció de que, si no fortalecía mi voluntad venciendo mis impulsos más naturales, como el que se llama instinto de conservación que se ejerce comiendo, era una despreciable sabandija. La virtud, según él, consistía en estar como un huso y pasar hambre. No era del Opus, no; pero lo parecía. Alardeaba de mi delgadez como si fuese una conquista suya. «Esta semana ha perdido dos kilos. No me come nada», decía complacido, y me exhibía como si fuese el saldo positivo de una cuenta corriente. Yo, tonta, tragando quina: lo único que

178

tragaba. No me daba cuenta de que esa faramalla asesina es cosa de la publicidad, de los medios y de los cochinos hombres, de algunos —se volvió mimosa a su pareja—, que se han inventado una mujer juvenil y casi transparente, que no existe más que en su cabeza y en las profesionales de la hambruna.

Como por reacción, se comió dos canapés de un golpe y soltó una gloriosa carcajada.

—La obesidad, como decía Leonardo de la pintura, es cosa mental. Igual que casi todo. Yo me pregunto cómo las feministas no caen en el daño que se nos está haciendo. Ahora que habíamos entrado en el mundo de los negocios, de las profesiones más exclusivamente masculinas, de la política, de todo... Pues bien, cada día estamos más esclavizadas del aspecto, de las medidas de senos, cintura y cadera, de las funestas básculas y los cruelísimos espejos. No me cabe duda: los hombres se están vengando con lo del culto al cuerpo; estamos pagándoles con nuestra libertad que nos dejen trabajar a su lado. Porque a las gordas no nos quiere nadie... Tú sí, mi vida —acarició a su amigo—. Al hombre que a mí me gusta, le gusto gorda yo. Qué suerte, porque lo que es a otros... Nadie consiente en colocar a una gorda en su casa, en su oficina, o en un puesto de viso. Y aquí nos tienes a las memas —bueno, a mí, me tenías— de gimnasios a especialistas de la nutrición, de cirujanos plásticos a masajistas, de sicólogos a otros atormentadores, como dietas biafreñas, laxantes, diuréticos y ejercicios mortales.

Se zampó una medianoche, y siguió:

—De los hombres no nos hemos liberado ni muchísimo menos. Mi marido, el muy sádico, me puso en el frigorífico una cinta grabada. Cada vez que lo abría, me llamaba marrana, tragona y otros piropillos que me obligaban a cerrarlo entre lágrimas. Y, si me invitaba a comer en restaurantes caros, me pasaba la carta con una sonrisa de superioridad, y me decía: «¿Tú qué quieres, *gordita*?»; con lo cual acababa por tomarme un apio y un vasito de agua.

—Pero por lo que veo, ahora estás encantada.

—Ah, sí. La que no sepa ser gorda, que adelgace; yo ya, no. Mi cuerpo es mío, y lo administro *io*. No me importa la opinión de los vecinos; y, si a ti te parezco fea, no mires de este lado, y santas pascuas. Hasta la coronilla estoy de las anorexias y de las bulimias; de que nos vuelvan locas para que seamos como no somos; de que nos acomplejen con culpabilidades y fracasos por el grave delito de sobrepasar los cincuenta y dos kilos; de que se deperdicie tanta inteligencia y tanto vigor y tanta viveza femeninos, Jesús, y tanto esfuerzo y tanto poder de concentración, en la idiotez de quedarse como un palo. Es como si las mujeres no estuviéramos en este mundo más que para estar secas, y no para realizarnos, lo mismo que tú y que éste y que el de más allá... Ya, ya sé lo que vas a decirme: que muchas se realizan precisamente adelgazando, y que se pasarán por la entrepierna —ellas, tan ágiles— todo lo que yo digo, porque pensarán: «Mira quién habla, esa ballena. Lo que hace es defenderse y procurar que todas acabemos como ella, qué asco.» Pues me importan un rábano. Yo digo lo que siento, y además soy feliz estando igual que una elefanta. No rellenita, no: igual que una elefanta.

Y la risa se le desbordaba obeso cuerpo abajo.

EL ÚLTIMO COCHE

Fabián Mardomingo trabajaba —era un alto cargo, pero trabajaba— en una importante fábrica de válvulas. Tendría poco más de los cincuenta años. Era taciturno y, por descontado siempre que se le conociese, soltero. Había disfrutado de una novia, ahora algo más que una cuarentona y probablemente virgen (lo que quiere decir que ni ella ni él disfrutaron lo suficiente), con la que se reunía de tarde en tarde para recordar los buenos, o medianos, días perdidos; tales reuniones solían terminar como el noviazgo, o sea, como el rosario de la aurora, pero en soso. Fabián no era en absoluto optimista y, cuando bebía, cosa que ocurría los viernes y los sábados por la noche, le buscaba con la seriedad discutidora y discutible del alcohol el sentido a la vida en general y también a la suya. Pero lo hacía con la misma inútil y falsa vehemencia con que la Chelito se buscaba la pulga. Eso, y negar lo evidente con interminables razonamientos que nadie escuchaba, eran sus dos más grandes pasiones etílicas. Y la de presumir de haber leído mucho y no leer ya nada. Y la de no considerar trabajo sino el que él hacía... Total, un pelmazo.

Una pasión no etílica de Fabián era su inexplicable y más que descarada preferencia por Madrid. «No hay ciudad en el mundo más bonita, más viva, más alegre y más divertida.» «¿Es que conoces todas las del mundo?» «No, pero no cabe que haya otra mejor.» Un día, para molestarle, le pregunté cuál era su segunda preferida. «Benidorm», me dijo, con lo cual le hizo a Madrid un flaco servicio. Uno de nuestros contertulios sabáticos se atrevió a insinuar que Barcelona era una ciudad hermosa y moderna. «¿Barcelona? ¿Qué tiene Barcelona? Calles rectas y cierto parecido con París. Una chuminada.» «Y el mar», agregó el contertulio. Fabián se puso de pie con la mano en el cuadril. «¿Qué es el mar?» Se sentó de golpe; se volvió a levantar enseguida. «El mar es una infraestructura, nada más.»

Tenía Fabián muy pocos y muy buenos amigos. Su pesadez era el crisol que los ratificaba. Entre los íntimos, que no pasaban de cinco, él era el más autorizado confeccionador, y procurador previo, de rayas de coca. Las trazaba de manera muy laudable, esnifando él la primera, y pasando las restantes a los contertulios sabatinos.

Vivía en un minúsculo apartamento, donde todo estaba al alcance de su mano. Pudo haberse mudado a una vivienda mayor, pero no le gustaban. Quería sentirse en su casa como en un coche holgado y nada más. Su entusiasmo por los coches no era desmesurado: le gustaba sencillamente sentirse bien en ellos. Había sido poseedor, no siempre dueño, de unos cuantos. Y el último que tenía, cuando lo conocí, se transformó en su insustituible predilecto.

El primero, siendo él bastante joven, fue un Seat 124 azul marino. Ni siquiera lo compró él, sino que se lo cedió fiado un muchacho de su misma edad día por día —cumplían años casi a la misma hora—, que se empleó en la fábrica de válvulas a la vez que él. Se llamaba Frutos. Había sido actor y también boxeador prematuramente arruinado, no sé en qué orden. Alguien le vendió el coche en 30 000 pesetas. Ambos amigos encontraron buena la oferta, y, dado que uno tenía el dinero pero no el carné, y el otro el carné aunque no el dinero, se compenetraron de modo fraternal. Fabián había sacado su permiso de conducir en la mili, ante la ausencia de otra cosa mejor que hacer. Un carné de primera y de segunda: eso fue todo lo que obtuvo, aparte de un bocadillo diario y unas invisibles pesetillas.

Para estrenar el coche compartido, se largaron Fabián y Frutos, Dios sabe por qué, a los Pirineos. Los asaltaron diversas averías no muy gravosas. Gravosa de veras fue una tormenta que les sobrevino en un anochecer. Para que aquellos beocios se enteraran de lo importantes que son allí las tormentas, aquélla dejó caer en la carretera una roca de diez o doce metros de diámetro, lo cual permitió a los dos damnificados, a partir de ahí, delante de todo el mundo, calificarla de meteorito. Abandonando en el coche todo lo que habían comprado en Andorra, que por aquel entonces podía ser mucho, buscaron a tientas un pueblo. Allí, chorreantes y trémulos, los admitieron para dormir en una casa particular de medio pelo, porque ya no era hora de encontrar sitio mejor. Cuando se hizo la luz, solicitaron socorro en el ayuntamiento, y el alcalde, con la ayuda de muy buenos mozos, pudo apartar la roca, que de día no resultaba tan gigantesca. Sin más deseo de aventura, y sin un miserable jersey andorrano, Fabián y Frutos regresaron a Madrid cabizbajos.

Fabián pagó, a medida que le iba siendo posible, más o menos el precio que Frutos había adelantado por el coche. Porque llegó a tomarle, con el roce, un gran cariño. Sin embargo, lo cierto es que le robaban continuamente todo lo que se le olvidaba en él, por disparatado que fuese. Durante aquellos años habitaba en un barrio propenso a apoderarse de lo ajeno. Y aquellos años también lo eran. El coche lo abrían, más que con sencillez, con naturalidad, y con la misma naturalidad se apropiaban de su contenido.

«La verdad es que, a pesar de lo mucho que yo los he querido, siempre tuve mala suerte con los coches», solía lamentarse Fabián no mucho antes de que el whisky con hielo y agua se le subiese a la cabeza.

El Seat 124, él mismo en su mismidad, se lo robaron cuatro o cinco veces, o sea, siempre que no estaba averiado. Los ladrones lo querían sólo para hacer algún mandado y luego lo dejaban tirado en cualquier sitio. Para curarlo de una avería se lo llevó un cuñado de Fabián, castellano de Boceguillas, en la provincia de Segovia y el partido judicial de Sepúlveda, a un taller que dirigía en un concesionario de su pueblo. Cuando se lo devolvió cinco días después era muy de mañana. A las dos horas se lo robaron de nuevo. «El coche era bonito, pero no para tanto», decía, hablando de su pasado, Fabián. Nada más recuperarlo, la dueña de la pensión le avisó de que se lo estaba llevando la grúa. Un desastre. «No he tenido nunca suerte con los coches, ya digo. Ni con nada, que es lo más triste.»

Cuando empezó a ganar unos dineros mínimos para amortizar los plazos, se compró un Seat Ritmo, sin estrenar, de color achampanado. A Fabián le pareció que había crecido medio metro, y entraba y salía del coche con un aire distante y majestuoso. La propiedad no es que conduzca a ser feliz, pero acompaña mucho. Con este coche hizo viajes largos. La fábrica lo mandaba a Alemania, donde estaba ubicada la central, y él hacía, con la cabeza bien alta, los innumerables kilómetros de ida y vuelta. A pesar de tener varios reventones en las «asquerosas autovías francesas», nunca les había ocurrido nada ni a él ni al achampanado Ritmo. No obstante, a la quinta ocasión en que se excedió hasta Alemania, le cambiaron los dados de la suerte. Se había quedado a dormir en Núremberg, pero la reunión con los jefazos la tenía en Bamberg, a sesenta kilómetros. Cuando ya entraba en la ciudad, sin aviso previo, se le atravesó un Audi que le partió de un batacazo el eje delantero. El Ritmo se transformó en un acordeón achampanado. Las maletas, las herramientas, unos bidones, los plásticos con agua, los paquetes y demás trastos, estuviesen o no en el maletero, quedaron esparcidos en cien metros a la redonda. A Fabián, más duro que las piedras, no se le partió nada en concreto, salvo el alma: sólo tuvo el dolor lógico de la agitación y el ajetreo, que le duró una semana exacta. Pero no fue eso lo peor.

Lo peor fue que, al abrir los ojos, se tropezó con la policía fotografiando, por detrás y por delante y por los lados, el campo de batalla. La conclusión que obtuvo es que Fabián, por extranjero, era el culpable de haberse saltado un semáforo en rojo. Se lo llevaron esposado a un edificio verde en el que decía *Polizei*. Y allí lo retuvieron. El desgraciado Fabián lloraba, ignorando el idioma como para defenderse, e ignorando que ya habían declarado contra él y que el caso estaba sentenciado. Le impusieron una multa de 500 marcos. «De 500 marcos del año 84, que ya eran marcos.» Se le ocurrió telefonear a una odiosa argentina, que trabajaba como traductora en la fábrica y que se negó a enfrentarse a la policía por defender a un «tarado, sonso y merluzo español». Fue ella quien le dijo en porteño dónde había estado su verdadero error: en desconocer que el jefe de control de Bamberg era hermano menor del jefe de la Policía de tráfico. La invocación a los vínculos familiares hubiera producido, por arte de magia, la culpabilidad del alemán del Audi. Pero ya era tarde. Sólo le restaba recibir la bronca de ambos hermanos, y obedecer la prohibición de volver a viajar en coche entre España y Alemania. Porque los superiores de la fábrica achacaron el accidente al cansancio de conducir de Fabián, que era incansable.

La solidaridad se produjo cuando el jefe alemán se hizo cargo de todo, incluso del habitual comentario de que saldría más caro arreglar el Seat Ritmo achampanado que comprar otro, aunque fuese de distinto color y de distinta marca. Como Fabián, entrañable con sus automóviles, se empestillara, acordaron que lo que quedaba del Ritmo saliese hacia España en uno de los camiones que transportaba material de la fábrica. Y cuando el camión pasase por Boceguillas, se lo dejara al cuñado de Fabián en la puerta. Sin embargo, los disgustos no acabaron allí. Porque cuando bajaban aquellos restos mortales, lo fueron de veras: los engancharon por lo visto mal, cayeron de repente y estuvieron a punto de matar al cuñado, que no tenía ni arte ni parte en el dislate. Desengañado Fabián por la falta de correspondencia del Ritmo, decidió repudiarlo. Y, optimista por primera y única vez en su vida, resolvió «que lo restauraran y lo vendieran a continuación», como si eso fuese cosa posible, sin desear saber nada más de él. Lo que sucedió no fue exactamente eso: un chatarrero se llevó el champán.

«A mí siempre me han gustado los coches con mucha potencia, a poder ser chicos y que no se note que corren.» A continuación Fabián se compró un Seat negro Ibiza SXi, uno de los primeros modelos de inyección de gasolina. A éste lo quiso con locura. Pero lo cierto es que no tuvo demasiada suerte con él tampoco. O quizá el barrio en que aún vivía, antes de comprarse el minúsculo apartamento, seguía sin ser de lo más recomendable. El caso es que con aquel Ibiza X, un poco X especial, iba y venía por doquiera lleno de satisfacción. Pero aparcarlo en el barrio y romperle los cristales todo era uno. Con una frecuencia desalentadora, hacían incluso el amor en él, que no estaba para eso, abandonando a veces las parejas dentro una ropa interior no de excesiva calidad ni limpieza. Y si no conseguían llevárselo, es porque se bloqueaban las ruedas, y porque los aspirantes a ladrones eran unos mastuerzos sin la cultura necesaria para ponerlo en marcha. «Menos mal que de los cristales y otros estropicios se encargaba el seguro.»

Fabián comenzó a sentir que el Ibiza SXi formaba parte de él, y viceversa. Le había tomado un inmenso afecto, y sufría como suyos los desastres del automóvil, sus averías, el hurto de sus radios y la rotura de sus cristales, lo único que en realidad se rompía en aquel modelo verdaderamente modelo. Así sobrevivieron a trancas y barrancas, Fabián y su coche negro, tres o cuatro años. Pero las Parcas introducen sus malas artes antes o después. Esta vez fue después: después de un rotundo golpe por atrás. A partir de esa pésima jugarreta, el coche dejó de ir bien: se había descuadrado el chasis y no lo arreglaron nunca como es debido. «Marchaba bien de motor y todo eso; pero no como a mí me gusta que vaya un coche. A veces se me iba, y me asustaba el temor a un hostiazo, porque yo he sido siempre muy consciente. Y lo seré... Me sucedió como con las amantes que jamás he tenido: cuando las cosas empiezan a ir mal mejor es terminar. No hay remedio fiable. Si una sábana se rompe y le echas un remiendo, volverá a romperse por el borde del remiendo... Decidí venderlo, con harto dolor de mi corazón.»

Y llegó la hora.

«Me compré el Tomatito. Un Ibiza GTi rojo, de 16 válvulas, 1 800 centímetros cúbicos, 138 caballos, muchísima potencia, bien recogido y con doble árbol de levas.» Nada más comprarlo, cometió una equivocación. Fabián le otorgó un innecesario derecho de pernada a un amigo suyo, de profesión piloto de pruebas. Él fue quien lo estrenó. Lo hizo por los puentes que rodean al hospital de La Paz. Fabián, contra su ideología, se quedó dentro, acompañando al piloto. Y se le pusieron los pelos de punta y encanecidos cuando su amigo tomó una curva cerrada para descender hasta la Castellana, y estuvieron a dos dedos de descender a plomo desde lo alto del puente y escachifollarse. Era de noche, el coche iba muy fuerte, «sangrando» en al argot del gremio... Y, a pesar de tamaña paliza, el Tomatito, como Fabián lo apodó mimosamente desde el primer minuto, respondió bien y se comportó como un hombre. Lo amó de flechazo desde aquel primer instante de riesgo común.

«He sufrido robo de espejos retrovisores, de marcas, de los espoilers, de los embellecedores... Pero en fin, en una ciudad tan bella y tan abundante como Madrid, eso son *peccata minuta*... La primera gran avería que tuve con el Tomatito no fue culpa suya ni mía. Ni siquiera fue una avería: fue una hijoputada... Ocurrió un domingo a las once y media de la noche, en invierno. Yo había empezado ya a pagar mi apartamento. Paré a la puerta de la casa. Al abrir la del coche para salir, entraron en él dos hombres como de veinticinco años, uno por un lado y otro por otro. Ex presidiarios según me aseguraron. Acabaditos de salir de la cárcel, con permiso de fin de semana o alguna otra chorrada por el estilo. Para mí, con cárcel o sin ella, estaban colgados hasta las narices y necesitaban dinero para quitarse el monazo de encima. Llevaba cada uno su arma blanca, quiero decir unas navajas quilométricas. De entrada, me pincharon en el brazo derecho para que las cosas quedaran bien claritas. Luego me empujaron a la parte de atrás, boca abajo, sofocándome, y me aplastaron contra los asientos traseros corriendo los respaldos de delante. Los noté, en cuanto podía yo notar, que no era mucho, fuera de sí, histéricos y decididos a todo... Además eso no era preciso adivinarlo porque me lo gritaron muchas veces. Querían dinero. Yo les dije que bueno. Echamos a andar, quiero decir, Tomatito con todos dentro, y le atizaron, pobre mío, para empezar bien, un primer golpazo en la izquierda y un segundo en la derecha. Me preguntaron que qué coche era. No se creían lo del Ibiza; opinaban que era más bien un Ferrari, porque corría de maravilla. Cómo estarían los tíos de fatal. Lanzaban alaridos de alegría, como chicos pequeños, y Tomatito respondía a sus tirones como un caballo de pura raza.

»Yo les di mi cartera con unos miles de pesetas, bastantes pocos, y con mis tarjetas de crédito, que eran tres. Mientras dieron las doce, conduciéndolos yo a ciegas hasta que me dieron la vuelta para que los orientara, sacaron lo que había: 25 000 por cada tarjeta, ya que yo el sábado, o aquella misma mañana, no lo sé, había sacado algo para pagar tampoco sé qué. Lo que me sobró era lo que había en la cartera. Pero los bandoleros no se conformaban. Me pincharon en un muslo, y vi cómo el vaquero se empapaba de sangre. Les sugerí que, después de las doce, cuando empezara otro día, podían volver a sacar dinero con las mismas tarjetas. Me hicieron caso entre gritos de gozo, y se tranquilizaron dentro de lo que cabía, que no era demasiado.

»Para entretenerse hasta las doce, como en el cuento de la Cenicienta, me quitaron el reloj, que era caro, y quisieron quitarme este pequeño crucifijo que llevo siempre, aunque yo no creo en nada, porque era de mi madre. Yo les supliqué que me lo dejaran: que ya estaban viendo mi buena voluntad; que les ayudaría a robarme todo lo que quisieran, pero que me dejaran esa cruz que no valía casi nada. Consintieron. Y continuaron la carrera entre vueltas y revueltas, por calles a contramano o como saliesen. Yo temía que, antes de las doce, nos estrelláramos contra una esquina y nos dieran a los tres por el culo. Los conduje de cajero en cajero. Ellos no sabían por Madrid ni estaban en condiciones de saber. En la segunda ronda, sacaron 100 000 pesetas: 25 000 de dos tarjetas y 50 000 de la tercera. Me volvieron a pinchar, esta vez en el pecho, mientras me decían que me había portado como un valiente y como un tío legal. En un barrio, como por La Elipa calculé yo, resolvieron dejarme. Para celebrarlo, me pincharon de nuevo. Y me dejaron vivo porque era un buen colega. Hasta me devolvieron el reloj. Supongo que para que contara los cinco minutos en que me prohibieron moverme. Y salieron de naja, aunque creo que no sabían dónde estaban ni dónde coño iban ni qué era salir de naja.

»Yo, echándole muchos huevos, no aguanté allí más de un minuto. Traté de incorporarme, pero después de los tres cuartos de hora de tensión y de malas posturas, me caí al suelo sin fuerzas. Más abajo, dentro de otro coche, había una pareja besándose. Al ver que me acercaba, salieron, y se interesaron por mi deplorable aspecto. Les expliqué lo sucedido sin entrar en detalles y les pregunté que dónde estábamos. Luego les pedí que me acercaran, yendo delante de mi coche —yo no estaba dispuesto a separarme de Tomatito, igual que una tortuga no lo está de separarse de su concha—, hasta la calle de Alcalá, para que me encauzara. Yo quería ir a la comisaría que hay en la Avenida Donostiarra. Cuando se detuvieron, los despedí y les agradecí su bondad con muchísima emoción, como la que puede sentir un recién resucitado. Insistieron en acompañarme, pero yo quise ir solo a entrevistarme con la policía.

»Sería la una menos cuarto. Yo estaba muerto de frío, manchado de sangre por todas partes, congelado de miedo al imaginar de lo que me había librado y sin creérmelo todavía... Estaba como si acabara de despertarme de una pesadilla demasiado increíble y demasiado negra. Desde donde aparqué, me arrastré hasta la comisaría. Pero antes miré a mi Tomatito al apearme, el más fiel de mis amigos: ignoraba cómo había podido conducirlo hasta allí; presumo que me acercó él solo... Salió un policía. Me miró de arriba abajo y me preguntó que qué quería. Le conté mi aventura a grandes rasgos. Mi presencia, o mejor, mi catadura era calamitosa. Supuse que inspiraba conmiseración y piedad. Me rilaba, como dicen en mi pueblo, de susto mantenido y de muchas cosas más, todo el cuerpo. Sentía el tiritar de mis piernas, de mis manos, de mis labios... Ni siquiera estaba seguro de que se me entendiera bien.

»—Siéntese, que ya le tocará —me dijo aquel hombre de uniforme—. Antes hay catorce o quince personas, cada una con su problema.

»Me senté. En aquel ambiente de allí, calentito y tranquilo, rodeado de total protección después de lo vivido, me senté y no sé si me dormí o me desmayé. Media hora después desperté o recuperé el conocimiento. Estaba claro que nadie me había hecho el menor caso. Me levanté como pude de la silla de plástico. Miré los bancos corridos donde había más gente. Miré las paredes desconchadas y sucias. Miré a un policía que abría y volvía a cerrar una puerta.

»Para el caso y la atención que me prestan aquí, mejor es que me largue.

»Espérese, coño —gritó el policía.

»¿Qué quiere? ¿Que me muera aquí? ¿Me tengo que morir para que hagan algo en favor mío?

»¿No quiere usted meter presos a sus atracadores, joder?

»No, quiero que los metan presos a ustedes.

»Salí de la comisaría. La pared de enfrente estaba a unos diez metros. Di un traspiés con el bordillo de la acera y fui a dar contra la casa. Despacito y trastabillando llegué al coche. Me supe amparado por él mucho más que por la policía. Juntitos, como pudimos, anduvimos hasta mi casa. Tuve mucha pena al dejar a Tomatito en la calle. Subí y me metí en la cama. Caí en el sueño como en un pozo. No soñé. Todo era espeso y pesado y negrísimo...

»Me desperté a las diez de la mañana. Llamé a la fábrica diciendo que me encontraba enfermo. Luego llamé a mi mejor amigo después de Tomatito. Y lloré, lloré, lloré. Vi las sábanas llenas de sangre. Me había acostado vestido...

»Cuando Javier llegó me encontró enfermo. No podía hablar. Se me rompía la voz. Él trató de que me recuperara, de que me olvidara un poco de la catástrofe. No se le ocurrió otra cosa mejor, después de curarme los pinchazos y desinfectarme las heridas, que llevarme a una segunda comisaría. Él quería distraerme, hacer algo, no dejar que me quedara compadeciéndome. Al bajar a la calle, vi que Tomatito estaba bien. Lo acaricié al pasar. Javier me llevó a una comisaría detrás de Manuel Becerra, entre Juan Bravo y Alcalá. Allí, cuando relaté lo ocurrido con los atracadores y en la comisaría anterior, me preguntaron si quería denunciar, aparte de a los delincuentes, a los policías de allí... Yo lo que quería era ser una persona normal y feliz, no complicarme ni que me complicaran la existencia. O sea, lo que todos los decentes... Se me saltaban las lágrimas al hablar. Me dieron un vaso de agua y un papel para que fuera no sé dónde a que me enseñaran fotos de la gente fichada. No iba a ir y lo sabía. No fui. No es culpa de ellos, no es culpa de quienes roban y de quienes maltratan. Ellos lo que hacen es defenderse. La culpa es de todos...

»El miedo me duró muchos meses. Tenía miedo hasta en sueños. Soñaba una y otra vez con los pinchazos, con los gritos, con las risotadas, con los golpes de Tomatito. Me acostumbré a cerrar con el codo izquierdo el seguro de las puertas. Si me había distraído y se acercaba alguien, lo hacía tan fuerte, que me fui deshaciendo el codo; aún me duele... Fue entonces cuando busqué una plaza de garaje para Tomatito. Decidí que él no iba a dormir nunca más al aire libre. Entre otras cosas, porque tampoco el aire es libre ya.»

Como todos los años íbamos un grupo de camaradas a pasar la Nochevieja en casa de una amiga, en la provincia de Toledo cerca de la de Cáceres. Valdeverdeja se llama el pueblo en el que está, con su plaza de pórticos, su gran iglesia, su pequeña ermita y su corto pasado. Fabián había cenado en Nochebuena con su familia. Y en su pueblo de Segovia, como es natural, adquirió, mientras cenaba, una lujosa gripe. El plan que tenía de recoger a un par de amigos se vino abajo. Los amigos tuvieron que ir en un dudoso tren y apearse en Oropesa. Pero una de las virtudes de Fabián era su incapacidad de trastornar un plan o de que por su causa se trastornara. Se negó a que nadie lo llevase a Valdeverdeja en otro coche. Ni su amigo Javier. Lo único que éste consiguió es ponerse de acuerdo con él, e ir uno detrás de otro, Fabián con su Tomatito, hasta el pueblo toledano.

—Yo ya no monto en otro medio de comunicación ni en el coche de nadie —dijo.

Las noches al sereno en el pueblo dejaban sobre los techos y los cristales de los coches una capa de hielo de un dedo de gruesa. Para empezar a andar se rascaba el hielo, y, poco a poco, los mecanismos iban entrando en calor.

A Tomatito sólo lo movió Fabián para ir a lavarlo, porque la sal con que combaten la nieve de Segovia y del Guadarrama lo había manchado y podía perjudicarlo. Sin embargo, no lo pudo lavar en Puente del Arzobispo, porque el frío había conseguido que las tuberías, heladas, reventasen. Regresó a la gran casa donde vivíamos con el disgusto de que le habían quitado, durante la noche, en el pueblo, los anagramas delantero y trasero de la marca. Le prometió reponérselos.

—Tomatito ha cogido la gripe como yo. Él no está hecho a quedarse tanto tiempo a estas temperaturas sin moverse.

Cuando llegó la hora del regreso a Madrid, Tomatito no arrancaba. Trataron de ayudarlo a pulso; lo pusieron en una cuesta abajo; nuestra anfitriona, con su coche, lo empujó y lo dejaron caer... Una y otra vez. Nada. Tomatito no lograba arrancar. Fabián tuvo que dejarlo a la entrada del pueblo. Y él no nos acompañó. Se quedó esperando una grúa, que llevó a Tomatito hasta Oropesa. Anochecía. Era primero de año. A pesar de todo, había allí tres técnicos.

—Eléctricamente, la bobina de alta va normal.

Se refería a la que transmite la corriente a las bujías para lograr el arco voltaico que provoca la ignición de la gasolina.

—A mí me extraña —intervino el segundo—. Lo encuentro raro. El motor arranca bien, pero no continúa.

—Aquí no tenemos medios, señor —concluyó el tercero.

—Bien, bien, bien... Mañana, desde Madrid, les diré a qué taller tienen que mandarlo. —Fabián alargó la mano y palmeó con dulzura la chapa de Tomatito—. Adiós, hasta mañana —dijo en voz baja.

Le contestaron los eléctricos creyendo que era a ellos. A los cuatro les deseó feliz año.

Volvió a Madrid en taxi. Nada más llegar, telefoneó a la central. Allí no podían ocuparse del coche ni admitirlo hasta el 8 de enero.

—¿A quién puedo confiárselo entonces? Aconséjeme un concesionario bueno, por favor. Que sea muy bueno. El mejor.

—Por su distrito, pruebe con el que hay en la antigua carretera de Barcelona, pasada la M-30. Es muy acreditado. Allí trajo a Tomatito, al día siguiente, una grúa desde Oropesa.

El concesionario —Fabián había dormido poco y mal esa primera noche— tenía un valioso grupo de expertos.

—El coche tiene un problema eléctrico. Y el problema lo tiene con una bobinita que es la que comanda la caja negra de todo el funcionamiento.

—El coche puede funcionar en algunos aspectos por así decir, en algún campo de la automoción; pero no deja llegar la corriente a la caja negra, ¿me comprende?, y por tanto no funciona el motor como es debido...

—O sea, para que nos entienda mejor —Fabián, que lo había entendido perfectamente, miraba con tristeza a Tomatito—, el coche funciona por sí solo, pero no a través del conjunto, aunque individualmente funcionen las bobinas. Si una deja de funcionar se joden las demás. O sea, que por eso es inútil empujarlo para que arranque.

—El repuesto tiene que venir de Barcelona. Tardará tres días. Son fechas muy malas...

Hasta ahí llegó la riada. Fabián se arrebató. Le rogaron que se tranquilizara, que no se llevase tal disgusto, señor, que no se lo tomara tan a la tremenda...

—¿Que no me enfade? Tres días para una bobinita que tiene que venir de Barcelona. Como si Barcelona y Madrid estuviesen en el culo del mundo... Que no me enfade, dicen.

—Más nos fastidia a nosotros tener tres días ocupada la plaza que ahora tiene su coche.

—A mí me parece que ustedes no tienen claro el diagnóstico: si es la bobina o si es la caja negra. Y, por si acaso, se cubren cambiando las dos cosas.

Fabián decidió tomarse vacaciones en la fábrica hasta después de Reyes. Iba mañana y tarde a visitar a Tomatito.

—Qué coñazo es este tío —comentaban los del concesionario—. Parece que viene a pelar la pava con su novia.

Fabián no se movía de su casa para nada más. Entró en una extraña depresión. Era como si le faltara algo esencial. Se encontraba perdido. Igual que un ciego que no sabe qué hacer ni dónde ir; un ciego que ha olvidado las medidas de lo que veía antes de la ceguera.

Su amigo Javier lo llamaba, pero a él no le apetecía seguir conversación ninguna ni salir con nadie ni tomar una copa. Procuraba colgar cuanto antes el teléfono, como el que espera una grave noticia.

Él mismo se dio cuenta de que eso no podía ser, de que no podía seguir así ni un día más. Decidió por la noche ir a la fábrica el día siguiente, que era día 4, en tren o en autobús. Pero no podía continuar en ese plan.

La fábrica estaba en Alcalá de Henares. Se levantó para iniciar la peregrinación, mucho antes que de ordinario. Fue a Ventas andando: no es que estuviera lejísimos, pero en fin, era un trecho. En Ventas cogió un metro hasta Diego de León. Allí transbordó hacia la Avenida de América. Para ello, atravesó largos pasillos, con gente sonámbula, sin brillo en la mirada, como con resaca. Subió unas escaleras empinadísimas y largas como un día sin pan. Después tomó un autocar de La Continental para cercanías. Como la fábrica no estaba cerca de la parada del autobús, anduvo, anduvo, y llegó a la meta, después de veintitantos minutos por la avenida de Madrid, descampada y medrosa, dando diente con diente y transido de humedad, de soledad y de asco. Suspiraba, mientras echaba de menos infinitamente a Tomatito.

Dio explicaciones a algún superior. No iba a volver hasta que, pasado mañana quizá, su coche estuviera en servicio. Cada compañero con el que se encontraba le ofrecía un coche. «O vente en taxi, hombre. A quién se le ocurre hacer los transbordos espantosos que has hecho.» Pero Fabián quería a Tomatito, que era el único que le entendía de verdad y al único que él entendía...

El tiempo que estuvo en la fábrica le pareció un siglo. Todo el mundo lo abrazaba, le manoteaba las espaldas, le felicitaba el año nuevo. Él necesitaba irse. Necesitaba ver a Tomatito... Y el regreso fue peor: estuvo media hora esperando el autobús de La Continental. Ya era de noche cuando se montó en él. Noche cerrada cuando llegó al concesionario; el taller estaba cerrado.

La Navidad es bastante depresiva, pero quizá no tanto. Fabián había tomado, después de varios años, contacto con la gente: en el metro, en las aceras, en los autobuses. Una muchedumbre espantosa, que había olvidado ya. Piratas de discos, gente tocando o bailando para pedir dinero, los pobres seudoalegres, el regocijo contagioso de los días falsa y obligatoriamente felices, la jovialidad artificial... Supo con entera certidumbre que no iba a volver a la fábrica más sin Tomatito. «Para mí es como mis zapatos. Puedo andar sólo con calcetines, pero estoy demasiado habituado a ir con zapatos. Tomatito es yo mismo, pero de otra manera. Es mi hermano siamés. No me puedo separar de él. Sin él no me reconozco.»

Al día siguiente, en el concesionario le dijeron:

—Han llegado la bobinita y la caja negra. A pesar de todo, su coche no funciona. Mire usted.

Lo conectaron delante de él. Entre admiraciones y sorpresas de todos, Tomatito funcionó.

—Vuelvo dentro de un momento —les dijo Fabián montándose y aprovechando la marcha puesta.

En lugar de seguir en dirección a Barcelona, giró hacia Madrid por Arturo Soria. En una cuesta abajo, mientras le daba fuerte, se paró el motor. Todo fue inútil. Fabián comprendió de repente y lo vio todo claro. Igual que lo ve claro un buen amante. Giró hacia la derecha, en dirección prohibida. Lo obedeció, sin replicar, Tomatito. Por la calle se precipitaba un enorme camión a toda velocidad antes de frenar para entrar en Arturo Soria. Tomatito se interpuso.

Fabián y él salieron despedidos. Por última vez juntos.

UNA CHICA DIFÍCIL

La niña, cuando nació, recibió el nombre de Victoria. Pero, cuando era de verdad una niña, si se le preguntaba su nombre, contestaba Toya, y así la llamaba todo el mundo. Cuando era de verdad una niña quería a su padre, pero le llamaba *mi coroné*, y lo saludaba con una mano en la sien derecha y poniéndose firme. A quien de verdad adoraba era a su tío Quique, el hermano más pequeño de su padre. A ése le llamaba *Amó*. Porque los niños tienen sentimientos, y entienden perfectamente los ajenos. Igual que le sucede a los perrillos. Toya distinguía entre querer e idolatrar. Quería a su padre, pero idolatraba a su tío. Y era correspondida por él.

Toya era la mayor de sus hermanos. Tenía dos: otra niña, llamada Pía, y un pequeñajo, que no le importaba nada, y que para ella todavía no tenía nombre.

Un día su tío quiso ponerla a prueba. Le estuvo hablando mucho rato y muy ponderativamente de la hermana pequeña, de Pía. «Cuánto la quiero. Es la niña más bonita del mundo y la que más me gusta. ¿A ti qué te parece? Y qué lista es. Yo la adoro. No creo que pueda quererse tanto a nadie como yo a ella.» Es decir, se pasó. Los ojos de Toya estaban inundados de lágrimas. Se estremecían sus labios carnositos. Y, de pronto, creció hasta medir tres metros y le dijo a su tío entre sollozos: «Pué tú ya no te llama Amó, te llama Quique.» O sea, lo destronó. Pero no por mucho tiempo: el que tardó su tío en convencerla de que todo había sido una broma y de que él se moría de amor por ella y la quería un millón de millón de millones más que a nadie en este mundo y en el otro.

La niña, porque para su tío ni siquiera era Toya, sino *mi niña*, era vivaracha y más mala que un rayo. Su padre era un abogado joven pero muy prestigioso, con un importante bufete y muy aficionado a los toros. Protegía a un torerito guaperas y soseras. Lo llevaba a las tientas; entrenaba en una finca suya; lo puso en contacto con sus amigos ganaderos; y consiguió que la ciudad se ilusionara con la esperanza de tener por fin un buen matador que la representara. Pero a la madre de la niña, mejor aficionada que su padre, el torerito le parecía un petardo indecente. Se conoce que, olvidando lo que la niña era —un perrillo meticón que hablaba— comentó con libertad delante de ella la opinión que el torerito rubiales le merecía.

La niña quería al torero, como a todo lo anormal, dentro de ciertos límites, y un día, en la finca, cuando apareció a comer después de haberse duchado de los sudores del entrenamiento, la niña le preguntó: «Hose, ¿por qué dice mamá que tú ere una jaba helá?» El charco de silencio que se hizo encima de la mesa se podía comer con cuchara. «Yo no he dicho nada de eso —dijo la madre entre aspavientos—. Esa niña se lo inventa todo... No te lo creas, Jose.» La niña no insistió. Se quedó tranquila sonriendo, como una persona mayor que ha dicho lo que se creía obligada a decir.

En otra ocasión su abuela celebraba su santo en la casa grande. A la fiesta, entre una cincuentena de grandes damas, estaba invitado un amigo de su tío Enrique, de una timidez exagerada y casi morbosa. Tardaba en llegar, o quizá no llegaría: le daban miedo los apellidos y el imponente aspecto de los invitados de la abuela. Cuando llegó, reclamado dos veces por teléfono, se acercó a besar la mano de la anfitriona y a felicitarla. Aún lo estaba haciendo, cuando la niña, por detrás de él, le preguntó: «Paco, ¿te has lavado bien el culo?» Paco se estremeció y tuvo que apoyarse contra la pared para no caerse. Miró a su amigo Enrique con odio, consciente del origen de la preguntita.

En general, la niña contestaba de una manera lógica. Cuando nació su hermano, su padre le comunicó, de un modo solemne, que la cigüeña le había traído un hermanito. «¿Quieres verlo?» «Al niño, de ninguna manera. Quiero ver a la cigüeña.» Fue cuando el padre comprendió que quizá debería tomar con su hija mayor algunas precauciones.

No mucho después la vio, en la leonera de los niños, arrebujada en una manta. «¿Tienes frío, Toya?», se interesó. «No, no tengo frío.» «Como te veo con esa manta...» «Por ezo mizmo no tengo frío.»

La niña, que dejó de ser de verdad una niña, crecía de una manera silvestre. Le encantaba estar en la finca con los campesinos con los que se llevaba admirablemente. Y le aburrían la vida convencional, los que pretendían instruirla y la ciudad. Fue siendo expulsada de todos los colegios de monjas que en la ciudad existían, a pesar de la prosapia de su apellido y del prestigio de su padre. Siempre que aludía a él lo hacía diciendo: «Mi padre, que es más antiguo que la catedral, o que es más viejo que la cotonía, o que es más imponente que un olivo alicatado, o que es más abogado que san Expedito y santa Rita juntos, o que es más serio que la toga de un viudo, o que es más retorcido que una monja...» Y así llegó a los diecisiete o dieciocho años, hecha una insobornable fuerza de la naturaleza.

A su madre, con la que no contaba demasiado, le gastaba bromas extraordinarias. Un día la pobre joven señora encontró sobre una mesa del cuarto de Toya un papel de

una farmacia, en el que se daba, sobre un posible embarazo, un dictamen positivo. Creyó morir. Sólo cuando le
hubo soltado un rollo macabeo sobre los embarazos adolescentes, expuesto, como una madre perfecta, con voz
mullida y entre lágrimas, la niña le confesó, con los ojos
como el dos de oros, que no entendía nada de lo que estaba oyendo. Y cuando la madre le mostró la notita de la
farmacia, Toya le aclaró que era de la criada de una amiga
suya. Tuvo el último buen gusto de no reírse de su madre,
que había caído en el garlito. Por lo menos delante de ella.

Otro día, su padre encontró, maravillado, sobre la mesa
de su despacho, un cheque de 40 000 pesetas con su propia
firma falsificada. Sin vacilar llamó a Toya, y Toya reconoció
con toda tranquilidad que había sido ella. Y añadió que
procurase ser más cuidadoso con sus talonarios; que com-
plicara un poquito más su firma; y que, de todas formas, a
ella le vendría muy bien ese dinero para traer algo de hachís de Marruecos, porque sus amigos y ella estaban lam-
pando desde hacía dos semanas.

Entonces el padre descubrió, según él después de un
hábil interrogatorio, que su hija fumaba porros. En realidad, se lo soltó Toya sin necesidad de la menor presión.
«Soy una drogadicta, mi coroné. Por desgracia —añadió
con una sonrisa—, pero soy una drogadicta terrible.»

—No puede ser, no puede ser, esto no me puede pasar
a mí —clamaba su padre con las manos en la cabeza—. Están tus hermanos que pueden contagiarse. Además de drogadicta eres una irresponsable. Una manzana podrida pu-
dre a todas las del cesto.

—Eso es verdad —dijo Toya—. Y el que hace un cesto
hace ciento. Y cría cuervos y te sacarán los ojos... Creo que
me debía de ir de esta casa. Porque está llena de manzanas
y a mí nunca me gustaron mucho, mi coroné. Si por mí
fuera, drogadicta y todo, seguiríamos en el Paraíso.

Habló con su tío Enrique, que entonces estudiaba los cursos de doctorado de medicina, y que vivía en un apartamento compartido con un muchacho que terminaría pronto Agrónomos: un jugador de rugby, egoísta, convencido de su atractivo y bastante mal educado. Por supuesto, no tanto como Toya.

Toya se mudó al apartamento de su tío. No daba un palo al agua. Estaba todo el santo día, hasta el amanecer, que era cuando salía, tumbadaza en un sofá. Junto a una novela que jamás trató de leer. «Huele a muerto», decía como excusa.

—Podíais ser algo más variados en las comidas, ¿eh? Hasta a mí misma se me ocurren cosas. Si queréis hago la lista de unos menús semanales... Pero que conste que no como lentejas ni un día más.

Al agrónomo se lo llevaban los demonios, que era lo que Toya pretendía.

—Tío Amó, tengo un problema *obnibulante*.

—Obnubilante.

—Bueno, tú ya me entiendes. Lo importante es lo que viene ahora. He visto una camisa de verdad *obnibulante*, que precisamente es la que necesito. Y no tengo dinero para comprármela.

Al agrónomo seguían llevándoselo los demonios.

En ocasiones, cuando llegaban a la casa los recibía con dos o tres amigos:

—Me los he encontrado en la acera de abajo y les he dicho que subieran. Tienen hambre, los pobres.

Al anochecer salía con su pandilla y se instalaban en unos bares oscuros, con cojines por el suelo para fumar porros y oír la música idónea.

El padre se enteraba, más o menos paliado por su hermano, de ese desbarajuste de vida, y ya daba por extraviada para siempre a su hija primogénita.

El apartamento del médico era un ático, el octavo piso de una casa nueva. Por razones incomprensibles, el ascensor no llegaba más que al séptimo. El séptimo estaba ocupado pos dos hermanas ricas y viejísimas, cuya edad lindaba con los ochenta años, pero por arriba.

Un día, cuando Enrique iba a sus clases de doctorado, al coger el ascensor, lo detuvo doña Marta, la hermana que hacía de más joven.

—Doctor, doctor, estoy sobrecogida. Mi hermana Teodora ha perdido el poco juicio que le quedaba.

—¿Por qué ha llegado usted a esa conclusión?

—Porque ella, que es la severidad misma, que no habla nunca salvo con causa muy justificada, que se pasa meditando, o dormitando, horas y horas al día; ella, que estuvo en un convento, que no ha tenido jamás novio y que si no es de comunión diaria es porque Dios no quiere, y porque dice que engorda, ¿qué creerá que hace en cuanto toma el café por la mañana?

—¿Qué es lo que hace?

—Meterse en el baño, echar el pestillo, y ponerse a cantar cuplés. Yo estoy alarmadísima. Esta misma mañana se echó a cantar a grito pelado algo de una novia del Albaycín que se fue una tarde a la Alhambra, cuando el novio se lo tenía prohibido porque tenía celos de la luna. Terminaba diciendo que desde luego ella quiso volver pero no pudo, porque la luna le dio en la cara... Doctor, estoy aterrorizada. Mi hermana, la pobre, a la vejez viruelas, se ha vuelto completamente loca. Me da miedo de que me mate, y de que se vaya a la Alhambra o a cualquier otro sitio igual de lejos.

—Tranquilícese. Al volver de la universidad entraré para ver a su hermana.

—No se olvide, doctor, porque va a matar a Gabriel.

—¿Quién es Gabriel?

—Nuestro pájaro. Nuestro periquito... Esta mañana misma ha dicho que lo quiere más que a mí, y le ha metido en la jaula palillos de pan y un trozo de tortilla de ayer.

Al volver de la universidad, por la mirilla, estaba acechándole Teodora. En cuanto salió del ascensor, se la encontró en la puerta.

—Doctor, un momentito, por caridad de Dios.

—Diga usted.

—Me hallo sobrecogida. Pero sobrecogida como nunca creí que iba a sobrecogerme. He llegado a la consternación total.

—¿Por qué, doña Teodora? Dígame. —El médico la animaba a explayarse para tener más elementos de juicio sobre la previa acusación de su hermana Marta.

—Porque mi hermana Marta ha perdido la cabeza.

—¿Qué me dice usted?

—Absolutamente. Marta ha sido siempre una sosa. Ni hablaba ni paulaba. Yo no podía ir con ella a ningún sitio porque me espantaba los pretendientes. Por sosa. Lo suyo es poner un morro así y no soltar palabra... Bueno, pues ahora no hay quien la aguante. Desayunarse y dedicarse a hablar como una cotorra borracha es todo uno. Pero a gritos. Me grita porque dice que estoy gorda.

—¿No dirá *sorda*?

—Eso dice. Ya ve usted, gorda yo... Cómo será que me tengo que meter en el cuarto de baño, y a veces hasta canto por no oírla. Porque ensarta un disparate con otro, y se ríe a carcajadas de lo que ella misma inventa con tal de no parar de gritar disparates.

—¿Quién es mayor de las dos?

—¿Quién va a ser? Ella. Me lleva un año, que a esta edad es muchísimo.

El médico llegó a la conclusión de que era una casualidad muy grande que a las dos hermanas les hubiese atacado la locura senil el mismo día. «Al fin y al cabo, hay estremecedoras coincidencias.»

—Buscaré esta misma tarde un momentito para ver a su hermana. En cuanto coma. No se preocupe.

Subió a pie las escaleras hasta el ático y abrió con su llavín. Vio a Toya, como siempre, tirada en el sofá:

—El agrónomo ha dicho que no viene. Y tú has tardado tanto que creí que llegarías con el diploma de doctor debajo del brazo... Qué falta de consideración. Estoy muerta de hambre. ¿Qué vamos a comer?

Enrique no pudo dejar de reírse por la caradura de su sobrina. Iba ya camino de una incursión en la cocina para ver qué podría improvisarse, cuando descubrió, en medio de la mesa del comedor, un objeto extravagante. Lo cogió con dos dedos.

—¿Esto qué es?

—Está bien claro, hijo: un molinillo antiguo de café.

—Esto no es nuestro.

—Claro, como que aquí no hay. Se lo tengo que pedir prestado a las viejas del séptimo de caballería.

—¿Y para qué lo quieres?

—¿Para qué va a ser? Si me traéis siempre el café molido... Pareces tonto, Amó. A mí me llega el costo en trozos cortos, como el turrón, o en las bolas de los culeros. Tengo que molerlo, y luego calentarlo en una sartén, que Dios está también entre las sartenes. Y vosotros dos siempre me estáis echando en cara que yo no piso la cocina, pues mira... Cuando ya está calentito, lo aplasto con una botella encima de un papel albal para laminarlo, ¿me sigues, lobo? Para hacerlo más finito y luego cortarlo en trozos con el fin de ven-

derlo, papanatas. Mira, fríeme unas patatas y una *huevos*...
Así por lo que me cuesta trescientas, me dan mil quinientas
o dos mil... Bueno, alguna vez utilizo también el molinillo
para mezclar una mierda buena con otra peorcita: adulte-
rio se llama esa cosa... Al fin y al cabo soy una canalla, hijo.

—Es decir, que las dos viejas se toman con el café infu-
siones de hachís... Así están las dos, como dos cabras.

—Pues será cosa de que nos abonen unas pesetitas, porque creo que son riquísimas las tías. No te preocupes tú: ya
hablaré yo con ellas.

—Ni se te ocurra. Pánico te tengo. En comiendo, les ba-
jaré el molinillo. Y no se te pase por las mientes volvérselo a
pedir.

—Entonces, ¿cómo voy a hacer mis faenas caseras?

—Te compraré hoy uno más moderno.

—¿Ves? Por eso te quiero. Eres un sol, Amó. ¿Te doy
conversación mientras nos haces algo de almorzar? Tengo
una hambruna que me como los kiries. Para que luego diga cualquier imbécil que el porro quita las ganas de
comer.

Toya pasó, invitada por una amiga también porrera,
unos meses lejos, en una vaga finca de Extremadura. Cuando volvió, daba gusto verla: morena, sana, más alegre que
nunca, luminosa. Pero vomitaba con bastante frecuencia.

Su tío, que la había echado muchísimo en falta, no tuvo
más remedio que hablarle.

—Tú estás embarazada, Toya. Dímelo si es verdad. Pero
no te preocupes. Cuentas conmigo para todo: como amigo,
como tío, como padre, como médico. Y ese niño será nuestro... —El pobre hombre tenía las lágrimas saltadas.

—Te lo agradezco, Amó. De verdad que te lo agradezco. De corazón. Pero no es necesario. Estoy casada.

—¿De verdad? Pero ¿quién ha sido ese imbécil?

—Un partido estupendo. El primo de mi amiga. Un tío guapo, de la mejor familia de Cáceres, millonario... Con dehesas enormes y doctor en veterinaria. He venido a decírtelo. Nos casó un tío suyo cura, que yo creo que está como una chota.

—Pues si lo dices tú, hija mía, cómo estará el señor... En fin, enhorabuena. Si es que la boda ha sido válida, porque anda que...

LOS HIJOS DE EVA

El recuerdo me asaltó, sin previo aviso, mientras una de ellas, ágil y sonriente, se dirigía a por hielo para ofrecerme un segundo whisky.

Lo decidieron las dos durante una cena; mejor será decir que, durante una cena, me comunicaron que lo habían decidido.

Aún faltaban un par de años para que los periódicos diesen —con excesivo bombo y platillo— la noticia de que algunas vírgenes británicas habían sido artificialmente inseminadas. El tema no es tan nuevo: de una mujer se sabe que conservó su virginidad antes, durante y después del parto, lo cual sí es bastante llamativo.

Los tres conocíamos a una pareja de varones isleños que habían alquilado —espero que el verbo no resulte demasiado duro— a una sueca, o el vientre de una sueca, y la habían dejado embarazada después de unas cuantas sesiones de fornicación de uno y otro con ella. De este asunto lo que más nos sorprendió fue la extraña puntería de que el niño se inscribiera con el apellido de uno, pero evidentemente fuera hijo biológico del otro: el parecido se acentuó con los meses y los años de una manera casi indecente y, desde luego, encantadora.

A la cena a la que me refiero me habían invitado de forma un tanto especial, y la mesa estaba iluminada y servida más y mejor de lo acostumbrado. Debí figurarme que algo raro se tramaba, pero no lo hice. Mis dos amigas eran —son— de edad no muy diferente: le llevará una a la otra seis años a lo sumo. Las dos son profesoras; las dos, guapas; las dos, esbeltas; las dos, poco o nada aficionadas a trapos y a pinturas. Son dos chicas —o dos mujeres— de hoy, muy semejantes a la media general dentro de sus coordenadas. Recuerdo que la mayor estaba tomando una infusión de manzanilla, y la más joven, un café. En aquella ocasión yo también tomaba whisky suavizado por una cola. La mayor, envuelta en un aire distraído, mientras apagaba meritoriamente con dos dedos una vela, me espetó mirándome a los ojos:

—Vamos a tener un hijo.

Pretendí, por cortesía, no haber entendido.

—¿Cómo? ¿Cada una?

—No; las dos.

Después de una pausa, en que me arrepentí de no haber pedido manzanilla también, me preguntó la menor:

—¿Qué te parece?

—¿Es que tiene que parecerme algo?

—No; pero nos gustaría que nos dieras tu opinión.

—Yo no he tenido hijos.

—Bueno, quizá por eso.

—Siempre he defendido la paternidad —y la maternidad— responsable. Los caminos que emplee la vida para hacerse presente no significan nada, siempre que cada vida personal sea querida, amparada, desenvuelta y cumplida entre la generosidad. En este momento, el mundo está lleno de hijos de divorciados, e incluso de hijos de no divorciados que deberían divorciarse porque así les harían menos daño.

—Pero, ¿qué tiene que ver aquí el divorcio? Nosotras, que sepamos, no estamos casadas.

—Qué más quisiéramos —completó la menor.

—Exactamente eso es lo que vengo a decir. Aunque os separaseis (ya sé que no tenéis prevista semejante tragedia; no suele preverse), vuestro hijo no sería anormal... No obstante, quede claro que será hijo sólo de una de vosotras (todavía no me habéis dicho de cuál, y me alegro); la otra no tendrá sobre él ni el más mínimo derecho. —La mayor me miró, después de volver a encender la vela, con cierta acritud. Comprobé lo que ya había adivinado: la que iba a hacer de madre era la menor—. Naturalmente sólo con arreglo a la ley; el amor es la ley en sí mismo —concluí.

Tenían muchos amigos. Se desenvolvían en un ambiente culto, abierto y liberal. No les fue difícil encontrar un ginecólogo que inseminara a la más joven con un esperma procedente de un banco con toda garantía. Por puro gusto, pero sin mucha confianza, eligieron entre varios, de acuerdo con las características del donante. El secreto no es siempre practicado.

Yo, durante los primeros días de embarazo, y luego ya en los últimos, reflexioné con frecuencia sobre el feminismo al uso, en contraste con el poderoso matriarcado que inició la Humanidad. Entonces las reproductoras eran las que elegían un macho cada vez (de ahí que los varones, como los machos de las demás especies, sean más hermosos que las hembras: para reclamar su deseo), las que se hacían cargo del cachorro, las que ordenaban la crianza en común, las que gobernaban sobre la estricta patria de la sangre. En la actualidad el macho en acción ha pasado a ser innecesario. Si las feministas llevasen sus posturas hasta las últimas consecuencias, no sé qué sería de nosotros. Ni de ellas. Quizá torear al alimón sea la manera más solidaria y menos arriesgada del toreo...

Todo sucedió con un sigilo respetable y respetuoso. Mis amigas no tenían —ni tienen— afán de represalia, ni de desafío, ni de publicidad, ni de magisterio. Después de un tiempo de convivencia amorosa, querían sencillamente tener en común una excelsa tarea. En el ser humano —hombre o mujer: cada vez considero más tosco e inservible ese encasillamiento— son la mente y el corazón lo que más importa.

Su hijo —el de las dos— está en el mundo. No se parece a ninguna de ellas. Pero el tragón come por las dos; ríe por las dos; ama a las dos; necesita a las dos. A medida que crece estoy menos seguro de las leyes de la sangre; padre y madre no son quienes engendran la vida, sino quienes dan de vivir. Mis dos amigas son padre y madre a la vez. Creo que su hijo va a gozar de circunstancias extraordinariamente favorables para ser feliz.

Me olvidaba de aclarar que el nombre del cachorro es Mario Luis: no resulta difícil imaginarse el porqué. Pero lo especial es que Luisa se llama la que lo trajo al mundo; la otra lleva el hermoso nombre de María. Precisamente la que siguió siendo virgen tras el parto.

UNA MUJER CUALQUIERA

Su hermano, empleado en la oficina de un antiguo amigo, quiso que yo la conociera. Pero yo llevaba media hora preguntándome por qué.

Era completamente corriente —iba a escribir vulgar—, salvo por la timidez de su mirada: se deslizaba, huidiza, sobre las cosas sin detenerse en ninguna, incluido yo mismo. En media hora no había conseguido que aquella muchacha, de unos veinticinco años, clavase sus ojos en los míos. Nuestra conversación no era tampoco un ejemplo de fijeza: pasábamos de un tema a otro con una estúpida labilidad. Era una conversación de gente que no se conoce, ni tiene la seguridad de llegar a conocerse. Ni la intención tampoco. En una palabra, el tipo de conversación que más detesto...

Fue de repente. No recuerdo quién hablaba ni de qué, aunque supongo que de periodistas, porque yo dije algo sobre la violación de la intimidad. La muchacha, como si se le hubiese caído el techo encima, se dobló sobre sí misma y se echó a llorar, yo diría que salvajemente, con una total falta de compostura. Miré a su hermano; él, pendiente de mí más que de ella, aprobaba con la cabeza.

Y supe que por fin habíamos llegado al propósito de la entrevista.

Extendí la mano y acaricié el cuello de la muchacha. Primero se apartó como si la quemara; luego, mirándome con fiereza a través de las lágrimas, rompió a hablar a incontenibles borbotones. Se anticipaba a mis preguntas. Hacía un mes que había sido violada por dos hombres. Se encontraba en tratamiento siquiátrico, en el que no creía; sentía el mismo horror que al principio, la mima vergüenza, el mismo odio...

Fue en las primeras horas de la noche. Cuando frenó su coche ante el semáforo de una calle desierta, se acercó un joven a preguntarle una dirección. A través de la ventanilla, bajado el cristal, vio brillar la pistola. De la sombra de las fachadas salió el otro. Montaron y le ordenaron conducir hasta un descampado. Allí ocurrió *todo*.

La palabra *todo* adquiría en sus labios una terrible desesperación y una dimensión insólita. *Todo*.

Uno de los jóvenes tenía un arete en la oreja derecha. Se encontró rota, contaminada, humillada, sucia, destrozada: un andrajo del mundo. No se enteró de que se llevaban su coche y la dejaban allí, manchada de tierra y de arañazos. Quiso morirse en ese instante. Le dolía el cuerpo; le dolía el alma. Era una pesadilla: no podía creer que le hubiera ocurrido a ella.

Hasta entonces su vida había sido normal, prevista, previsible; desde entonces no vivía para otra cosa que para aullar, para desear la muerte de esos dos seres que habían entrado en su vida —y en ella misma— sin permiso, hundiéndola y trizándola lo mismo que un seísmo... Tenía la cabeza vuelta hacia atrás; no conseguía distraerse de esa noche, de esa tiniebla, de sus gritos pidiendo piedad, de la fuerza con que uno la aplastaba contra la tierra mientras el otro actuaba, de las piedras que se clavaban en su espalda, de aquel arete de oro, de la alianza de plata de un dedo que ella mordió antes de recibir un puñetazo que le desgarró por dentro la mejilla... Los pormenores no se agotaban; a fuerza de cavilar y revivirlos, iban apareciendo más y más.

Sí; la revisó un médico. Sí; presentó en una comisaría la denuncia. No; no le habían contagiado ninguna enfermedad ni la habían embarazado. «Claro que habría abortado, por supuesto... Me gustaría que a esos jueces que absuelven a los violadores porque no encuentran que las violadas ofrecieran suficiente resistencia, a esos jueces me gustaría que los violasen, que los sodomizasen, que los forzasen a hacer una felación... Me gustaría que encontraran a *mis* violadores» (pronunciaba el posesivo con una misteriosa intensidad) «y que los entregaran a mi albedrío». Imaginé a Salomé pidiendo a gritos, después de danzar, la cabeza del Bautista. «Nadie puede ponerse en el lugar de nadie: es mentira... A quienes aconsejan en broma relajarse y gozar, también les deseo que de pronto, a punta de pistola o de navaja o de aguja, alguien los viole. Sólo así entenderán lo que sufrí, lo que sufro, lo que me seguirá amargando el resto de mi vida... ¿quién es capaz de decirme que no le dé tanta importancia; que es como una catástrofe, que sucede y se olvida? Aún no he logrado mirarme al espejo ni ducharme sin estremecerme; ni volver a montar en mi cochecillo, que se encontró no lejos de allí; ni ver con calma la bata blanca de un médico, ni un uniforme de policía, ni la expresión incrédula de los ojos de quienes me escuchan contar cómo fui violada...»

Bajé mis ojos, por si acaso. Me di cuenta de que tenía sus manos entre las mías. Me di cuenta de que cualquier actriz habría recitado esa lamentación con más sentido, con más orden, más emotivamente: la emoción, en frío, se contagia mejor. Así se asegura; pero ¿es cierto? No lo sé. A mí no van a olvidárseme tan pronto —ni quiero— los sollozos de aquella muchacha, el insensato batir de su cabeza de melena corta, el crujido de sus dedos al apretarse unos

con otros, la rabia elemental y asesina —de animal acosado— que le ardía en los ojos.

Iba a decirle: «Tienes razón», pero comprendí a tiempo
que, en realidad, casi la había perdido. Y en ella compa-
decí —o sea, padecí con ella— a todas las mujeres ultra-
jadas.

EL JARDINERO QUE LEÍA A IBN HAZM

—

Lo conocí en la isla de La Palma. Lo compartían dos o tres amigos. Era, en lo suyo, un tío competente. Pero, aparte de eso, me hablaban todos de él de una forma curiosa y sorprendida. «Lee a Proust y a Ibn Hazm, tu paisano, el de *El collar de la paloma*.» Decidí conocerlo.

—Me llamo Lot de las Nieves Acosta Rodríguez. Nací en Garafía. Tengo treinta y ocho años.

Representaba diez menos. Me acordé, sin posible explicación, de que, unos días antes, en San Fernando, Cádiz, una vieja señora me había dicho: «Parece usted de menos edad que la que representa.» No sé si aquel acertijo era mi caso; pero el de Lot lo era desde luego.

Tenía una mirada un poco huidiza, del color de la miel. Igual que el pelo e igual que la carne. Miraba de abajo arriba. O al menos producía esa sensación, subrayada por la oblicuidad de su ojos. Y hablaba como a golpes, o como si tomase carrerilla, lo mismo que un tartamudo que hubiera superado casi su defecto. Quizá todo era timidez.

No me prestó mucha atención, por no decir ninguna, a pesar de que exhibía ante él mis conocimientos y mis inquietudes botánicas. Quizá eso fue lo que me decidió a conocerlo mejor.

Forcé, a un matrimonio fraternalmente amigo, a que lo convidara a entrar en casa y le ofreciera una copa después de su trabajo de jardinero. No bebía alcohol y hacía veinte años que no comía carne. Pero tampoco era definitivamente riguroso. Yo lo empujé a probar un cóctel inventado por mí en la isla Guadalupe, donde la sed y un bajonazo de tensión me dieron la fórmula servida: un dedito de ron y un quinto de cerveza; la cerveza no debe perder su sabor de ninguna manera. Lot se bebió la mitad de su vaso muy despacio. Pretextaba, mientras sonreía con la candidez de un niño, tener que subir enseguida al monte, hasta su casa. De no haberla visto unos días después, nunca habría imaginado dónde debía llegar. Yo que él no hubiese probado ni un sorbito de alcohol: la altura y el carril se las traían.

Me interesé por su vida, de la que mis amigos no tenían ni la menor idea. Mientras procuraba atraerlo a la confidencia, observaba el movimiento de sus manos, grandes y deformadas por el tipo de trabajo. Las entrelazaba, las cruzaba, las separaba de pronto, las elevaba hasta su frente, hasta una oreja o hasta un ojo, pero sin la menor nerviosidad. Como si, desde que me lo presentaron, hubiese aguardado mis preguntas.

Empecé a suponer que era el hombre con mayor capacidad de soledad interior que había conocido.

—Soy hijo de un alcohólico violento. Mi infancia fue un sollozo interminable. Fue por mi madre por lo que no me fui de aquella casa. Hasta los diecisiete años, en que me enrolé en el Ejército, en la sección de Fuerzas Especiales.

Sólo estuve dos años. Me salí a los diecinueve, porque no encontré lo que buscaba: el espíritu puro y guerrero de la Roma mejor, de la gran Roma. Lo que allí había era un hatajo de tarados y de incompetentes. A la vez que una falta de seguridad en sí mismos y de profesionalidad en los superiores, que siempre actuaban procurando disimular su estupidez con el ordeno y mando.

»Luego me coloqué, con mi hermano, en la Telefónica. Nos dedicamos a poner postes. Pero aquel trabajillo se acabó. Mi hermano ingresó de administrativo en el Cabildo. Yo no estoy hecho para las oficinas, y acabó por ocurrírseme lo de la jardinería. Creo que acerté. Tus amigos te lo podrán decir mejor que yo.

Ni un segundo se le ocurrió pensar que acaso debería llamarme de usted. Y tampoco esperó la confirmación de mis amigos. Cuando apartó, con su mano grande, la copa del cóctel, explicó:

—Sólo he bebido una vez. Fue en unos carnavales. A los dieciséis años. No me acuerdo de nada. Sólo sé que salí de un sitio en el que estábamos y era de día, y terminé en otro, muy lejos del primero, siendo noche cerrada... No bebí más que vino. Me acompañaban dos muchachas, o yo las acompañaba a ellas. Y estaban, cuando recuperé la cabeza, muertas de risa... Me oían decir disparates, y se reían, se reían. Porque yo estaba aquella vez igual que cuando me enamoro, que miro de frente a los ojos de quien sea y no me trabo hablando.

—¿Es que te enamoras con frecuencia? —Él hizo un gesto vago con su enorme mano derecha.

—No me gusta el alcohol ni el olor de los bares. —Le ofrecí un cigarrillo—. Sólo he fumado una vez, con dieciocho años.

—¿También te mareaste?

—No; pero el sentido común me dijo que eso no era lo

mío. Casi me asfixio en sólo dos chupadas. Era un tabaco que se llamaba Kruger... Gracias de todos modos.

—No te pregunto si tienes hijos. Supongo que, si así fuese, tendrías uno solo.

No captó mi ironía. No sonrió. Se puso más serio aún.

—Tuve un hijo durante cuarenta días. Pero ella era, en teoría, de otro hombre: no quiso darlo a luz... A mí me encantan los niños. Por mi forma de vida y por mi vida entera siempre me he considerado hijo de todos los padres y padre de todos los niños... También me gustan los perros, como a ti. Sin embargo, no puedo tener ninguno. Para dejarlo todo el día en mi casa, solo, como si lo hubiese abandonado, prefiero pasar de su amor.

—¿Y llevarlo contigo a trabajar?

—Tampoco: siempre se ha dicho que o jardín o perro: las dos cosas son un imposible.

Me dirigí al matrimonio amigo:

—Lot mira lo mismo que Rampín. —Rampín es un perrillo téckel mío, de pelo largo y fuego que debería de llamarse Fumanchú, pero preferí ponerle el nombre del chulillo de *La lozana andaluza*—. ¿No estáis de acuerdo? A Rampín hay que cogerlo sobre las rodillas para que pueda mirarte con fijeza a los ojos. Si está en el suelo, mira de soslayo, dejando medias lunas o cuartos crecientes blancos por cualquier parte de sus ojos.

Lot levantó los suyos, rasgados y de oro, y me miró de frente. Luego se echó a reír.

—Muy alegre no soy, lo que pasa es que me río bastante. —Y agregó después de dejar pasar casi un minuto—: Hoy el mar ha estado guapísimo, y la noche está guapísima.

Se puso de pie, se despidió y se fue.

Mi amiga comentó, mientras pasábamos al comedor:

—No te puedes hacer una idea del cuerpazo que tiene Lot. Una mañana estábamos Maribel y yo en la playa y vimos, desde la otra punta, acercarse una especie de joven Poseidón. Nos quedamos con la boca abierta. Y despúes, con la boca desencajada cuando descubrimos que era Lot.

Nos había dicho que los domingos los aprovechaba para no afeitarse. Si hacía mal tiempo, se entrenaba en su casa; si hacía bueno, se echaba campo arriba con su palo de regatón.

Aquel domingo siguiente, el tiempo fue infame. Llovía, y un viento fuerte del Sur —«Los temporales aquí siempre vienen del Sur»— alborotaba la lluvia, racheándola y tirándotela a la cara. No es que hiciera frío, pero toda la isla, la banda del Este y del Oeste, se puso desapacible y casi airada: de aire y de ira.

Llamamos a Lot y lo comprometimos a que nos enseñara su casa y a que almorzara luego con nosotros. Era la una y media, y estábamos en una carretera a cuya derecha se alza un monte muy serio. Y en el monte, una casa de techo puntiagudo de pizarra. No dudamos ni un instante en que aquella extraña construcción fuese la casa de Lot. Tuvimos que telefonearlo para que nos ilustrase sobre la subida, que consistía en un carril embarrado y confuso.

Salió a recibirnos al pequeño jardín, que crecía, entre rocas volcánicas y charcos, sobre un espacio estrecho limitado por la ladera casi vertical y una balaustrada decimonónica que le sentaba a la casa de cuento igual que a un Santo Cristo dos pistolas.

Cuando me vio bajar del coche con un inapropiado

suéter de entretiempo, sin decir una sola palabra, se quitó su anorak y me lo puso. No habría admitido ni un asomo de rechazo.

El jardín de aquel jardinero era jubiloso y minúsculo. Tenía un franchipán o flor de la cera o del sebo, con la que en la isla adornan los ataúdes blancos de los niños, y que en Venezuela, ignoro la razón, llaman amapolas. Salteados, unas esferas de tibuchinas azules y un par de geranios, y, desperdigadas, matas de bignonias rosa, de buganvillas púrpura, de ipomeas que ya cubrían el menudo cantero, de enredaderas de picos naranjas, tan frecuentes allí, más en los Llanos de Aridane que en Santa Cruz... Y se adivinaban, al otro lado de la casa, todo verde, un filodendro grande y unos pelargonios sin flor. Descolgándose desde la casa a la carretera, en una pronunciadísima rampa, una espesa vegetación de cactos, tuneros, berodes, bejeques de flor carnosa, pitas, cardones, helechos, vinagreras, gasias. Lot señalaba con el dedo cada una de las plantas y las nombraba. Dudaba alguna vez. Yo cometía la intrepidez de apuntarle. Él, sin mirarme, sonreía y aprobaba con la cabeza.

Al entrar en la casa, bajo la lluvia y en las baldosas chorreantes, en un mínimo alcorque, las florecillas blancas y nupciales de un estefanote. Dije en alto su nombre.

—Podrías ser mi ayudante —comentó muy tranquilo, entre las risas del matrimonio.

La casa era de cuento. «Mínima y dulce», como el San Francisco de Asís de Rubén. Todas las paredes eran de cristales engastados en madera de tea. Por dentro, la madera estaba forrada por corteza o roña de pinos: cantonera la llaman allí. En la primera planta había un espacio, el mayor, con una mesa grande cubierta de libros de un extremo a otro.

—No me gusta ver ni un trocito de la mesa que no tenga algún libro encima.

Ahí estaban, desde Ibn Hazm hasta Marco Aurelio, incluso un libro mío, *La regla de tres*, del que el escenario principal es La Palma. Ni yo comenté nada al respecto ni Lot tampoco. Había estanterías estrechas y bajas, para que no interrumpieran la visión del paisaje, repletas de libros de una magnífica variedad. Representaban una mentalidad inquieta y muy inquisitiva. Algunos eran muy difíciles de conseguir.

A la izquierda, pasada la escalera abatible, entonces levantada, un ajustado cuarto de baño, con bañera a pesar de su pequeñez, y una cocina con la cabeza fotografíada de un gran tigre de Bengala como único protagonista. Dentro del frigorífico, dos mangos, cuatro yogures y una tableta de chocolate.

Lot se rió cuando mi amiga quiso enterarse de lo que comía.

—Me hago lentejas o garbanzos para tres o cuatro días... Aquí sólo vengo a cenar. Y a leer más que a nada...

En un rincón, una buena cadena de música y unos doscientos compactos. De ópera, cosa que me chocó, y de música clásica.

Con un gesto que denotaba mucha costumbre y habilidad, hizo descender la escalera. Desenganchó las guías y subió un par de pesas de unos diez kilos cada una. Se trataba de una escalera cómoda para ser basculante. Lot subió primero. Hacia mí se inclinó con especial cuidado, dando a entender su desconfianza ante mis posibilidades de automoción.

Arriba, un par de altillos muy bajitos, cada uno a una mano. Dos dormitorios. Uno, para invitados, con lámpara y mesilla y un asiento. Otro, todo colchón, sin más espacio que las maderas que sostenían los cristales, llenas también de libros. «De cabecera, nunca mejor dicho.» La expresión mía le hizo reír.

Salimos de la casa para bajar al sótano. Allí nos esperaba la sorpresa de una vitrina absolutamente abarrotada de
trofeos. Lot era campeón de karate de la isla; campeón
de Canarias de tiro olímpico, que practicaba con una extraña pistola de culata anatómica, adaptada a la mano de
su usuario; y era amante del tiro deportivo y del tiro a blancos lejanos con un rifle de grueso calibre, un 308, con mira
telescópica. No lejos vimos un machete de monte, para trabajar con la brigada contra incendios a la que pertenecía,
un arco de kiudo y una katana. Sobre una mesita, donde
nos mostraba las armas, había la fotografía de otro tigre,
entero esta vez, y, encima de ella, una del subcomandante
Marcos de Chiapas, con su pasamontañas, una gorra y un
collar de flores. Al ver que lo observaba, Lot me dijo:

—Lo tengo ahí porque nunca ha matado.

—Está entre el *Demian* y *El lobo estepario*, de Hesse, comentó el marido de mi amiga.

—Los leí hace ya tiempo —aclaró Lot.

—Yo encuentro que a quien de verdad se parece es al
amante de Lady Chaterley —dije, y me sonreí.

—Eso no... Vamos, creo yo que no —me miraba de través.

—Me gustaría hablar de amor contigo —le dije soltan-
do una carcajada.

Sus ojos viraron lo suficiente como para encontrarse
con los míos.

—Cuando tú quieras —propuso.

—Mientras comemos, si te parece.

—De acuerdo, pues.

Y así lo hicimos.

—He estado enamorado tres veces y media. ¿Que por qué media? Porque la última no estoy seguro de que haya terminado. No estoy seguro siquiera de que un día empezara.

»Mi primer amor fue platónico. Sí; sé lo que significa platónico. Y lo fue. Duró nueve años. Desde mis siete hasta mis dieciséis... Ella tendría mi edad sobre poco más o menos. Vivía en una casa preciosa, arriba en El Planto. Su familia era muy rica, pero a mí no me importaba. Mi amor se llamaba, se llama aún, Inés...

»Yo, que no vivía lejos, iba cada mañana, cada mediodía y cada anochecer a verla cuando sacaba a pasear a su perrita. Era una caniche de color melocotón, a la que se dirigía, con su voz de caramelo, llamándola Lula.

«Todas las mañanas subía un taxi para buscar a Inés y llevarla al colegio. Yo, en una esquina, la veía pasar dentro del coche, con la cabeza baja y la melena tapándole la cara. Me parecía que no era afortunada a pesar de ser rica, y yo me sentía capaz de hacerla muy feliz. Los domingos yo era la persona más desgraciada de este mundo porque no podía ver a mi amada. Y los veranos, cuando viajaban a otro lugar o cuando cogían un par de días su barco para ir a alguna parte, yo creía morirme... En mi casa todo era tristezas, voces, peleas y amenazas. Yo me refugiaba en aquella niña que, sin darme cuenta, iba creciendo. Una niña de exquisitas maneras, que saludaba doblando la cabeza a su taxista, siempre el mismo —sólo cambió una vez de coche—, rodeada de un gran jardín y de muebles que yo sabía antiguos, trabajados y hermosos.

»A un lado del jardín, en una especie de glorieta que yo atisbaba subido a la tapia, había una palmera de tronco muy delgado, que el aire balanceaba, y que crecía también, como nosotros dos, sin que nadie lo percibiera... Inés era rubia como las tamaras de dátiles de esa palmera. Yo soñaba con ella, no estoy muy seguro si dormido o despierto, y me acongojaba pensando que el domingo estaba cada día más cerca, y que habría de pasar cuarenta y ocho horas sin verla. Sin ver a quien era mi único consuelo y, aunque no me mirara, la única alegría de mi vida...

»Pero yo sabía que ella sí me miraba. Por su manera de recogerse el pelo, de buscarme con los ojos, de volver hacia donde yo estaba, muy de repente, la cabeza, desde allí, desde el asiento de atrás del taxi aquel... Y no me preguntaba si ella me amaba o no. Me bastaba con amarla yo a ella de un modo tan intenso que el mío valía por el amor de los dos. Luego supe que Dante había conocido a Beatriz a una edad parecida, y comprendí lo que ya suponía: que yo no era el único que había amado tan pronto y con tanta hondura. Porque yo no esperaba nada de aquel amor: sólo sentirlo. Quizá, si hubiese tenido correspondencia, yo me habría asustado, como quizá se asuste el pequeño pastor al que la Virgen se aparece. Me bastaba con mi acto diario de fervor, con el blanco de su ropa, el oro de su pelo, el delicado azul de sus ojos...

»A los dieciséis años me pareció que había llegado la hora no de pedirle relación ninguna, sino de confesarle mi amor. De esto no estoy seguro. Quiero decir que no sé si mi decisión precedió a lo que, en definitiva, sobrevino, o quizá los hechos me advirtieron de que debería haber tomado la decisión algo antes. Da igual... Da igual. Un día, sin que en realidad hubiese yo notado que éramos algo más que adolescentes, Inés dejó de ser buscada por el taxi, dejó de ir al colegio... Y yo me la encontré bajando por la cuesta de El Planto, a pie, acompañada de un hombre más alto que yo, moreno, con labios abombados, de los que salía un idioma peculiar. Era un señor venezolano, muy rico, sí, muy rico, con el que se casó.

»A la vuelta del Ejército, siendo ya jardinero, la madre de Inés me mandó un recado para que fuera a cortarle las barbas, esas ramas secas que penden y desasean a una palmera. Era la palmera de la glorieta que yo acechaba desde fuera del jardín. Me resistí a subir. No tenía ganas de entrar, tan a deshora ya, en el sitio en que habría dado la vida por entrar durante toda mi adolescencia. Inés —me había enterado— vivía en la Península. No. No podría llevar mi corazón a rastras...

»Pero una mañana paró un coche junto a mí. La madre de Inés, desde la ventanilla, me rogó que fuese a arreglarle la palmera. Y fui por fin. A regañadientes, pero fui. Iba a tardar en poner al día el jardín cerca de una semana. Al cuarto día, estando arriba, colgado en lo más alto de la palmera, me dio un pasmo. Tuve que agarrarme al tronco. Porque vi cómo Inés cruzaba debajo de mí. Vi cómo me observaba y cómo luego su mirada caía de nuevo al suelo. No me reconoció y entró alegre en la casa. No pude más que echarme a llorar, golpeando contra el tronco mi cabeza. A la semana siguiente fui al río con la excusa de hablar con su madre, a sabiendas de que toda la familia iba de picnic. Pero ella ya no estaba. Nunca la he vuelto a ver. Yo ya me había casado y me había separado de Katrin. Sin embargo, jamás, jamás, suceda lo que suceda, podré olvidar a Inés.

»Mi historia amorosa, que es bastante breve, está mantenida por unas líneas comunes: siempre me han dejado, y siempre me han gustado las mujeres con problemas y al tiempo inteligentes. Yo voy de rescatador, voy de beligerante contra los dragones que custodian a las princesas. O a quienes yo creo princesas. El final es aproximadamente el mismo en todo caso: «Tú estás bien, Lot, tú estás muy bien. Si fuera sólo por ti me quedaría a tu lado, pero, con tu forma de vida no hay porvenir ninguno junto a ti. Y hay que pensar en el futuro, amor mío, en el futuro, eso que tú no sabes ni lo que es.»

»Mi segundo amor fue una alemana, Katrin. No tardé en darme cuenta de que, junto a ella, todo estaba prendido con alfileres. Seguramente ella también lo notó. Por eso fue por lo que insistía sin cesar en casarse. Pero no en una boda como yo la entiendo: darse uno al otro delante de la Naturaleza, como criaturas suyas que somos; delante del río, del mar, de los árboles, del sol y de la tierra... Katrin quería casarse ante el juzgado. Un día claudiqué y fuimos. Aquél fue el detonante. Al día siguiente vi con absoluta claridad que, como pareja, no teníamos el menor porvenir. A las dos semanas volvimos al juzgado, esta vez a petición mía, para divorciarnos... Ella anda todavía por la isla con unos y con otros. Nunca fue mía al completo. A pesar de eso, yo di, como he hecho siempre, todo y más. Si no salieron bien las cosas, no fue por mí. Pero no me arrepiento del año y medio que vivimos juntos.

»Mi tercer amor fue platónico como el primero. Cuando la conocí, una mañana en La Recova, estaba con un hombre. Luego supe que lo había dejado. Durante un año sólo pensé en ella, soñé con ella, traté, alejado o no, con ella... Salíamos, paseábamos, yo la miraba con toda la ternura de que soy capaz. Veía deslizarse la luz sobre su pelo absolutamente negro. Se escurría por él y parecía luego mojarle los hombros, el escote, los pechos... Un día, viniendo con su familia desde Fuencaliente, el coche derrapó y dio unas cuantas vueltas de campana. Murió una hermana suya. Ella se fracturó un brazo y una pierna. Verla herida me movió a tomar la decisión. Me lancé a rogarle que se uniera a mí... Pero llegué tarde. Con un enfermero que la cuidaba había formado ya su pareja. Era bastante mayor que ella, animado y sereno. No me quedaba otra solución que retirarme.

»La cuarta historia es la que no ha terminado aún. Ella se llama Carmen. Ahora vive en Tenerife con un médico. Es matrona. Fue quien me trajo la rosa del desierto que habéis visto entre las conchas y las caracolas, sobre una bandeja, en mi cocina... Carmen es alegre y me quiere. Pero quiere más su estabilidad y el asentamiento que le da su compañero. Una vez me ofreció separarse de él y venirse conmigo. Nos casamos ante la Naturaleza, que es mi forma de hacerlo y la que más me compromete... Sucedió lo del niño... No era, con todo, ése el matrimonio que ella esperaba. Acabó por irse. Aún hoy la añoro. Hay noches en que siento su olor, suave y cansado, como llegando de la isla en que ahora vive... La última vez que vino a La Palma subió hasta aquí para traerme la piedra de arena y para pasar una noche conmigo. «No te olvido», repetía. Lo repitió incluso cuando se iba y la perdí de vista.

»Ahora me siento solo. No; ahora sé que estoy solo. Pero es mi época más feliz. Tengo esta casa, que me cedieron y que deberé devolver un día; tengo un trabajo que me gusta hacer para gente que me gusta tratar. Estoy bien... Ya pasaron, creo que para siempre, mi padre y Katrin, tan violentos los dos, tan desconocidos a pesar de todo... Ahora estoy bien. Antes, viví ratos buenos y hasta muy buenos, pero el tejido que lo sostenía no lo era. Hoy sé con lo que cuento: mi música y mis libros. Y sé lo que me espera: vivir, poco más o menos como hoy, el resto de mi vida. No habrá sorpresas maravillosas. No obstante, tengo una certeza: que es mi vida la que estoy viviendo. Y creo que es bastante.

La casa de Lot ardió un mes después de visitarla mis amigos y yo. Lot ardió con ella. No se salvó, por ser justo, como el Lot del incendio de Sodoma. Nada quedó en la casa a salvo del fuego. Ni los cristales, que estallaron. El cuerpo del jardinero que leía a Marco Aurelio fue encontrado a la izquierda del altillo, donde él tenía su dormitorio. Nadie averiguó las causas del incendio. No creo siquiera que se investigaran. Alguien, cuyo nombre no quiero decir, me ha asegurado que Lot había recibido un tiro en un ojo y tenía un orificio de salida en el lado correspondiente del cráneo. Es decir, acaso el fuego se había provocado para ocultar el crimen. Un crimen insoluble, dada la soledad interior y exterior del sacrificado. Y dada la inexistencia de enemigos, de posibles venganzas y de bienes codiciables. Por lo visto, nadie está exento de suscitar, por azar, una envidia asesina. Ni los más desprovistos de medios y deseos... ¿Y si se suicidó? Pudo hacerlo con su arma de, por esta vez innecesaria, mira telescópica. ¿La causa? ¿Qué sabe nadie del corazón de un solitario?

O quizá el jardinero había mentido.

En todo caso, la vida es un albur.

EL INVENTO

—

Íbamos a todas partes juntos. También fuimos juntos allí. Era la primera vez que veíamos un hospital por dentro. Nos dio frío a los dos. Lo noté en que nos aproximamos más el uno al otro. Por entonces ella era todavía unos centímetros más alta que yo, lo que la hacía creerse superior; pero el día aquel fue ella la que en realidad se acercó a mí buscando una protección que yo era incapaz de dar.

Los pasillos anchos y espejeantes; las ventanas por las que entraba una luz tibia, como si la luz estuviese también enferma en aquel hospital; la gente que andaba deprisa y sin mirarse; el helado uniforme de las enfermeras...

Por fin dimos con la habitación de mi hermano, que era bastante mayor que nosotros. Tocamos en la puerta y, como nadie contestaba, la abrimos con mucho temor. Tota («Tengo nombre de reina de Navarra», decía a menudo con orgullo) me susurró al oído: «Mira que si está muerto...» Muerto no, pero sí estaba solo. Sin duda mi madre había salido un momento por algo muy urgente. Solo, tumbado, con los ojos entreabiertos más que cerrados, blanco como las sábanas, el pelo rubiasco, igual que todos en casa, desordenado y sin peinar. Y todo lleno de tubos: en el dorso de las manos, en la boca, en la nariz. Casi no se le veía la cara, o mejor, no se le veía la cara, atravesada y cubierta por los tubos y por una mascarilla azul. Supe que era

Eugenio por el color del pelo y porque me lo dijo Tota. Éste parecía más alto y más delgado. Y las manos, con las que había aprendido a hacer prestidigitaciones y juegos que a mí me dejaban atónito, tenían los dedos más secos y más largos que yo he visto en mi vida.

—Ahora sí que vas a poder hacer juegos de manos, Euge —le dije en voz baja por si me oía; pero no.

Estuvimos allí un ratito. Fuera hacía sol y calor y se veía por la ventana un parque y había ruidos y la gente regañaba y reía y los colores se te subían a la cabeza hasta marearte. Dentro era todo pálido e insulso como si las cosas estuviesen desmayadas. Tota me dio con el codo, y yo la comprendí. Dijimos «Adiós, Euge», a la vez y nos salimos. No hablamos ni una sola palabra. Cuando estuvimos bastante lejos del hospital, Tota se detuvo. Se puso frente a mí y me dijo muy seria:

—Tenemos que hacer un juramento.

Había levantado la mano derecha y luego se la puso sobre el corazón.

—¿Qué juramento?

—Que si uno de los dos se ve un día como tu hermano, así como nosotros lo hemos visto, el otro lo desenchufará de todo y le permitirá que se muera. Yo te juro que lo haré si te sucede a ti. ¿Y tú?

—También.

—Júralo.

—Lo juro. Juro que si te sucede a ti, lo haré sin falta.

Teníamos catorce o quince años. No es que fuéramos novios. Nunca lo fuimos, ni entonces ni después. La gente decía «Tota y Joaquín son novios», pero a nosotros nos daba risa. No vergüenza, risa. Ser novios nos parecía una sandez y una antigualla. Nosotros, desde pequeñitos, habíamos estado juntos, reído juntos, crecido juntos. Nos habían castigado y recompensado juntos. Nuestras familias vivían una al lado de otra en una colonia de chalés bastante fea. Los habían comprado a la vez y se intercambiaban los coches, o se los prestaban cuando se averiaban, y también iban juntas de veraneo. Tampoco eran parientes entre sí, como nosotros no éramos novios. A alguien que nos hubiese preguntado si nos amábamos, le hubiéramos dicho: «Anda, vete por ahí, qué cosas más raras se te ocurren.» Pero si lo hubiésemos pensado un poco, quizá habríamos callado y a lo mejor hasta habríamos enrojecido. Entonces, sin embargo, maldito si sabíamos lo que era el amor.

Yo, cuando llegó la hora, estudié arquitectura. Como mi hermano Eugenio, que se murió a los dos días de verlo Tota y yo. En el velatorio, Tota, de cuando en cuando, con los ojos congestionados, me apretaba el brazo y me hacía un gesto con la cabeza. Yo sabía que era para recordarme el juramento y le decía que sí también con la cabeza.

Tota estudió canto. Yo no me había dado cuenta de la voz tan preciosa que tenía hasta que se lo escuché decir a los demás. Era una voz que parecía un milagro: suave y caliente y penetrante y acariciadora. Salía sin el menor esfuerzo de ella, lo mismo que el olor en una rosa. A mí no me extrañó que quisiera ser cantante. Con veinte o veintiún años ya cantaba como una profesional de primer orden, mientras yo seguía sin terminar arquitectura. Lo malo de su éxito fueron los viajes, la gente que la rodeaba al final de sus actuaciones, los ejercicios que hacía continuamente y «las obligaciones sociales», como ella las llamaba.

Para entonces ya sabíamos lo que era el amor, y sabíamos también que nos amábamos, que siempre nos habíamos amado y que no podríamos amar a otra persona. Nunca. Jamás. Eso ni siquiera hizo falta que nos lo jurásemos.

Cuando nuestros familiares o nuestros amigos o nuestros compañeros (o los periodistas a Tota) preguntaban si habíamos fijado fecha para la boda, nosotros nos mirábamos si es que estábamos juntos y soltábamos una carcajada. Si me lo preguntaban a mí solo, respondía con otra pregunta: «¿Para qué?» Si se lo preguntaban a Tota: «Más casados que estamos, imposible.»

Transcurrieron los años sin que nos enterásemos. Yo ya trabajaba en un estudio con otros compañeros y no iba mal la cosa. Tota cantaba por el ancho mundo, y para mí era, como siempre y en todo, la mejor.

Acabábamos de cumplir los treinta años. Quiero decir que yo los cumplía ese día y Tota unos meses antes. Tota había hecho, con tiempo, un arreglo en sus compromisos para estar unos días conmigo y cenar juntos esa noche. Estábamos en mi apartamento. Sin darle importancia, mientras comía unos espárragos, dijo:

—Me duele un poco la garganta. —Yo dejé de comer y la miré—. No tiene importancia.

Y continuó comiendo. Por la mañana, el dolor o la molestia persistía. Se llevaba la mano a la boca con frecuencia, como para sofocar una tos. Se rozaba, con el extremo de los dedos, el cuello.

Fue a un médico muy conocido, en quien tenía confianza, porque atendía a una compañera a quien admiraba, Teresa Berganza. La reconoció y comprobó que allí había una afonía ligera. Debía rescindir de momento los contratos o aplazarlos. Tener cuidado, no hablar mucho, tomar un medicamento, darse unas inhalaciones... Nada grave.

El dolor de garganta persistió. Su padre y yo decidimos llevarla a una clínica recientemente abierta por un grupo de médicos de especialidades distintas y muy bien preparados. Después de las pruebas, prolongadas y extenuantes para Tota, el que nos convocó y habló con nosotros era un doctor muy delgado, las comisuras de sus labios se los afinaban al tirar de ellos hacia abajo, y las orejas se le despegaban algo de la cabeza. No sé por qué recuerdo estas bobadas.

—Siento tener que decir lo que voy a decirles; pero los análisis, todos, han sido concluyentes. No es cuestión de si Tota volverá o no a cantar. Se trata de otra cosa. Creo que a ustedes he de decírselo sin ocultarles nada. Hagan luego ustedes el uso que crean mejor. —Vaciló, suspiró ligeramente, dejó de mirarnos moviendo los ojos por encima de nosotros que estábamos sentados al otro lado de su mesa—. Tota tiene cáncer de laringe. Y es preciso extirparlo. Ni siquiera cabe la posibilidad, y tampoco sería aconsejable, de hacerle una extirpación parcial. La seguridad de su vida, para evitar riesgos, exige hacerle una extirpación total.

Yo dejé de oír al doctor. Aunque me parece que no del todo. Tampoco fui capaz de mirar al padre de Tota, que dejó caer la cabeza con un sollozo. Yo intenté atender de nuevo al médico.

—Solemos hacer una intervención que llamamos de neoglotis fonatoria... Hay que olvidarse del escalofrío que produce la voz, el ruido de la voz, de los operados. Y más aún tratándose de una cantante. Hay que tener fuerza, sobre todo ustedes, para acompañar a Tota y sostenerla. Sin la ayuda de ustedes ni ella ni nosotros seremos capaces de nada.

Vino a explicarnos, con dibujos incluidos, que, como el intervenido no podría respirar ni por la nariz ni por la boca, le construyen, entre la tráquea y el esófago, con un fragmento de músculo tensado, una especie de fístula, de forma que al espirar el aire y cerrar el orificio producido por la intervención, la fístula hace de cuerdas vocales y produzca el sonido que la boca se encarga de expeler...

Yo recordé de pronto la voz de Tota igual que si estuviera presente. La escuché fuera y dentro de mí. Me sentí incapaz de prestar atención a lo que el médico explicaba. Carlos, el padre de Tota, tenía la cabeza entre las manos y se cubría los ojos. Yo me encontré completamente solo... Apoyándome sobre la mesa, mientras escuchaba a Tota hablándome, rompí a llorar. El médico me puso la mano en la nuca, y continuó más o menos así:

—En esta operación, al tapar el orificio, pasa el aire por la fístula y vibra y emite un sonido que la boca modula, es decir, que el aire pasa primero por el esófago y, al obstruir al agujero de la tráquea, sale por la vía normal...

Yo no entendía nada. Tampoco quería entenderlo. Veía la garganta de Tota, veía la mano que tuve largamente entre las mías la noche de mi cumpleaños. Y oía su voz, su voz, su voz, sin la que no recordaba haber vivido ni un solo momento feliz de mi vida...

—En todo caso, la cánula ha de estar siempre cubriendo el orificio. Pero en este tipo de operación que recomiendo, al obstruir el orificio con el dedo, que hace de válvula, el aire sale del pulmón, y sale por la fístula que vibra dejándose modular por la boca. Por la boca, claro es, por donde no se puede respirar porque ello cerraría la fístula. Pero sí sale el aire por ella transformado en sonidos...

Sin ponernos de acuerdo, Carlos y yo nos abrazamos llorando, y el doctor dejó de hablar.

Ni me acuerdo ni he deseado nunca acordarme de cómo le dijimos a Tota el resultado de las pruebas. Ella se hizo cargo mucho antes de que acabáramos de exponerle la situación. Se puso en pie. Dio unos pasos por la habitación, que era un salón rosa, blanco y negro de su casa. Un salón que yo me sabía de memoria, de una memoria extensa, correspondida y amante... Dio unos pasos que la alejaban de nosotros. Volvió a acercársenos sin hablar con aquella voz algo rasposa y grave en que se había convertido la luminosa suya, tan llena de matices y colores y quiebros. Estuvo sin hablar un alarmante rato. Después se inclinó sobre Carlos.

—Déjanos ahora, papá. Gracias. Te quiero. Te quiero más que nunca. —Cuando oímos la puerta que su padre cerraba, se situó frente a mí, de pie aún—. No me voy a operar.

—No se trata de querer o no querer, Tota.

—Me he enterado. Lo sé. Prefiero morirme. —Después de una pausa durante la que deduje que no hablaría más, agregó—: Recuerda el juramento.

Se me agarrotó la garganta. Levanté los ojos pero no la veía o la veía borrosa. Ella se sentó junto a mí. Estaba tranquila en apariencia. No, no en apariencia. La conocía muy bien: estaba tranquila.

—El juramento lo hicimos para cuando hubiera triunfado la muerte; para no prolongar en vano una vida sólo ya útil para el dolor, camino de acabarse, como un barco con velas desplegadas, con velas negras —se me quebró la voz—, que no tiene otro final que estrellarse contra las escolleras... El juramento lo hicimos para el momento en que la vida se cierra el paso a sí misma... Pero esto no es eso. Aquí estamos hablando de la vida. Fértil de otra manera, positiva de otra manera. No sé cómo decirte...

—Mi vida es mi voz.

—La vida está por encima hasta de tu voz. De ella nace tu voz. Encontrarás otro objeto que la llene. Te tendrás tú. Me tendrás a mí. Nos tendremos como antes de que cantaras.

—Siempre he cantado. Pero tú eras tan burro que ni te dabas cuenta.

237

Me arrodillé ante ella. Apoyé mi cabeza sobre sus rodillas. Alcé los ojos.

—Déjate, por una vez en tu vida, guiar por mí. —Sin saber por qué la tomé de las manos, me incorporé y la levanté de su asiento. Entonces ya era yo más alto que ella. Tomé su cabeza, la apreté contra mi pecho—. Yo no haré nada, de ahora en adelante, más que estar a tu lado... Tú cantarás, muy bajito, muy bajito, sin voz casi, para mí.

Por fin vi unas lágrimas resbalando por su cara. Se las borré con los labios.

—¿Por qué tiene que ser la extirpación total? —Su voz había enronquecido aún más. Siempre la había ponderado yo diciéndole que tenía un rosal en la garganta. Ahora comprobaba qué cierto es que no existen rosales sin espinas.

—Para evitar metástasis. Para tener la certeza de que ahí se acaba todo.

—De que ahí se acaba todo —repitió muy despacio.

—Eso es verdad. —La apreté contra mí. Le hablé al oído—. Podrás hablar conmigo, conmigo y con los otros. Te lo juro. —Me temblaba a mí también la voz como una hoja—. No puedes decepcionarme ahora, amor mío, amor mío.

Se estremecieron sus labios.

—Pues reitera el juramento. —Me cogió la mano derecha, la puso sobre su corazón—. Júrame que si me quedo muda, si las cosas van mal, tú ya me entiendes, si no salen las cosas como dices, júrame que tú... —tembló también su voz— me librarás.

—Lo juro.

La besé ligeramente en la mejilla.

—Siendo así, de acuerdo. Me operaré. Cuento contigo siempre.

Nos informamos de que Tota estaba en las mejores manos. No era preciso viajar al extranjero. La operación fue un éxito en opinión de todos.

Yo confiaba o desconfiaba por dentro, según mi estado de ánimo. Estaba noche y día pendiente de Tota, y trataba a la vez de que ella no lo notase. Era una tarea imposible: nos conocíamos demasiado. No hacía falta que nos hablásemos para entendernos. Ni siquiera, para eso, necesitábamos la presencia.

Los primeros días, como consecuencia del postoperatorio, Tota se quedó muda. Yo le hablaba al oído, la animaba, la orientaba, le transmitía lo que esperaba de ella, le daba alegres noticias del exterior. A veces comprendía que, por mucho que ella fingiera interesarse, no le importaba nada. Sólo mi mano que mantenía entre las suyas. Yo notaba cuándo aquella mente se evadía, cuándo huía de aquel cuerpo, cuándo se desesperaba, cuándo deseaba desaparecer... Entonces apretaba con más fuerzas mi mano.

Al cabo de unos cuantos días, emitió sus primeros sonidos. Nos miramos. Ella todavía no se había hecho a la idea de ser una Tota distinta. Sonrió un poco, pero no me engañó: yo noté que en su ojos se cuajaban las lágrimas. Tenía, entre las clavículas, incrustada —de algún modo debo decirlo— una cánula, que cumplía su oficio de nariz y que, igual que a una nariz, había que limpiar de humores, de flemas, de jugos, de mucosidades. Yo cumplía parte de esta tarea, pero percibía en los ojos de Tota la repugnancia y el dolor que ello le causaba.

—Para eso están las enfermeras —me escribió un día en una pequeña pizarra que yo le había comprado con una caja de tizas de colores. «No es muy grande», le dije cuando se la ofrecí, «con el fin de que no te pongas pesada escribiendo». «Gracias», subrayada tres veces, fue la primera palabra que puso en la pizarra con una tiza roja.

—Para eso y para todo estoy aquí contigo.

Yo había abandonado la mayor parte de mis actividades profesionales. Incesantemente me entrevistaba con los entendidos en estos temas, que no preocupan demasiado a los cirujanos una vez cumplida su misión de extirpar la zona cancerosa.

Comencé por abordar el asunto de las válvulas que van situadas en el extremo de las cánulas. Estudié todos los tipos existentes en el mercado. Observaba que los operados parciales, a su través, hablan con una voz ronca e inhumana: aparatosa en estricto sentido, puesto que brota de un aparato. Los operados totales, con la clase de intervención de neoglotis que habíamos elegido para Tota, se veían obligados a utilizar un dedo que abría o cerraba el conducto actuando de válvula. O bien tomaban el aire con la boca y lo tragaban y acababan por aprender esa forma de fonación.

Yo me decía a mí mismo, como si estuviese hablando con Tota: «Si tú tienes puesta una válvula normal, la que existe ahora, al echar el aire del pulmón, se cierra: el aire pasa por la fístula artificial que hace el oficio de cuerda vocal, y suena y vale para hablar y hablar y hablar. Pero, si quieres callarte, te tienes que quitar la válvula para que salga al aire a través del orificio sin producir sonido. Por eso se usa el dedo que obstruye o deja pasar... Por decirlo de algún modo, no hay una válvula silenciosa, si llamamos así a una que te permita estar callada.»

E imaginaba los ojos de Tota y la respiración agitada de

Tota pendiente de lo que yo decía, y cansada a la vez, vencida, acongojada, arrepentida de haberse operado y exigiéndome en su irremediable silencio que cumpliera mi juramento.

Estudié y estudié sin cesar. Estudié todo lo que tenían a su alcance los especialistas, los foniatras, los investigadores. Proyecté un diseño compuesto por una cánula que abría o que cerraba una corona a modo de tapón practicable. Un joyero me fabricaba las cánulas en plata, y los tapones los pulía yo mismo, con medios rústicos y habituales, los limaba y les daba forma. Solía utilizar tapones de medicamentos corrientes, de plástico, de usar y tirar. Y a estos tapones los acompañaba con una lámina al uso, de plástico también, o metálica, para impedir que el aparato se cerrara del todo.

Trabajaba hora tras hora como un relojero sobre su mesa, o acaso mejor, como un modestísimo zapatero en su banco. Todo el tiempo que no estaba con Tota, a la que había surtido de lectura abundante y gustosa, consciente de sus aficiones, los dedicaba a mi humilde artesanía, tan humilde como desesperante y asimismo como desesperada. Y no sólo para mí sino para Tota, con la que debía comprobar no mis avances, por desgracia, sino mis fracasos.

Porque aquellos experimentos funcionaban siempre a medias. Los artilugios solían cerrarse bien al hablar. Pero dando un golpe de aire que producía un ruido desalentador y espantoso. Y antes de media hora Tota negaba con la cabeza, me suplicaba con los ojos que le retirase aquel invento más reciente, y se dejaba caer derrotada sobre un sillón, inundada de lágrimas.

Una tarde tuvo un ataque de tos mientras experimentábamos. Tota no retiró la válvula, y ésta se cerró y ella comenzó a congestionarse. Quizá fue eso lo que me señaló otro camino. En lugar de una lámina rígida, la que acompañaba al tapón, se me ocurrió pensar en algo elástico, la goma por ejemplo. Una goma que, sujeta por un extremo, quedase libre por el otro. Tuve que hacer estudios milimétricos, y para ello trabajé de día y de noche, conducido por una obsesión que me mantenía insomne durante semanas enteras.

Yo sabía que los operados parciales expelen el aire por la nariz. Y la goma da la casualidad de que eso lo tolera. Porque a lo que yo aspiraba era a una válvula que permitiese respirar y hablar sin necesidad de utilizar un dedo, y subir y bajar escaleras, y mover las manos y expresarse con ellas... Yo me alentaba a mí mismo: con un semicírculo de goma superior, algo mayor que el inferior, el problema de la tos, por ejemplo, se hallaría resuelto: lo permitiría el semicírculo inferior ajustado sólo lo suficiente como para que el aire encontrase una sutil resistencia y produjese así el sonido. Y cuando la presión sea más fuerte, salte y permita salir el aire del pulmón. Y el pedúnculo que sostiene el semicírculo superior, al ser de goma elástica, tiraría de ella y la ajustaría de nuevo... Con la ventaja añadida de que la goma es silenciosa, no como las láminas metálicas o plásticas. El hallazgo sería conseguir que la goma permaneciese abierta con una cierta leve resistencia. Así se podría inspirar y espirar sin que se cerrara, ya que en este caso pasaría el aire por la fístula. Y también facilitaría que, llegado un momento, se cerrase sola para evitar tener que usar los dedos. En estas condiciones podría quedarse continuamente puesta.

Mientras reflexionaba o trabajaba, tenía siempre presente el rostro de Tota, que me alentaba e impedía que lo dejara todo por imposible. Para ella lo hacía. Para ella había abandonado mis ocupaciones profesionales, y me había convertido, con vacilante esperanza, en alguien que se esforzaba, en nombre del amor, para conseguir algo que a los dos nos satisficiera... Si es que en algún momento, que yo no recordaba, habíamos sido dos. Quiero decir con esto que mi ocupación era, en realidad, egoísta.

Probé gomas de todas las calidades. Siempre, guiado por los ensayos y los usos que veía a mi alrededor, gomas planas. Desgraciadamente producían, antes o después, ruidos escalofriantes, silbidos, vientos, o humillantes pedorretas que desesperaban a Tota. Cada vez la encontraba más reacia a probar mis inventos. Y cada vez sus ojos me miraban con más intensidad en una clara petición de terminar su calvario. Y entre los torpes sonidos que emitía, su voz, que había dejado de ser la suya, también me lo imploraba.

Estaba ya a punto de abandonar mi idea del empleo de las gomas. Pero recordaba que, con las otras válvulas, Tota acababa enseguida agotada, sin ánimos, vencida, y yo mismo me agobiaba escuchándola y viéndola.

Si salíamos, como para hacer una gran prueba, a un restaurante llevando Tota una válvula que hubiera funcionado algo mejor que otras, antes de terminar la comida, nos levantábamos y salíamos, y caminábamos cabizbajos y descorazonados.

Mi corazón se dejaba llevar por una inercia violenta, que me obligaba a probar y a probar sin descanso. Sólo me frenaba el hecho de tener que contar con Tota, que había llegado al límite de su resistencia y de su entereza.

Una de las noches en que regresábamos desalentados y sin ganas de nada, le propuse a Tota, antes de desechar por fin las expectativas de mi trabajo con las gomas, después de haberla tenido entre mis brazos y hacer un amor sollozante y desesperado, le propuse, digo, realizar un postrer intento. Tota me miró con una expresión tan desolada y a la vez tan amorosa que tuve que volver la cabeza para que no fuera testigo del agudo dolor que me producía.

Fingiendo un ánimo inexistente, y al mismo tiempo para alejarme de ella y respirar hondo, fui por mi caja de herramientas. Ya eran las dos de la mañana. Por las ventanas entornadas se introducía el hálito simultáneamente fresco y templado del mes de abril. En la caja había un trozo de una cámara de bicicleta que llevaría allí sin duda muchos años. Era goma de una calidad que yo no había probado nunca. Por su delgadez y por su forma curva no la había creído aprovechable. Hice una plantilla sin necesidad de consultar medidas: tanta era mi práctica. Su tamaño era grande, porque grande era el orificio que la intervención quirúrgica les hace a los operados totales. Pero aquella goma se torcía una y otra vez, como si se viese obligada a recuperar la forma de la cámara. Pensé plancharla. Quizá con el calor se alisase y adquiriese una forma plana, que era hasta entonces la utilizada por mí. Sin embargo, las planchas estaban en las habitaciones del servicio, y juzgué inconveniente despertarlo a esas horas. Traté de sustituirla y conseguir la lisura con el calor de una bombilla. Quité la pantalla a una que había sobre una mesita auxiliar y apoyé el trozo de goma contra el cristal caliente. Me quemaba los dedos, y aún así no conseguía modificar la forma curva de la goma, que era la forma de la cámara a la que había pertenecido.

—Esto no es, Tota. No es, pero vamos a probarlo. Hazlo una vez más por mí. Ya sé que no es lo más deseable, pero...

Coloqué la goma en la válvula, y coloqué la válvula en la base del cuello de Tota. La animé con los ojos a que lo intentara. Tota respiró sin hablar. Inspiró y luego espiró. Me miraba con una gran intensidad. Volvió a respirar hondo... Y de repente habló. Habló sin otro ruido que el de su voz. El de su voz limpia y neta de siempre. Después se detuvo. Se produjo un silencio expectante y total. En medio de él, Tota se puso a canturrear una cancioncilla que amábamos los dos.

—Esto es... Así es —gritamos a la vez.

Nos abrazamos y saltamos abrazados, llorando, riendo, bailando.

El milagro consistía en que la goma se dispusiese así, torcida e inclinada. Inclinada y curvada. «La verdad es curva», recordé que alguien, creo que Nietzsche, había dicho.

Tota se iba al Norte al día siguiente para descansar. Quise perfeccionar el invento aquella misma noche. Desmonté la válvula. Sujeté la goma dentro de ella algo mejor que antes, con una mayor seriedad y esfuerzo. Improvisé una laña... Aquello dejó de funcionar.

Me tapé los ojos con las manos. Me tapé la boca con las manos. Escuchaba el suave e incesante llanto de Tota. La busqué a tientas, como lo había hecho todo en mi vida. Le murmuré al oído mientras la besaba:

—El misterio estaba ahí. Ahora ya es cosa mía. Lo haré, te lo prometo. Despreocúpate tú.

Tota se fue al Norte con su cánula antigua y con su dedo de quita y pon actuando de válvula, porque el milagro no tiene día siguiente, y la goma de la cámara se negó a volver a funcionar.

Ahí empezó, aquella primera tarde de ausencias de Tota, la verdadera investigación larga y pesada, agotadora y ciega. De los dibujos pasaba a la realidad, del hundimiento a la ilusión, y vuelta a los dibujos y a la realización y otra vez al fracaso...

Seis meses después de la operación de Tota encontré la válvula perfecta. Me hallaba tan cansado y había tardado tanto en conseguirlo que apenas conseguí sentirme alegre o compensado.

Tota se ofreció a exhibir el invento en congresos y en simposios. Comenzó una carrera de actuaciones más generosas y espléndidas aún que cuando era su voz maravillosa lo que entregaba.

Las presentaciones, tan consoladoras para mucha gente, no duraron mucho tiempo. El dolor en un pulmón le sobrevino en mitad de una de ellas.

La biopsia que se hizo tras la primera operación dio el cáncer por completamente extirpado. No era verdad. Las metástasis se iniciaron en el pulmón, llegando luego a los huesos y después a todo su hermoso y adorado cuerpo.

Vivió seis meses más. Hasta que, a instancias suyas, cumplí el recíproco juramento que nos habíamos hecho.

Nada había servido para nada. O quizá sí...

Aún pienso que acaso hubiera valido más hacer la neoglotis más cruel y no la fonatoria. O acaso todo habría sido igual. ¿Qué sabemos nosotros? Sólo nuestro corazón, cuando se entrega por entero, sabe bien lo que hace.

LA MALTRATADA

Yo lo sé: mi caso es un caso corriente. ¿Cómo va a ser? Como yo. Si he venido ha sido porque no puedo más. Ya no hablo ni con mi familia, que me echa en cara que ya me lo decía antes de casarme; ni con mis vecinas, que lo que me dicen es que me separe y santas pascuas. Pero eso se dice muy pronto. Separarse, ¿y qué hace una? Eso es para los ricos y para esas mujeres preciosas y cuidadas que salen en las revistas o en el cine. Míreme usted a mí: deshecha. En ocho años me he venido abajo. Yo no era fea, no, señor, y míreme... Y ahora, más. Hoy, más. Con esta sien como una berenjena, y esta boca igual que el hocico de un cerdo...

Todo empezó enseguida. Al poco de casarnos, la verdad. Pero nunca creí yo que iba a llegar a esto. Que no tenemos hijos, dice. Que es por mí, dice. Pretextos. Él sabe que es por él. Y así se pone, vengándose en mí de lo que no tengo culpa para que parezca que la tengo... Y bebe, sí, señor, bebe. La primera noche que me pegó fue una Nochebuena. Llegó tarde y borracho. Yo le dije que cómo me hacía eso en una noche así. Me miró con un odio que me entraron sudores. Hasta entonces no me había mirado nunca así. Del primer puñetazo que me dio me tiró contra la cómoda, me golpeé en esta cadera, y la tuve morada más de un mes... Poco a poco, sin darme cuenta, se ha convertido para mí en un extraño. Peor que un extraño, si quiere que le diga la verdad; porque fue mucho, y ahora es un enemigo. Cuando a él le apetece llega, me toca, me fuerza; porque yo ya no quiero, cómo voy a querer con una persona que me ofende, y me zurra, y me obliga, y me insulta, y no se ocupa de si siento o no siento, de si gozo o me duele. Él llega y cucaracha ponte en facha; se sube encima y listo...

Usted creerá que soy mayor. Pues no tengo más que veintisiete años, figúrese qué vida... Como le iba contando, luego, cuando lo nuestro ya no tenía remedio, ni había ya nada que se pudiera llamar nuestro, lo despidieron de la empresa, y todo fue de mal en peor: el acabose. Un día me tuvieron que llevar al Doce de Octubre, y el mismo hospital lo denunció. Me dio tal miedo a que aquello se volviera en contra mía, que en la comisaría lo que dije es que unos muchachos me habían dado el tirón y me habían herido. Pero a los quince días, que aún no estaba curada, me atizó otra paliza tan grande que tuve una hemorragia con la que pensé que me iba, y el tabique este de la nariz roto, y de este ojo perdí la vista. Total, que un vecino entró, y al verme tan malísima, puso una denuncia en la policía. Pero, mire usted, no querían admitirla. Me convencieron: «Que si son cosas de familia; que mañana vas a tener que volver con él y convivir; que ya se pasará; que a lo mejor eres tú quien lo provoca...» Y luego, que en el fondo son cosas de una, no para airearlas, ni para que nadie meta las narices. Porque es que da vergüenza. Y el terror, porque le tengo terror...

Perdóneme usted: lloro porque no puedo hacer más que esto, llorar... No sé ni a lo que he venido. Ay, por Dios, qué estará usted pensando...

Como un par de meses después —y le hablo sólo de lo mayor, no de una bofetada o de un puñetazo, que eso es el pan nuestro de cada día—, no mucho después me pateó, y me hizo tanto daño que fui a la policía de la otra vez. Yo solita fui, sangrando y a rastras esta pierna. Me admitieron la denuncia; pero dijeron que no era más que una falta, la mandaron a un juzgado de distrito, si es que se llama así, y ni siquiera le pasaron parte a él. De modo que me quedé peor que estaba. Tres cuartos al pregonero, y no sirvió. Menos mal que él, al no enterarse, no reaccionó matándome.

Porque estoy asustada. Tengo pánico. Yo sé que el día menos pensado —no porque quiera, que lo que es si me mata se le acaba la diversión, sino así, a lo tonto, sin querer— me da un mal golpe y me deja en el sitio. Aterrada estoy, aunque, si le digo mi verdad, la mayor parte de los días no me importaría morirme; quisiera despertarme ya muerta, hay que ver. Y es que no sé para dónde mirar. Si le enseñara cómo tengo el cuerpo...

Mire usted, yo en la justicia ya no creo. Ni una pizca, lo juro. Hace nada, la última vez que fui a denunciarlo, me denunció él también a mí, porque dijo que yo fui la primera en pegarle, que yo le alcé la mano. Fíjese usted, si ya no tengo fuerza ni para colgar ropa. Pues quiere usted creer que el juez nos hizo pagar las costas a medias —a medias, ya usted ve: ¿de dónde iba sacar yo el dinero?—, y a él no lo condenó... No creo en nada ya. Lo único que quiero es que usted se acuerde, cuando me mate —porque ése me mata: ya tengo yo hecha la digestión del guiso—, de que yo estuve aquí para decirle, como en la agonía, que nadie me defiende. Nadie. Nadie...

LA FELIZ ENGAÑADA

Toda la noche hubo tormenta y cayó el agua en trombas.

Rodolfo la besó antes de irse temprano, pero sin despertarla. Entre sueños, ella olió su dentífrico, y soñó que él decía «mi amor», o quizá que ella lo decía. Cuando se despertó de veras, respiró hondo, se desperezó, miró a su hijo en la cuna, se puso despacio en pie, se dirigió a la ventana y la abrió de par en par.

Entró un olor fresco y distinto: a tierra mojada, a barniz, y a hierbas remejidas unas con otras por el agua furiosa. Se le antojó que miraba por primera vez aquel paisaje, que era el suyo diario. El mundo parecía sin estrenar, y Marcia era feliz.

Luego fue al baño y se miró al espejo. Se levantó con dos dedos las comisuras de los labios fingiendo una sonrisa, se rió de ella misma; se atirantó los párpados hacia las sienes; se subió la piel del cuello hacia las orejas como hacen las señoras mayores para dejar de ver sus perigallos. Y, por fin, soltó una breve y aguda carcajada.

Era una muchacha aún, muy morena y hermosa. El brillo de los ojos y el rezago de la sonrisa, que le enarcaba la boca de continuo, hubieran atraído a cualquiera. Rodolfo se lo decía con frecuencia, pero a ella nunca le era suficiente. No por desconfianza en él, sino por desconfianza en ella misma. Siempre había sido igual. Huérfana de madre desde niña, su padre tenía que repetirle que la quería más que a nada en el mundo, un billón de billones de veces más que a nada en el mundo, para que ella pensase que la quería como otros padres quieren a sus hijas. Mientras le daba de desayunar a su hijito, con su atezado pecho al aire (estaba orgullosa de haberlo criado desde el primer momento hasta ahora, «con una ayudita chica, chica», decía), y luego mientras desayunaba ella, se complació en recordar que Rodolfo le había prometido que el domingo, «O sea, o sea, o sea, pasado mañana nada más», irían al parque nacional de los Everglades con el niño. Marcia, desde siempre, adoraba esa zona misteriosa, que le parecía anterior al fin de la creación, como de su tercer o cuarto día, donde se mezclan sin confundirse tierra y agua, igual que en los esteros; donde conviven animales que reptan o que vuelan asustándote de improviso con su aletazo, puentes muy frágiles, barros, charcos, marismas, plantas acuáticas, árboles con raíces visibles como garras, con algo de manglares y algo de ensueño. Le encantaba respirar aquel aire mojado. Le fascinaba avanzar entre aquella doble vida, única sin embargo. Y la excitaba hasta tal punto, hasta tal punto físico, que sabía con certeza que, a la vuelta de los pantanos, irremediablemente, Rodolfo y ella harían el amor «a lo salvaje». El amor de los Everglades, lo llamaba.

Marcia había nacido ya en los Estados Unidos, en Miami. Pero su corazón no estaba entre los edificios ni en medio de los coches. Era un corazón libre, volandero, de la mar y del viento, quizá del Malecón cubano que ella no conocía y del que escuchaba hablar con tanta añoranza. Un corazón insular y caribe, nostálgico y a la vez afortunado en el presente.

Nunca se complicó en las luchas en las que su padre sí

intervenía. Nunca compartió el odio a quien le había hecho salir de su tierra infinitamente amada. Ni participó en la política de sublevaciones y rencillas... No obstante, sí se había enterado, un poco por encima, de que, a la sazón, estaban rotas todas las posibilidades de entendimiento entre La Habana y Washington. Estados Unidos daba, no sabía Marcia por qué, unos pasos atrás y, según su padre, al que en algunas ocasiones atendía y en otras no, se disponía a asfixiar la economía de Cuba con una nueva legislación más vengativa y apretada. Eso era bueno al entender de su padre, porque abreviaba los plazos y atirantaba aún más las tensiones. A Marcia, a pesar de todo, le dolía. Y es que ella se entregaba a la vida cada mañana, y así lo seguiría haciendo estuviese donde estuviese. Marcia se sentía dichosa allí donde la colocaran. El mundo le había otorgado todo lo necesario para serlo. Ni siquiera tuvo que echar de menos el amor. Porque a los dieciocho años apareció Rodolfo y la completó y la redondeó a su gusto, en todos los sentidos, de la mejor manera.

«Y además, el domingo, me llevará a los Everglades. Claro, a mí y al bebé, por supuesto. Y, por supuesto, después de misa.» No por ella, que no era muy cumplidora, sino por él que era católico a machamartillo. «Cuánto no tendrá que haber sufrido el pobrecito mío entre gente que ya se ha olvidado hasta de la Caridad del Cobre y sólo se acuerda, cuando le conviene, de los Orishas y de los santeros y de registrarse los caracoles.»

Soltó otra carcajada levantando a su niño en alto cuanto daban de sí sus brazos. No podía demorarse fantaseando. Se le había hecho tarde entre las sábanas y oliendo como un perro los aromas de fuera. «Ay, es que, tras de la lluvia, el mundo como que se inaugura. Ahora parecen las plantas charoladas de verde, sin el polvo de ayer.» Tenía que hacer compras. No más que el tiempo de aderezarse con cualquier cosita liviana. Pero aún no había venido Paty, para hacerse cargo de la casa y del niño.

Sonó la puerta. Ahí estaba. Se cerró un poco fuerte. Paty se había pasado en el golpe. Sintió Marcia más de unos pasos en el corredor. Se asomó sin terminar de ponerse el vestido. Habían llegado juntos Paty y Rodolfo. «No; Rodolfo y Paty.» Se echó a reír. Besó a su marido en la boca. Lo agarró por los hombros y se le enganchó por las piernas a la cintura. Vio de cerquísima sus grandes ojos negros, su boca espesa y una sonrisa ligeramente triste.

—¿Me vas a llevar a los Everglades? —Restregó la nariz de él con la suya.

—Creí que ya no te encontraba aquí, mamita. Vas retrasada. Hala, andando, andando... Paty, llévese al niño. Y tú coge las llaves del jeep.

Le dio un cachete en la grupa prominente y redonda. La besó y se metió con prisa en su despacho.

Rodolfo llevaba en Miami cuatro años menos unos días. Era un desertor de Cuba. Era un gusano. Quizá por eso tenía ese aplomo, esa seguridad algo marchita, esa disponibilidad inmediata que había caído tan bien entre los más altos cubanos de Miami.

En La Habana pertenecía a las Fuerzas Armadas. Tenía cerca de cuarenta años y era considerado y admirado con una admiración más grande que el respeto. De La Habana salió pilotando un Mig 23. Su llegada a Miami fue un acontecimiento. Al día siguiente, sin esperar una hora más, se afilió a Hermanos al Rescate, la asociación en favor de los huidos cubanos. Y no tardó en volar a la busca de los que atravesaban la corta, aunque para algunos interminable y mortal, distancia entre Cuba y Miami.

Se unió en cuerpo y alma a los planes de la organización, y participó enseguida en algunas violaciones del espacio cubano. Su práctica lo convertía en un experto para esos menesteres, cuya razón era provocar incidentes que atentasen y deteriorasen las relaciones, nunca buenas, entre los dos países. Tal era lo que la derecha de Miami pretendía. No hacía aún ni un par de semanas que Rodolfo había sobrevolado La Habana para soltar octavillas contra Fidel Castro y su régimen dictatorial.

Semana y media después de llegar, en una cena con los mandamases de la reacción, fue presentado al padre de Marcia. Y cuarenta y ocho horas después, a Marcia en persona. Quedó subyugado por su juventud y por su belleza tan sencilla que, en el primer momento, no se percibía. Pero, sobre todo, quedó subyugado por la alegría que emanaba. Era como un hibisco, retador y delicado al mismo tiempo. No tardó ni diez minutos en hacérselo saber. A pesar de todo, llegó tarde, porque, cuando se lo dijo, Marcia ya lo sabía. Como sabía la impresión que ella le había causado a aquel héroe (así lo llamó su padre). Como sabía la impresión sísmica que aquel héroe (así lo llamó su padre) le había causado a ella.

Durante el tiempo que duraron las relaciones que precedieron a su matrimonio, Rodolfo, que era un hombre extraordinario y completo, escribió un libro contando su historia, su pasado y sus proyectos, sus ideales y sus decepciones, y la certidumbre de que, entre todos, conseguirían lo que ahora se les presentaba como un lejano milagro: reunificar, lo más rápidamente posible, a los cubanos. Cubanos a los que alguien se había empeñado en dividir en dos bandos inexistentes en la realidad última, perjudiciales y suicidas. El libro se había editado con mimo por la Fundación Cubana Americana, se distribuyó bien, y fue muy aplaudido. Su título era expresivo y alentador: *La Cuba única.*

Marcia era hija también única y rica, muy rica, por parte de padre. Y extraordinariamente enamorada por parte suya. En consecuencia, no había por qué aplazar el matrimonio. Se trataba de una buena boda se mirase por donde se mirase. La aplaudió todo la colonia cubana, por llamarla de alguna manera comprensible.

La ceremonia fue convencional; la celebración, muy generosa. Lo más florido y galán de la isla y de Miami concurrió a ella. Ni Marcia ni Rodolfo estaban para atender a invitados, que llegaron de los sitios más diversos de los Estados Unidos. Se deseaban con impaciente violencia el uno al otro. Y se quedaron solos antes de lo previsto. Los huéspedes y los invitados se distrajeron conversando sobre aquello que los unía y sobre lo que no cesaban de hablar nunca: de sus profecías y de su nostalgia. Y algo también de sus negocios, que les proporcionaban el amargo caviar del exilio, que tanto alivio significaba para ellos. «Al fin y al cabo, los duelos con pan son menos, que dicen en España.»

El pequeño Juan Rodolfo nació justo a los nueve meses de la noche de bodas. Era «un puritito amor». Marcia miraba en torno a sí buscando una familia más feliz que la suya. Por el momento no encontraba ninguna, y se hallaba decidida —lo repetía siempre con una carcajada— a no encontrarla nunca.

Cuando Marcia regresó de sus compras, aún no había vuelto Paty que, seguramente, aprovechando el día de sol, habría sacado al niño a pasear. Pero no fue el silencio del apartamento lo que le extrañó, ni la ausencia del pequeño y la niñera. Sí le extrañó descubrir, al guardar en el armario una osada lencería roja que se había regalado a sí misma y a los ojos de Rodolfo, que su marido se había llevado —porque sin duda tenía que ser él— casi toda su ropa. Enseguida se dio una tranquilizadora explicación: le habría sido encomendada de improviso una misión secreta por Hermanos al Rescate, con quienes solía colaborar. Una misión secreta o sencillamente imprevista. Y sin duda sucedió después de salir ella, porque Rodolfo no tenía con Marcia ni el más pequeño secreto ni habría podido tenerlo. Menuda era ella con sus arrumacos y su poder físico, aunque sólo fuese físico —vamos a no hablar de espiritualidades y de dominaciones de otra clase—, como para no averiguar por su cuenta algo que Rodolfo hubiese decidido ocultarle.

Respiró hondo, suspiró y se echó a reír. Allí estaba la prueba. Allí estaban, en su sitio visible, las tarjetas de crédito; allí el teléfono móvil; allí, el permiso de conducir... Todo eso significaba «Adiós, mi amor, no tardo nada».

Le pidió a Paty, nada más llegar, que no librase el sábado para no encontrarse sola. Y salieron, en efecto, con el jeep de Rodolfo, que olía a él, a su vigor y a su pujanza... Pero no, no podía distraerse ahora pensando en su marido, ni imaginándose en sus brazos, porque los sábados salía mucha gente para aprovisionarse. Miró a su hijo. El niño, con dos años, era un lindo muñeco. Un vivo retrato en miniatura de su padre. Por lo menos a ella se lo parecía, y ése era el mejor piropo que le podía echar.

El domingo tuvo la inconsciente tentación de irse a los Everglades; pero sin Rodolfo no tendría sentido. Sobre todo, a la vuelta. En cambio, se fue a comer con su padre, que tanto se enternecía haciéndole zalamerías y cariños al nieto.

—¿Cuándo te ha dicho Rodolfo que volvía, Marcia? —le preguntó su padre sin dar muestra alguna de preocupación, o al menos esforzándose en ello.

—Te he dicho que no estaba ya cuando regresé a casa el viernes. —Le quemó una punta de preocupación—. ¿Por qué me lo preguntas?

El padre no contestó. Se entretenía levantando a Juan Rodolfo en alto y dando vueltas así con él por la habitación.

—Cuidado, papi, que tú no eres Rodolfo.

—¿Me estás acusando de viejo? No digas tonterías... Éste es mi nieto preferido.

—Claro, no tienes otro.

El lunes por la mañana, no demasiado pronto gracias a Dios, llamaron a la puerta. «Rodolfo, que quizá se dejó también las llaves.» A veces incluso no las usaba, aunque las llevase, para que ella tuviese que recibirlo con los brazos abiertos al abrirle la puerta. Entre ellos, el héroe, como un muchachito, encontraba refugio y algo más. Marcia corrió a abrir.

Eran dos agentes del FBI. Pisando fuerte y hablando bajo, le pidieron permiso —hasta Marcia se daba cuenta de que era pura formalidad y pura e innecesaria cortesía— para registrar el piso. La interrogaron, como si no lo supieran, por actividades de Rodolfo y por la última vez que se habían encontrado.

—Anteayer —dijo ella—. Bueno, no, el viernes; pero estará al caer. Si quieren esperarlo.

No le hicieron mucho caso. Entonces ella les preguntó qué había ocurrido y por qué lo buscaban. Hablaron, en general, de solicitarle unos informes para la organización. No entraron en detalles. Marcia tuvo la impresión de que el

FBI sabía de Rodolfo menos que ella. En todos los sentidos, por supuesto. De pronto, después de un largo silencio, habló uno de los agentes:

—Castro ha derribado dos Cessnas, dos avionetas, este sábado último. —A Marcia se le cayó la sangre al suelo. No oyó lo que el agente seguía diciendo—. El Gobierno cubano asegura que las Cessnas habían penetrado en su espacio aéreo...

Cuando decidieron irse los del FBI, ella los acompañó hasta la salida sin darse cuenta de lo que hacía. Y sin darse cuenta cogió el teléfono que sonaba y sonaba. Era su padre. Marcia le habló a borbollones, sin dejar que la interrumpiera. Le contó la visita del FBI, le contó sus sospechas propias, su temor, las avionetas hundidas...

—No, no te preocupes por eso, Marcia, hija mía. Estoy en condiciones de garantizarte que Rodolfo no pilotaba ninguna de esas avionetas. Acaba de confirmármelo Basurto, ya sabes, el presidente de Hermanos al Rescate. —A Marcia se le escaparon al mismo tiempo un suspiro y una risa.

—Ay, gracias a Dios.

—Con todo, voy para tu casa, Marcia. No quiero que estés sola.

—Estoy con Paty.

—Iré de todos modos... Porque ahora soy yo el que se encuentra solo. Prefiero estar contigo y con el niño.

Cuando le preguntó a su padre, por darle conversación más que por otra cosa, en vista de que lo veía taciturno y ensimismado, qué era aquello de las avionetas, el padre, con Juan Rodolfo en brazos, se lo explicó tan por menudo, que Marcia, ante la imposibilidad de dormirse, se distrajo sin remedio y se puso a recordar a Rodolfo y a echarlo de menos con todas sus fuerzas.

—Tú sabes por qué Rodolfo se ofreció, nada más aterrizar en Miami, a Hermanos al Rescate. No es una organización política del exilio, es la consecuencia de los deseos del Miami cubano. Es decir, que el fin del castrismo conduzca al principio de la reconciliación, no al principio de la venganza... Y esto en La Habana también lo saben. Por eso es lamentable, más aún, por eso es un crimen, que Castro haya derribado fríamente dos avionetas de los Hermanos; que haya asesinado, sí, asesinado, a cuatro muchachos con sangre de Cuba. Es increíble, es increíble... —Agitaba sin sentido las manos. Dejó al niño en el regazo de Marcia—. ¿Qué razón hay para eso, hija, qué razones hay? —A Marcia, segura ya de que ninguno de los muertos era Rodolfo se le escapaba el pensamiento, sin poder impedirlo, hacia su regreso, hacia su boca y su cintura y su sexo, que era como una gran flor oscura entre sus ingles—. Aunque hubiesen sobrevolado por el espacio aéreo cubano, aun así, es evidente que no llevaban armas, que no significaban un peligro. Podrían incluso haberles obligado a aterrizar, porque los de tierra eran los más fuertes... Pues no, los derribaron con los Mig 29. A dos avionetas civiles, Marcia. Que no tenían más antecedente de agresión que lanzar unos panfletos sobre La Habana con mensajes de paz y de futuro. No hay nadie que lo entienda. Eso es intrascendente para todos... Ahora, lo que es más trascendente para Washington es que Cuba no cumplió las exigencias de la legislación internacional de detención de los vuelos civiles. Y no las cumplió, señor, no las cumplió.

—¿Cuáles son esas exigencias, papi? —preguntó Marcia, más bien por buena educación que por verdadero interés.

—Que sea el piloto del Mig y no la torre de control quien advierta explícitamente al piloto infractor. Más aún, tras ese aviso, el piloto cubano debería haberse situado junto a las avionetas y haber movido las alas en señal de ataque y haberlas forzado a aterrizar en el suelo cubano. Y no lo hizo. No se hizo así. ¿Por qué? Sencillamente porque Castro, para fortalecer su situación en el interior, necesitaba un ataque exterior, aunque fuese fingido. Necesita presiones y elige estos criminales procedimientos... Él sabe que Estados Unidos, que está hasta la coronilla, no tendrá más remedio que introducir otra legislación de embargo, que va a afectar a los negocios de otros países con el gobierno de Castro. —Bajó un tanto la voz como si fuese a confiarle a su hija algún secreto—. Dentro de unos días, lo sé de buena tinta, la mayoría republicana del Congreso presentará al presidente Clinton el texto de una ley llamada Helms-Burton (son los nombres de los que la patrocinan), y esta vez el presidente no podrá vetarlo en medio del clima de hostilidad que, con plena conciencia, ha suscitado el hundimiento de las avionetas en el estrecho de Florida. Clinton no vetará esa ley en vísperas de elecciones para no perder los votos de Florida y New Jersey... Ya ha conseguido Castro una vez más lo que se proponía: poder decir que los de fuera detestan a Cuba, y que Cuba es el mejor ejemplo de gobierno de toda América. Y así los de dentro dejarán de oponérsele y de quejarse a la chita callando, porque de otra manera no pueden los infelices.

—Pero eso, ¿no os conviene a vosotros?

—Nosotros, hija, porque supongo que tú eres también de los nuestros, estamos crucificados. Crucificados y viendo cómo, por culpa de Castro, se crucifica a Cuba. Escucha: suspensión de todas las transacciones financieras, de los viajes aéreos y de las comunicaciones entre Estados Unidos y la isla; retención de los capitales cubanos para indemnizar a las víctimas; y lanzamiento de una nueva ofensiva a través de Radio Martí...

Marcia había salido de su adormecimiento para comprobar la tardanza de Rodolfo.

—Pero, en el fondo, también esa presión era lo que se pretendía, papi. Por la parte de aquí, digo. Porque los Estados Unidos siempre trataron oficialmente de impedir los vuelos de los Hermanos al Rescate; pero moralmente no pudieron impedirlos: su fin no era otro que arrojar octavillas contra un régimen que aquí se considera una dictadura. Hacen la vista gorda, y Cuba, por contra, dice creer que esos vuelos preparan acciones militares. No pueden demostrarlo, pero lo cierto es que los Hermanos, con sus vuelos, agotan la paciencia de las autoridades de Castro y las provocan para que hagan lo que han hecho... Papi, los únicos que han perdido son los cuatro muchachos muertos. Los demás han conseguido, unos y otros, aquello que querían.

—Hija, nunca pensé que fueras tan retorcida.

—¿Te lo parece de veras, papi? ¿No tengo razón? Un día Rodolfo me dijo más o menos eso. Y que ahí estaba el riesgo de estos vuelos.

—¿Eso te dijo tu marido? —El padre se quedó un momento ausente; luego, volvió en sí para decir despacio—: Quizá tengan razón los que lo acusan.

La luz de fuera había dejado de entrar por la ventana. Sin dejar de mirar a su padre, Marcia encendió una pantalla.

—Que lo acusan, ¿de qué?

Habló con un hilo de voz. No sabía por qué causa se había estremecido. Volvió a pensar con todas sus fuerzas en Rodolfo. Se imaginó en sus brazos, apartado de todos, protegida de todo por sus brazos, sin dudas, sin presentimientos. Dijo su nombre «Rodolfo», y repitió en voz alta «Rodolfo».

Después de una pausa, en la que Marcia se encontró completamente sola, sin marido y sin padre, el viejo:

—Marcia...

Iba a continuar, pero entró Paty para despedirse. El niño se había dormido ya.

—Marcia —repitió, una vez ida Paty, el hombre, que parecía haber envejecido—. Tendré que ser yo quien te lo diga... —Hizo otra pausa. Marcia lo miraba con los ojos desorbitados—. Entre los grupos cubanos circula el nombre de Rodolfo como... —Vaciló, movió a un lado y a otro la cabeza— como el de un espía al servicio de Fidel... Rodolfo es la prueba, Marcia. Si Fidel mandó volver a su espía veinticuatro horas antes del ataque contra los aviones civiles, es que la operación estaba tramada de antemano... La prueba es Rodolfo.

—No es verdad —gritó Marcia, alborotada, moviendo frenéticamente las manos ante el rostro de su padre—. No, no es verdad. ¿Cómo puedes creer tú que Rodolfo es un traidor? ¿Con qué cara crees tú que volvería a presentarse, ante mí y ante vosotros, si lo fuera?

—Hija mía —hablaba en voz apenas audible—, es que no creo que vuelva.

—¿Qué dices? ¿Qué has dicho? Estoy yo aquí, y su hijo... Me ama a mí y ama a Juan Rodolfo... Nos ama, ¿te enteras? ¿Tú sabes lo que es eso? Eso está por encima de todas las cochinas políticas... Yo estoy enamorada. Y él de mí. Es un hombre bueno, un buen marido, un buen padre. —Lo decía gritando hasta la exasperación—. El último domingo estuvimos en misa, en misa, papi, Rodolfo no es un traidor, es un héroe. Lo dijisteis vosotros.

Su padre le acarició las mejillas, le acariciaba el pelo. Marcia se zafó de sus manos. Su padre miró la hora en el reloj de su muñeca.

—Ya sabrán en Cuba la reacción del presidente Clinton. O se la inventarán si aún no la saben.

Conectó una pequeña radio que había sobre el revellín

262

de la chimenea que jamás se encendía. Una voz, masticando las palabras, insultaba a los imperialistas por proponerse cerrar, cada día más, el cerco a la heroica Cuba. «Pero Cuba jamás se rendirá. Cuenta con sus hijos que la aman y la sostienen y que no se dejarán pisotear. Cuanto mayor sea el asedio, más unidos estaremos, como en una piña. Así tendremos que estar en torno a Fidel Castro, nuestro salvador, nuestro líder, el comandante que siempre nos ha llevado y nos seguirá llevando a la victoria...»

De un modo mecánico, Marcia apagó la radio y oprimió el mando de la televisión. Buscó una emisora especial. En la pantalla, con una camisa de cuadros que ella conocía muy bien, apareció, hablando frente a la cámara, Rodolfo.

—El objetivo principal de Hermanos al Rescate es provocar incidentes que vayan contra las relaciones entre Cuba y Estados Unidos. Eso es a lo que aspira la extrema derecha de Miami. Su jefe me adiestró a mí personalmente, porque todo lo que digo lo digo de primera mano, sobre armas que serían introducidas en la isla para cometer atentados, muy en especial contra la vida de nuestro comandante en jefe. Su distribución y almacenamiento se harían con la posible captación de miembros de las Fuerzas Armadas y del Ministerio del Interior... —Marcia no podía dejar de oír. Quería y no podía. Se llevaba los puños a los oídos, pero no podía dejar de oír—. Hay el proyecto de unos planes terroristas en el interior de Cuba, como consecuencia de enlazar aún más las fuerzas de los contrarrevolucionarios de Miami con elementos subversivos de aquí dentro. Y las autoridades de Estados Unidos están al corriente de todas esas tramas. Yo, yo mismo, este que os habla, era el encargado de informar al FBI de las violaciones de neutralidad que cometiesen los anticastristas en el condado de Dade...

El padre de Marcia apagó el televisor. Se volvió hacia su hija. Ella le empujó y corrió hacia su dormitorio. Deshizo la cama a zarpazos, como si la cama fuese la culpable. Luego, enloquecida, comenzó a darse con la cabeza en la pared. Su padre no tenía fuerzas para impedírselo. Marcia se golpeaba hasta que saltó sangre de su frente. Gritó su padre. El niño, en su cuna, comenzó a llorar despierto por los gritos. Con la mirada perdida, Marcia lo tomó en brazos. Murmuraba:

—El engaño... El hijo de un engaño... Hijo mío sólo. Ya sólo mío... Hijo de la engañada.

El padre, sentado en la cama deshecha, lloraba con la cara entre las manos. El niño chillaba en los brazos de la madre, que descompasadamente lo mecía, con la frente goteando sangre y vociferando con los ojos secos: «Hijo de la engañada, sólo mío. Tú, sólo mío...» Repitiéndolo y repitiéndolo, con voz ya enronquecida, lo mismo que si fuese una nana terrible.

LAS CRIATURAS

—

Después recordé que ya los había visto. Fue en una gasoli-
nera. Ellos ocupaban el puesto anterior al mío en un surtidor. Montaban en un descapotable. Conducía ella, y el muchacho echaba la capota porque ya refrescaba. Era un
anochecer de mediados de septiembre en la Costa del Sol.
Ante la buena propina que le dieron, el empleado de la ga-
solinera los despidió con amabilidad.

—Adiós, señora. Gracias, chaval.

La señora, reprimiendo una risa, se despidió:

—Adiós, ciego.

La segunda vez fue en el marzo siguiente, durante un
recital de poesía de uno de los componentes de la revista
cordobesa *Cántico*. Fijándose bien, formaban una pareja
inexplicable. El muchacho no era tan joven como me había parecido en septiembre, aunque llevaba una vestimenta idéntica: camiseta muy holgada blanca y vaqueros raídos
resbalándosele desde las caderas. Tenía una tendencia a
morderse la uñas y los padrastros de los dedos y no pres-
taba la menor atención a los versos que el poeta leía. De
vez en cuando, con una cámara que llevaba colgada del
hombro, sacaba fotografías con flash, lo que incordiaba no
poco a los asistentes. La señora joven que lo acompañaba
le hacía reproches en voz baja con una total falta de éxito.
Ella iba elegante y discretamente vestida: una falda azul

marino, con la correspondiente chaqueta sobre los hombros, y una blusa de seda natural de color crudo.

Lo que había en ellos de instintivamente insólito me hacía volver los ojos una y otra vez hacia ellos, que se hallaban sentados dos filas por delante de mí. El auditorio no era muy abundante, y yo esperaba que el director del local me los presentase acabada la lectura.

No sucedió así inmediatamente. Un amigo de confianza me llevó, con el pretexto de ofrecerme una copa y más cómodo aislamiento, a una sala próxima. Allí estaba la pareja de pie.

—Faye y Miky —me los presentó sonriendo mi amigo.

—A ti todo el mundo te conoce.

Con buena luz y con la pista de la sonrisa algo maliciosa del presentador, fui cayendo en la cuenta. Al besar a Faye me cupieron pocas dudas de que era un hombre. Al estrechar la mano de Miki, me cupieron pocas dudas de que era una mujer. Tal reconocimiento me produjo unos segundos de inquietud. Al contestar afirmativamente a mi pregunta de si vivían juntos, se despertó en mí una vivísima curiosidad, que ellos percibieron y que acusaron cogiéndose del brazo entre risas.

Los dos querían tener una foto conmigo. Yo subordiné mi consentimiento al hecho de saber con quién me retrataba. La mujer se llamaba Antonio Rodríguez, y había nacido en La Línea. El muchacho se llamaba Micaela Navarro, y era de Fuengirola, en la que regentaba, como dueña con su familia, una tienda de cámaras fotográficas y de revelado. Aquella noche tuve que conformarme sólo con esos datos.

Otros amigos que los conocían de mucho antes me pusieron en antecedentes, aunque ninguno de ellos pudo decirme qué tipo de relación había entre los dos, sexual o no sexual. Se lo habían planteado entre sí, pero la gente, si no es en exceso chismosa, suele dejar en el aire sus propias preguntas.

Durante aquella primavera hice lo posible por volver a verlos. Forcé un tanto la invitación a alguna cena, a algún cóctel donde tuviera la ocasión de hablar con ellos. Miky, aparte de su cámara, llevaba siempre las cartas del tarot, envueltas en un gran paño de seda blanca. Para confraternizar con ella, me dejé leer las cartas un par de veces. Y dieron, como es normal, una vez en el clavo y ciento en la herradura. Pero lo que a mí me intrigaba, bastante más que mi futuro mal previsto, era el pasado y el presente de la pareja inimaginable.

Faye tenía unos pechos pequeños, unos ojos verdosos, una cara menuda y un cuerpo bien formado. Cuidaba mucho su atuendo, su maquillaje, sus manos y su calzado. Por el contrario, Miky no se cuidaba nada. Era una chicuela, si se puede llamar así a alguien de unos treinta años, de pelo corto y trasquilado, caderas estrechas, manos de pena, aficionada a la ufología y muy propensa a sacar fotos a diestro y siniestro.

Su historia era la peculiar historia de dos invertidos. Vivían en la misma casa y dormían juntos. Pero ¿cómo hacían, si lo hacían, el sexo uno con otro? Faye tendría pechos bonitos y piel dulce y femenina; pero, cuando las caricias de Miky bajasen lo suficiente, se encontrarían con una protuberancia, por pequeña que fuese, que la echaría para atrás. Miky, por el contrario, sería dueña de un aspecto viril; tendría una piel tosca y hasta áspera y un pecho liso; pero, cuando las manos de Faye buscasen lo que normalmente acaba por buscarse, encontrarían una ausencia insalvable que la decepcionaría. «Quizá, o seguramente

—me decía yo—, en el sexo hay multitud de cosas que no sabemos. Cada persona tiene el sexo en su mente, no en sus ingles. Puede que estas criaturas, por llamarlas de algún modo no inexacto, se acoplen —en un sentido amplio— y sean físicamente felices entre ellas». Recordaba, sin querer, a una cocinera de mi casa en el campo. El primer mediodía que pasó en ella se dirigió a mí preguntándome si ya le daba de comer a los perros. Pronunció la palabra con la dureza frecuente en personas de los pueblos.

—No los llame usted así. Son perrillos: pequeños, graciosos, cariñosos. No son *perros* en estricto sentido.

—Pero digo yo que niños no serán —salió refunfuñando.

Al día siguiente —ella, andaluza y lista, debía de haber reflexionado— tuvo un hallazgo formidable:

—Don Antonio, ¿le doy ya de comer a las *criaturas*?

Sin embargo, yo miraba a estas dos *criaturas* con el mayor interés y no llegaba nunca a comprenderlas.

En un almuerzo, en mayo, rodeados de buganvillas y de los primeros olores fuertes del verano andaluz, me había apartado yo, con una intención bien visible, a una radiante cocina que daba al jardín de la casa. Allí, intuyéndolo, me vino a buscar Faye.

—Sé lo que estás planteándote. Sé lo que llevas pensando desde que nos conociste. Entre nosotras no hay casi nada: nos entendemos, nos queremos, nos hacemos compañía... Yo conocí a un Miky que bebía, se emborrachaba, y se iba de putas. Su familia la despreciaba y le negaba el dinero que ella malgastaba. Sentí pena de ella y me la traje a vivir conmigo... Yo estoy ya harta de tropezones y de gentuza que sólo viene a lo que viene. Antes estuve cantando en una compañía. Hasta que me organice para volver a un escenario, he decidido vivir con Miky.

—¿Y por qué no cantas ya? ¿A qué esperas? ¿Cuándo vas a volver?

—No te creas que es fácil. También todo eso de la farándula está lleno de zancadillas, de mala leche y malas competencias... Además tengo un problema en el pecho izquierdo que quiero resolver antes.

Estaba claro que Faye quería darme una explicación verosímil, mientras que a Miky lo que yo opinase le traía completamente al fresco. Daba la impresión de que vivían en un piso que, por lógica, sería propiedad de la fotógrafa, puesto que Faye no trabajaba en nada. Y también que Faye vivía por completo a costa de Miky, que se quejaba de vez en cuando de los costosos que eran los trajes de escena de su amiga, que ya había actuado en espectáculos de Juanito Valderrama y de Estrellita Castro. Hacía, por tanto, un tiempo considerable...

Entre las suposiciones de cualquiera y la aclaración de Faye había, por lo tanto, una evidente incompatibilidad.

Un día de verano quedamos, con un amigo más cercano a ellos, en almorzar al aire libre. En esa ocasión vi a Faye menos cuidada que de costumbre. Será la luz del sol, pensé. Al besarla, sentí el pinchazo de la barba no muy bien rasurada, y los labios se le fruncían en un gesto antipático.

—Mi vida —comentó mientras tomábamos el café— ha sido un horror detrás de otro. Yo nací en La Atunara, esa playa maldita llena de droga y de miseria. Mi padre es pescador. Tengo otros hermanos que van con él a la mar. Yo no podía. Yo era otra cosa desde que nací. No tuve que hablar ni resistirme. Yo era *el maricón* para ellos. Lo olfateaban, lo adivinaban... Hice, desde aquel agujero, lo posible y lo imposible por enterarme de los pasos que había que dar para cambiar mi aspecto. Transexual, en las más completas consecuencias, no lo soy todavía. Empecé a tomar hormonas con catorce años. Una noche en que mi padre me abrió la blusa y me tocó las tetitas algo crecidas, me atizó tal paliza que estuvo a punto de mandarme al otro barrio. Cuando se cansó de pegarme con la mano, se quitó la correa y empezó a golpearme con la hebilla. Entonces entró el mayor de mis hermanos y le dijo: «Padre, así no se le pega.» Yo creí que se ponía de mi parte, pero no me dio lugar a seguirlo creyendo. «Se le pega así.» Y cogiendo una silla me dio con ella hasta que me la partió en la cabeza. Esa noche me echaron de la casa. Mi madre no se atrevió a oponerse.

»Me fui a casa de alguien mayor que yo, aunque del mismo estilo. Me curó y me tuvo con él hasta que se me fueron los cardenales y se me curaron las heridas. Cuando me repuse, lo primero que hice fue acostarme con el pescador más íntimo de mi padre. A un niño guapo y gracioso de quince años nadie le hace ascos.

»Pasé de mano en mano, muy bien conducido y con un resultado provechoso. Seguía mi tratamiento. Un año después, por la mañana, cuando los varones de mi familia habían salido a la mar, entré en mi casa y fui en busca de mi madre. La encontré en la cocina. No hablamos nada. Me senté en el suelo y apoyé en sus rodillas mi cabeza, que ella me acarició y me acarició... «Yo siempre seré tu madre, y tú, seas lo que seas, siempre serás mi hijo.» «Ahora me llamo Faye, madre.» «Qué nombre tan feísimo, hijo. Pero serás mi Faye. Para mí eso no tiene ninguna importancia.» Hasta ahora me llama Faye, no Antonio. Aunque cuando habla de mí con otra persona, me dice el Faye, mi hijo el Faye.

»Conocí a Miky en su tienda, porque llevé allí mis fotos de artista y quise que ella me hiciera otras mejores. De ahí salió nuestra amistad y, al contarme su situación, el mudarnos juntas a un piso que era mío. La familia de Miky ya estaba al cabo de la calle de lo que tenía que saber.

Con el paso del tiempo, no tardó en llegar la decadencia de sus números musicales. Ya había demasiados travestidos, demasiados transformistas, demasiados imitadores. La libertad había hecho descubrirse a los aficionados mariquitas, que cantaban con *play back* y la gente no distinguía «lo bueno de la morralla». O eso era acaso una forma de defensa de Faye.

Un par de años después me encontré por casualidad con ella. Iba mal vestida, abandonada, sin pintar, con una voz rota y ronca.

—¿Qué vida haces? ¿Estás todavía con Miky?

—Eso, gracias a Dios, siempre. También tengo algún novio que otro. Los saco del gimnasio, donde soy profesora de halterofilia.

—Nunca acabarás de sorprenderme.

—Policías y soldados sobre todo —continuó—. Unos hombrones como castillos. Y con uniforme, que es lo que más me pirra.

Pensé dos cosas. La primera, que exageraba un poco, por encima de su tristeza y de su soledad. La segunda, que se dejaba llevar y deslumbrar *vestimenta eius,* como decía una vieja y rica mariquita sacerdotal que conocí en mi adolescencia, y que sólo se sentía atraída por el cuerpo de Caballería y, como mucho, por el de la Legión.

—Ahora nos estamos haciendo una casa en una urbanización bonita. Tendrá grandes salones y una buena piscina. Ayer le advertí al arquitecto de que la escalera que había dibujado era estrechísima: yo necesito algo mucho mayor para bajar con mis miriñaques y mis colas de teatro.

Yo supuse lo cara que le salía Faye a Miky y cuánto debía

de quererla. No tardé mucho, no obstante, en ratificar que lo que Faye me había contado era cierto: el dueño del piso anterior y el que pagaba la casa de ahora era Faye. Faye era, de la pareja, el de los dineros. Adquiridos, ¿cómo? ¿Sólo con su cuerpo? ¿O pertenecer a La Atunara le proporcionaba ciertos ingresos por algún sigiloso y compartido y anónimo tráfico?

Durante años, nada o muy poco supe de «las criaturas», como solíamos llamarlas. Hasta que, tiempo después de inaugurar su espléndida casa, me invitaron a cenar una noche.

Faye (naturalmente por Faye Danaway, admiración que comparto con ella) apareció teñida de platino, lo que le daba un aire putesco muy poco favorable, subrayado por la gomina que se había puesto para mantener erguidos unos cuantos mechones formando un surtidor. De cara estaba más guapa que nunca: el vello, eliminado por láser probablemente; los ojos, con el verde bien subrayado por el maquillaje de los párpados; las uñas y los labios de un tenue color rosa.

Su forma de hablar no se había refinado, a pesar de los pesares. Construía, por ejemplo, los plurales, mudando la última consonante por una ese. «Los arbos», decía. «Qué bonitos los arbos en la primavera.» Administraba a destiempo, aunque con mucho cariño, los acentos y los diptongos. Y tras de cuanto decía se transparentaba aún su infancia de La Línea, sus levísimos ronquidos al hablar y un divertido colgar las palabras sin terminar del todo de decirlas. En realidad, su conversación era un maravilloso y descarado tendedero.

Le pregunté si se había operado de abajo.

—Una vé que se empiesa con lah hormonah, lo de abaho no eh ná. Eh como una fundita. Yo me baño con tanga, y nadie, nadie, nadie, se da cuenta de ná.

La casa era inmensa y disparatada al mismo tiempo. Estaba llena de millones de objetos menudos e inservibles y de muebles absolutamente contradictorios.

—Es que con los veinte años piensas una cosa. Y con los treinta otra, y con los cuarenta otra distinta... Digo yo que será así, porque yo no tengo todavía los cuarenta... Con lo que a mí me gustaban antes los muebles blancos, que aullaba por ellos, y ahora me gustan los antiguos... Ven que te enseñe unos que estoy envejeciendo yo misma con mis manos.

Cuando me los enseñó, preferí mirar para otro lado, y morderme los labios.

—Éste es mi dormitorio. —Tenía un armario de cristal con no menos de dos mil botecitos de perfume miniatura, iluminados con luces —genitales, decía él—. Ya no dormimos juntas Miky y yo. Ya se pasó la hora de aguantar ronquidos... Porque desde que ella engordó nueve kilos, ronca... Y que para lo que hacíamos juntas, que eso era casi ná, no merecía la pena.

En el baño de invitados tenía unos hermosos estores antiguos en la ventana, pero no había toallero. La toalla había que colgarla del pomo de la puerta.

—Es que lo estoy buscando, hijo. Hace cinco años que estoy buscando un toallero bonito, pero ná...

Comimos algo, cualquier cosa, no una delicadeza, no una exquisitez, en la terraza que daba al jardín y a la piscina, ambos muy bien iluminados, quizá en demasía.

—Éste es el sitio que más les gusta a mi madre y a la de Miky. Suelen venir unos días en verano. Están muy contentas con nosotras. Cuando un día les dije que nos íbamos a separar, porque yo ya estaba hasta el coño, se echaron a llorar las pobres... Ay, cuánto me han hecho sufrir estas dos teticas tan chicas. Tú sabes que un pecho, el izquierdo, se me encapsuló o como se diga. La silicona y eso. Y se me pusieron como dos bolas aquí arriba, en los hombros. Una mujer me dijo: «Eso no tiene problema, con un par de fregonas te los revientas y sale la prótesis reventá y todo se vuelve a su sitio.» Me dijeron que sólo lo hacía una mujer en Sevilla y otra en Torremolinos. Pero yo, no. Yo soy una señora. Yo me fui a uno de Madrid que se dedica a eso, cerquita de tu casa por cierto. Y el hijoputa me lo hizo igual, pero con las manos. Todo esto era un cardenal, toda esta parte era un crimen... Y había alguien allí, buena persona, que me lo quería decir, que me hacía gestos... Un ayudante cojo y tuerto, con una plataforma en un pie... De miedo, una película de miedo... Y luego, cuando ya fui profesora de halterofilia, que ahí están mis diplomas por si los quieres ver, una vez me dijo una alumna que se me notaba el pecho bizco: distinto uno de otro, vamos. Y entonces me voy a cirugía, y es que tenía el pecho reventao... Bueno, no te quiero decir más que sesenta operaciones en siete años. ¿Que no te lo crees? Que le pase algo a Miky si es mentira. Bueno, o a mí. Que me pase algo a mí, aunque no creo que sea peor de lo que ya me ha pasao... Ahora tengo aquí debajo, que la teta me la tapa, una cicatriz muy fea que tienen que quitarme. Y eso que el cirujano ese segundo era muy bueno. Eso me dijeron. Pero el mejor cirujano echa un borrón. Conmigo tuvo que dar...

»Ay, lo que yo he pasao. Porque yo no soy mujer de discotecas. Yo estoy en mi casa, y aquí vienen mis amigos. Ay, te contaría cada cosa, de éstas que me pasan con los pechos... Una noche, harta de pena, me fui a un baile, y me sacó a bailar un hombre que era un dios de fuerte y de guapo. Y se le fueron las manos como es natural. Yo me había metido en el pecho izquierdo calcetines para igualarlo con el derecho. Y empieza a sobarme, y se le va un calcetín detrás de la mano. Y yo pienso que me va a dar una hostia en to'l morro, y de pronto dice (yo, ya con la boca sequita, qué miedo, qué opresión, el alma se me iba), y me dice: «Qué pecho tan bonito tienes, como todo sea igual.» Yo me puse la mano aquí, apretando, para que no se me llevara el calcetín... Es la última vez que salí... Yo no, yo no salgo de mi casa. Porque los niños de ahora son gamberros y no respetan na. Te insultan o te dan con una piedra en la cabeza...

»Yo ahora, lo que me ilusiona es un viudo joven o una cosa así. Pero cuando yo lo pasaba bien era con una amiga mía, Linda, una gran señora que hacía la calle. Tendría ya sus cuarenta y cinco años, y sus joyas, no siempre buenas, y sus Mercedes no siempre de segunda mano; tenía visones no demasiado falsos, y cartieres, tenía de todo... Pues ella ponía las tetas, que daba gloria verlas, en la ventana. Si la pretendía un español, ella hablaba en francés: «*Je ne comprends pas. Moi, je suis de vacances.*» Y no lo admitía. Si era un inglés, le siseaba cada vez más fuerte: «*Baby, baby.*» Hasta que lo metía en el cuarto. Allí tenía una luz colorá y un muñeco en la cama acostao. «Es mi *baby*, mi niño, ¿sabes? No despertar. Y darnos prisa, porque mi marido está al caer.» Y al inglés le hacía una paja, o jodía por detrás deprisa y corriendo, porque ella tampoco se había operado por delante. Y ganaba así su buen dinero. La acabó retirando un catedrático o un abogao. O algo así... «Tú eres una niña, le decía.» Anda que el gachó andaba bien de vista. Y es que nadie es perfecto. Y la gente está mu sola.

»Por eso te digo que el mundo del mariconeo es una merienda de indios. Transexual soy yo. Yo no soy un travesti: un travesti es una maricona con tacones. Yo soy una mujer, aunque tenga este sexo y no el otro. Porque todo el mundo sabe que el verdadero sexo está aquí (y se daba unos golpazos enormes en la cabeza), y los mariconcillos son muy malos. Son como los moros... Si ellos se pusieran de acuerdo, serían los reyes del mundo; pero no pueden. Se llevan muy mal los unos con los otros... Y to lo que piden es verdá, y está bien, y tienen muchísima rasón; pero si lo piden vestidas de jauaianas, ya no, ¿tú ves? Ya han perdío la razón que tenían. Porque son unos cachondos, y a ellos lo que les gusta es el cachondeo y follar en las esquinas con to quisque.»

Quiso hacerme un homenaje, y me representó unas cuantas canciones. Las que cantaba otra mujer en unos compactos. Ya no cantaba ella.

La primera decía: «Yo quiero morir cantando... Cantando hasta el final.» Había sacado un micrófono de pie para dar a su actuación más verosimilitud. Movía al compás y a la perfección los labios. Miky, con un foco, la iluminaba en los primeros términos. Llevaba un ceñidísimo traje tornasol, envolviéndose en un enorme boa grueso y largo de plumas blancas.

Luego cantó *La vie en rose*, no en la versión de la Piaf, y ahí, al levantar los brazos, se le notaba un cierto vello suave —un *duvet*, digamos por afecto— en las axilas. Eso lo cantó con un traje de gasa rojo que tenía un gran cuello dorado, casi María Estuardo, plisado un poco en plan confitería, con el armazón de los pechos para unos más grandes que los suyos.

«Que cuando te vayas / de frío moriré», decía la tercera canción. Yo había perdido el interés, porque todo aquello me parecía como una transgresión infantil y desde luego innecesaria. Pero se veía que ella disfrutaba recogiendo y volviendo a tirar lejos el boa blanco, cambiándolo por otro, no menos enorme, negro. Pero todo histéricamente: ella no era la Dietrich. La atracción estaba entre una fiesta de fin de curso atrevida y una fiesta de ayuntamiento de pueblo perdido, donde braman los hombres y las mujeres arden de celos.

Cuando cantó *Les feuilles mortes* se le veían los brazos llenos de los arañazos de Tara («Niño, como la finquita de Escarlata»), una gata recogida de la basura, afilada y malhumorada, negruzca y con nueve años ya.

Luego sacó un traje de chaqueta blanco, con el que estaba elegante; pero algo hacía pensar en un disfraz: quizá esa misma elegancia. En esta oportunidad se rodeó con los dos boas y bajó la potencia del tocadiscos, que cantaba en castellano. El inglés era evidente que se le daba peor, y ella lo sabía. Cantó la canción casi toda de espaldas, con unos meneos muy poco discretos. En el fondo todos, y ella también, estábamos hasta la coronilla del ir y venir, de los cambios de ropa, y algo tocados en el ala, porque además bebíamos una copa entre cada transición o entre cada transformación o lo que fuera.

Era curioso que la fotógrafa se empeñase, desentendida ya del foco, que le largó a alguien, en hablarme a mí de ufología y en enseñarme pruebas materiales: piedras extrañas, ramas quemadas y fotos probatorias. A su compañera la aplaudía cada rato con menos interés, y cada rato, en mitad de la actuación, se levantaba con más frecuencia para traer cosas probadamente superfluas. Aquella relación estaba claro que no atravesaba el mejor de sus momentos.

Nos despedimos:

—La próxima vez tendré el pelo castaño. Si a ti te gusta más, es que estaré mejor. Tú entiendes de eso más que todos estos gilipollas. Quizá por eso todos los hombres importantes de mi vida se han llamado Antonio.

—Incluso tú —le dije.

Faye soltó una carcajada.

LA MADRE

No quiero ver a nadie. No quiero saber más. Ojalá me hubiera muerto ayer. Ojalá me hubiera muerto antes de que empezase este suplicio. Pero siempre se puede sufrir más... Que no me pregunten nada; sólo con que abriese la boca saldría aullando...

Hace treinta y dos días se lavó la cabeza; se secó bien el pelo; cuando se lo lavaba se le ponía más claro:

—¿Qué tal? —me dijo.

—Estás muy guapa, hija.

Y se fue. Y se acabó. Treinta días mirando con ojos secos a la puerta, oyendo repicar el teléfono cuando no sonaba, esperando que alguien me trajera noticias...

—Ella no era de irse con nadie; no era de tenerme con el alma en un hilo. Se la han llevado a la fuerza.

Y soñaba, cuando me vencía el sueño, que ella tocaba la puerta, y entraba, y se reía de mi preocupación. O soñaba que estaba soñando, y me despertaría cuando ella me sacudiese diciéndome: «Cuánto duermes, mamá»... No quiero hablar con nadie. Que conteste su padre si es que puede. Yo hablé por la televisión cuando tenía esperanzas; cuando necesitaba tener esperanza. Entonces no me importó gritar:

—Que me devuelvan a mi hija. Tiene quince años, el pelo negro y los ojos azules.

Es igual que una flor; que no la corten.

Que me la devuelvan.

Un mes entero yendo de un lado a otro, desorbitada, recibiendo mensajes de quienes la habían visto acá y allá, repartiendo fotografías, acechando por las calles a ver si la encontraba. Y todas las muchachas por detrás se parecían a ella. O yo quería que me lo pareciese... Ya no. Ahora ya no. No quiero ver a nadie ni saber nada más. De haberme anunciado esto, no me habría casado; no habría tenido hijos. Una hija no puede morirse antes que su madre. Y menos de este modo... ¿Dónde está Dios? Que se hunda el mundo entero. No; mejor que yo me muera...

Me trajeron un relojito y una cadenita de oro.

—Sí, sí —dije—. La cadena de su primera comunión; el reloj de cuando cumplió los quince años en junio.

—Pues está muerta. La violaron y la estrangularon. Hemos hallado su cuerpo al lado de una acequia. La mataron el mismo día que desapareció.

Fieras, fieras, fieras. Estaba muerta y yo no lo sabía; sí lo sabía, sí... No quiero hablar con nadie. Se acabó todo. No voy a abrir ni una vez más los ojos... Su cuerpo, tan gracioso. Su boca que no paraba de reírse. Lo mismo que una flor.

—¿Te gusta algún muchacho? —Y se reía.

—¿Me quedó bien el pelo?

—Sí, hija; estás muy guapa... —Eso fue todo. Así me dijo adiós...

La engañó alguien; pero ¿con qué palabras? ¿Quién? La engañó, la forzó, y ella gritaría, se acordaría de mí. «¿Por qué no vienes?» ¿Y qué hacía yo en ese momento? Las voces de la sangre: mentira. Nadie oye nada... Levantó la mano; se la pasó por el pelo.

—¿Me ha quedado bien?

—Sí, hija; estás muy guapa.

Suplicó, gritó, se resistió; todo en balde. Quien fuera la forzó una vez y otra vez...

—Que vaya su padre al reconocimiento —dije; pero yo fui también.

¿Aquello era mi hija?

—La han golpeado, le partieron un brazo, le pegaron un tiro en la cabeza.

En la cabeza... No quiero saber más. No es cierto que la vida siga; yo estoy muerta. No, porque si lo estuviera, no sufriría este desollamiento. Viva quien pueda; yo no puedo... Que duerma, me dicen. ¿Para qué? ¿Para ver, más claro que despierta, aquella noche en medio de aquel campo? ¿Para oírla llamarme? ¿Para ver a ese hombre de espaldas, pegándole, forzándola, mientras ella se debate y me llama cada vez más bajito?...

Sólo una hora antes:

—¿Me quedó bien el pelo? —me preguntó.

—Sí, hija; estás muy guapa...

No más contestaciones; no quiero periodistas; no me hacen falta ya. Ahora morirme es lo que quiero... Que no me den el pésame. Que no me compadezcan. Que no venga su padre a pasarme el brazo por el hombro. Nadie...

—¿Te gusta algún muchacho? —Y se reía. Con quince años, ¿qué iba a hacer más que reírse?

—Yo quiero que su vida sea un jardín: que no trabaje; que estudie; que se case cuando llegue su hora; que dé a luz a los niños más guapos de este mundo, con sus ojos celestes y su pelo tan negro...

—¿Me quedó bien?

—Sí, hija...

¿Qué va a saber nadie lo que me pasa a mí? Para tanto dolor no estamos hechos. Pero una no se muere de dolor. «Ya te harás a la idea», me dicen. ¿A qué idea? Un mes en vilo, pregonando su nombre, el color de sus ojos, repartiendo su fotografía. Para acabar en esto: un bulto lleno de bichos. Ésta es su hija. Y el reloj, y la cadenita. Yo hubiera dicho: «No, no es ella. No puede serlo.»

Pero ahí estaban la cadena y el reloj y el pelo cuajado con la sangre y el barro. ¿Tener una hija para llegar aquí? No, no me habría casado; me habría muerto seca. La vida no merece la pena... He dicho que se vayan; no quiero saber nada; ni siquiera quién fue el culpable. La culpable soy yo.

—Sí, hija; estás muy guapa —le dije—. Adiós —le dije, sin saber que eso sería lo último—. Hasta luego. Te espero levantada.

¿Dónde está Dios? ¿Por qué no le importamos? ¿Por qué no me llevó primero a mí? ¿Por qué consintió que sufriera lo que sufrió antes de que me la mataran? No creo en mí, ni en la voz de la sangre. No creo en nada ya. Ni en este sentimiento que no termina de volverme loca... Se llevó la mano a la cabeza, riendo.

—¿Me queda bien el pelo?

Y oí desde la sala sus pasos camino de la calle. Y oí cerrar la puerta... No, no quiero que esa puerta se vuelva a abrir jamás.

EL MEJOR AMIGO
—

El suceso no era, ni mucho menos, insólito.

Durante el último fin de semana, en la zona local de la movida, había sido asesinado un joven de veinticinco años, residente en un pueblo muy próximo, Benigno H. S., de una puñalada. El homicida parecía haber utilizado, más que un cuchillo o una navaja, un estrecho machete o un punzón o un arma semejante. Eso era casi todo.

El resto de los datos los proporcionó Eduardo Fernández Luzón, según la familia el mejor amigo del fallecido. Él fue el que recogió en su coche el cuerpo de Benigno, y quien lo llevó al Hospital General, donde ingresó cadáver.

Cuando le preguntaron los agentes policiales que dónde estaba en el momento en que los hechos ocurrieron, respondió que se había retirado unos minutos para orinar, forzado por la ingestión de cerveza, bebida reconocidamente diurética. Al regresar al sitio en que dejó a su amigo se lo encontró con un golpe en la cabeza y yacente en el suelo. Al arrodillarse, comprobó que tenía también la camisa manchada de sangre. «Una mancha pequeña», concluyó.

Interrogado sobre cómo había conseguido introducir en su coche, de dimensiones exiguas, el cuerpo de Benigno, que medía cerca de uno noventa y pesaba, a tenor de su estatura, unos 85 kilos, declaró que le ayudaron un par de muchachos de los que se divertían en aquellos jardines prácticamente tomados por la juventud de la capital los fines de semana.

Eduardo apareció, en todo momento, muy afectado por la muerte de su camarada.

—De todos mis hijos (yo tengo, o tenía, cinco hijos varones), Benigno era el pequeño y el que más me quería —afirmó la madre, entre sollozos, cuando le fue posible contestar al investigador—. Siempre andaba haciéndome mimos y caricias. Me traía algún recuerdo de cada pueblo al que viajaba: unos dulces, o la estampa de alguna virgen, o unas pocas flores que él mismo colocaba en un vaso... Dios acostumbra llevarse a los mejores... No tenía enemigos. Nunca me podré consolar de esto que me ha pasado a mí.

—Era un muchacho amable y muy querido por la gente del pueblo. Aquí nos conocemos todos. Somos como una gran familia —aseguró el padre, consternado, aunque procurando mantener la entereza—. Todo su tiempo lo dedicaba a ayudarme... Sus hermanos ya no viven con nosotros... Sólo salía la noche de los sábados, en que iba a la capital, que está tan cerca, a echar una canita al aire y divertirse. O a algún concierto, como el de aquel maldito fin de semana. Viajaban en el coche de Eduardo. Eran amigos desde niños, compañeros de colegio, y uña y carne cada uno para el otro...

—Nos íbamos a casar en otoño —confirmó Rafaela, su novia, secándose las lágrimas con un pañuelo hecho un gurruño que le irritaba, más que secarle, los ojos—. No sé por qué me ha tenido que suceder a mí. Ni sé quién pudo hacerlo, porque él le caía bien a todo el mundo y era incapaz de crearse enemigos. Yo creo que ha sido una equivocación... Éramos novios desde que cumplimos, los dos casi el mismo día, los diecisiete años. Teníamos una relación tranquila y alegre (él era muy alegre), libre hasta de esas peleíllas que tienen todas las parejas... Beni, así lo llamábamos, era el más honrado y el más bondadoso hombre del pueblo... Yo ya tenía terminado mi ajuar, y habíamos decidido casarnos el día de la Virgen, el 12 de septiembre.

Los cuatro hermanos mayores, todos muy dolidos, coincidieron en sus afirmaciones. Este crimen no iba a quedar impune. Ya se encargarían ellos de buscar al asesino para que pagara lo que había hecho. Benigno era un dechado de buena conducta, de fraternidad, de limpieza y de benevolencia. Le gustaba reír y gastar bromas como si tuviera aún menos edad de la que tenía. Siempre se le caía de la boca una buena palabra para cada uno y nunca se olvidaba de los santos y de los cumpleaños de nadie. Sus sobrinos lo adoraban. Era un verdadero modelo de hijos y de hermanos. Y él se encargaba de organizar esas fiestas familiares en las que se reúnen todos los miembros de una casa, aun los que ya no viven en ella, y que conservan un soplo de la infancia común y de los recuerdos compartidos.

Eduardo, su mejor amigo, anduvo un par de días como sonado, incapaz de contestar, ni siquiera de entender, las cuestiones que se le formulaban.

—Estoy hecho polvo —repetía una y otra vez—. Preferiría que esto me hubiera pasado a mí. No lo soporto. Es superior a mis fuerzas. Benigno... —Y se cubría la cara con las manos.

Cuando le fue posible coordinar, se reafirmó en lo que había declarado a bote pronto sobre la noche del crimen. Se encontraban no lejos del coche, aparcado en uno de los extremos de los jardines de la movida. Él se retiró para orinar entre un grupo de árboles. No tardaría ni cinco minutos. A su regreso, Beni estaba en el suelo. Tenía un golpe en la cabeza. Había perdido el conocimiento. Y después descubrió la mancha de sangre. La herida era pequeña. ¿Punzante? ¿Inciso punzante?

—Sí —contestó—. Como si le hubiesen clavado un estilete o algo así. Una lezna o así, no sé...

¿Sería capaz de reconocer a los jóvenes que le ayudaron a meterlo en su coche?

—Creo que sí. Tuve que fijarme en ellos. Ya estaban cerca de Beni cuando yo volví. Luego se formó un pequeño corro. Yo saqué fuerzas no sé de dónde, como sucede en estos casos.

—Sí, porque usted, ¿cuánto mide?

—Uno setenta, creo.

—¿Y pesa?

—Sesenta y tres kilos.

—Tuvieron que ayudarle mucho.

—Sí; fueron ellos quienes lo trajeron al coche. Yo abatí el asiento delantero, el de la derecha del conductor...

—¿Benigno estaba muerto?

—Creo que no. Creo que moriría en el trayecto hacia el hospital.

—¿Por pérdida de sangre?

—No, quizá no, porque apenas sangraba.

—El arma se la clavaron en el corazón. Murió instantáneamente.

Eduardo palideció, y no logró evitar que dos lágrimas rebosaran de sus ojos. Tampoco trató de ocultarlas. Cayeron, una tras otra, sobre su camisa.

—Es un aceitero —dijo en voz baja como si el bicho pudiera oírlo.

El bicho era alargado, de unos tres o cuatro centímetros, con un cuerpo blando, brillante y negro, anillado en rojo. Me dio asco y me aparté un poco. Estábamos sentados en la tierra, salpicada por manchas de hierba. Era abril. Nos cubría la sombra de la encina solitaria, en cuyo tronco se apoyaba Beni.

—Es bonito, ¿verdad?

Tuve que tragar saliva para evitar la arcada. Beni tenía el bicho en las manos y me lo acercaba para que lo viera mejor.

—Sí, muy bonito. Pero déjalo ya.

Habíamos subido en bicicleta hasta dejar atrás los chalés, no muchos, edificados en la falda de la sierra. Era una mañana en que los pájaros y los insectos parecían nadar en la luz. Una mañana perfecta, diáfana, dorada y muy azul. Acabábamos de cumplir doce años. Yo era el primero de la clase, y Beni, el último. No teníamos nada en común, salvo la edad. Él era ya más alto que todos nosotros y mucho más que yo. A él no le interesaban los estudios, y a mí, sí. Se llevaba bien con todo el mundo, y a mí casi todo el mundo me tenía enfilado por sabihondo y por medio cura, según me decían. Yo creí que tenía vocación religiosa, y andaba con las manos entrelazadas, muy metido en mí mismo y con la vista baja. Beni era todo lo contrario: ruidoso, simpático, vago y algo torpón. Tres días antes me había dicho de repente, y yo creo que era la primera vez que se dirigía directamente a mí:

—Podíamos ir una de estas mañanas a pasear por la sierra.

Era Semana Santa. Estábamos en vacaciones. Yo me quedé muy sorprendido.

—¿Tú y yo? —Él afirmó con la cabeza, riendo—. ¿Tú y yo solos? —Volvió a afirmar y a reírse más fuerte.

La semana anterior, en la capilla del colegio, me dejé olvidado mi misalito negro. Dentro de él había metido, escrito con la sangre producida por un pinchazo que me di en el índice de la mano izquierda, un voto de castidad pronunciado en unos ejercicios espirituales hechos en enero. Escrito y firmado y fechado... Hoy me parece una sandez, pero entonces lo consideré muy importante, más aún, decisivo. Había comenzado a sentir los primeros empujones del sexo y consideré maravilloso comprometerme a no usarlo jamás. Cuando volví a la capilla a recoger el misal no estaba dentro ya el papel con mi voto.

Fuimos en bicicleta aquel martes santo, atravesando, empujando casi, la claridad de la mañana. Beni, en un momento dado, tomó un carril a la derecha hasta llegar a un cerro, apartado del todo. Apoyó la bicicleta en un lado de la encina, en la cima del cerro, y él se recostó sobre el tronco, dejándose caer sobre la tierra, en el lado opuesto. Yo lo imité.

—Qué bien se está aquí.

Beni respiró hondo y expulsó con fuerza el aire. Todo era suave sol y silencio. Y un olor, cálido y fresco a la vez, que emanaban los brotes y el herbazal reciente. El campo entero se hallaba constelado de menudas margaritas. Beni, con sus grandes manos, deshojó una.

—Me quiere, no me quiere...

Me miraba sonriendo con una malicia inimaginable en él. Se sacó del bolsillo un sobre usado. Dentro estaba el papel de mi voto. Me lo alargó.

—¿Por qué lo cogiste?

—Porque quería tener algo tuyo.

La ira y la humillación me cegaron. Dejé de ver la mañana, el profundo cielo azul, la encina. Dejé de ver la diferencia de estatura y de peso y de fuerzas que me separaba de Beni, y me lancé sobre él. Creo que fue la primera vez que me peleaba en mi vida. Me contuvo con sus brazos. Me apartó de él sin levantarse, sosteniéndome a la altura de su cara. Me miró como yo no había visto mirar a nadie hasta entonces. Un rato interminable...

Luego me atrajo hacia sí y me apretó muy fuerte. Yo no sabía qué hacer. Sentía su jadeo. Recibí su respiración contra mi oreja... Tuve la sensación de que me iba a morir. Jamás me había sucedido nada igual, absolutamente nada igual. Nuestras mejillas se rozaban. Las comisuras de nuestras bocas... Nuestras bocas... Algo crecía dentro de mi pantalón. La mano de Beni condujo la mía a algo que, dentro de su pantalón, había crecido. Perdí la noción del espacio, del tiempo, de las cosas... Beni me había mordido los labios. La boca me sabía un poco a sangre. Desabrochó mi bragueta. Hizo que yo desabrochara la suya. A tientas. A ciegas. Supongo que llegué donde debía llegar. No pensé ni por un segundo en mi voto que, dentro del sobre, yacía sobre la verde hierba a nuestro lado...

Beni me condujo y me enseñó. Yo creí que iba a morirme... No me morí. Por el contrario, fue la primera vez en mi vida que tocaba la felicidad.

Luego, Beni me levantó en alto riendo a carcajadas.

A los dos días de la muerte de Benigno, todo el pueblo asistió a una manifestación convocada por el alcalde. Llevaban pancartas exigiendo mayor seguridad para los jóvenes que pacíficamente salen a divertirse unas horas los fines de semana. A la cabeza de la manifestación iban la familia, la novia y Eduardo Fernández Luzón con el ayuntamiento.

—El arma empleada —le advirtió a Eduardo el investigador— es como usted había dicho: un estilete, una lezna, un destornillador afilado, algo así, ¿no? —Eduardo se encogió de hombros asintiendo—. Pero las manchas que usted señaló en el parque de la movida no tienen nada que ver con la sangre de Benigno. De la autopsia y de una inspección simplemente ocular se ha deducido así.

Lo volvieron a llevar, en la capital, al parque. Eduardo vaciló un poco al señalar el lugar en que se separó de Benigno. La policía había interrogado a los habituales de la movida, que eran muy conocidos, y ninguno pudo decir —no tenían por qué ocultarlo— que hubiese habido una reyerta ni una agresión grave aquel pasado sábado. Los testimonios de unos y de otros concordaban.

Volvieron a interrogar a los médicos del hospital para confrontar sus versiones con la dada por Eduardo. Había indicios razonables de que el muchacho mentía y de que los hechos se alejaban de los relatados por él. Hablaron, sí, de una llamada al Servicio de Emergencias Sanitarias para alertar sobre no se sabe qué percance. El servicio no atendió la llamada porque le pareció una llamada ficticia, dado que se refería a la situación en que se encontraba un hombre bebido pero sin decir dónde.

Eduardo, con su cara guapita y seria, no en vano en el pueblo le llamaban *San Luis*, fue interrogado con severidad por dos policías. Acabó por cambiar su declaración. Se olvidó del macroconcierto de la noche. Se olvidó de la movida. El hecho no había ocurrido en el parque de los botellones, sino en el otro extremo de la ciudad, en un barrio malfamado donde se vendía toda clase de droga. Él y Beni habían ido, por primera vez juntos, a comprarla. Por lo común, iba Eduardo solo, pero aquella noche, como cada vez se ponían más tensos los tratos y más peligrosas las retiradas, le había pedido a Beni que lo acompañara. Ambos habían pasado ya, después del concierto, por el parque de la movida. Bebieron algo, y la bebida les condujo a buscar un estimulante un poco más fuerte...

—¿Por qué no lo dijiste así desde el principio?

—Por no empañar la buena fama de Beni. Yo era su mejor amigo: ¿qué habría dicho la gente del pueblo de haber sabido que tomaba éxtasis o coca o lo que fuera? Era imprescindible echar tierra sobre ese asunto... Hagan ustedes el favor de no decirle nada a la familia —imploraba Eduardo tembloroso.

A continuación le preguntaron cómo habían sucedido en realidad los hechos.

Llegaron al barrio de la droga y, en un periquete, Beni, forzudo y agradable, remató la operación. Entretanto, Eduardo fue a orinar detrás de un muro ruinoso.

—Pero usted, ¿se pasa la vida meando o qué?

—No, es la misma vez que he contado en la primera declaración, sólo que en otra parte.

Le ordenaron que continuara.

Habían comprado tres gramos de coca. Él, desde el muro donde orinaba, oyó voces. Regresó deprisa. Vio que alguien, que parecía gitano, le daba un golpe con un bastón grueso a Benigno, que vaciló y alargó las manos para mantenerse de pie. En ese instante, desde donde estaba, Eduardo vio que el gitano hacía un gesto extraño, que Benigno se tambaleaba, y que el gitano le sacaba del bolsillo las papelinas que habían comprado. Mientras él llegaba y se inclinaba sobre su amigo, el que parecía gitano huyó. Eduardo gritó entonces, pidió auxilio. Nunca pensó que Beni estuviese muerto. Creyó que estaba sólo desmayado. Como no volvió en sí, corrió hacia una de las casuchas o chabolas, y rogó a un muchacho que le ayudara a meter en el coche a Beni que estaba allí cerquita. El chico levantó las dos manos y negó con la cabeza. Entonces él, sacando fuerzas no supo de dónde arrastró a Beni y consiguió, sudando y llorando y resollando, meterlo en el coche, que previamente había acercado más aún, para llevarlo al hospital.

Sometieron a un minucioso interrogatorio a los habitantes de las chabolas de la droga. Nadie recordaba que aquel sábado hubiese habido un hecho violento. Ellos saben a la perfección que les conviene no mentir, y se reafirmaron en lo dicho. Eduardo aseguró que aquél era el lugar donde había caído Beni, y aquel otro el muro donde él orinara.

—¿Dónde vivía el muchacho que se negó a prestar ayuda?

—Allí.

Allí no vivía ningún muchacho, sólo una mujer con tres niños, uno de ellos de pecho, que aguardaba desde hacía ocho meses a su marido, si es que era su marido y si es que iba a volver.

Por otra parte, la ropa de Benigno no tenía restos de tierra ni de barro (el día anterior, el viernes, por la mañana había llovido un poco), ni desgarrón alguno producido por el esfuerzo de arrastrarlo hasta el coche. Tampoco el robo había sido el móvil del crimen, puesto que las pertenencias de Beni y su cartera se hallaron, olvidadas, en el coche de un joven pintor que daba los últimos toques a la vivienda dispuesta para ocuparla con Rafaela cuando se casaran.

Eduardo se quedó en la capital detenido por encubrimiento, y puesto a disposición del juzgado que instruía el caso.

Desde aquel mes de abril en que los dos cumplimos doce años —su novia, él y yo habíamos nacido con muy pocos días de diferencia—, Beni y yo fuimos amantes. Los más felices amantes de la tierra. Yo reconozco que lo dominaba, y que a él le gustaba ser dominado por alguien al que podía estrujar con una sola mano cuando le viniera en gana.

Nos veíamos todos los días, salvo cuando yo tuve que irme a preparar mis oposiciones para llegar a ser profesor en el colegio, el mismo colegio en que él y yo habíamos estudiado. Él iba a verme entonces a la capital pretextando cualquier necesidad ante sus hermanos, que dejaban de uno en uno la casa, o ante su padre, a quien ayudaba en las faenas del campo.

Nadie sospechó nunca nada. Por si acaso él se echó una novia compañera nuestra, dócil y buena, con la que cumplía saliendo de vez en cuando solos, pero en general también conmigo. Nunca consideré a Rafaela un peligro para lo nuestro. Más bien lo contrario. A mí me excitaba pensar que se besarían al despedirse, que él la tocaría hasta donde la decencia de la muchacha permitiese, y que después iba a volver conmigo, más ardiente aún, más deseoso.

Yo no aspiraba a otra cosa que a que la vida transcurriese de la misma manera que hasta entonces. Supe largo tiempo lo que es ser dichoso. Cuando Beni y yo nos pusimos de acuerdo, señalamos la fecha de su boda. Ésta no cambiaría esencialmente nada. Yo seguiría siendo el amante más amado. *Amans amantis...* como la declinación del latín que con frecuencia yo recordaba. El amante del amante...

Aquella noche Beni había bebido mucho. Yo esperaba que la coca le rebajase los efectos de tanto whisky con coca-cola...

Para la gente, Eduardo, a pesar de que lo soltaran al día siguiente tras declarar una hora y con la obligación de acudir al juzgado los días 1 y 15 de cada mes, ya no fue el mismo. Los del pueblo se sentían ridículos por la manifestación a la que habían concurrido. Se sentían engañados por el muerto y por él. Se sentían decepcionados y timados por la vida auténtica, o eso creían, de Beni y de su encubridor... ¿A quién encubrirá ahora? Eduardo percibió, nada más regresar, que el pueblo le había vuelto las espaldas, y la familia de Beni más aún.

Cuando llegamos al asqueroso barrio de la droga no le dio tiempo ni a alejarse a Beni. Se tropezó con otro supuesto cliente que se echó en sus brazos. No puedo olvidar la mano de Beni sobre su cintura, ni la mirada resbalosa y de soslayo, vuelto apenas hacia el coche, con que me observó por si me daba cuenta. La recibí como un escupitajo en plena cara. ¿Qué significaba aquello? ¿Por qué se comportaba Beni así? Sólo el alcohol podía explicarlo.

De pronto, absorto y angustiado, noté que regresaba. Me pareció demasiado pronto.

—Dame dinero. Me he olvidado en casa la cartera.

Lo miré fijamente. No era posible. Había quedado, en el piso de la boda, con un pintorcillo llamado Fernando. Se lo dije masticando las palabras.

—Bueno, será eso. Me he dejado la cartera en su coche.

—¿Y qué hacías tú en su coche?

—Nada. Si hubiese querido hacer algo, lo habría hecho en mi piso.

—Y ese al que besabas ahora, ¿quién es?

—Un compañero de la mili.

—Tienes respuestas para todo.

—Para todo lo que tú me preguntes, sí. ¿Me das o no el dinero?

Tardó en volver. Lo noté distinto. Ya se habría metido un par de tiritos, quizá más. Luego deduje que muchos más. Arranqué el coche. Íbamos en silencio. Un poco más allá me mandó parar en un arcén muy ancho, o acaso era la entrada de una finca. Deduje que eso sería nuestra reconciliación. Me gustaba acariciarlo y gozar de su cuerpo, o que él gozara del mío, en el coche, bajo el cielo destelleante o tenebroso. Aquella noche la luna había empezado a menguar y teñía de luz fría los árboles, los sembrados, los linderos de zarzas. Me volví hacia Beni deseando sonreírle y que él me sonriera. No fue así.

—Es mejor que hablemos de una vez. Es mejor que sepas ciertas cosas. Rafaela está embarazada, por eso he preferido adelantar la boda... Pero ahora estoy arrepentido. —Balbuceaba no sé si por lo que me decía o por la coca. Tenía secos los labios—. No quiero casarme. No quiero atarme a una buena mujer que no me gusta. Tampoco quiero atarme a un hombre que tampoco me gusta. Creo que es necesario que lo sepas. Me he desengañado de nuestra relación. Lo nuestro se acabó. Pero no ahora, hace ya mucho. No sé cómo no te has dado cuenta. Estabas ciego. Ni yo soy el que fui ni tú tampoco. Cuando estuve con el pintor joven esta tarde... Cuando he visto a ese otro muchacho hace un ratito... Me voy a ir del pueblo. Voy a empezar otra vida. En Madrid. Ya he quedado. Estoy harto de disimulos y comedias. Aquí nunca podríamos vivir juntos tú y yo. Nunca seríamos una pareja de verdad... Y además no me gustan las parejas. Me gusta más el cambio y la mudanza. A este quiero, a este no...

Hablaba con grandes pausas. Movía exageradamente la mandíbula.

—¿Es cierto todo lo que acabas de decirme?

—Sí; todo es cierto.

—¿Me juras por tu madre que no es una broma de las tuyas?

—¿Por mi madre? ¿Una broma? Te lo juro que no... Perdóname, pero te lo debiste imaginar. Entre nosotros, entre los gays, nada dura para siempre...

Dejé caer mi mano izquierda. Soy zurdo de nacimiento: buenos disgustos me costó cuando niño. Mi mano sabía lo que buscaba. Y lo encontró.

Con el afilado y largo destornillador le asesté a Beni, con todas mis fuerzas, un golpe único. No sé si mi intención era matarlo o no. Ni sabía si iban a ser necesarios más golpes. Pero bastó con ése. Del bolsillo del pantalón le saqué sólo una papelina de un gramo. No tenía más.

Antes de llevarlo al hospital, con el gato del coche le golpeé en la cabeza.

Inventé la historia primera por el camino. Supuse que estaba muerto. No me remordía la conciencia. No sentía dolor. No sentía nada.

Cuando la policía fue a detener a Eduardo por asesinato, no lo encontró en su casa. Tardaron la mañana entera en encontrarlo. Tuvieron que desplegar a bastantes números de la Guardia Civil. Uno lo vio de lejos. Se había ahorcado en una encina solitaria, situada en la cima de un cerro, en las primeras estribaciones de la sierra.

EL ANILLO DE POLÍCRATES
—

La noticia tardó, aunque no mucho, en redondearse. Pero, una vez completa, fue publicada por todos los periódicos. Los lectores son aficionados a las coincidencias favorables, a los dulces y pequeños milagros inofensivos y a los benéficos azares. Nunca sospechan, o al menos no les gusta sospechar, que el azar tiende sus trampas con más facilidad que la certeza. Entre otras razones porque nos encuentra menos precavidos y confiadamente inermes.

La historia era bonita y atractiva. Quizá sus protagonistas no lo eran menos. Todo había comenzado hacía cerca ya de treinta años.

Un día de junio, el 15, celebraban, en una High School de Florida, la fiesta de fin de curso. Los estudiantes de la Newton H. S. iban a desperdigarse después de unos años de convivencia y de felices circunstancias, o por lo menos no demasiado amargas, si bien, miradas en conjunto, algo monótonas. Todos tenían, salvo dos, decididamente malos estudiantes, alrededor de los diecisiete años. La fiesta les proporcionaba un sabor agridulce. Empezaba otra época para cada cual, y ésta tendrían que vivirla, en principio, a solas. La solidaridad perduraba; las menudas envidias, las rencillas de clasificaciones o de amistades se disolvían o se quedaban reducidas al recuerdo, que todo lo iguala o lo emborrona. Los profesores olvidaban sus antipatías, y subsistían sólo sus preferencias en los confusos archivos cordiales. Todos los alumnos tenían la seguridad de ser ya hombres y mujeres, y de ir, con pies más o menos firmes, en busca de su propio destino que los había estado aguardando, sin impaciencia, a las puertas de aquel feo edificio de ladrillo. Ahora salía también él a su encuentro.

En el curso destacaba una chica. Descolorida, esbelta, casi huesuda y muy rubia. Ya, por fin, sin aparato alguno de ortodoncia. Con unos ojos apresurados e intensos. Se llamaba Anne Baskin, y estaba acostumbrada a elegir a sus acompañantes. Se trataba de una muchacha cuya abierta y hermosa sonrisa atraía a quien la mirara, y le daba una envidiable confianza en sí mismo y en ella. Había salido con casi todos sus condiscípulos una u otra vez. No tenía, al parecer, preferencias. Y tampoco caía mal a las chicas del curso, acaso más hechas que ella, más desarrolladas, más pimpantes y frívolas. El hecho de que Anne destacara sobre todas ellas no era sencillo de explicar.

Entre los muchachos solía afirmarse —por las muchachas— que existían dos partidos: el de Michel Lorson, un larguirucho buen estudiante, el mejor al decir de los mayores, desdeñoso y algo sombrío para su edad, al que en principio no interesaban mucho los coqueteos que iban y venían entre sus compañeros, y el de Morgan Shawnen, menos alto o mucho menos alto, más cuadrado y más fuerte, con un porvenir resuelto si es que no se proponía otra aspiración o no emprendía otro camino: heredar el almacén de su padre, o quizá poner uno semejante en una ciudad próxima. Morgan prefería lo segundo.

Cuando terminaron las ceremonias muy lucidas y casi interminables de la graduación, Morgan, resueltamente, se acercó a Anne Baskin, y le propuso ir a la playa. El día era diáfano y refulgente. El calor lo amortiguaba una brisa fragante y, tras una corta vacilación, en la que Anne buscó algo o a alguien con los ojos, sonrió con su habitual sosería, que le daba una dudosa aura de lejana majestad, y consintió en acompañar a Morgan.

—Te reservo una sorpresa —le advirtió Morgan con seriedad.

Anne inclinó la cabeza sobre un hombro y destellearon sus ojos de un azul muy oscuro.

Morgan tenía dieciocho años y un coche. En él fueron a la orilla del mar, atravesaron una fila de uveros de playa, de troncos y ramas rudos y retorcidos, se acercaron a un columpio vacío, y se dispusieron a bañarse. Era el lugar que más frecuentaban los estudiantes de su curso. Quien lo eligió fue Anne.

En el momento en que se desvestían fue cuando Morgan le alargó a Anne la sorpresa. Era un anillo no muy valioso. Una baratija de plata sacada del almacén de su padre, donde se acumulaban las más variadas mercancías. En el interior había grabado el nombre del instituto y la fecha de aquel fin de curso: Newton H. S. 69. Al otro lado del aro, separadas por un guión, las iniciales de los dos muchachos: A. B. — M. S.

El anillo era demasiado grande para el dedo anular de Anne. Morgan no había calculado bien.

—No importa —lo excusó ella—. Muchas gracias de todos modos. Eres un encanto, Morgan. Lo conservaré siempre en recuerdo de este día tan importante. Lo pondré en mi pulsera.

La pulsera era una cadenilla de oro. En una placa en forma de estrella lucía el nombre de su dueña. Ésta abrió el broche e introdujo en él, forzándolo apenas con los dientes, el anillo. Luego alejó la mano y contempló, e hizo contemplar a Morgan, el efecto que aquel arreglo producía.

—Para que no me olvides —dijo Morgan con voz honda.

—No pensaba hacerlo de ninguna manera.

En vista de que no aparecía compañero alguno, a pesar de haber esperado bastante sin tener mucho que decirse, Morgan y Anne se bañaron. Fue Anne quien decidió el momento con cierta imperceptible decepción.

Juguetearon en el agua no muy fría. Se persiguieron entre carcajadas, bracearon, se alejaron aunque no mucho, de la arena... Eran sencillamente dos muchachos, casi dos adolescentes, que se conocían a fondo, o eso creían ellos, entre los que nunca había existido una competencia separadora o destructiva. Ninguno de los dos había ocupado nunca los primeros puestos de la clase. Dos muchachos que chapoteaban riéndose en el mar, y a los que el mar acogía abriéndose gustoso.

Cuando, pasados unos veinte minutos, salieron a la playa y se tumbaron al sol, Morgan notó que el anillo que acababa de regalarle a Anne ya no estaba en su sitio. El mar lo había engullido.

—Te regalaré otro.

—Te guardarás muy bien de hacerlo. Ese anillo era *nuestro* anillo. Ninguno podría sustituirlo.

—Pero puede que sea un mal presagio...

—Tonterías. Lo hemos pasado muy bien, el anillo era precioso y le ha gustado al mar, ¿no te parece?

Sí; a Morgan sí le parecía. Durante cuatro años se vieron cada vez más a menudo. Se hicieron poco a poco el uno al otro. Anne mantenía, conscientemente o no, una zona reservada que la hacía aún más deseable para Morgan. Morgan era más inmediato y visible de una sola ojeada.

Cuando les comunicaron a sus padres que deseaban casarse, sus padres lo sabían a la perfección.

Se casaron en otro mes de junio, en una ceremonia un poco aparatosa. Los dos eran hijos únicos de matrimonios bastante acomodados. A la boda asistieron algunos condiscípulos de la High School. Michel Lorson no pudo asistir porque aún estudiaba en la universidad, donde seguía amasando un espléndido currículum.

Quien recogió el ramo de la novia fue Flossie Brown, una chica morena, de un cutis mate y atezado, ligeramente rosa en los pómulos, de ojos almendrados y claros y de labios muy gruesos. Anne siempre pensó, con precaución, que tenía alguna gota de sangre no muy blanca. Había cambiado mucho, para bien, desde la Newton H. S. Sin embargo, Anne se conservaba igual: crecieron sus pechos, aunque no en exceso, y quizá habían ensanchado sus caderas: el vestido de novia subrayaba ambas circunstancias. No obstante, su cuello permanecía delgado y largo, lo que le daba un aire de garza un poco insólito, y sus manos, también largas y delgadas, le conferían un aire aristocrático, no del todo a propósito para ayudar a Morgan en su trabajo de llevar el nuevo almacén que, en una reducida ciudad del interior, le había puesto su padre.

En la derecha de esas manos llevaba ahora Anne un solitario con un brillante que fue el regalo de la petición. En la otra, a partir de tal día, llevaría la alianza de boda. Aquel anillo de la playa extraviado en el mar había sido olvidado. Y los efectos de su pérdida no podían, de ninguna manera, considerarse adversos.

No tuvieron hijos. En los comienzos de su matrimonio los desearon. Morgan, desaforadamente. Consultaron a médicos, y todos coincidieron en que no había ninguna anormalidad por parte de ninguno de los cónyuges, y que debían continuar intentándolo. Poco a poco se hicieron a la idea y, sin confesárselo jamás, se encontraron así, solos, mejor que si hubieran tenido hijos, fuente siempre de preocupaciones. Miraban a su alrededor y veían, no sin una oculta satisfacción, que los hijos ajenos constituían problemas, graves a veces, para sus progenitores.

Quizá se fueron haciendo más y más egoístas. Llegaron a bastarse el uno al otro. Todos sus conocidos opinaban que eran una pareja perfecta, sobre la cual los años no hacían más que añadir perfecciones. Según ellos mismos, estaban muy unidos, como ningún otro matrimonio que conocieran.

Anne y Morgan eran de veras ejemplares. Los vecinos de la casita en que vivían los miraban volver juntos de su trabajo. Los miraban entrar, subiendo los contados peldaños cada año ya acaso con menos impulso. Los miraban desaparecer tras la puerta de cristales con visillos muy blancos. Ni un ruido, ni una voz más alta que otra, ni una diferencia de opiniones.

—Se conocen tanto que apenas tienen necesidad de hablarse.

Anne se había convertido en una mujer más rubia que nunca, quizá con la intervención de la peluquera; un poco distraída, de aspecto romántico, y a la que era necesario llamar la atención para que escuchara lo que se le decía. No distinta del todo a una sonámbula. Y además cuando se le hablaba en alto para interesarla, respingaba como si se le hubiese dado un susto.

—Ella está siempre en sus cosas, mirando para dentro.

—Ella —se atrevió a decir un día un viajante de comercio— se aburre como una ostra.

Morgan, por el contrario, se había redondeado. Emanaba, todo junto, sudor y simpatía. Era un vendedor nato perfeccionado por el uso y estaba siempre pendiente del interlocutor, sobre todo si existía la posibilidad de que le comprara algo.

Este largo y monótono remanso se vio de repente alterado por una llamada de teléfono. Procedía de quien entonces ocupaba el puesto de director de aquella escuela Newton de sus comienzos. Ese director no era otro que su compañero Michel Lorson. Les anunciaba, algo por encima, lo que había sucedido y su propia visita. El teléfono, por lo visto, no era un medio digno de trasladarles la emoción que todos sentían y el hecho que, a la mañana siguiente, publicaría toda la prensa de los Estados Unidos.

Lo ocurrido era muy simple y a la vez inverosímil. Un joven, precisamente de la escuela, había pescado un tiburón pequeño, de poco más de un metro. Al abrirlo en canal, con la ilusión de quien investiga su primera pieza importante, encontró en sus vísceras aquel anillo de poco valor que un señalado día fue propiedad de Anne no más de media hora. Por la inscripción, la fecha y las iniciales no fue difícil adivinar que se trataba de un anillo perteneciente a alumnos de la escuela. Consultado el libro del correspondiente año, no hubo dificultades en adivinar el nombre de los más interesados, Anne Baskin y Morgan Shawen. En la actualidad, y desde hace mucho, felizmente casados.

A la tarde siguiente compareció Michel Lorson en el domicilio de ambos. Lo recibieron llenos de alegría. Anne contemplaba extasiada a Michel, que se había fortalecido convirtiéndose en un guapo hombre maduro, aplomado y apuesto. Michel no perdía la ocasión de sonreírle, seguro de que su sonrisa acrecentaba el encanto que había adquirido y el aplomo que ser director de la escuela le proporcionaba. Después de entregarles el anillo que tan misteriosamente el mar les devolvía; después de darles noticia de su propia vida, de su matrimonio con Flossie Brown y de la dolorosa muerte de ésta transcurridos unos años; después de tomar juntos unas copas en memoria de los buenos viejos tiempos y los días perdidos para siempre, Michel, con la parsimonia y la autoridad de un director de escuela que sabe administrar los efectos retóricos, les dijo, sin dejar de sonreír:

—Me gustaría hablaros de un antecedente de este hecho que ahora os afecta a vosotros. Tuvo lugar en el siglo VI antes de Cristo en la isla de Samos. Su protagonista fue Polícrates, un tirano en el sentido clásico de la palabra, no en el que actualmente tiene, de gobernante por asalto o de presidente de república bananera. Empezó siendo, en la misma cuerda que Morgan (Morgan rió con franqueza) un fabricante de mantas y de bronces, del partido demócrata, como creo que Morgan lo es también. Con la ayuda de sus hermanos, a los que luego tuvo la habilidad de quitarse de encima, llegó al poder. En él, se aficionó a la vida fastuosa, y se multiplicaron sus riquezas. Sin embargo, a pesar de favorecer a la clase trabajadora, no consiguió atraérsela: fue una de esas contradicciones que la política siempre lleva consigo. Enriqueció a Samos, pero se equivocó ayudando a Cambises, el rey persa, hijo de Ciro el Grande. A Cambises, que miraba todos aquellos territorios con la codicia de instalar en ellos futuras satrapías. Y fue por ello por lo que perdió su flota y acabó crucificado en Magnesia de Meandro. Hablo de Polícrates, claro... Total, la vida ajetreada de un político y su impensada muerte. Nada de particular hasta ahora.

»Pero a él, como a casi todos, lo hizo célebre para siempre un acontecimiento accesorio y trivial —el matrimonio lo seguía, pendiente de su relato, y Anne, también de sus labios—. Polícrates se inmortalizó por la aventura corrida por un magnífico anillo suyo, predilecto entre todas sus alhajas. Nos lo cuenta Heródoto. Tan satisfecho se hallaba el tirano, cegado por su brillo, con su destino que, para darles coba a los dioses y ganar sus favores, les sacrificó su anillo arrojándolo al mar. Era esa breve pena supersticiosa y voluntaria con la que intentamos, a menudo, evitar las penas fatídicas y auténticamente letales. Yo he conocido hace poco a un escritor español que le reza a la luna en su creciente, tan ajena, y le suplica por triplicado doce dones. Nunca le hubiese rezado al sol, al que venera; sí a la luna, a la que de alguna vaga e indecisa manera teme como luminar, sin luz propia, de la noche. Y le reza no porque crea que le va a otorgar lo que le pida, sino para que se satisfaga no otorgándoselo, y eso le baste, y no se le ocurra enviarle otros daños más hirientes.

»A pesar de todo, respecto a Polícrates, los dioses tenían muy clara su intención. Con divina educación le devolvieron el anillo dentro de un pescado, que su cocinero le sazonó al día siguiente. No se dejaron sobornar ni se ablandaron: el *fatum* de la caída y de la crucifixión debía cumplirse.

»Os cuento esto porque creo que, a partir de ahora, habréis de tomar precauciones —su sonrisa era más brillante que nunca—. Los dioses han tardado en devolver el anillo. Pero ahora ahí lo tenemos. Ellos son, en efecto, insobornables. No obstante, el hombre, a pesar de saberlo, intenta congraciarse con ellos, que ni estiman ni aceptan sus ofrendas, ya se trate de un hijo, como el Abrahám o el Jefté bíblicos, ya de una simple joya como la de Polícrates.

Aquella noche cenaron los tres juntos, antes de que Michel emprendiera el regreso a la escuela. Cuando él desapareció, se miraron Anne y Morgan como si se descubrieran por primera vez. En los ojos de él había una luz de ternura; en los de ella, un temblor de miedo quizá, originado por el relato de Michel.

—¿Tú crees que nos sucederá algo terrible, algo que cambie nuestras vidas?

El anillo seguía saliéndose de su dedo, a pesar de que su larga estancia en el agua lo había oxidado y debilitado por acá o por allá.

—No temas nada. Los dioses de Polícrates no existen, todo dependerá de ti y de mí.

—Eso espero.

Sólo habían pasado siete días, cuando, una mañana, a la hora de levantarse para ir a su almacén, Anne encontró muerto a Morgan. La autopsia declaró que su muerte había sido del todo natural.

Se había cumplido, también en este caso, el sino del anillo devuelto y el mito de Polícrates. La noticia impresionó a todos los conocidos, todos seguros de que la debilidad y la falta de salud se inclinaban, al contrario, más bien de parte de la esposa.

Lo que jamás se supo fue el reverso de la noticia.

A quien amaba y deseaba Anne era, y había sido siempre, a Michel Larson. Cuando lo volvió a ver se pusieron en pie sus sentimientos de la adolescencia y sus resquemores contra Morgan, adocenado, gordo y vulgar. Pensó al instante en qué feliz sería compartiendo el resto de su vida con Michel, como esposa del director de la escuela, y ya no como esposa de un más o menos acaudalado mercachifle. Percibió, en el relato de Michel, un sutil mensaje. Un par de conversaciones telefónicas con el viudo la hicieron afirmarse en sus deseos. Una nota sin firma que el correo le acercó acabó por decidirla. Era la fórmula para un homicidio sin huellas. La aprendió de memoria y la destruyó acto seguido.

La noche que precedió a la muerte de Morgan, Anne insistió en que celebraran entre ellos la recuperación del anillo, de todo cuanto su reaparición significaba y de tantos años, casi treinta, en los que habían convivido. Brindaron, después de una cena bastante bien regada, con un par de copas de coñac francés. Anne, después, insistió en que Morgan, tenso y nervioso por el excepcional festejo, tomara una dosis algo mayor de su habitual somnífero.

Cuando observó —y aun oyó, porque Morgan roncaba— que se había precipitado en un profundo sueño, le inyectó, con una jeringuilla, una ampolla de insulina. Tanto la ampolla como el medicamento venían en una caja que acompañaba a la carta sin firma. Morgan se estremeció sin despertar. Ya no despertó nunca. Su nivel de azúcar bajó con rapidez, y pasó sin esfuerzo alguno del coma provocado hasta la eternidad.

Anne y Michel no tardaron en casarse. A nadie sorprendió su boda. Ni antes ni después de ella hablaron los cónyuges, jamás, de la muerte de Morgan. El mismo día en que se celebró, devolvieron el anillo de bisutería al mar. Hasta ahora el mar no lo ha rechazado ni lo ha restituido. Eso tranquiliza la recíproca complacencia y la prosperidad de la nueva pareja.

LAS ENVIDIADAS
—

Esta noche he venido a buscarla. Nos tratamos desde hace bastantes años. Nunca hemos sido íntimos, pero hay una corriente entre nosotros que excusa toda confidencia: ella sabe que yo sé lo que no es necesario —ni prudente— decir, y actúa en consecuencia. Hoy vamos a la fiesta de una amiga común, a la que ella hasta físicamente se parece: el pelo, de un tinte castaño claro, peinado de una manera favorecedora; el maquillaje presente, aunque poco perceptible; la certidumbre de que ambas se pasan varias horas arreglándose, a pesar de que ni un segundo den la impresión de estar pendientes de su aspecto; los modales perfectos, la sonrisa pronta, la evidente —acaso excesiva— atención con que escuchan a quienes les hablan... Las dos forman parte del deslumbrante grupo de las envidiadas. Esta noche nos tropezaremos con alguna más.

Los fotógrafos estarán esperándolas a la entrada; procurarán cogerlas desprevenidas; acecharán un gesto de cansancio, una postura heterodoxa, la avidez con que contemplen a un invitado próximo. Los fotógrafos saben, sin embargo, qué difícil es sorprenderlas. Supongo que se preguntarán si no están equivocados; si es que estas envidiadas no son exactamente lo mismo que aparentan: seres sin fisuras, leves, graciosas, luminosas, felices. Hace falta más tiempo del que ellos les conceden para captarlas en un leve descuido: la distracción con que dejan caer el bolso o una servilleta, un parpadeo intempestivo, el mínimo bache en la conversación que denuncia su ausencia. ¿En qué piensan entonces? ¿Qué las desasosiega? ¿No son ellas las eternas mimadas, las eternas rejuvenecidas, las dudosamente maduras? ¿No son ellas las despreocupadas por cuanto no sea ellas: su rostro mate, su frente tersa, sus pómulos, la dulce comba de sus labios? ¿Y eso sólo son ellas? ¿No hay algo suyo que no salga en las fotos; algo distinto del simpático fruncimiento de los párpados, del mohín de la boca, del oportuno ademán y de las cejas alzadas para la fotogenia? ¿Qué hay dentro de sus hermosas cabezas cuando fijan los ojos en el extremo del salón o del jardín, y no miran a nadie, y no ven nada?

Algunas de ellas se casaron con hombres que ahora son muy viejos o que están agotados; otras se casaron muy jóvenes con ilustres homosexuales, que no comparten con ellas más que su peluquero; otras sufren los tristes resultados del destronador *siempre perdices* o de unas relaciones matrimoniales cuyo aburrimiento es mayor que el Himalaya y más helado. Sus hijos han cumplido años más deprisa que ellas, y además no comprenden nada, ni se interesan más que por sus propios problemas de droga o de dinero o de ambas cosas. No tienen aliados; ni pueden permitirse el reconocimiento de la debilidad que supondría pedirlos... Miran al fondo del jardín, y se oscurece su expresión. «Miraba la mar / la malcasada. / Que miraba la mar, / cómo es ancha y larga.» Desde hace muchos siglos ha sucedido igual. Un pequeño temblor en una comisura, y ya está. No hay que hacer muecas. Cada cual tiene lo suyo. Está bien. Basta. A sonreír.

Pero, ¿quién curará su soledad? Ellas no son desaforadas; la discreción es su más cara diadema. Quizá —«Ah, muy de cuando en cuando, una vez cada siglo»— ligan con alguien conocido, que les fue presentado en una de estas cenas, o van una temporadita a Londres o a París —mejor sería Roma—, donde pueden pasar inadvertidas. Nunca han pagado las caricias («Todavía...» «¡Calla!»); sienten como una arcada ante los avances de un chulo —mejor sería *gigoló*—: es lo único que las obliga a dar un paso atrás. Ya tienen suficiente con ser, en ocasiones, pregonadas sin el menor motivo. («¿Por qué todo el mundo se encuentra autorizado a meter las narices en mi vida? ¿Me meto yo en la suya?») No obstante, ¿qué sería de las envidiadas si nadie se tomase el trabajo de acecharlas, ni murmurar de ellas?

Las envidiadas tienen un alto compromiso: se deben a ellas mismas, a su personaje, que acaso alguien juzgue inútil y risible, pero que es el que les han repartido. Se deben a su dignidad, y pagan el precio; quizá con torpeza, pero ¿les ha enseñado alguien otra cosa mejor? Han recurrido a ofrecerse como relaciones públicas de alguna foránea firma; lanzan algún perfume; representan de modo vagaroso a una casa de alta costura o de cosmética; consienten, como quien no lo quiere, en hacer un anuncio bien —muy bien— pagado; cambian a veces de entrevistadas a entrevistadoras... «Lo hago para mis gastos», aseguran. Y no es verdad. O no es la verdad entera. Lo hacen sobre todo por sentirse válidas, ocupadas en algo, con un teléfono útil por fin en la mano, o con un lápiz de cejas útil por fin...

El mundo se inauguró cuando llegaron ellas. Todas iban a ser reinas. Todas iban a devorar la vida, y a bebérsela en largos sorbos de oro. Y lo han hecho. ¿Lo han hecho? La vida ha cambiado tanto desde que, en el colegio de monjas, soñaban ellas con ser reinas. La vida y ellas han cambiado tanto... ¿Por qué nadie les dijo la verdad? ¿Dónde huyeron aquellos veinte años que no tendrán ya nunca? Las han timado. A las envidiadas las timaron. ¿Quién será capaz de reprocharles que no se planteen el tema de los hambrientos, de los pobres y de los ofendidos? ¿Es que ellas no están también hambrientas y humilladas? ¿Es que ellas no debieron aprender todo en su propia carne? Lo único que no saben todavía es digerir su soledad. ¿Quién les reprochará, por tanto, lo que hagan por aturdirse y olvidarla? Es una carga insoportable para sus hombros frágiles, para sus hombros tan desentrenados. Ser envidiadas es su último consuelo; no están dispuestas a renunciar a él... La vida enseña, sí, pero al final. Sería preferible que no enseñase tanto; pasar por ella sin mancharse, sin arrugarse, sin mojarse. Reinas iban a ser... Por eso, en las fiestas, ante los fogonazos, miran de arriba abajo, sonríen, se mueven grácilmente entre la diversión y un ligero hastío. Siempre la misma fiesta, siempre la misma quemazón, siempre la misma vida. Y al final de la noche, cuando se ponen de pie para marcharse, con una disimulada extenuación, entre su pecho y las pieles, entre su pecho y los chales, las envidiadas perciben el multiplicado y puntiagudo cáncer de la soledad.

—¿He tardado mucho? —me pregunta, mientras me ofrece con precaución una mejilla mate—. Me ha retrasado una llamada de negocios —concluye con malicia.

Su traje, largo, es de seda azul rey. Un gran lazo, de un matiz más oscuro, le subraya el busto.

—Me he colgado zafiros. ¿Qué te parece? ¿No será demasiado tanto azul?

—No, el azul nunca es demasiado —le contesto.

Y salimos a la noche de otoño.

LIRIA

Desde que tuve uso de razón de amor pensaba que los dos dolores más grandes que pueden asestarse contra el corazón humano son el de la madre que pierde a su hijo una vez que ha empezado a ser él y a vivir fuera de ella, y el del amante que pierde al ser que ama en el ápice del amor. Hoy, después de tantos naufragios y tantas abdicaciones, aún lo sigo pensando.

A Liria la conocí de una extraña manera. Tenía veintiún años y yo veinticinco. Unos días antes se había estrenado mi primera comedia, cuya trama y cuyo lenguaje, ingenuos y peatonales, invitaban a pensar en una intención muy consciente. Sin embargo, no era cierto. El público había recibido la pieza como cosa suya, y yo era, por fortuna, aún desconocido.

Una tarde recibí a dos periodistas, una española y otra americana, durante la primera parte de la representación. Y entendí que, si las invitaba a una copa en el bar del teatro, concluida la copa darían por terminadas las entrevistas. Pero tuve tan mala puntería que, allí, frente al mostrador, nos sorprendió el intermedio. Se acercaba a nosotros la gente, comentaba entre copa y copa, entre café y ginebra. Las periodistas agregaban a sus notas las opiniones de los espectadores. Ellas mismas lisonjeaban tanto a la comedia, por original y entrañable, que tuve, por buena educación, que resistirme.

—Ustedes exageran. A mí no me parece tan importante ni tan nueva como dicen.

Una muchacha algo anoréxica, de boca abundante y pómulos marcados, alta, espigada y vestida de cualquier manera, concluyó su bebida y dejó el vaso dando un golpe rotundo sobre el mostrador.

—Usted no se ha enterado de nada —dijo mirándome con desafío—. Yo la he visto ya tres veces y, por supuesto, la conozco mejor que usted. Es la mejor comedia que he visto en mi vida.

Hizo un gesto de desdén y se largó hacia uno de los pisos superiores.

Al terminar la representación había quedado con un cura que escribía en un diario, y que hacía unas entrevistas muy ágiles y muy de moda, en un bar frente al teatro. Grabábamos preguntas y respuestas. Yo procuraba moderar el deslumbramiento del cura, muy delgado y lampiño, cuando vi en la barra de ese bar a la muchacha desdeñosa. Le pedí que me perdonara un momento. Me acerqué a ella.

—Soy Luis Escalona —le dije—. El autor de la comedia que tanto le entusiasma.

No hizo el menor gesto. Ni de sorpresa ni de disculpa.

—Yo soy Liria —murmuró con el mismo aire retador.

Le alargué la mano, pero no me la estrechó. Saqué la conclusión de que puede que la obra le encantase, pero el autor le caía como un tiro. Volví al cura periodista y cuando levanté en un momento dado los ojos, ella ya no estaba.

Esto sucedía el día 29 de diciembre. El 31, el conserje del teatro (yo había llevado, por gratitud al personal, una caja de alfajores, a los que se aludía en el texto, para que supiesen cómo eran los auténticos, y el personal me tomó afecto) me avisó de que me había telefoneado una tal Liria, si es que había oído bien, para felicitarme el año. El día 2 de enero tenía una sesión de fotos con la compañía, o la grabación de un documental o algo por el estilo. El ayudante del director interrumpió lo que fuera por una llamada para mí.

—Qué éxito tienes, coño. A eso es a lo que se llama llegar y besar el santo.

—Soy Liria —me dijo una voz densa en el teléfono del despacho de dirección—. ¿Quieres que nos veamos?

—La función va a empezar enseguida. Te invito. Te buscaré un asiento.

—Ahora que te conozco puedo pasar sin verla.

—¿Dónde podemos quedar entonces? No conozco los bares de por aquí.

—Hay uno en la calle Barbieri, a la derecha según vas desde el teatro. No sé cómo se llama, pero no tiene pérdida. Dentro de una hora. ¿Está bien?

Me acompañó el ayudante del director. Liria ya estaba tomando una cerveza. Parecía una joven diosa incrustada en mitad de una colección de pardillos. El ayudante me dijo:

—Es de Granada, de una buenísima familia. De esas niñas que salen rebeldes... Yo me voy. A mí ya me echaron de Granada una vez los abencerrajes. Ésta tiene su sangre.

Y se fue sin volver la cara.

Hablamos con torpeza al principio. Ella no mencionó la comedia. Me contó que hacía cerámica y que, para vivir, trabajaba de maniquí pasando modelos. Empecé a caer en la cuenta de que su cara me sonaba: la había visto anunciando no sabía qué. La reconocí por su sonrisa, que administraba con extremada parsimonia: era apenas un modo muy personal de levantar y plegar los labios en las comisuras, lo que daba a su rostro un aspecto de casi obscena intimidad. Tenía los ojos verdes y versátiles, y las manos, larguísimas. Hablaba en voz tan baja que, por momentos, no la oía. Y cuando bajaba los párpados, las pestañas le hacían dos anchas y profundas sombras sobre las mejillas. Tanto, que uno aguardaba impaciente a que esos telones oscuros se levantaran para reencontrarse con la luz de los ojos. Jugaba con las servilletas de papel, plegándolas o fabricando barcos o pajaritas o pequeños bicornios; pero eso no la estorbaba para seguir, con entera consciencia, la conversación, aunque aparentara cierto desinterés.

—¿Podemos ir a cenar a algún sitio?

Yo era recién llegado a Madrid, y no conocía más que el entorno del teatro y los ensayos. Debajo de una cervecería, precisamente aquella en donde el cura me hizo la entrevista, había una especie de zaquizamí de moda en que solían dar algo de comer, más bien tapas que una cena normal. Se lo propuse. Aceptó, y nos fuimos.

Llegamos poco antes de la función de la noche. Saludamos los dos a una pintora y a un crítico de arte, que pagaban sus consumiciones antes de ir al teatro. «Por lo menos, tenemos algún amigo en común», pensé. El pequeño comedor se quedó solo. Yo miraba a Liria cuando Liria no me miraba. Y veía cada vez una cara más atrayente. Sin pintar, con el pelo revuelto, descuidada y sincera como la de un muchacho.

Me contó que había estado *viviendo con alguien* —ésa fue su expresión— del teatro o de la danza o de ambas cosas, y que *lo había dejado caer* —también lo dijo así— porque no era lo bastante honesto. Se hallaba en una encrucijada: podía elegir a alguien para convivir o quedarse sola, cosa que la atraía enormemente. Me habló, con una muy remota ilusión, de sus cerámicas. No mencionó mi comedia, que se daba a unos pocos metros de nosotros. Después de media hora larga, pregunté:

—¿Por qué estamos aquí?

—No tengo la menor idea. Si no la tienes tú, que me has traído...

Y de improviso me zambullí en sus ojos, en la obscena sonrisa que persistía ahora sobre sus labios carnales y provocadores, en sus manos que me recibieron con naturalidad. Pasó el tiempo inadvertido, sin el más ligero estruendo, sin dar razón de sí...

La pintora y el crítico volvieron del teatro. Me dieron una calurosísima y breve enhorabuena. «No nos extraña que hayas arrasado. La pieza es suculenta.» Poco después, o acaso no tan poco, comentaron desde el sitio en que se sentaban, que era el mismo que ocuparon antes:

—Fíjate en cómo se miran Luis Escalona y esa chica.

—Es Liria, una ceramista. Y otras cosas...

—Pero cómo se miran. Están uno dentro del otro. Ya ni hablan: se adivinan. O no lo necesitan. Qué envidia...

Entonces me di cuenta de que, en efecto, así era.

—¿Tienes casa? —le pregunté.

—No; la comparto con un hermano mío.

—Yo, tampoco. Estoy en la de una vieja amiga de mi madre... Y tú lo que quieres es que estemos solos, ¿no es verdad? Solos, ¿me entiendes?

Me miró con severidad o con desdén. Se levantó. Subió los peldaños de la escalera que comunicaba con el piso de la calle y que desaparecía a media altura. Yo, decepcionado y reprochándomelo, contaba los peldaños que pisaban sus pies. Uno, dos, tres... Hasta ocho. En el octavo aquellos pies, calzados con zapatos planos, giraron. Era lo único que ya veía de ella. Comenzaron a bajar. Al llegar hasta mí, tendió la mano, cogió fuerte la mía y tiró. Nos fuimos sin pagar.

Yo hablé con el conserje de noche del teatro. Puse la excusa de que había dejado un ejemplar de la obra en el despacho del director. Pasamos a él con sigilo. Dimos sólo la luz de una pantalla. Nos sentamos sobre un sofá de terciopelo verde. Tuve la sensación de que entre nosotros ya todo estaba dicho. Como si hubiésemos hablado mucho tiempo. Del pasado, sin duda. El futuro, en principio, íbamos a construirlo los dos juntos. O eso pensé, si es que pensaba, aquella noche.

Al día siguiente, una amable periodista mayor y protectora mía me ayudó a trasladarme a un apartotel en la calle Don Ramón de la Cruz.

Quedáramos donde quedáramos, Liria y yo siempre acabábamos abrazados allí. Fingíamos cierto cansancio, el agotamiento de Madrid y sus duras calles y su circulación, la necesidad de una ducha... El caso era terminar el uno dentro del otro. Nuestra secreta manera de decir, con o sin gente delante, que deseábamos hacer el amor, era decirnos: «¿No te darías una ducha ahora mismo?» «Exactamente eso era lo que estaba pensando.»

Ella tenía un pequeño estudio compartido para hacer su cerámica. Le gustaba trabajar el barro; pero le divertía más estar con los modistas y los fotógrafos de moda. Le habían hecho un compositum no demasiado bueno, en el que ella estaba poderosa y delicada a la vez, con su pelo castaño bastante claro tapándole casi los ojos, o descubriéndole la tersa frente. Con una mano cubriéndole media cara y dejando adivinar entre los dedos el brillo de los ojos. Sentada en una cuneta, como la reina Victoria Eugenia en una foto famosa camino del exilio el año 31...

La llamaban desde bastantes sitios para publicidad y comenzaba a ganar dinero. Pero no abandonaba del todo su cerámica —cuanto más dinero ganaba, menos— de la que preparaba sin prisa una exposición.

Liria iba todas las noches a dormir a casa de su hermano, al que yo no conocía. A mi apartamento, diminuto, venía después de comer. Paseábamos por la atosigante plaza de Manuel Becerra, por el Parque de Eva Perón, por la amable Fuente del Berro, donde nos columpiábamos en un balancín, hasta acabar con las gabardinas mojadas o embarradas. Visitábamos a muy pocos amigos, porque ella y yo nos bastábamos. Y porque nos producía la impresión de que, cuando estábamos con los demás, dejábamos de ser un poquito nosotros. Cenábamos juntos todas las noches de una forma arbitraria e imprevisible: aquí una tapa que preparaban especialmente bien, un bocadillo allí, un postre más allá... Y copas, muchas copas.

Una de aquellas noches, de pronto, me escalofrió reconocer que no sabía prácticamente nada de Liria. Ni su apellido siquiera, porque no había visto ningún documento suyo. Por lo menos con su apellido verdadero. Con una nebulosa incoherencia creí haber deducido que parte de su familia era de Jumilla: rica y con viñedos; y de que la otra parte era intelectual por aproximación o por contraste: notarios, catedráticos, banqueros, gente seria... Su mitad dionisíaca, su mitad apolínea... Pero ¿todo aquello era verdad? ¿Quién me lo garantizaba? ¿Qué hacía Liria desde unas horas después de cenar hasta la primera hora de la tarde del día siguiente? Iba al Museo del Prado, sí, y allí conocía gente; trabajaba su cerámica, y la mostraba a la gente; hablaba con sus representantes, y éstos enseñaban sus fotos a la gente... No recuerdo haber tenido en mi vida un ataque de ignorancia y de celos tan grande como el de aquella noche.

A instancias de Liria, habíamos acudido a un estreno multitudinario, bien montado por la productora en la Gran Vía. Llovía, y las luces se reflejaban como clavos de plata en el pavimento negro y charolado. Logramos entrar, entre gritos y piropos de un gentío mojado, por en medio de él, sobre una alfombra roja. Yo iba de muy mal humor. Liria, desentendida de la película, dijo de pronto que quería darse una ducha. Yo, en lugar de sobrentenderla, contesté: «¿Tan sucia estás?» Liria calló. Poco después salimos. Yo le reproché su hermetismo, su falta de entrega total e íntima, sus silencios sobre todo lo que la rodeaba. Hasta entonces nos habíamos entendido sin palabras, y sin palabras no se puede construir un amor. Ella lo sabía todo de mí; yo, nada de ella... Entramos en un bar llamado Sherpa. Recuerdo cómo sus ojos se llenaron de lágrimas, que resbalaron entre sus largas pestañas y se vertieron por sus mejillas. Y recuerdo que gocé haciéndola llorar... Era una manifestación de mi poder que, sin embargo, no aclaraba ninguna de mis dudas. Era una forma de venganza, que me contagió de la aridez de todas las venganzas. La sacudí. «¿Por qué lloras? ¿Porque me estás engañando? ¿Porque llevas una doble o una triple vida?» Ella decía que no con la cabeza. Decía que no con los gruesos labios mojados de lágrimas.

—Lloro porque te quiero.

Conocí a su hermano, grandón y no del todo feo, un día en que íbamos a ir a Cuenca y a Liria le subió la temperatura por causa de no sé qué infección en la garganta.

Yo estaba malhumorado y antipático: detesto que algo ajeno a mí dirija o impida lo que ya está organizado por mí.

Sé que era un domingo: el hermano fue a misa. Con amígdalas y todo —incluso esta vez sin ducha previa— hicimos un loco amor en su cama de enferma. Me quedé todo el día con Liria. El lunes estaba mucho peor.

Pero la verdad es que la rodeaba como una niebla acolchada y silenciosa. Una niebla que yo podía romper con un grito o con un manotazo; pero que, nada más volver yo la espalda, se reconstruía, acompañándola, envolviéndola, disfrazándola, ocultándola a mis ojos. Mis ojos que, por otra parte, podían verla y acariciarla y poseerla en su plena y desnuda gloria, en cuanto nos duchábamos. Ésa era la angustiosa contradicción.

En vista de que yo no me sentí con fuerzas para seguir aguantando las separaciones diarias que tan en guardia me ponían, nos trasladamos a un apartamento en que cabíamos los dos: abrazados, pero los dos. Ella tenía un rincón para su cerámica, y una mufla en un extremo de la minúscula terraza. Yo, mi sitio para escribir sin moverme demasiado. Ambos, un dormitorio que era lo más grande de la casa, con la ducha muy próxima.

Por fin —me dije— eres feliz... O eso creía. Pero ¿era feliz Liria? De repente me comunicaba, muy formal, que se había colocado en una fábrica para acostumbrarse y avanzar y profundizar en el tema de la cerámica. Se trataba de una marca muy conocida. A la semana siguiente, yo llamaba a aquel lugar, y allí no tenían la menor noticia de Liria. Lo que yo he sufrido por culpa del teléfono móvil, cuando lo tuvo, de Liria, de ninguna manera está en los escritos.

Durante unas navidades estuvo muy enferma, muy postrada, con una fiebre altísima causada por la infección de una muela del juicio. Yo tenía urgencia y necesidad de bajar a Andalucía. La dejé bastante mejor, dentro de la persistencia de la fiebre que iba y venía, dentro de su flojera, pero bien. A mediados de diciembre había pasado unos días en París. Iba a hacerse fotos para la próxima colección de un modisto célebre. El viaje a París me llenó de tristeza, de nostalgia y de inseguridad. Olía el peligro allí. Y fue de ese viaje de donde vino ya con la fiebre causada por la muela. O por otra razón, qué sabía yo. Se fue curando, mal, en casa... Yo regresaría de Andalucía diez días después. Le hice jurarme que iba a cuidarse, que no pondría un pie en la calle, que, como mucho, se distraería con la cerámica pero dentro de casa. Una mujer daba una vuelta por allí cada mañana. Y estaba nuestro médico amigo.

Llamé a su teléfono móvil varias veces al día. Liria me hablaba de colegas que la habían ido a ver y de unos chaparrones de enero que empapaban Madrid.

La noche, ya tarde, de un domingo —a las cuarenta y ocho horas, yo regresaba—, una voz enemiga me llamó para decirme que Liria había sido ingresada en el hospital de no entendí qué ciudad.

—¿Desde dónde me llaman? —pregunté.

—Ya le digo que desde Marrakech.

—¿Y qué hace Liria ahí?

—Ha venido a sacarse unas fotografías, pero no ha podido ser. Está muy enferma. Llamo por si pudiera darme el número de su médico de Madrid: él conocerá la trayectoria de su enfermedad.

Se lo di y colgué. Me odiaba a mí primero, por no haber sospechado; luego, a ella por su espantosa falsedad. Jamás me he sentido más estafado, más juguete de nadie, más con el alma literalmente en vilo. Y no me la bajaron hasta la tierra los descargos de Liria.

—No quise alarmarte... Lo de Marrakech estaba previsto ya desde París... Tú no me hubieses dejado ir... Tienes que comprenderlo: yo lo hice porque creí que no te enterarías.

—Porque creíste que no me enteraría.

Aquella tarde, como Francesca y Paolo, pero al revés, no continuamos más.

Hay cosas que no se olvidan. Se alejan para no verlas a diario. Se archivan o se suben sobre el alto techo de los armarios. Pero al menor roce, a la menor amenaza, algo nos las pone a gritos delante de los ojos. Son esas cosas que contribuyen a que el amor cambie de signo poco a poco. Son esas cosas de las que no se habla, salvo cuando irrumpe la atronadora tormenta de los denuestos y de los reproches.

Cuando mejoró vino de Marruecos acompañada del encargado de la publicidad de aquel modisto, un Norbert, a quien no conozco y a quien deseo la muerte todavía. Deseó pasar una temporada con su familia, a la que también había mentido y alarmado. Me pareció bien. Primero, porque lo consideraba justo; segundo, porque no me consideraba con fuerza aún para quedarme a solas con Liria: me habría tenido que dar demasiadas explicaciones, y prefería volver a creer en ella sin haber descreído de ella definitivamente.

Estábamos en la estación, y ya me había despedido. Me iba a alejar. El tren anunció su salida. Desde la ventanilla, Liria me llamó a voces. Éramos muy poco expresivos en público. Casi parecíamos unos hermanos que se llevaban discretamente bien. Me acerqué a ella. Con voz muy baja y la cara muy seria, me preguntó de pronto:

—¿Te casarías conmigo?

No pude evitar que mi corazón se esponjara como un crisantemo. Creí de nuevo en Liria y en Dios y en mí. Creí que los tres éramos la mismísima cosa. El tren arrancó sin que yo hubiese tenido tiempo de contestar. «Sí», grité. Y movía la cabeza hacia arriba y hacia abajo sintiéndome la más privilegiada criatura de este mundo.

Para gozar de más independencia decidí comprar un coche. Pero Liria, terca, se opuso a aprender a conducir ella sola. «O conducimos los dos, o no hay coche.»

—Pero ¿por qué? Tú ya sabes que yo soy el ser más torpe e inútil para eso. Ya lo he intentado.

De un modo oscuro me daba a entender que ella se transformaría en chófer mío. Y que no quería ir siempre donde yo tuviese que ir. Ni quería que la aguantara porque yo creyese que me era imprescindible. No deseaba que, si un día teníamos que romper, el dichoso cochecito fuese lo que lo impidiera.

—Pero si yo te regalo el coche...

—No lo quiero. No quiero nada. En este apartamento, ¿es que no te has dado cuenta?, hasta las toallas que uso me las he traído yo.

Se arrepintió antes de terminar de haberlo dicho. De nuevo se oscureció la mañana. Desde hacía tiempo, quizá desde el principio, en nuestras relaciones siempre surgían nubes. No las grandes tempestades y rayos a los que yo era muy aficionado, sino unas penumbras inquietantes, contra las que no se podía probar nada y que ellas nada me probaban tampoco.

Era, por ejemplo, la llamada de un venezolano que recogía yo. Preguntaba por ella. No estaba.

—Le dije que no llamara nunca a esta hora. Es un hombre que conocí en el Prado y me invitó a un café.

O era el representante de un bailaor de fama.

—Lo conocí una noche, no sé cuándo. Es un gran artista: el representante, no el bailaor. Habla con mucho sentido del arte y de la vida.

O era, por ejemplo, algún viaje inopinado que emprendía, después de una discusión, dándome a la hora de dormir una doble dosis de somnífero. (Esa ternura del somnífero era, como la ducha, una manera de firmar las paces.) Por lo general acababa en su casa, en Granada; pero en alguna ocasión aparecía en la costa de Gerona, o en Portugal, o posando en Florencia.

Al regresar y hacer el amor después de ducharnos, todo estaba más claro que la luz. Cada paso. Cada hora. Cada vez que había llamado y no me encontró en casa... Yo cerraba los ojos.

A veces teníamos peleas de una o dos semanas. Liria entonces desaparecía. No estaba ni en su antiguo estudio ni en ninguna otra parte conocida. Yo, por amigos comunes que habíamos ido haciendo, la localizaba. La invitaba a un restaurante lo más exquisito posible, que contrastaba tanto con nuestros comistrajos del principio. Solía ser un restaurante próximo a nuestra casa. Al terminar el postre, nos mirábamos.

—¿Me permitirías que me diese una ducha en casa? He comido demasiado y estoy algo sudorosa.

Sonreía.

Llegó a ser muy conocida como modelo. Aparecía en las portadas de las revistas, en los anuncios del metro, en las pasarelas importantes. Ostentaba una especie de sonrisa triste, con las comisuras de los espesos labios vueltas hacia arriba, vistiendo las ropas al desgaire y con un gran menosprecio, como si las hubiese usado tanto que estuviera a punto de desecharlas. Su nombre, sin apellido, Liria, era ya muy famoso.

Fue cuando nos mudamos a una casa más grande. En contra de su voluntad. Pero a mí se me antojaba que el apartamento se había quedado más chico que antes y que necesitábamos además otra ilusión común, un proyecto compartido y creciente. Yo también era reconocido en lo mío. Ganábamos bastante dinero entre los dos. Pero nos habíamos enfriado, porque cada cual miraba más lo que hacía independientemente del otro y teníamos muy poco que hacer juntos. Me pareció que una nueva casa se planteaba como necesaria en todos los sentidos. Era una nueva empresa de los dos... Liria nunca me había vuelto a preguntar si me casaría con ella.

Una noche nos invitaron a una cena en la Avenida de las Islas Filipinas. Se celebraba en un piso donde no vivía nadie. Asistían varios matrimonios amigos, simples conocidos más bien. Yo con los escritores no me he llevado nunca demasiado bien y en consecuencia, abundaban los camaradas, unos plásticos y otros de la moda, de Liria. Un señor cuya cara me sonaba de los periódicos, acompañante habitual de una modelo muy amiga de Liria, me tomó del brazo. Me apartó de los otros sin prestarle importancia.

—Yo quizá no debería... Pero se me hace que si no te lo digo... Hay un ministrillo de mierda que acosa a Liria. Lo he encontrado besándola en uno de esos pasillos que dan a aquel dormitorio de la izquierda.

Me adelanté. Por el pasillo se acercaban Liria y un señor no muy alto. Me dirigí a ella, después de detenerla.

—¿Ése es un ministro? —le pregunté.

—No, no lo es —dijo Liria—. Es director general del Arte y de la Música. Hemos estado hablando de la posibilidad de hacer una exposición antológica de mis cerámicas. ¿A ti qué te parece?

—Lo que a ti te parezca estará bien.

Aquella exposición de Liria fue un éxito. Acaso no tanto por las cerámicas como por el público que asistió, selecto y a la vez numeroso, y por la sala, muy popular y de una fabulosa ubicación. En cualquier caso, las cerámicas eran encantadoras. Liria tenía mano, buen gusto y un gran acierto combinando colores. Daba un tono de estudio, de investigación y, sobre todo, de gracia a cuanto tocaba. En una semana se vendió la obra entera. Vi disfrutar a Liria como nunca. Porque aquello formaba parte de su capacidad de creación mucho más que embutirse en los modelos que unas manos, sin pensar en ella, habían diseñado. Eso era exactamente lo que yo venía a decir en la página y media de la presentación. Mientras duró la exposición aquella, algo más de quince días, mi vida se mantuvo en una zona de sombra.

Fue al concluir cuando empezó a manifestarse la enfermedad de Liria. Su piel tomó un color oscuro, casi marrón; adelgazó extraordinariamente. Parecía una anoréxica. Diagnosticaron una pancreatitis congénita. No tenía nada que ver con el cáncer que luego se le atribuyó. El director general de aquel día en Islas Filipinas vino a verme y me propuso llevársela a Ibiza. «O quizá no, quizá traer aquí a un sanador muy conocido y eficaz de Santa Eulalia.» Ese señor era un trepa casado con una Borbón del Brasil, de la que estaba tan enamorado que, antes de traerla a España, la metió en la clínica de Pitanguí y la remozó y la modeló entera a su gusto. Nunca me interesó ni lo más mínimo, y despertaba en mí los recelos más graves y los más incómodos, en relación a Liria. Lo mandé a hacer puñetas. Pero no le conté nada a ella.

Una mañana, sin percibir todavía, ni Liria ni yo, la importancia de su enfermedad, me confesó que prefería vivir en la casa pequeña, que aún seguía siendo mía. «Donde fuimos tan felices», agregó, como si en la actual no lo hubiéramos sido nunca. Se mudó, asistida por una hermana suya, que yo apenas trataba. Fui a verla allí a diario. No había pasado ni siquiera una semana, cuando me dijo algo que me estremeció y me puso los pelos de punta. Le acababan de comunicar que, si no se operaba, no había solución; pero que, si lo hacía y la operación salía bien, quizá podría vivir hasta diez años más. Yo no entendí qué estaba sucediendo. No conectaba con la atrocidad de lo que me decía. Para demostrarme hasta qué límite se habían complicado las cosas, hubo de ocurrir algo no racional, o no de acuerdo con lo que así llamamos. Teníamos un perro que la adoraba a ella más que a mí y que pasaba con ella sus mejores ratos. Lo llevé conmigo para que se encontrasen los dos en esa visita. Al perro se le erizó el pelo ya en la entrada. Como a mí al advertirlo. Gruñía, apretaba las manos contra el suelo, y se negaba a acercarse a Liria, a quien estoy seguro que no reconocía. Yo, a través del perro, testificaba el cambio aterrador. Y vi en ello las señales previas a la muerte.

El traslado a la clínica se hizo con toda rapidez. La operación salió bien, según los médicos. Yo aparecí al día siguiente. Me dejaron entrar en la UCI. Liria estaba un poco encendida, y había recuperado su color anterior y el encanto frutal de sus pómulos. Quién habría podido convencerme de que todo lo que a mí me parecían datos favorables eran sólo una hinchazón anormal y el acaloramiento de la fiebre. Murió aquella misma noche.

Yo tuve la sensación exacta, precisa, indiscutible, de que también me morí yo.

Teníamos una amiga gitana en un mercado próximo que nos surtía de flores todo el año. Fui decidido a mandar al tanatorio la tienda entera. Pero la tienda entera había sido mandada a Liria, al tanatorio, «por un señor que ella tiene muy cerca, uno del ministerio que es muy amigo de ella».

Yo no pude seguir hasta el final la ceremonia del entierro. Llovía. Caía, sobre aquella tumba abierta, el agua empapando las flores y embarrándola. Yo flotaba literalmente por encima de mí. Era incapaz de llorar, de hablar, de una reacción de cualquier tipo.

Pasaron los días. Sentado, sin comer ni beber, sin leer ni escribir, me encontraban los amigos que me visitaban. No puedo decir en qué pensaba. Eran pensamientos como soñados, móviles, inestables, sombríos todos, porque los recuerdos gratos que podría haber, al contacto con los otros, se enfriaban y ennegrecían. Veía por la noche una luna creciente, y recordaba el pavor que Liria le tenía a la luna llena, ahora inundadora de su tumba sin posible defensa. Seguía oliendo el metálico olor de los crisantemos enviados por aquel adversario, y recordaba la antipatía que siempre había sentido, por ese olor y por el de las celindas, la infeliz Liria.

Una noche, quizá no dormido, me acordé de que, en Borges, había leído que el hombre que sufre más de cinco minutos por una mujer es que es marica. No sé si lo dice así exactamente, pero yo no tuve nada que oponer; o tuve, pero no me importaba.

Pasó muy poco tiempo, aunque a mí me pareciera un siglo, y yo seguía sumido en mi nada, inexistiendo en ella. Una media tarde, sin avisar, comparecieron tres buenos amigos míos. Era muy raro verlos juntos porque cada uno procedía de un lugar diferente, ejercían profesiones distintas sin el menor contacto una con otra, y sus afinidades electivas no eran muy coincidentes. Yo he sido siempre partidario de no mezclar a los amigos. Ellos se habían telefoneado y puesto de acuerdo. Se habían citado en la puerta de casa.

Venían a decirme —y yo creo que lo debo reproducir de la forma más breve y directa posible— que Liria no merecía la pena, que Liria me engañaba. Procuraban sin duda que saliera del marasmo en el que me veían hundido... Insistían: que Liria me había engañado siempre. Con unos y con otros. Era prácticamente una ninfómana que necesitaba la variedad y el cambio continuos en viajes, pasarelas, exposiciones, hornos de cocción, visitas al Prado o cualquier paseo que diera sola o conmigo. Tales eran sus campos de caza.

No contesté. No contradije. No la defendí ni me defendí. Cuando hay algo que está oculto dentro de uno, y una mano de fuera quita el paño que lo cubre, no cabe otra cosa que aceptarlo. Y gritar. O callar.

Me puse en pie en silencio, y los acompañé a la puerta.

De repente, mientras lo hacía, vino a mi memoria un diálogo con Liria, a la que tuve la impresión de comenzar a odiar de una manera superior a las posibilidades de mi corazón y de mi cerebro.

—Un día estarás con otro y te sorprenderé —le advertí un tanto en broma.

—No; porque llegarás estornudando, y como tienes

que hacerlo quince veces lo mismo que tu padre, me dará tiempo a poner las cosas en su sitio.

—Pero yo estornudo sólo después de los orgasmos —dije riéndome.

Ella, que no encontró forma de seguir la conversación, rió también, y luego añadió:

—Si estoy con otro, supongo que el orgasmo también te llegará a ti. En Moratalla un campesino asegura que la bomba atómica la entiende él a la perfección: «Es igual que si tú te la meneas y siente el gusto todo el pueblo.»

—¿Por qué no me lo dijisteis antes? —les pregunté sin ningún acento de reproche, a mis amigos, ya delante de la salida.

—Creímos que lo sabías... Quizá hubiese sido peor... Esperábamos que acabaras por enterarte: cada día se protegía menos... Ésas son cosas de la pareja: intervenir entre los dos no es prudente.

Cerré muy despacio la puerta.

Mi odio por Liria crecía en una doble dirección: por una parte, mi propio ridículo, que quizá fuese lo menos importante; por otra, su desamor y su doblez. Mi amor, que lo amparaba todo, que lo blanqueaba y lo ignoraba todo, se había esfumado, y veía, hasta el más mínimo de los detalles, la infamia y la suciedad en que había estado inmerso todos esos años... ¿Querría quizá no haber conocido a Liria? No, eso no. A pesar de todo, no. Quizá lo que querría era no haberme enterado de lo que ya no era capaz de ocultarme a mí mismo.

Recordaba, en el tanatorio, aquella madre gruesa y asmática, repitiendo que todo el mundo quería a su hija Liria, y que recibía nada más que palabras de elogio para ella. Tuve la tentación de ir a mi casa pequeña, donde todavía estaba su familia, para decirle a aquella madre:

—Señora, sólo una persona puede decir que Liria fue una puta, pero esa persona soy yo y no voy a decirlo.

Decidí con serenidad suicidarme, porque mi vida ni iba a servir ni había servido para nada. Había sido usada, manoseada y escupida a mis espaldas, o incluso ante mis ojos. Nadie podrá sentir, ni yo expresar, la humillada y dolorida convicción de fracaso que me invadió a mí entonces. Es como si uno hubiera tenido, a su entera disposición, una fuente cristalina, que luego hubiese resultado envenenada. Yo quería morir no por esa fuente, sino por todo el desierto contaminado y seco que había alrededor y que a partir de entonces me esperaba. Ya no existían aguas potables. Se acabaron, se acabaron, pensaba. Todo es mentira ya, porque era mentira la única verdad que había habido en mi vida. No me quedaba otra posibilidad. Ya no me quedaba ni la posibilidad de enfrentarme a Liria, de insultarla, de golpearla a ella tan débil, de matarla. Ya no podía vengarme.

Dicen que el corazón no duele. No lo sé. Sé que el mío sentía como una garra atroz que le hubiese hecho perder toda la sangre, y no sirviese más para derramar otra. Dicen que el corazón no puede doler. Yo me sentía el mío devorado a dentelladas por un animal salvaje que ni siquiera miraba lo que hacía.

Me levanté despacio. Fui al botiquín. Reuní cuantas pastillas había allí con los somníferos de mi mesilla de noche. Abrí un par de cervezas y me tomé las píldoras de cuatro en cuatro. Salí a la terraza. Caía el sol sobre los árboles, acariciándolos con sus dedos de luz. Vi el mundo hermoso, como si nada hubiese sucedido. La sierra de Madrid, por encima de las casas, morada y azul, se erguía imperturbable.

Yo estoy acostumbrado, por razones de mala salud, a desmayarme a menudo. Pero siempre es de la misma manera: la vida fluye a través de mis dedos, se me va, se me escapa, y comienza a caer un telón sobre el paisaje. Esta vez no fue así: el paisaje era el que se retiraba, se emborronaban los tejados, los altos árboles, la sierra del fondo. Se esfumaba poco a poco, entero y a la vez, como quizá le suceda a quien se le escapan el conocimiento y la vista por un exceso de pérdida de sangre... Y yo me quedaba atrás, atrás, solo y vacío. De rodillas primero; después caído ya mirando al cielo. Poco a poco, y luego de repente, me apretó el sueño contra sí y no supe más nada.

Hasta que desperté en el sanatorio al que mis amigos —uno de ellos era médico—, recién despedidos, y suponiendo mi reacción, con la ayuda del portero, me llevaron después de provocarme un vómito. En este sanatorio me encuentro y no me encuentro. En él estoy ahora. Ni contento ni triste. Creo que aún me quedarán muchos días antes de que esté, de que vuelva a estar realmente. Todo el tiempo que Liria tarde en morir de veras. Ojalá sea muy pronto.

HISTORIAS DE AURELIO

En contra de lo que él sostenía, irritado a veces, y siempre con una deseable convicción, Aurelio era muy feo. Sin embargo, sobre una cara sin posible remedio, ostentaba un par de ojos magníficos: entre azules y verdes, bordeados por unas espesas pestañas oscuras. Le sucedía como a esas familias, venidas no sólo a menos sino a casi nada, que conservan todavía una joya de sus antepasados. Supongo que él se veía guapo precisamente porque se miraba con esos buenos ojos. Era feo y liante. La vida lo había hecho así y ya está. Quizá para compensar una cosa con otra: la fealdad con el lío, o viceversa.

Sus cinco hermanos mayores siempre lo habían tratado con notable desdén. Tal trato lo puso a la defensiva e hizo desarrollarse en él una innata astucia. Sus hermanos se fueron casando, unos bien y otros no tanto. Él vivía con su madre en el último piso de un edificio antiguo y bastante ruinoso, el resto de cuyas plantas, hasta cuatro, estaba dedicado a tienda y a almacén. Se trataba de una construcción inclasificable y enrevesada, donde se amontonaban las mercancías en un imposible desorden que Aurelio era el único en descifrar.

Sus hermanos se conformaban con unas cantidades mensuales que habían acordado percibir de antemano, y que él les entregaba con minuciosa puntualidad.

El escaparate de la tienda, que daba a la avenida más comercial de Málaga, muy cerquita del puerto, era una especie de resumen de lo que existía dentro. Desde el más inverosímil de los juguetes hasta figuras de goma para colgar ante el parabrisas de los coches o ante su luneta trasera; desde ojos de cristal hasta toda clase de amuletos; desde camisetas de fútbol a los más diversos disfraces; desde relojes a diademas de piedras falsas; desde artículos de broma a animales de cerámica o espantosas figuras para colocar sobre al televisor; desde patines a botas camperas o de pesca; desde artículos de la mar y chubasqueros a objetos de papelería; desde cabecitas de Lenin o de Franco a testamentos de José Antonio Primo de Rivera y calendarios de Blas Piñar; desde banderas andaluzas o de la España más centrípeta a panoplias con el águila bicéfala y toda clase de armas blancas, y arrojadizas o no... Por las existencias no se podía decir si el dueño de aquel disparate era de izquierda o de derecha, si católico o idólatra, si pacifista o terrorista. De todo había en aquella especie de manicomio, y de todo iba la gente a buscar allí con el más absoluto convencimiento de que lo encontraría.

Tenía contratados cuatro o cinco dependientes que, con guardapolvos prehistóricos, subían y bajaban en un ascensor sin puertas, en busca de lo que la clientela demandaba. Aurelio era el puente entre ella y tales dependientes. El único conocedor infalible del lugar en que se había situado, en un momento abstracto, el objeto pedido. El día en que él, por una gripe, que era la máxima enfermedad que se permitía, no bajaba del quinto piso, las ventas se demoraban y casi desaparecían. De ahí que hubiese instalado un telefonillo interior en la cabecera de su cama para evacuar las consultas de quienes despachaban los artículos. Para tales terribles ausencias, había previsto que una cuñada, con la que se llevaba menos mal que con las otras, se

333

ocupase de la caja, ya que la madre, a la que en otro tiempo le gustaba meterse en el fregado de la tienda, se había hecho demasiado vieja. El padre hacía bastantes años que había muerto, y la madre vivía con una anciana ama que respondía al sonoro nombre de Eufrasia.

Eufrasia adoraba a Aurelio, con motivo de cuyo nacimiento había entrado en la casa. En tal adoración competía con la madre, doña María Victoria, que no veía más que por los bonitos ojos de su hijo pequeño, el cual se había encargado de indisponerla seriamente con el resto de la familia. Lo había logrado a lo largo de años de debilitar los cimientos del afecto, trasladando, en general a fuerza de mentiras, los comentarios de las cuñadas, la indiferencia y desidia de los hermanos y la independencia y desvergüenza de sus hijos. Así que doña María Victoria, Aurelio y Eufrasia, vivían en un enorme piso quinto y su hermosa azotea como en un castillo roquero, aislado de la maldad humana. O eso al menos opinaban las dos ingenuas viejas.

Debían de comentar entre ellas, acaso en voz muy baja, entre misterio y misterio del rosario, sobre la virginidad de Aurelio. Porque *el niño*, como lo llamaban, no vivía más que para la tienda. En ella misma, o incluso fuera de ella. Ya que, cuando arribaba algún barco grande a puerto, Aurelio se arreglaba, se perfumaba, se cambiaba de camisa, y se iba, en plan de viajante de comercio, a departir con la marinería y a embaucarla. Ante la cuestión de cómo Aurelio resolvería sus problemas sexuales, la madre no tenía en este mundo más que una obsesión que la torturaba más cada hora que pasaba: la boda de su niño predilecto. Doña María Victoria ansiaba, vehemente y explícitamente, que Aurelio se casase en vida de ella. No podía consentir de ningún modo que la muerte la sorprendiera dejando soltero aquel pedazo, el más querido, de sus entrañas.

Aquel pedazo de su entrañas, al que llevaban algunos años todos los otros, había sido desde el primer instante el preferido de ella y de su marido, don Calixto. Tanto que, habiendo educado a los mayores con extrema rigidez, como correspondía a un vendedor ambulante de toallas y baratijas, cuando nació el vástago postrero se rindieron ante él con armas y bagajes, es decir, con baratijas y toallas. En la familia se aportaba una prueba muy clara de tanta preferencia. A los quince años le dio por decir a Aurelio una idiotez: que él quería ser nada menos que torero. Cinco o seis meses después de repetirlo a diario, don Calixto, al que horrorizaban los toros y las frivolidades, comenzó a planteárselo en serio con tal de no hacer infeliz a esa criatura, que lo miraba con esos hermosos ojos verdiazules llenos ya de lágrimas. Hasta tal punto, que el día que la criatura cumplió diecisiete años, le compró un becerro para que se entrenara. El becerro lo tenían en el cortijo de un amigo de la familia, que también había prosperado. Un cortijo al que todas las mañanas iba, como el que va a una academia, el niño de la casa, a aprender el arte de Cúchares. La demostración de amor que para don Calixto significaban el becerro y el pago de las clases a un viejo y malísimo ex torero de Antequera, *Zapaterito de Mollina*, era rigurosamente insuperable.

Con motivo de las fiestas de la Victoria, patrona de la ciudad, se organizó una becerrada en la Malagueta. A ella fue invitado Aurelio con el nombre de *El Niño de la Alameda*. Hizo el paseíllo con un vestido rosa muy rozado y con cierto garbo lleno de precauciones. Pero eso fue todo lo que hizo. Cuando soltaron su novillo, *El Niño de la Alameda* se apalancó en el callejón, y se negó en rotundo a poner las zapatillas sobre la arena. Ante actitud tan taxativa, fue detenido y llevado al cuartelillo de donde don Calixto tuvo que sacarlo previo pago de una multa. La madre le dio gracias y le encendió velas a santa Rita y a san Expedito, a quienes había hecho dos novenas, muy productivas al parecer, para que le quitaran a su vástago de la cabeza semejante afición cuajada de riesgos infinitos. Es decir, que no hay mal que por bien no venga. A pesar de que el disgusto del ridículo y de la multa aceleró la muerte de don Calixto, que no tenía el corazón para ruidos.

En cuanto a la cuestión sexual de Aurelio, que tanto preocupaba a su madre y contra la que se estrellaban las novenas, los triduos y los quinarios de todo el santoral, la infeliz de doña María Victoria andaba no poco despistada. En cuanto amarraba un buen barco de guerra o un trasatlántico o, sin tanta exageración, un trasmediterráneo, allá que iba el niño Aurelio con el pretexto de ser un gran coleccionista de sellos y con la fama de pagar bastante por cada estampilla que no tuviese en su colección. Disparaba por lo alto y, si le daban pie, se entrevistaba hasta con el capitán, al que hacía algún horrible regalo de pisapapeles o sujetalibros con las figuras de don Quijote y Sancho, o de algún bote de pachulí para su lejana señora, nacionalizándolo previamente en Francia.

En estos casos, el capitán convocaba a la marinería para el asunto de los sellos. En otros, eran el segundo o el tercero o el sexto de a bordo, cualquiera que se vendiese a sus regalillos. Porque lo que Aurelio pretendía era ligar con los marineros, cuantos más mejor, y tirárselos donde y cuando pudiera, cuanto antes mejor. Para facilitar tales propósitos había aprendido un vocabulario útil («Guapísimo», «Te quiero», «Cuánto», «Haz conmigo lo que te salga de la polla», «Déjame que te la chupe», «Vuelve pronto», y otras expresiones por ese delicado estilo) en griego, en turco, en ruso y en holandés.

Es decir, entre los chulos que pasaban delante de la tienda, sita en una acera sumamente frecuentada, y los marineros que pasaban por la mar, la cuestión sexual de Aurelio estaba muy bien solucionada. Muchísimo más de lo que su madre y Eufrasia hubiesen imaginado, de caberles algo parecido en la imaginación. Lo que, desde luego, no les cabía. Porque una noche volvió Eufrasia como loca de alborotada. Había salido a deshora por algo de farmacia, y tuvo que buscar una de guardia. Cuando regresó, en la camilla, la esperaban Aurelio y doña María Victoria.

—¿Qué te pasa, hija, Eufrasia, que vienes como la grana? Tanta prisa no corría el jarabe.

—Ay, señora. Ay, señora. Estamos en Sodoma y Gomorra.

—¿En los dos sitios? —dijo con retranca el niño Aurelio.

—En los dos, sí, señor. He pasado por el parque porque tuve que ir a la plaza de la Merced. Por acortar, ¿sabe usted, señora? Y a lo primero, he visto lo natural: los novios con las novias; pero luego, más alante, en lo oscuro, he visto lo sobrenatural: los novios con los novios... Ay, adónde vamos a llegar... Traigo un sofoco que me he tenido que tragar dos píldoras de las que traía para usted y darme un trago del jarabe, porque me ha subido hasta la fiebre.

—No, si cuando yo digo que el niño lo que tiene que hacer es casarse, no lo digo a humo de pajas. No vaya a ser que, con estos ojazos y esta carita de san Antonio, un día me lo violen, o me lo desgracien por lo menos. —Y doña María Victoria suspiraba y gemía.

El niño tenía ya cuarenta tacos encima y más de cinco mil violaciones.

Un domingo de fines de verano, vencida ya la temporada alta que se cerró con notables beneficios, Aurelio se llevó a los dependientes de la tienda, en un gesto progresista, a comer a Córdoba, para que vieran la Mezquita, la Judería, o lo que ellos quisieran. Al llegar, les dejó pagado el almuerzo en un restaurante medianejo, y se echó a pasear y a tabernear por los barrios. Cerca de San Lorenzo vio a un muchacho, alto y robusto, o más bien gordo, que le hizo frente. Con él fue con quien almorzó Aurelio y con quien se echó luego la siesta en una pensión próxima, limpia y de confianza, de muchísima confianza, que el muchacho, llamado por supuesto Rafael, conocía.

Esa noche llegaron tarde a Málaga. Pero en el desayuno del lunes, Aurelio le dijo a sus viejas, muy en especial a doña María Victoria, que, si había ido a Córdoba, era para ratificar una cuestión del interés de todos. En efecto, en julio, en Málaga, había conocido a una cordobesa que le había hecho un tilín enorme —«Ay, qué tilín tan grande, mamá, fue más bien un tolón»—, y, si fue a Córdoba, era para confirmar su amor y para enterarse con detalle de la posición de la nena. En un palabra, se había echado novia: hija de labradores, familia acomodada, muy buena educación, y con una cara y un cuerpo que levantaban las tapas del sentido. Pero, sobre todo, de buena posición y de inmejorables modales. «Ay», suspiró el indino al terminar su cuento. La madre y la Eufrasia decidieron, a pesar de la hora, tomarse una copita de champán, aunque sólo fuese para brindar, porque la ocasión lo merecía.

—Así que no te extrañe, mamá, que desde ahora vaya con frecuencia, con toda la que sea posible, a esa hermosa ciudad hermana que es Córdoba, lejana y sola.

Entre Rafael, que era un chulazo de muerte y que hacía a pelo y a pluma, y Aurelio, en uno de los viajes, tramaron, ya que al joven le apetecía pasar en Málaga una temporadita, una novela verosímil. Aurelio se la contó a la madre, que se la tragó sin el menor reparo. El hermano de su novia, llamada como es natural Dolores, «pero yo la llamo Dolita», el hermano, «llamado como es natural en Córdoba Rafael», se proponía hacer Ciencias Empresariales en Málaga.

—Y me encargó Dolita que le buscara una casa de huéspedes decente. Yo he reflexionado, mamá, y he concluido que, con este casulario que tenemos nosotros, donde cabe un regimiento, por qué no le arregla Eufrasia una habitacioncita a este pobre muchacho, y así no se encontrará solo, sino en familia, con nosotros. Y de ese modo iremos estrechando lazos entre las dos partes de este futuro y feliz matrimonio.

La madre aceptó sin vacilación y encantada. Como el curso estaba a punto de comenzar, mandó habilitar una de las alcobas de sus hijos: la acicalaron, le añadieron detalles sacados de algunas de las otras, le pusieron, entre Eufrasia y ella, unas animadas cortinas nuevas, y quedó todo esperando al anhelado huésped. Que, por si fuera poco, para pagarse su estancia, en cierta forma, echaría por las tardes una mano en la tienda.

—Ay, este hijo mío, qué listo es y cómo mira por nuestros intereses. Bonito, más que bonito. Qué alegría tengo con esto de tu boda. Ya puedo estirar la pata bien tranquila. Y tú también, Eufrasia.

—Yo, de estirar la pata, nada, señora. Que todavía me queda encarrilar bien a lo que tenga que venir.

—Eso, sí. *Benedictus qui venit in nomine Domini.* Gracias, Señor. Gracias, Aurelio mío... *Nunc dimittis,* como dijo el anciano Simeón. —Y volviéndose a Eufrasia, añadió—: Que quiere decir «llévame ya si quieres».

—Hoy a la señora le dio por los latines. Hay que ver el demonio lo que inventa.

Cuando llegó el cuñado de su hijo, a las viejas todo se les volvió atenciones. Lo cuidaban. Lo mimaban. Lo engordaban. Pero el que más lo mimaba, lo cuidaba y lo engordaba era Aurelio que, cada noche, entraba en la alcoba de las cortinas nuevas y se ponía boca abajo en la cama con una pericia sólo comparable a la que tenía tras el mostrador.

Fueron unos meses felices. El joven se levantaba tarde, se daba una vuelta por ahí para fingir que estaba en clase, volvía a almorzar, ayudaba un ratito en la tienda, paseaba al atardecer solo o con leche, cenaba con Aurelio ligerito (deprisa quiero decir, no escasamente) y se iban del brazo a tomar una penúltima copita a un bar o dos, de ambiente a ser posible, porque a Aurelio le encantaba presumir de novio. De un novio sin mucha clase, la verdad, porque sus padres —era hijo único— no tenían donde caerse muertos. El padre había regentado una platería de la que salió, dadas sus malas mañas, despedido por la ventana. Y la madre limpiaba, sin mucho beneficio, algún piso que otro, y vendía lo que se ponía a tiro.

Un fin de semana al mes iban los enamorados, o el enamorado y el objeto de su amor, a Córdoba, la mal llamada llana, para que Rafael tuviese contentos a sus padres, y para que ambos cónyuges masculinos pudiesen visitar aquella pensioncita limpia de la primera vez, cuyo recuerdo los excitaba y los enardecía. El pretexto para el viaje, como es natural, era la novia inventada. En una de estas excursiones, Rafael le dio a Aurelio una fotografía de una novieta que tuvo el año anterior, para que pudiese fingir mejor ante su madre. Él mismo, con su deficiente ortografía, imitó una letra picudita de mujer y le escribió una cariñosa dedicatoria: «Para Ahurelio, el hombre de mi corasón, Dolita.» Esta foto, como si fuese un personal secretillo se la dejó *El Niño de la Alameda* en la cartera, olvidada en la mesa del comedor y asomando un pico. La madre investigó sin mucho interés y se encontró con el retrato. Le armó al hijo un escándalo porque no le había enseñado la cara que más ganas tenía de ver en esta vida, de la que se estaba despidiendo, aunque no quería hacerlo sin besarla antes con amor de madre. Aurelio se excusó alegando que Dolita había salido mal en la foto, que era una foto malísima, que ella era muchísimo más guapa y que, si él la llevaba en la cartera, era porque completaba sus facciones con la memoria y las embellecía con su amor. Doña María Victoria se echó a llorar de gusto. Y a punto estuvo de mearse viva.

—Anda, y decían las lenguas anabolenas que mi niño no se me iba a casar. Menuda boda, la mejor de esta casa.

Aurelio vivía dichoso, porque lo que más le gustaba era la cama, y la tenía asegurada noche a noche con un chavalote goloso y cachondo de dieciocho años. Hasta que el chavalote conoció una tarde en la tienda a una clienta de veinte que volvía y volvía casi todas las tarde. Aurelio los siguió una mañana, corroído de celos, y vio que se encontraban entre los árboles del parque, al pie del monumento a Cánovas, que siempre le había caído al tendero como un tiro. El grito que dio aterró a las palomas, que paseaban tan tranquilas junto a las gaviotas. Todas levantaron el vuelo en vertical. Lo que salió por aquella boca asustó a la clienta, que salió corriendo hacia el paseo Marítimo, y se perdió entre la gente. Y apabulló por un momento al novio que, cuando reaccionó, le endilgó una clase de bofetada apoteósica al de los ojos verdiazules. El caso es que, con la mentira de que su madre estaba indispuesta, para no descuajaringarle la vida a Aurelio ni disturbar la suya, y quizá para hacerse valer sin cerrar todas las puertas, Rafael comunicó que regresaba por el momento a Córdoba. Las cortinas nuevas se quedaron sin dueño. Y el culo y los ojos de la cara de Aurelio, derretido el primero y lacrimosos los segundos, también.

Doña María Victoria sospechó que había gato encerrado, aunque se equivocó de gato. Ella presentía en su corazón de madre que nunca se equivoca, que las relaciones entre su niño y la novia cordobesa no iban bien. Sin embargo, el principal interesado, si bien hipando y con la boca chiquita, lo negaba. La madre cordobesa, qué poco se equivoca el corazón de una madre, también sospechó un acontecimiento desfavorable, porque el retorno de su hijo, más guapo y más lozano que nunca, la ponía sobre aviso de que acaso se hubiera producido una ruptura con la novia riquísima que la noche de un sábado le juró en secreto haberse echado en Málaga.

No pasó apenas una semana, o quizá nueve días, sin que la novia malagueña le escribiese una carta no muy larga a la novia cordobesa. En ella reconocía y proclamaba paladinamente su amor, suplicaba una renovación de las relaciones, que serían tiernas y apasionadas como al principio y, saliendo al paso de cualquier negativa precautoria, le ofrecía ponerse el mundo por montera, liarse la manta a la cabeza, y casarse tranquilamente en Londres con todas las consecuencias monetarias. Aurelio no tenía muy claro si a Londres iban los mariquitas a casarse o las niñas bien a abortar: en cualquier caso, ya se informaría. Lo importante es que Rafa volviera. La carta la iba a firmar con el nombre de María Aurelia, pero como ignoraba el que se había inventado Rafa para engañifar a sus padres, la firmó con el suyo.

Para su desgracia. Porque los padres, dados a la pesquisa y aburridos del paro, leyeron la carta y vieron el membrete del renombrado almacén prolífico malagueño, que habían visto de pasada una vez que fueron cuatro días a la playa, invitados por el cómplice de los delitos económicos de don Jenaro, que era la gracia del señor. El señor, después de sus fracasos profesionales, estaba hundido en su propia salita. Y quien tomaba allí las decisiones era Angustias, su mujer. Y la decisión que tomó en este asunto fue personarse en el domicilio de Aurelio, armarle un buen puteo a la familia y denunciar los acosos sexuales hechos a su hijo, que era menor de edad entonces. La madre, a pesar de su nombre, no sentía angustia alguna: se colocó en su debido sitio sus amelonados pechos y aseguró que de aquel atropello iba a sacar un dineral. Lo cual les permitiría vivir mejor de ahora en adelante. Estaba convencida de que la familia del maricón iba a preferir, con mucho, el desembolso al escándalo.

Dicho y hecho. Entre envalentonados y secretamente satisfechos, Angustias y Jenaro se presentaron una mañana, cerca del mediodía, en el almacén de los horrores. Preguntaron por don Aurelio a don Aurelio que, con la disculpa de avisar a su jefe, que era él, puso pies en polvorosa. Se subió al quinto piso, y luego a la azotea, con la convicción de que lo mejor que podía hacer era tirarse a la Alameda y terminar con sus males de golpe. Era un día de abril. El cielo estaba más azul que nunca, y el mar, más azul que el cielo. No se tiró por el pretil en el primer segundo: lo perdió despidiéndose de la vida. Y la vida lo cogió por los pies y lo retuvo dándole coba, entre el me mato o no me mato. Esas dudas no suelen conducir a nada malo.

Entre tanto, los padres de Rafael se enfrentaron con otro dependiente. Éste, caído de un guindo, les aclaró que la madre de don Aurelio vivía en el piso quinto. Los acompañó al medroso ascensor y los dejó en camino. Llegaron a la última planta dando diente con diente, porque el ascensor se las traía para los no habituados. Tocaron el timbre. Les abrió la puerta el ama Eufrasia.

—Somos los padres de Rafael y queremos hablar con la dueña de este emporio. ¿Es usted?

—No, señora. Pero qué alegría le van a dar ustedes a la señora. Ella está muerta por conocerlos.

—Pues no sé si ahora se va a morir por conocernos, pero de verdad. ¿Dónde está?

—¿Es que no han visto al niño Aurelio abajo?

—No sabemos a quién hemos visto, pero sabemos muy bien a quién queremos ver. A la señora.

—Pero ¿y la niña? ¿Es que Dolita, esa prenda, no ha venido con ustedes?

—No hay Dolita que valga ni sabemos quién es esa Dolita.

—La novia del niño Aurelio, válgame Dios, su hija, por supuesto.

—Nosotros no tenemos más que un hijo. Varón. O eso creíamos. Se llama Rafael y nos lo han desvirgado.

Eufrasia comenzó a percibir que se abría cierta luz en su cerebro. Pero la rechazaba. De todas formas, pensó que aquello no era del todo cosa suya y, sin decir una palabra más, los condujo hacia el cuarto de estar, donde solía hacerlo doña María Victoria, mediado el largo pasillo. El cuarto tenía hermosas vistas al mar, y el corazón de una madre, que nunca se equivoca, lo estaba mirando a la vez que su hijo, sólo que éste arriba, casi de pie en el antepecho de la azotea, pero muy agarradito a los alambres del tendedero.

—Señora —gritó Eufrasia como si diese la voz de alarma a una sorda—. Señora, los padres del señorito Rafael.

Que llamasen a su hijo señorito le pareció a Angustias el súmmum de la delicadeza. Entró en aquel tabernáculo con la misma decisión que al llegar, pero vacilando un tanto sobre la puesta en práctica de tal decisión. Doña María Victoria salió a su encuentro. Doña María Victoria era una malagueña que había sido guapa, alta y con buena planta. Tenía la cabeza levemente perdida, pero no la presencia. Impresionó a Angustias, bastante más joven que ella.

—Por fin. Por fin vienen a vernos. ¿Cómo no me han avisado? Habría hecho un recibimiento digno de mis consuegros y de dos personalidades del rango de ustedes... Me está saltado de gozo la perita del ombligo, como dicen en esta tierra las gitanas. —Se abalanzó para besar a Angustias, que hizo cuanto pudo por evitarlo, aunque sin mucho éxito—. ¿Es que no ha venido la niña? Ah, claro, se habrá quedado abajo con mi hijo. No tardarán en subir, ¿verdad? Es natural que hayan preferido quedarse a solas un ratito.

—No hay niña que valga, señora. —Angustias había subido la voz, convencida de la sordera de doña María Victoria después del primer alerta de Eufrasia—. En mi casa no hay más chocho que el mío.

—¿Quiere usted decir —balbuceaba doña María Victoria, a la que le había parecido no oír bien— que los niños han roto? Ay, eso era lo que yo me olisqueaba. Han roto, me decía a mí el corazón. El corazón de una madre, que nunca se equivoca... —Y concluyó, como en un hallazgo—: Y ustedes vienen ahora a que nosotros, los padres, lo arreglemos.

—Aquí no hay arreglo posible. —Angustias hablaba ya a gritos pelados en la oreja de doña María Victoria—. Aquí no hay más arreglo que el que decida la justicia. —Había empezado a darle manotazos en los brazos a la dueña de la casa y casi a sacudirla.

Doña María Victoria intuyó que su niño, en un exceso de amor, se había sobrepasado con Dolita, y que los padres venían a poner los puntos sobre las íes. Así es el corazón de las madres.

—Pero señora —insistió—, si en el mundo no hay nada que yo anteponga al gusto de ver casado a mi hijo. Se adelanta la boda y santas pascuas. Que nos dé tiempo a preparar algo, aunque no sea mucho, como es debido. Renunciamos a la ceremonia en la catedral... Nada, un par de semanitas o un mes, y al altar. Pues no faltaba más.

—Esta tía está como una cabra —voceaba Angustias a su marido, que cada vez se encogía más ante lo que él entendía que era cosa de mujeres: de las que veía allí y de la que no veía por desgracia—. Esta tía lo que está es loca perdida.

Aurelio, en la azotea, decidió que lo mejor era acabar con los chanchullos y los líos y tirarse encima de la gente de una buena vez. Precisamente la Alameda era una de las pocas cosas a las que no se había tirado en Málaga. ¿Y si al caer mataba a alguien? No hace mucho le habían contado que, en Madrid, en el Viaducto, se arrojó una viejecita llena de achaques que quería salir de todos. Era de madrugada, pasaba por debajo un panadero con la batea de panes en la cabeza, que llevaba, los ya cocidos, de la tahona al despacho de la panadería. La viejecita se cayó en lo alto, lo aplastó, y ella se quedó tan fresca. Mira que si a él le sucedía también eso... Tendría que tener mucha puntería para no matar a nadie a las doce de la mañana en la acera de la Alameda. Y qué remordimientos, madre mía. Encima de lo que le pasaba. Aurelio no sabía cómo acertar. Se puso a rezar un padrenuestro, que le sabía a poco; pero es que del *Yo pecador* o del *Señor mío Jesucristo* no lograba acordarse con los nervios.

En el quinto, Angustias navegaba por un mar de dudas: no sabía si la vieja aquella estaba de veras mochales o lo fingía. Si hablándole tan claro no se enteraba, ¿cómo coño iba a chantajearla, si es que era así como se llamaba a lo que ellos habían venido? Y ya empezó a dar palos de ciego.

—Pero vamos a ver: ustedes, para remediar el daño, ¿cuánto están dispuestos a ofrecer?

—Todo, todo —repetía doña María Victoria moviendo a un lado y a otro la cabeza y entreabriendo los brazos—. Todo. Todo, en una palabra.

—¿Sabes lo que te digo? —Angustias se volvió con cara de tigresa hacia Jenaro—. Que nos vamos. En Córdoba pondremos el caso en manos de la justicia. Y el escandalazo que se va a formar va a ser morrocotudo.

Eufrasia callaba recogido el delantal entre las manos. Doña María Victoria, confusa, no entendía una palabra. El matrimonio escandalizador y escandalizado cogió el pendingue dándose golpes de pecho por haber venido a entrevistarse con irresponsables. Ya en la puerta del piso, se volvió Angustias hacia las dos viejas:

—Y ese niño maricón de los cojones, ¿en dónde está metido? Díganle ustedes que se ha jugado las diez de últimas y las acaba de perder. Que por eso le caen treinta años como mínimo. Y una indemnización que va a temblar el misterio. Porque mi hijo es un menor, menor, menor. Y él es un corruptor hijo de la gran puta.

Cuando bajaron, aún se oían subir, desde el ascensor, los gritos. Bueno, en realidad, los oyó Aurelio hasta desde la azotea.

Eufrasia adivinó dónde estaba el niño escondido. Subió dejando abierta la puerta del piso.

—Ya se han ido, rey. Tú verás lo que se puede hacer con tu madre. Conmigo estás cumplido.

Aurelio bajó. Se encontró con una doña María Victoria que había envejecido diez años en diez minutos. Se colocó ante ella.

—Mamá, ¿cómo estas tú, que es lo que importa?

347

—Confundida, hijo —le respondió doña María Victoria—. Tus suegros, en contra de lo que me habías dicho, son unos ordinarios de toma pan y moja. Ella, sobre todo, es una merdellona. Qué gritos... Yo no sé lo que tú has hecho, porque no se pueden anticipar los acontecimientos. Los hombres siempre sois de culito veo culito deseo y de melón y tajada en mano. Ahora ya no hay marcha atrás. Arréglalo todo como debas, y cásate cuanto antes. No quiero que tu nombre se vea en escrituras ante los jueces.

Aurelio miró a Eufrasia, que se encogió de hombros y que dejó, por fin, caer su delantal.

El viaje en tren de Málaga a Córdoba no era corto. Les dio tiempo a pensar. Angustias había visto el almacén repleto de género y de gente. Ella, al principio de la ruina, vendía telas por las casas para sacar adelante a los dos vagos de su marido y de su hijo. Tenía las piernas con varices y el alma hasta la coronilla.

—¿Sabes lo que te digo, Jenaro? Que aquí paz y después gloria. Tú y yo no hemos leído la carta que no deberíamos haber leído. Si está de Dios que Rafael le saque dinero a ese mariconazo, nadie podrá oponerse. Y menos que nadie esta madre que lo adora. ¿Qué adelantamos poniéndonos en entredicho? Las vacas tienen dos tetas: una a la izquierda y otra a la derecha. Pero lo que se dice leche, dan las dos. No nos metamos en más averiguaciones. En las cosas de la entrepierna, cada ser es un mundo. Lo que importa es que haya dinerito fresco.

Al llegar a su casa en Córdoba, no lejos de la calle María Auxiliadora, se encontraron a su hijo, que se había hecho algo de comer y estaba tumbado en el sofá viendo la televisión, despatarrado lo mismo que un manchego. La madre le dijo:

—No me extraña, hijo mío, que vayas soliviantando hasta a los muertos, porque es que estás como un tren. Como un tren mucho mejor que esa porquería en que acabamos de llegar desde Málaga.

—¿Que habéis estado en Málaga? No me dijisteis nada.

—Como si no hubiéramos estado, hijo. Tu padre, que tenía que hacer una gestión. La gestión ya está hecha... O sea, que lo mejor sería que tú siguieras desembraguetando perros calientes allí. O séase, estudiando. Nosotros, si necesitas ayuda, te ayudaremos. Con tal de que tú nos pagues, llegada la hora, con la misma moneda. ¿No te parece, Rafa, hijo mío idolatrado?

—Sí, me parece. Lo que me parece es que no sé cómo...

—Sí sabes cómo, no te hagas el tonto. Tú a todo lo que te propongan di que sí... Por lo demás, silencio. Y ahora, hijo mío, ayúdame a preparar la cena, que sabe Dios el comistrajo que te habrás tragado, y no está tu vida como para perder peso.

Rafa volvió a Málaga. Rafa volvió a los brazos de Aurelio, que consideró el hecho como un amanecer, como una revisitada luna de miel que él no se merecía. Pero como dudada de que su madre tuviera un auténtico Alzheimer o sólo estuviese haciéndose la tonta, prefirió que el muchacho viviera esta vez aparte y que no apareciese por la tienda.

Alquiló un apartamento ni muy cerca ni muy lejos de su casa. Lo hizo con sigilo sacramental y a espaldas rigurosas de su madre y Eufrasia. Estaba situado en una azotea. Era como un ático viejo. Tampoco era cosa de meter al muchacho entre cuatro paredes, donde ni le diera el perfumado aire malagueño ni pudiera tomar el solecito que lo amorenaría para que él, Aurelio, le comiera las carnes. Puso las habitaciones relativamente confortables, aunque sin gastar mucho. Las llenó de mercaderías del almacén, de colchas indias y de cojines nepalíes o paquistaníes o de por ahí, con espejitos. Colgó mandalas por doquier, un cuadro de la Oración en el Huerto, cuyas figuras se movían si se movía el espectador, una Sagrada Cena en relieve, dos Dianas Cazadoras y tres falsos perros de Strafford. O sea, sencillito. Así no tenían mucho espacio para moverse y, cuando estaban los dos juntos, tenía que ser abrazaditos. La reconciliación fue muy sabrosa.

Sin embargo, Aurelio ya no se fiaba. Rafa o salía con él o no salía. En su bolsillo de amante celoso estaba el único juego de llaves del apartamento. Cuando se iba lo cerraba con la llave normal y con la de seguridad, y Rafael se quedaba preso como la Infanta Delgadina. Le compró libros para que leyera y trabajos manuales para su entretenimiento. Le trajo de la tienda un puzzle gigante de 10000 piezas. Ya tenía diversión suficiente para diez años.

Al principio todo funcionó más o menos bien. Después siguió funcionando, pero no de la misma manera. Porque Rafa aprendió a saltar a la terraza de los vecinos y a bajar tan ricamente por la escalera de la casa de al lado hasta la calle Carreterías. Era mucho Rafael, con diecinueve años ya igual que diecinueve soles, como para quedarse en la trena esperando que llegase al anochecer el Espíritu Santo en forma de algo más que una débil paloma. Así que bajaba a gastarse el dinerito «para que ahorres» que le daba Aurelio, además del que él, con artes parecidas a las usadas con *El Niño de la Alameda*, lograba a primeras horas de las tardes.

Pero un día doña María Victoria fue con Eufrasia a la Clínica del Ángel porque acababa de dar a luz una de sus nueras, la menos antipática, la que se ocupaba de la caja cuando Aurelio iba de cacería. Sentaditas en su taxi, miraban cuánta gente hay en Malaga en verano, qué aglomeración. En un semáforo rojo se pararon junto a un autobús. En él vieron, sin posible error, a Rafael. Doña María Victoria alzó la mano para saludarlo. Eufrasia se la bajó con la mayor rapidez que pudo. Rafael giró violentamente la cabeza... Ya no hubo visita a la recién parida. Volvieron a su casa, y la madre le contó a Aurelio lo que había visto y lo que Eufrasia no había logrado dejar de ver. Aurelio se llevó las manos a la cabeza. Nunca había creído que las dos viejas hubiesen perdido la vista al mismo tiempo. «Qué locura.» Precisamente había tenido anteayer noticias de Rafael, que había ingresado voluntario en el Ejército y le había tocado Burgos, conque...

Llegó como una hidra al ático rústico que le había alquilado. Naturalmente no había nadie. Le subió esófago arriba un ataque de soberbia machacada; le subió una náusea malísima; le remontó el más infame de los escarnios y la más ácida de las mofas desde el estómago a la cabeza. Y escribió una nota muy fina en que decía: «Vuélvete al coño de tu puñetera madre.» Sin firma. La colocó con una chincheta en la madera exterior de la puerta. La cerró con la doble llave y se fue llorando de celos, de rabia, de asco y de vergüenza, o sea, de todo menos de amor.

No tardó en enterarse, porque hay amigas malas en todas las ciudades, que Rafael había dado un braguetazo de aquí te espero en Córdoba. Se había casado con una mujer bastante mayorcita, fea como pegarle a un padre con un calcetín sudado, medio boba e hija única de un terrateniente de Fernán Núñez. A ésa, los cuernos se los ponía desde la misma noche de la boda. La primera vez, con un invitado; luego ya, en general.

—Ojalá se mueran los dos en un incendio —fue el único comentario de Aurelio—. Si es ahora mismito, mejor.

El pobre Aurelio a partir de ahí, tuvo que cambiar de vida y de conducta. Para llamar la atención de sus posibles piezas veinteañeras, se hizo de cuatro perros a los que amaestró con paciencia en la azotea. Una vez domesticados, los llevaba por la calle embutidos en camisetas del Málaga Club de Fútbol.

—Así también se hace publicidad de la tienda, mamá —explicaba a doña María Victoria, que insistía e insistía en lo suyo igual que una carcoma.

—Lo que a ti no se te ocurra, hijo, qué listo eres... Pero más valdría que te casaras de una vez. ¿No ves ni la menor esperanza en lo de la pobre Dolita? Claro que su madre es una vaca loca.

Desde Cataluña le sobrevino un viajante a Aurelio. Había hablado con los directivos del Barça, y le ofrecía un dinero curioso siempre que a los cuatro perros los vistiese con la camiseta blaugrana. Pero Aurelio, que era muy malagueño, muy de su tierra y muy autonómico andaluz, se negó a traicionar sus raíces. Por lo menos si no era por un dinero que valiese de verdad la pena. Lo que sí contraofertó fue llevar, en ciertas ocasiones señaladas, a sus cuatro perros a Barcelona y vestirlos, entonces sí, con los colores del equipo local. Cobrando, por descontado, a tocateja. Y así lo hizo varias veces. Hasta que perdió, poco a poco, las ganas.

Aurelio envejecía. Pero encontraba siempre más de un roto para sus descosidos. Y estando en los tejemanejes en que no cesaba nunca de meterse, recibió una noticia susurrada a la oreja. El Corte Inglés estaba interesándose en el edificio de cinco plantas donde se hallaba instalado el casi ya fenecido almacén. La infeliz doña María Victoria estaba al caer sin conseguir la boda de su hijo; Eufrasia había caído; Aurelio perdía la ilusión por engañar a nacionales y extranjeros y venderles toda clase de mamarrachos. De la noche a la mañana se sintió atraído por las altas finanzas. Le llegó a los oídos la cifra que El Corte Inglés estaba dispuesto a ofrecerle. Era altísima, pero él pensó que algo más se le podía sacar. Reunió una tarde a sus cinco hermanos. Les ofreció cien millones a cada uno por su parte en la propiedad inmobiliaria. Él —dijo— había resuelto llevar un negocio más arriesgado, y no deseaba involucrar en sus riesgos ni peligros a cinco honrados padres de familia. Los hermanos, con hijos, sin muchas entradas y sin ninguna gana de trabajar, vieron el cielo abierto y, pellizcados por sus mujeres, aceptaron. Con la garantía del edificio y la posibilidad del negociazo de El Corte Inglés, que ardía en deseos de acomodarse en Málaga, un banco le prestó a Aurelio el dinero con el que pagó a sus hermanos. Después de lo cual se quedó como único propietario.

Con lo que no contaba el buen Aurelio, que tenía los ojos cada vez menos verdiazules, era con las ordenanzas municipales, que prohibían construir en el solar del almacén, y ni siquiera tocar su fachada porque estaba calificado como edificio histórico artístico. Su dueño removió Roma con Santiago. Un edificio histórico ese adefesio lleno de ratas, de termitas y de grietas. Quién iba a conocerlo como él... Pues sí, señor: un edificio histórico, cuya desaparición afearía el semblante de la Alameda, el lugar más malagueño de Málaga la bella. Bastantes edificios históricos se habían perdido por desidia de los munícipes venales como para que ahora desapareciera también éste. De ninguna manera. Nada que hacer. No había ni la menor probabilidad de que cambiara nadie de criterio. El Corte Inglés se rajó por la mitad.

Y llegada su hora, el banco pretendió cobrar su préstamo. Tampoco había de qué. En consecuencia, enajenó y embargó el edificio para ser transformado, respetando la fachada, que era de una fealdad verdaderamente histórica.

Aurelio cogió a su madre y a sus cuatro perros vestidos de futbolistas y se los llevó a Pedregalejo. Tuvieron que reducir gastos, aunque no demasiado porque ya los tenían bastante reducidos. La correa de Aurelio era más larga que la de sus perros. Asomado al balcón de su mínima casa de dos plantas, veía pasar la vida. Y sacaba cada tarde a sus chuchos a hacer las necesidades: las suyas y las de él, que continuaban sin ser pocas, y con alguien las desahogaba.

Un escape de gas puso el punto final a la historia de Aurelio. Él, su madre y sus cuatro animales murieron una noche de invierno dulcemente. Pasaron, como seis buenos amigos, conformes, resignados y alegres, desde un sueño a otro sueño. El segundo, un poquito más largo; pero, ya puestos a dormir, qué mas les daba.

PRESENTIMIENTO

—

Al despertarse aquella mañana supo que tenía una pequeña sonrisa en la boca: quizá fuese el rezago de algún sueño olvidado... Le asaltó el agridulce presentimiento de que el verano que empezaba sería el último maravilloso de su vida. Ya no quedaban muchos... Se preguntó por la razón de esa sonrisa.

Los médicos habían empezado, durante la primera mitad de junio, a meter las narices en su circulación y en el funcionamiento de su encéfalo. Uno de ellos diagnosticó ciertos alarmantes hormigueos en su mitad derecha, como *ictus de cerebro*... Aquello no tenía ninguna gracia. Hasta entonces pudo reducir la insaciable acción profesional de los doctores a su aparato digestivo. Él solo los había mantenido distraídos bastante tiempo. Ahora comenzaban a pronunciar, sin cumplimiento ni rebozo alguno, palabras mayores. Y era de temer que, en adelante, no cesaran ya de pronunciarlas.

Sucedió después de cenar un sábado en casa de unos amigos. Habían transcurrido ya un par de horas. En un momento en que se quedó solo en el salón, se dirigió a la biblioteca por si encontraba un libro apetecible. De improviso —le pareció de improviso— oyó que lo llamaba el anfitrión. Su nombre retumbaba, viniendo de muy lejos, dentro de su cabeza. No contestó, o quizá contestó en voz muy baja: no sabía.

—¿Ahora eres librólatra? —le preguntaba el amigo.

Estaba, en efecto, de rodillas en el suelo con la cabeza apoyada en un entrepaño, el tercero desde abajo.

No respondió. Se incorporó con dificultad, apoyándose en la librería. Le hervía un hormigueo en todo el lado derecho, desde la cabeza a la mano y al pie. No dijo nada. Siguió al amigo de vuelta al salón. Casi arrastraba el zapato, y llevaba metida la mano en el bolsillo.

—Me gustaría irme. Mañana tengo que madrugar.

—Que te acompañe el chófer. ¿O prefieres que lo haga yo?

—No, no... El chófer.

En contra de su costumbre, no habló apenas. Y le costó trabajo abrir, con la gruesa llave antigua, el portón. Agitó la mano despidiéndose bajo los focos del coche. Subió mal la escalera. Se dejó caer vestido en la cama. Por fin había llegado hasta su casa. Permaneció mirando el techo. Su respiración era un poco agitada. Lentamente se serenó. Y se le fue pasando el hormigueo.

Antes de regresar a la finca lo habían martirizado con escáneres, encefalogramas, cardiogramas, resonancias magnéticas, contrastes, radiografías, análisis y pruebas inverosímiles, que a veces se le antojaron infantiles. Cada jornada era preciso recoger los ciclos de su tensión, sus taquicardias, sus mareos y el repentino desmadre de su pulso... Por fin llegó la tregua. Con una medicación muy estricta y una dieta más estricta aún, se le dejaba en paz. Hasta el otoño. En otoño se le realizaría una revisión a fondo... Pero hoy quedaba lejos. De momento, se encontraba en una gozosa libertad condicional. Se adentraba en tres meses de vacaciones y gloria. Como un niño que hace novillos en la escuela: con la misma ilusión y el mismo entusiasmo. El regalado verano lo pasaría, primero, en su finca con invitados agradables; segundo, en un crucero por las Pequeñas Antillas, al que iría muy bien acompañado; y, por fin, en Lanzarote, invitado por un querido matrimonio... Después ya se vería.

Mientras se aseaba, casi se echó a cantar. Desde luego, se sorprendió tarareando. Recordaba los brillantes veranos anteriores, como piedras preciosas llenas de olor profundo y de alegría. Recordaba las orillas de diversos mares, en sí mismos bastante parecidos, y los hermosos cuerpos jóvenes, siempre distintos. Recordaba el amor correspondido, las compartidas risas, la indiferencia por cuanto no fuese él mismo y quien sonriendo lo miraba; por todo lo que no fuese la atención a la belleza circundante, al permanente regalo de la naturaleza, humana o no; las luces tornadizas e interminables; la llegada de la sombra con pasos de paloma; los lubricanes tan propensos a la caricia y a las evocaciones... Recordaba un camino muy próximo a la felicidad... Quizá por eso se había levantado aquel día como quien sabe que va a experimentar una postrera ocasión de júbilo plenario, y no ha de perderse de él un solo instante...

Acaso por la edad, cada día era más partidario de las tradiciones. La cena de la noche de San Juan llegó a ser una de sus predilectas. Una cena mucho menos numerosa que la que cerraba su temporada en Madrid, pero mucho más íntima, más significativa, mágica y personal. En la noche del solsticio todo estaba calculado y sometido a horario. La reunión acababa muy tarde, casi al amanecer, pero siempre producía la impresión de haber durado poco. Los comensales, en el cenador del jardín, no solían pasar de nueve. Con ellos podía hablarse de todo, actuar con la mayor naturalidad, ponerse en zapatillas y aun descalzo...

Todo empezaba a las cinco de la tarde. A tal hora él, acompañado por el secretario y alguien del servicio, daba una minuciosa vuelta por el jardín, por el carril que ascendía hasta la carretera y por los bancales que bajaban al río. En una gran cesta recogían, en pequeñas porciones, testimonios de todas la yerbas de olor, las flores, las hojas de los frutales, las matas silvestres, alguna menuda naranja o granada o membrillo o níspola o dátil aún sin desarrollar, puntas de las ramas de los jacarandás y los pimenteros, del mirto de los setos, del plumbago, de las malvas reales, de las lantanas y los heliotropos, de los agapantos y verbenas, del estramonio dorado o rosa, de las postreras violetas pertinaces... El canasto se llenaba de tomillo, mastranzo, junquillos, espliego, orégano, yerbabuena, perejil y jazmines. Se mezclaba todo para llenar un lebrillo de cerámica de Fajalaúza, donde, hasta rozar sus bordes, se echaba agua. Un agua que, con las horas, tomaba la calidad y el aroma de la mejor colonia.

Acto seguido, él preparaba con sus manos la sangría. Sólo con vino tinto y naranjas y limones de la huerta, cuyas mondas y semiesferas se quedaban flotando en otro lebrillo verdiazul y rezumante, que alegraba con su frescor los ojos. Luego, el azúcar, para equilibrar la acidez de los cítricos. Porque todo en aquella cena, como todo en aquella noche embrujadora, tenía que ser equilibrado con delicadeza y a un tiempo muy ambiguo. El ajoblanco, con manzana y uvas; el melón, con jamón; la cecina, con nueces; la morosía de cordero, con pasas y piñones, canela y miel; los helados de chocolate o de turrón, con frambuesas y grosellas y fresas... Todo debía mantenerse entre lo dulce y lo amargo. Igual que la sonrisa con que se había despertado aquella mañana. «Lo mismo que la vida», se dijo una vez más.

Después de cenar, regresaron los nueve a la casa para brindar con unos licores yugoslavos y suecos que nunca se sabe qué sabor tienen ni qué origen. Y se pusieron a escribir, en papeles y con rotuladores distribuidos, lo malo que les había sucedido aquel año (él escribió: «Trances de salud pésima») y lo bueno que le pedían al venidero. La primera lista tendría que quemarse en las fogatas, ya dispuestas en el tercer bancal; la segunda, habría de pasar la noche al sereno y conservarse hasta el año siguiente, para ser también entonces consumida... «Si es que hay año siguiente.»

Los invitados estaban contentos y un poquito piripis. Daban las doce cuando, entre cantos, bajaban la cuesta hacia el río. A la izquierda, tres grandes montones de leña y ramas, quizá demasiado extendidos como para poder saltar con facilidad sobre ellos cuando se prendieran. Entre la primera quema y la segunda, se regresaba al jardín, todos con las manos unidas, a la busca del trébol. («Trebolé, ay, Jesús, cómo huele / trebolé, ay, Jesús, qué olor»... «A coger el trébole, el trébole, el trébole, / los mis amores van...») Luego lo ofrecerían también, como sacrificio, al fuego. Junto a ese fuego, omnipotente y suntuoso, el agua lustral del enorme lebrillo perfumado, donde todos se lavarían cara, manos, pechos, cabezas o cualquier parte del cuerpo que se pretendiese proteger. «Yo sé muy bien cuáles son las mías.»

Los invitados más jóvenes habían comenzado a saltar la primera fogata. Con un rastrillo ceñían las brasas para animar a las señoras, más retraídas siempre o más cobardes.

Una luna menguante daba brillo a los cielos. Se reconocían las constelaciones. Tres invitados bebían champán debajo de un limonero a la luz de unas cuantas velas. Se habían quemado ya los papeles del año anterior y los que recogían los peores pasos del presente. Para asegurarse la concesión de las peticiones, saltaban los más ágiles una y otra vez burlándose de los tardíos... Él se sintió joven y dichoso. Había invitados a un lado y otro de la hoguera. Su boca se plegó con la misma sonrisa del despertar. Tomó impulso. Saltó. Pero lo hizo con muy poca fortuna. Tropezó su pie con una rama más alta que las otras, no consumida aún. Cayó junto a las llamas. Con el mismo instinto de un torero cogido, hizo que su cuerpo rodara alejándose de ellas; pero sobre las brasas. Perdió unos segundos el conocimiento. Cuando lo recuperó, lo habían levantado. Vio el fuego en primer término; quiso sonreír; hizo una pobre mueca. Un invitado, entre los inquietos comentarios de los otros, lo conducía hacia la casa. Repentinamente, él recordó lo que había soñado: su mano tocaba en el sueño la carne de un cuerpo; de improviso notaba algo más cálido, más suave, más resbaladizo que esa carne; el cuerpo aquel estaba cubierto de sangre. Ahora bajó la mano hasta su pierna, y recibió idéntica impresión. Mostrándole los dedos, le dijo a quien lo llevaba casi en brazos: «Sangre.»

Nada más llegar, comenzó a hinchársele el pie. Y a ennegrecérsele. No cabía duda: algo se había partido dentro. Él se negó a interrumpir la fiesta; quiso volver, pero se lo impidieron. Por otra parte le dolía, más aún que el pie y la pierna, un costado... «Se estarán mojando con el agua lustral los pechos, los muslos, las nucas, las axilas... Y también sus piernas y también sus costados...» Cerró los ojos. Casi se adormeció en medio del dolor.

El traumatólogo no tardó, llegado el día. Fractura de tibia, de peroné, y de un par de costillas. Había que escayolar, que inmovilizar, olvidarse de todos los planes hasta el otoño. El otoño en que lo amenazaban el escáner, las resonancias, los encefalogramas, los cardiogramas, las radiografías... Supo de pronto que los veranos maravillosos de su vida no volverían ya nunca. Giró los ojos hacia la ventana, y no vio la luz dorada sobre los árboles, ni escuchó el garipío de los pájaros, ni sintió la brisa templada que estremecía la mañana. Cerró de nuevo los ojos, y se dispuso a esperar lo inevitable.

ÍNDICE

Este libro se imprimió
en Mateu Cromo Artes Gráficas, S. A.
Pinto (Madrid)

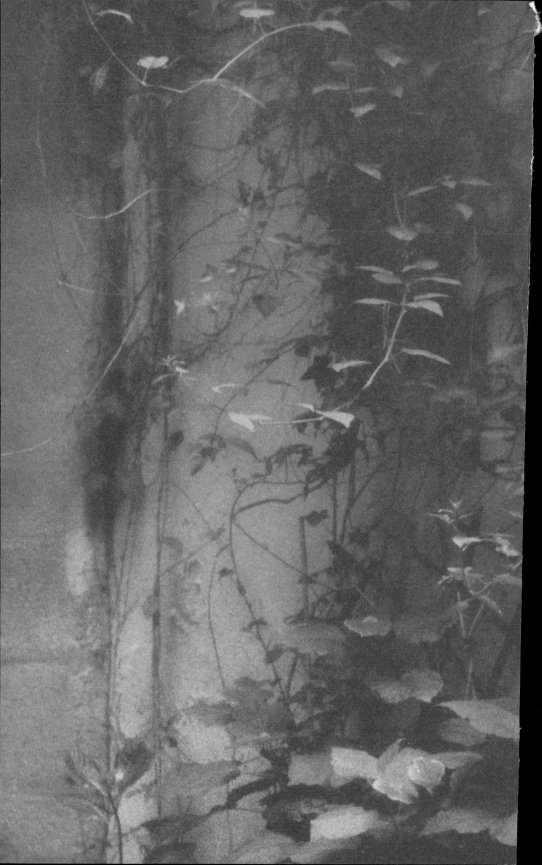